LOS MITOS DE CTHULHU

ALMA CLÁSICOS ILUSTRADOS

H. P. LOVECRAFT
LOS MITOS DE CTHULHU

Traducción de Jesús Cañadas

Ilustrado por
Paul Carrick

Este libro contiene una selección de los principales relatos de *Los mitos de Cthulhu* escritos por H. P. Lovecraft.

Títulos originales: *The Statement of Randolph Carter, The Nameless City, The Festival, The Call of Cthulhu, Pickman's Model, The Shadow over Innsmouth, Through the Gates of the Silver Key, The Thing on the Doorstep, The Shadow out of Time, The Haunter of the Dark* y *The Rats in the Walls.*

© de esta edición:
Editorial Alma
Anders Producciones S.L., 2021
www.editorialalma.com

 @almaeditorial

© Traducción de *La llamada de Cthulhu, La sombra sobre Innsmouth* y *El ser en el umbral:*
José A. Álvaro Garrido. Traducción cedida por Editorial Edaf, S. L. U.
© Traducción de *La declaración de Randolph Carter, La ciudad sin nombre, La festividad, El modelo de Pickman, A través de las puertas de la Llave de Plata, La sombra que surgió del tiempo, El que acecha en las tinieblas* y *Las ratas en las paredes:* Jesús Cañadas

© Ilustraciones: Paul Carrick

Diseño de la colección: lookatcia.com
Diseño de cubierta: lookatcia.com
Maquetación y revisión: LocTeam, S.L.

ISBN: 978-84-18395-01-7
Depósito legal: B121-2021

Impreso en España
Printed in Spain

El papel de este libro proviene de bosques gestionados de manera sostenible.

ÍNDICE

LA DECLARACIÓN DE RANDOLPH CARTER

L es repito, caballeros, que este interrogatorio es infructuoso. Deténganme de por vida, si así lo desean. Enciérrenme o ejecútenme incluso, si necesitan un chivo expiatorio que alimente la ilusión que ustedes denominan justicia; pero no puedo contarles más de lo que ya les he contado. Les he narrado con total franqueza todo aquello que soy capaz de recordar. No me he guardado nada, ni tampoco he alterado nada. Si encuentran alguna vaguedad en mi relato, se debe tan solo a la sombra oscura que ahora nubla mis pensamientos... a esa sombra oscura y a la nebulosa naturaleza de los horrores que la han traído hasta mí.

Les repito que no sé qué habrá sido de Harley Warren. Sin embargo, creo, y casi diría que espero, que se halle sumido en el más pacífico de los olvidos, si semejante bendición fuese posible. Cierto es que he sido su amigo íntimo durante los últimos cinco años, amén de compañero en parte de sus terribles investigaciones sobre lo desconocido. No negaré, por inciertos y confusos que sean mis recuerdos al respecto, que ese testigo con que dicen ustedes contar nos haya visto juntos, tal y como afirma, en el pico Gainesville, caminando en dirección al pantano de Big Cypress sobre las once y media de esa espantosa noche. Afirmaré incluso que llevábamos linternas eléctricas, palas y un curioso rollo de cable conectado a ciertos instrumentos. Todo ese equipamiento jugó un papel determinante en la única y repugnante escena que aún sigue grabada a fuego en mis alterados recuerdos. Aun así, les insisto en que no sé nada de lo que sucedió a continuación ni del motivo por el que me encontraron solo y aturdido en los límites del pantano a la mañana siguiente, excepto lo que ya les he contado una y otra vez. Dicen ustedes que no hay nada en el pantano ni en sus inmediaciones que se ajuste al escenario de tan espantoso episodio. Me veo obligado a responderles que solo sé lo que vieron mis ojos. Puede que fuese una visión o una pesadilla, y espero con ansia que ese sea el caso, mas es lo único que ha quedado en mi mente de todo cuanto sucedió en las traumáticas horas después de que nos desvaneciésemos de la vista de todo el mundo. La razón por la que Harley Warren no volvió solo la puede dar él mismo, o su sombra, o alguna entidad innombrable que no me atrevo ni a describir.

Tal como ya les he dicho, los estrambóticos estudios de Harley Warren me eran de sobra conocidos, y de hecho los compartía en cierta medida. De entre su enorme colección de libros extraños y poco comunes de materias prohibidas, he leído todos aquellos que fueron escritos en los idiomas que alcanzo a dominar. Sin embargo, estos últimos son pocos comparados con la cantidad de libros escritos en esos otros idiomas que me resultan incomprensibles. La mayoría de ellos, creo, están en árabe, aunque ese demoníaco libro que propició el final de Warren, el libro que llevaba en su bolsillo al abandonar este mundo, estaba escrito en unos signos que jamás he visto en ninguna otra parte. Warren siempre se negó a contarme qué contenía ese libro. En cuanto a la naturaleza de nuestros estudios, ¿cuántas veces tengo que repetirles que no alcanzo a comprenderla del todo? Esta suerte de amnesia se me antoja harto misericordiosa, pues se trataba de estudios de lo más terrible, y que yo acometí con una reticente fascinación más que por inclinación real. Warren siempre me dominó; a veces, incluso lo temía. Recuerdo cómo me estremecí al ver su expresión en la víspera de aquel espantoso acontecimiento, la noche en que no dejó de parlotear sin cesar acerca de su teoría, de la razón por la que algunos cadáveres jamás sucumben del todo a la putrefacción, sino que permanecen firmes y orondos dentro de sus tumbas durante miles de años. Sin embargo, el temor que me despertaba Warren ya ha desaparecido, pues sospecho que ahora ha llegado a conocer horrores que están más allá de mi propio entendimiento. Ya no lo temo, ahora temo por él.

Una vez más, les digo que no tengo claro cuál era nuestro objetivo aquella noche. A buen seguro tenía que ver con algo que se afirmaba en el libro que Warren llevaba consigo, ese libro antiguo escrito en signos indescifrables que había recibido desde la India hacía un mes, mas les juro que no sé qué esperábamos encontrar. Su testigo afirma que nos vio a las once y media en el pico Gainesville de camino al pantano Big Cypress. Lo más probable es que sea cierto; aun así, no tengo recuerdo alguno de haber estado allí. La única impronta que ha cauterizado en mi alma corresponde a una única escena que seguramente tuvo lugar mucho después de la medianoche, pues el tajo de la luna menguante se elevaba en los vaporosos cielos.

Aquel lugar era un cementerio antiguo; tan antiguo, de hecho, que me eché a temblar al ver aquellas variadas huellas de años inmemoriales. Se encontraba en una oquedad profunda y húmeda, ahíta de hierbajos podridos, musgo y ciertas plantas trepadoras de lo más curioso. Estaba impregnado de un vago hedor que mi imaginación ociosa se encargó de asociar de forma absurda con piedras putrefactas. Por doquier aparecían señales de abandono y decrepitud. Me asaltó la idea de que Warren y yo éramos los primeros seres vivos que invadían aquel letal silencio de siglos de antigüedad. Al borde de la oquedad, la pálida luna menguante se asomaba a través de los nocivos vapores que parecían emanar de insólitas catacumbas. Bajo sus débiles y vacilantes rayos, alcancé a distinguir una repulsiva hilera de antiguas losas, urnas, cenotafios y fachadas de mausoleos. Todos ellos se encontraban en estado ruinoso, cubiertos por el musgo y manchados de humedad, en parte ocultos bajo la asquerosa exuberancia de aquella malsana vegetación. El primer recuerdo que guardo de mi presencia en aquella terrible necrópolis es de cuando me detuve junto a Warren ante cierto sepulcro medio destruido. Allí soltamos el equipamiento que al parecer llevábamos con nosotros. Entonces me di cuenta de que llevaba una linterna eléctrica y dos palas, mientras que mi acompañante cargaba una linterna similar y un equipo telefónico portátil. Ninguno de los dos profirió palabra alguna, pues ambos parecíamos conocer el lugar y la tarea a la que nos enfrentábamos. Sin más demora, echamos mano de nuestras palas y comenzamos a despejar de hierbajos, matojos y tierra amontonada aquella morgue plana y arcaica. Una vez hubimos destapado por completo su superficie, formada por tres inmensas losas de granito, retrocedimos unos pasos para contemplar la fosa en todo su esplendor. Me pareció que Warren realizaba ciertos cálculos mentales. Acto seguido volvió al sepulcro e hizo palanca con la pala para tratar de levantar la losa que yacía más cerca de unos escombros pétreos que en su día podrían haber sido algún tipo de monumento. Como no lo consiguiera, me hizo señas para que me acercase a ayudarlo. Por fin, nuestra fuerza combinada logró que cediese la losa. La alzamos entre los dos y la dejamos caer a un lado.

Bajo la losa había una negra abertura, de la cual brotó una ráfaga de gases miasmáticos tan nauseabundos que nos vimos obligados a retroceder de un salto, embargados por el puro horror. Sin embargo, al cabo de unos instantes nos acercamos al pozo una vez más. Ahora aquella exhalación era menos intolerable. Nuestras linternas revelaron la parte superior de una escalinata de piedra salpicada de algún tipo de detestable icor surgido de las entrañas de la tierra, confinada por húmedos muros incrustados de salitre. Ahora, por primera vez, entre mis recuerdos aparece una interacción verbal: Warren se dirigió a mí con su melodiosa voz de tenor, una voz que el asombroso paraje en el que nos encontrábamos no llegaba a perturbar.

—Siento tener que pedirte que te quedes en la superficie —dijo—. Sería un crimen permitir que alguien con unos nervios tan frágiles como los tuyos se adentrase ahí abajo. A pesar de todo lo que has leído y de lo que te he contado, no puedes ni llegar a imaginar las cosas que tendré que ver y hacer ahí dentro. Va a ser una tarea diabólica, Carter, y dudo que cualquier hombre que no tenga una coraza que preserve su sensibilidad sea capaz de llevarla a cabo y regresar vivo y con la cordura intacta. No es mi intención ofenderte; bien sabe el cielo que me encantaría que me acompañaras. Sin embargo, en cierto modo esto es responsabilidad mía. No puedo permitirme llevar un manojo de nervios como tú a lo que con toda probabilidad supondría la muerte o la locura. Te lo aseguro, ¡nunca alcanzarías a concebir qué hay allí abajo! Sin embargo, prometo tenerte al tanto por el cable del teléfono de cada uno de mis movimientos. Verás que llevo conmigo suficiente cable como para llegar hasta el centro de la Tierra... ¡y regresar!

En mi memoria, aún soy capaz de oír el tono frío con el que pronunció aquellas palabras. También recuerdo mis protestas. Al parecer, me consumía una desesperada ansiedad por acompañar a mi amigo al interior de aquellas profundidades sepulcrales. Sin embargo, se mostró tan testarudo como inflexible. En un momento dado me amenazó con abandonar la expedición si le insistía una sola vez más. Su amenaza surtió el efecto deseado; a fin de cuentas, solo él era capaz de llegar al fondo de todo aquello. Todo eso lo recuerdo bien, aunque ya no sé qué era «el fondo de todo aquello», ni qué buscábamos allí. Una vez se hubo asegurado de que contaba con mi aquiescencia, si bien reticente, para con su plan, Warren se echó al hombro el rollo de cable y ajustó todos los instrumentos. Me lanzó una señal con el mentón, y yo me hice con uno de dichos instrumentos y tomé asiento sobre una lápida descolorida cercana a la abertura recién develada. Acto seguido, Warren me estrechó la mano, se afianzó el rollo de cable en el hombro y desapareció en el interior de aquel indescriptible osario.

Por un momento seguí vislumbrando el resplandor de su linterna y oyendo el susurro del cable mientras lo desenrollaba a su paso. Sin embargo, el resplandor desapareció de repente, como si Warren hubiese llegado a un recodo en la pétrea escalera. El susurro se desvaneció casi al instante. Me encontraba solo, y sin embargo conectado con las desconocidas profundidades mediante aquellos mágicos hilos cuya superficie aislada en goma verde descansaban bajo los esforzados rayos de aquel tajo de luna.

En el solitario silencio de aquella decrépita y abandonada ciudad de los muertos, mi mente empezó a concebir las fantasías e ilusiones más fantasmagóricas. Los grotescos sepulcros y monolitos parecieron asumir personalidades de lo más repugnante; una suerte de conciencia. Sombras amorfas parecían acecharme desde los recovecos más oscuros de aquella oquedad ahíta de hierbajos y revolotear como si se encontrasen en alguna blasfema procesión ceremonial más allá de los portales de las tumbas descompuestas que se apilaban sobre la ladera. Aquellas sombras no podían

deberse a la luz de aquella pálida y fisgona luna menguante. Yo no dejaba de consultar mi reloj bajo la luz de la linterna eléctrica, todo ello mientras intentaba escuchar con febril ansiedad cualquier sonido que saliese del receptor telefónico. Sin embargo, durante un cuarto de hora no alcancé a oír nada. Entonces el instrumento emitió un leve chasquido. Llamé a mi amigo, con voz tensa. Por profunda que fuera mi preocupación, no estaba preparado para oír las palabras que surgieron de aquella insólita cripta en un tono mucho más alarmado y trémulo de lo que jamás había oído en voz de Harley Warren. Él, que con tanta calma me había dejado hacía apenas unos minutos, ahora me llamaba desde las profundidades con un susurro tembloroso, mucho más ominoso que el más ensordecedor de los chillidos:

—¡Dios! ¡Si pudieras ver lo que estoy viendo...!

No acerté a responder nada. Atónito, apenas pude hacer otra cosa que esperar. Entonces, aquel tono de voz frenético se dejó oír de nuevo:

—Carter, es terrible... monstruoso... ¡increíble!

En esa ocasión no me falló la voz. Empecé a derramar sobre el trasmisor una avalancha de preguntas ansiosas. Aterrorizado, repetí una y otra vez:

—Warren, ¿qué es lo que ves? ¿Qué es lo que ves?

Y una vez más, llegó hasta mí la voz de mi amigo, aún ronca de puro miedo, y a todas luces teñida de desesperación:

—¡No puedo decírtelo, Carter! Esto va más allá de cualquier raciocinio... No me atrevo a decírtelo... Nadie podría seguir viviendo si se enterase... ¡Por Dios bendito! ¡Jamás habría soñado con encontrar ESTO!

Se hizo el silencio de nuevo, roto por el incoherente caudal de mis estremecidas preguntas. La voz de Warren se convirtió en un pozo de salvaje consternación:

—¡Carter! Por el amor de Dios, ¡vuelve a colocar la losa en su sitio y sal de aquí en cuanto puedas! ¡Rápido! ¡Deja todo donde está y huye de aquí, es tu única oportunidad! ¡Haz lo que te digo y no me pidas explicaciones!

Lo oí, mas solo fui capaz de repetir mis frenéticas preguntas. A mi alrededor se desplegaban las sombras, la oscuridad, las preguntas. Bajo mis pies, alguna amenaza más allá del alcance de la imaginación humana. Sin embargo, mi amigo se encontraba en peligro, mucho más que yo. A través del miedo que me embargaba sentí una leve punzada de resentimiento causada por la idea de que me creyese capaz de abandonarlo en aquellas circunstancias.

Hubo más chasquidos y, tras una pausa, un lastimero grito de Warren:

—¡Lárgate! ¡Por el amor de Dios, vuelve a colocar la losa en su lugar y lárgate, Carter!

Algo en la elección un tanto pueril de palabras por parte de mi a todas luces afectado compañero me puso en marcha. Tomé una resolución y me apresuré a anunciarla a gritos:

—¡Warren, aguanta! ¡Voy a bajar a por ti!

Sin embargo, ante mi propuesta, el tono de mi interlocutor se convirtió en un chillido preñado de la más absoluta desesperación:

—¡No lo hagas! ¡No lo entiendes! Es demasiado tarde, y todo esto es culpa mía. Vuelve a colocar la losa y corre. ¡Ni tú ni nadie podéis hacer ya nada por mí!

El tono de voz volvió a cambiar; esta vez adoptó una cualidad más suave, como lleno de una desesperanzada resignación, que sin embargo seguía tensa de preocupación por mí.

—¡Rápido, antes de que sea tarde!

Me resistía a obedecer aquella orden. Intenté romper la parálisis que me retenía en el sitio y cumplir con mi juramento de acudir en su auxilio. Sin embargo, cuando llegó su siguiente susurro, yo seguía encadenado por el más crudo horror.

—¡Carter..., apresúrate! No vale la pena intentarlo... Tienes que marcharte... Mejor uno que dos... La losa...

Hubo una pausa y más chasquidos, y a continuación la débil voz de Warren.

—Ya casi ha terminado todo... No lo hagas más difícil... Cubre esa maldita escalera y corre por tu vida... Estás perdiendo un tiempo valioso... Adiós, Carter... No volveremos a vernos.

Entonces, el susurro de Warren se tornó en grito, un grito que al cabo ascendió hasta convertirse en un chillido cargado con todo el horror que pudieran albergar las eras...

—Malditas sean estas infernales criaturas... Estas legiones... ¡Dios mío! ¡Lárgate! ¡Lárgate! ¡Lárgate!

A partir de ahí, solo silencio. No sé durante cuántos interminables eones seguí allí sentado, estupefacto, entre susurros y murmullos, entre llamadas y gritos a aquel teléfono. A lo largo de todos esos eones, no dejé de susurrar y murmurar y llamar y gritar:

—¡Warren! ¡Warren! Respóndeme... ¿Estás ahí?

Y entonces acudió a mí el momento de horror supremo, esa cosa increíble, impensable y casi innombrable. He dicho que se me antojó que transcurrían eones desde que Warren chilló su última advertencia desesperada, y que ahora lo único que rompía aquel nauseabundo silencio eran mis propios gemidos. Sin embargo, poco tiempo después hubo un nuevo chasquido en el receptor, e intenté con todas mis fuerzas oír con claridad. Una vez más, volví a llamar:

—Warren, ¿estás ahí?

Como respuesta, oí lo que ha nublado todos mis pensamientos. No pretendo, caballeros, dar una explicación a esa cosa..., a esa voz..., y sería una osadía por mi parte tratar de describirla en detalle, pues las primeras palabras que pronunció me arrebataron la consciencia y crearon el vacío mental que abarca hasta el momento en que me desperté en el hospital. ¿Habría de decir que la voz era profunda, hueca, gelatinosa, lejana, ultraterrena, inhumana, incorpórea? ¿Qué podría decir? Aquel fue el final de aquella experiencia, el final de mi historia. La oí y ya no supe nada más. La oí mientras seguía sentado, petrificado en aquel cementerio desconocido en medio de la cuenca, entre piedras medio derrumbadas y tumbas caídas, entre la pútrida vegetación y los vapores miasmáticos. La oí desde las más recónditas profundidades de aquel condenado sepulcro abierto, mientras contemplaba las sombras amorfas, necrófagas, que bailaban bajo aquella maldita luna menguante. Esto es lo que dijo:

—¡ESTÚPIDO! ¡WARREN ESTÁ MUERTO!

LA CIUDAD SIN NOMBRE

N ada más acercarme a la ciudad sin nombre supe que estaba maldita. Yo viajaba por un valle terrible y reseco a la luz de la luna. La vi sobresalir de forma increíble entre las arenas, como sobresaldrían los miembros de un cadáver de una tumba mal tapada. El miedo me hablaba desde las piedras erosionadas por el tiempo de aquella ancestral ciudad superviviente del diluvio, la tatarabuela de la más antigua de las pirámides. Un aura invisible me repelió al tiempo que me invitaba a alejarme de aquellos antiguos y siniestros secretos que ningún humano debería ver jamás, y que ningún humano había osado contemplar antes.

Alejada de todo, en el corazón del desierto de Arabia, yace la ciudad sin nombre, en ruinas, muda, con sus muros más bajos casi ocultos por las arenas acumuladas durante incontables eras. Por lo tanto, debía de existir antes de que se colocasen los cimientos de Menfis, cuando los ladrillos que alzaron Babilonia ni siquiera habían empezado a cocerse. No hay leyenda lo bastante antigua como para darle un nombre, o siquiera para recordar el tiempo en que aún estaba viva. Sin embargo, se habla de ella entre susurros alrededor de las hogueras de ciertos campamentos, y las abuelitas cuchichean sobre su existencia en las tiendas de los jeques. Así pues, todas las tribus la evitan, aunque nadie sabe bien por qué. Fue este lugar el que se le apareció al poeta loco Abdul Alhazred la noche antes de que entonase su inexplicable pareado:

Pues no está muerto lo que por siempre yace inerte.

Y, tras extraños eones, hasta a la muerte le llega la muerte.

Tendría que haber sabido que los árabes tienen razones de peso para evitar la ciudad sin nombre, de la que hablan muchos extraños relatos pero que ningún humano ha contemplado. Sin embargo, desafié sus costumbres y me adentré en aquel yermo inexplorado con mi camello. Solo yo la he visto, y por eso no hay otro rostro que tenga unas arrugas de miedo tan espantosas como las que asoman al mío; por eso no hay otro humano que caiga presa de temblores tan horribles como los que me asaltan cuando el viento nocturno traquetea contra las ventanas. Cuando topé con ella en medio del silencio espectral de su sueño eterno, la ciudad sin nombre me contempló, bajo los gélidos rayos de una fría luna entre el calor del desierto. Cuando le devolví la mirada, me olvidé de la sensación de triunfo por haberla encontrado. Me detuve por completo junto a mi camello y esperé la llegada del alba.

Esperé durante horas, hasta que el cielo al este se volvió gris. Las estrellas se desvanecieron y el gris se fundió en una luz rosácea de bordes dorados. Oí un lamento lejano y vi que una tormenta de arena se revolvía entre las antiguas piedras, aunque el cielo estaba claro y las vastas extensiones del desierto permanecían en silencio. Entonces, sobre el horizonte lejano del desierto surgió el sol llameante, que se dejó ver a través de la diminuta tormenta de arena que comenzaba a alejarse. En mi estado febril, imaginé que de alguna remota profundidad llegaba algún tañido metálico cuya música saludaba al disco flamígero, del mismo modo que Memnón lo saluda desde las riberas del Nilo. En mis oídos se instaló el eco del sonido creado por mi imaginación alterada. Conduje despacio a mi camello a través de la arena hacia aquel lugar de piedra que no debía mencionarse, aquel lugar demasiado viejo para que ni siquiera Egipto o Meroé lo recordasen, aquel lugar que solo yo de entre todos los seres humanos vivos había llegado a contemplar.

Deambulé por entre los informes cimientos de las casas y palacios, mas no hallé ni una sola talla o inscripción que hablase de los hombres (suponiendo que fueran hombres) que construyeron la ciudad y vivieron en ella hace tanto tiempo. La antigüedad de aquel lugar tenía un cariz malsano, tanto que yo ansiaba encontrar alguna señal u objeto que me demostrase que, en efecto, la habían creado manos humanas. Algunas de las proporciones y dimensiones que vi en aquellas ruinas no me gustaron lo más mínimo. Llevaba conmigo muchas herramientas, así que me puse a excavar en el interior de los muros de aquellos edificios aniquilados. Sin embargo, avanzaba con lentitud, y no conseguía encontrar ningún resto significativo. Cuando la noche y la luna regresaron, noté que soplaba un viento gélido que despertó un nuevo miedo en mí. Así pues, no me atreví a pernoctar en la ciudad. Dejé atrás aquellos muros antiguos para que durmiesen a placer. En ese momento, una susurrante tormenta de arena se arremolinó a mi espalda y empezó a soplar sobre las piedras grises a pesar de que la luna brillaba y el silencio imperaba en el desierto.

Me desperté justo al amanecer tras un desfile de sueños horribles. Me zumbaban los oídos como si respondiesen a algún tipo de repiqueteo metálico. Vi el sol teñido de rojo, que asomaba de entre las últimas ráfagas de una pequeña tormenta de arena suspendida sobre la ciudad sin nombre, y que ponía de manifiesto la quietud del resto del paisaje. Una vez más, me adentré entre aquellas siniestras ruinas que abultaban bajo la arena como un ogro bajo una colcha, y de nuevo excavé en vano, en busca de reliquias de aquella raza olvidada. Me tomé un descanso a mediodía, y consagré casi toda la tarde a seguir el contorno de muros, calles pretéritas y edificios prácticamente desaparecidos. Vi que aquella ciudad había sido ciertamente poderosa, y me pregunté dónde estaría la fuente de su grandeza. Me imaginé los esplendores de una era tan lejana que ni siquiera Caldea podría recordarla. Pensé en Sarnath, la Condenada, que se alzó en la tierra de Mnar en los albores de la humanidad, y en Ib, esculpida en roca gris antes de que la humanidad hubiese empezado su existencia.

De repente llegué a un lugar en el que el lecho de roca se alzaba abrupto de la arena y formaba un pequeño precipicio. Ahí pude ver con cierta alegría algo que prometía aportar nuevas pistas sobre aquel pueblo antediluviano. Labradas con trazo basto en la superficie del precipicio se apreciaban las inconfundibles fachadas de varias casas y pequeños templos de roca. Su interior tal vez albergase numerosos secretos de tiempos incalculablemente remotos, aunque las tormentas de arena hubiesen borrado todas las tallas del exterior.

Las aberturas más cercanas a mí eran demasiado bajas y la arena las bloqueaba, pero conseguí despejar una con mi pala y arrastrarme al interior. Llevaba conmigo una antorcha para tratar de revelar cualquier posible misterio que ocultase su interior. Una vez dentro, vi que, de hecho, la caverna era un templo, y contemplé rastros evidentes de la raza que había vivido y rezado allí antes de que aquel desierto fuese un desierto. No faltaban altares primitivos, pilares y nichos, todos ellos curiosamente bajos. Aunque no vi ni esculturas ni frescos, había numerosas piedras singulares que a todas luces habían sido esculpidas por medios artificiales hasta adoptar la forma de ciertos símbolos. El bajo techo de aquella estancia excavada se me antojaba muy extraño, pues debía arrodillarme para acceder a ella. Sin embargo, aquel espacio era tan amplio que mi antorcha apenas alcanzaba a iluminar una ínfima parte. Me recorrió un peculiar estremecimiento en algunos rincones alejados, pues ciertos altares y piedras sugerían ritos olvidados de naturaleza terrible, repulsiva e inexplicable. Dichos altares me hicieron preguntarme qué tipo de humanos habrían erigido y frecuentado aquel templo. Una vez hube visto todo cuanto contenía aquel lugar, salí de allí a rastras, ansioso por averiguar lo que podrían contener los otros templos.

La noche se acercaba, pero todo lo que había visto espoleó mi curiosidad más allá del miedo. Así pues, ya no hui de las largas sombras que creaba la luz de la luna, las mismas que tanto me habían atemorizado la primera vez que viera la ciudad sin nombre. Iluminado por el crepúsculo, despejé una nueva abertura y, con otra antorcha, me introduje en ella a rastras. Volví a encontrar rocas y símbolos poco precisos, aunque nada mucho más concluyente que lo que contenía el otro templo. La estancia era igual de baja, aunque mucho menos amplia, y terminaba en un pasadizo bastante estrecho lleno de pequeños santuarios oscuros y enigmáticos. Me encontraba fisgoneando en aquellos santuarios cuando el sonido del viento y el ronquido de mi camello en el exterior rompieron la quietud y me impulsaron a salir para ver qué podría haber asustado al animal.

La luna refulgía sobre las primitivas ruinas e iluminaba una densa nube de arena que parecía arremolinarse a causa de un viento fuerte aunque menguante, y que venía de algún punto del precipicio que se abría ante mí. Supuse que lo que había inquietado al camello era aquel viento gélido y arenoso, y estaba a punto de llevarlo a resguardo cuando, por pura casualidad, alcé la mirada y vi que no soplaba viento alguno en lo alto del precipicio. Aquello me sorprendió y volvió a despertar mis miedos, aunque de inmediato recordé los repentinos vientos que había presenciado en aquellos parajes y que había oído soplar antes del alba y del ocaso. Lo atribuí a algún fenómeno por completo normal. Decidí que el viento debía de venir de alguna grieta en la roca que, a su vez, diese a una caverna. Contemplé la agitada arena, dispuesto a localizar su fuente. No tardé en percibir que el viento salía del orificio negro de un templo situado a bastante distancia al sur, tanta que casi no alcanzaba a verlo con claridad. Me arrastré hacia el templo, pugnando contra aquella asfixiante nube de arena. Al acercarme, comprobé que tenía un tamaño muy superior al resto, y que su entrada estaba mucho menos obstruida por la arena. De buena gana habría entrado, de no ser porque la terrible fuerza del viento helado estuvo a punto de apagar mi antorcha. El aire brotaba demencial de aquel dintel negro y susurraba con tonos imposibles mientras arremolinaba la arena y la desparramaba por aquellas estrambóticas ruinas. No tardó en amainar, y la arena se aposentó poco a poco, hasta que por fin todo volvió a la calma. Sin embargo, una presencia parecía acechar entre las espectrales rocas de aquella ciudad. Cuando contemplé la luna, esta pareció temblar como si fuese su propio reflejo en aguas inquietas. Estaba más aterrorizado de lo que alcanzaba a explicar, pero no lo suficiente como para apagar mi sed de contemplar maravillas. Así pues, en cuanto el viento se hubo apagado del todo, me interné en aquella oscura cámara de la que había surgido.

Aquel templo, tal como ya me había imaginado a juzgar por el exterior, era más grande que ninguno de los que había visitado. Acaso se tratase de una caverna natural, pues por él soplaban vientos venidos de sus profundidades. Allí era posible estar completamente incorporado, aunque corroboré que las piedras y los altares eran igual de bajos que los de los otros templos.

En los muros y en el tejado vi por primera vez vestigios del arte pictórico de aquella antigua raza, curiosos trazos curvos de pintura vencidos casi por la erosión o desmoronados por completo. En dos de los altares vi, con emoción creciente, una maraña de grabados curvilíneos bien delineados. Alcé mi antorcha y me dio la impresión de que la forma del techo era demasiado regular para ser natural. Me pregunté qué escultores prehistóricos habrían trabajado aquella superficie rocosa por primera vez. Sus habilidades ingenieriles debían de haber sido enormes.

Entonces un reflejo algo más intenso de la llama de mi antorcha me reveló aquello que en realidad estaba buscando, la abertura que daba a aquellos abismos más remotos desde los que había soplado aquel viento. Me fallaron las rodillas al comprobar que se trataba de una puerta a todas luces tallada en la sólida roca. Pasé la antorcha por el dintel y me encontré contemplando un túnel negro de techo bajo y arqueado que avanzaba sobre una larga escalinata descendente y empinada. Mi mente era un hervidero de pensamientos a cual más alocado; las palabras y advertencias de los profetas árabes parecían flotar por el desierto desde las tierras conocidas por los hombres hasta la ciudad sin nombre que ningún humano se ha atrevido a explorar. Sin embargo, apenas vacilé un momento antes de avanzar a través del dintel y comenzar a descender con cautela por el empinado pasadizo, con los pies por delante, como si de una escalera de mano se tratase.

Solo alguien víctima de las terribles fantasmagorías que crean las drogas o los delirios podría haber experimentado un descenso parecido al mío. El estrecho pasadizo bajaba y bajaba, como si de un pozo horrible y embrujado se tratase. La antorcha que blandía sobre la cabeza no alcanzaba a iluminar las profundidades desconocidas hacia las que me arrastraba. Perdí la noción del tiempo, pues en ningún momento se me ocurrió consultar el reloj que llevaba conmigo. El mero hecho de pensar en la distancia que debía de haber recorrido me producía escalofríos. A veces el pasadizo viraba o se inclinaba, y en una ocasión llegué a un corredor alargado, bajo y llano donde tuve que ir arrastrándome con los pies por delante a través del suelo rocoso, alzando la antorcha todo lo que me permitía el brazo. Aquel lugar ni siquiera era lo bastante alto como para ir arrodillado. Tras ese pasillo llegaron más escalones empinados, y de hecho seguía embarcado en aquel descenso sin fin cuando la antorcha se extinguió. Creo que en un primer momento no reparé en ello, pues, cuando me percaté por fin de que ya no brillaba, aún la sostenía sobre mi cabeza como si estuviera encendida. Había cedido a aquella querencia por lo extraño y lo desconocido que me ha convertido en un ser errante a lo largo y ancho de la tierra, consagrado a la persecución sempiterna de lugares lejanos, antiguos y prohibidos.

En medio de la oscuridad, acudieron a mi mente cual destellos algunos fragmentos de mi apreciada colección de sabiduría demoníaca; frases del árabe loco Alhazred, párrafos de las pesadillas apócrifas de Damascio, así como infames pasajes de la delirante *Image du Monde* de Gautier de Metz. Me repetí algunos fragmentos de lo más extravagante, y mencioné entre murmullos a Afrasiab y a los demonios que junto a él flotaron río Oxus abajo. A continuación entoné una y otra vez una frase de uno de los relatos de Lord Dunsany: «La muda negrura del abismo». En otro momento en que los escalones se volvieron asombrosamente pronunciados, canturreé ciertos pasajes de Thomas Moore hasta que me dio miedo continuar:

> Un cúmulo de oscuridad, negro
> como lo son los calderos de bruja, cuando están llenos
> de drogas selenitas en eclipse destiladas.
> Al inclinarme a comprobar si mi pie pasaría
> a través de aquella abertura, vi, debajo,
> tan lejos como alcanza la visión,
> los flancos negros, lisos cual cristal
> con aspecto de recién laqueados
> mediante la brea negra que el mar de la Muerte
> arroja sobre su orilla viscosa.

El tiempo había dejado de existir por completo para cuando mis pies volvieron a tocar suelo llano. Me encontraba en un lugar algo más prominente que las salas de los otros dos templos más pequeños, que ahora se hallaban a una distancia incalculable sobre mi cabeza. Aún no podía incorporarme del todo, pero al menos podía estar de rodillas y erguido. Empecé a manotear por aquí y por allá, palpando en la oscuridad. No tardé en darme cuenta de que me encontraba en un pasadizo estrecho cuyos muros estaban repletos de estanterías de madera con el frente de cristal. Al hallarme en un lugar abismal y paleozoico, el tacto de cosas como la madera pulida y el cristal me hizo estremecer por todas sus posibles implicaciones. Aquellas estanterías parecían repartirse en intervalos regulares por los laterales del pasadizo. Eran oblongas y horizontales, de forma y tamaño tan semejante a ataúdes que suscitaban repugnancia. Intenté mover dos o tres de ellas para examinarlas mejor, pero comprobé que estaban sujetas con firmeza.

Vi que el pasadizo era largo, así que avancé a trompicones como buenamente pude, una carrera accidentada que habría parecido horrible de haber habido alguien allí para contemplarme en la oscuridad. De cuando en cuando cruzaba de un lado a otro del pasillo, para asegurarme de que a mi alrededor aún había paredes e hileras de estanterías. Los humanos estamos tan acostumbrados al pensamiento visual que casi me olvidé de la oscuridad y me imaginé aquel pasillo sin fin, de techo bajo y flanqueado de madera y cristal, como si lo viera. A continuación, en un momento de indescriptible emoción, lo vi de verdad.

No sabría concretar en qué lo imaginado dio paso a lo visto en realidad, pero más adelante empezó a insinuarse un brillo gradual, y de repente supe que tenía ante mí los sombríos contornos del pasillo y de las estanterías, iluminados bajo una fosforescencia desconocida y subterránea. Por un tiempo, todo pareció exactamente tal como yo lo había imaginado, pues aquel brillo era muy débil. Sin embargo, al reanudar de manera mecánica mi avance trompicado hacia la fuente de luz más intensa, comprendí que mi imaginación había sido un pálido reflejo de la realidad. Aquella estancia no era una reliquia tosca como los templos de la ciudad en la superficie, sino un monumento del arte más magnífico y exótico. Diseños e imágenes de lo más rico, vívido y osado formaban el plano de una pintura mural cuyas líneas y colores se hallaban más allá de toda descripción. Las estanterías estaban elaboradas con algún tipo de extraña madera dorada, y las partes frontales eran del cristal más exquisito. Contenían formas momificadas de criaturas grotescas cuyas deformidades superaban los sueños más caóticos de los seres humanos.

Era imposible hacerse una idea siquiera remota de cómo eran aquellas monstruosidades. Pertenecían al reino de los reptiles. Su silueta sugería cierto parecido con el cocodrilo o, en otros especímenes, a la foca, aunque en general no se asemejaban a nada que hubiese catalogado naturalista o paleontólogo alguno. Su tamaño era similar al de un humano pequeño, y sus patas delanteras estaban rematadas por unos pies delicados y a todas luces flexibles, como las manos y los dedos humanos. Sin embargo, lo más extraño de todo eran las cabezas, que presentaban un contorno que contravenía todo principio biológico conocido. Aquello no podía compararse con nada; a mi mente vinieron en un destello similitudes tan variadas como un gato, un *bulldog*, un sátiro de la mitología griega y un ser humano. Ni siquiera el propio Júpiter podía tener una frente tan colosal y protuberante. Los cuernos, la falta de nariz y la mandíbula similar a la de un caimán ubicaban a aquella criatura fuera de cualquier categoría establecida. Dudé durante un tiempo sobre si creer o no en la autenticidad de aquellas momias, pues albergaba la sospecha a medias de que acaso fueran ídolos artificiales, pero al final me decanté por otra explicación: debía de tratarse de alguna especie paleógena que había morado en la ciudad sin nombre cuando esta aún existía. Para rematar tan grotesca apariencia, casi todos ellos estaban cubiertos con las telas más costosas y engalanados con lujosos adornos de oro, joyas y metales brillantes aunque desconocidos.

Aquellos seres reptadores debían de haber sido muy importantes, pues ocupaban un lugar privilegiado en los alocados diseños de los frescos en paredes y techo. El artista los había dibujado con una pericia sin igual en un mundo propio, en el que tenían ciudades y jardines diseñados para adaptarse a sus dimensiones. Me fue inevitable pensar que aquella historia descrita en imágenes tenía un carácter alegórico. Acaso mostrara el progreso de la raza que los adoraba. Me dije a mí mismo que esas criaturas eran a los habitantes de la ciudad sin nombre lo que la loba fue a Roma, o lo que cualquier animal totémico es a una tribu de indios.

Partiendo de esa base, me consideré capaz de esbozar *grosso modo* una épica maravillosa sobre la ciudad sin nombre, la historia de una poderosa metrópolis costera que gobernó el mundo antes de que África sugiera de las aguas, y de las penurias que pasó al retirarse el mar y convertirse en desierto el valle fértil donde se emplazaba. Vi sus guerras y sus triunfos, sus tribulaciones y sus derrotas y, más adelante, su terrible lucha contra el desierto cuando miles de sus habitantes, representados en los murales de forma alegórica con aquellos grotescos reptiles, se vieron obligados a excavar hacia las profundidades rocosas valiéndose de alguna técnica admirable, en dirección a algún mundo ultraterreno del que sus profetas los habían hecho partícipes. Todo resultaba de lo más vívido, extraño y realista, y la conexión con el asombroso descenso que yo mismo acababa de realizar era inconfundible. Incluso reconocí ciertos pasadizos.

Me arrastré por el corredor hacia aquella luz más intensa, y pude contemplar las últimas etapas de aquella épica pintada en los murales: la retirada de la raza que había poblado la ciudad sin nombre y el valle a su alrededor durante diez millones de años; aquella raza cuyas almas se vieron destrozadas por el hecho de tener que abandonar los parajes que conocían desde hacía tanto tiempo, en los que se habían asentado como pueblo nómada durante la época en que la Tierra era joven y habían empezado a excavar en la roca virgen aquellos primitivos santuarios en los que nunca habían dejado de profesar su culto. Ahora que había más luz pude estudiar con más atención aquellas pinturas y, siempre teniendo en cuenta que aquellos extraños reptiles eran representaciones alegóricas de esos humanos desconocidos, reflexioné acerca de las costumbres de la ciudad sin nombre. Había muchas cosas del todo inexplicables y peculiares. La civilización, que incluso contaba con un alfabeto escrito, parecía mucho más avanzada que Egipto y Caldea, civilizaciones para cuyo advenimiento faltaba una cantidad casi inconcebible de tiempo. Sin embargo, detecté algunas omisiones que debo calificar de curiosas. Por ejemplo, en ningún mural hallé representación alguna de muertes o hábitos funerarios, excepto los óbitos relacionados con la guerra, la violencia o alguna plaga. Me pregunté por el motivo de aquella reticencia a representar la muerte

27

natural. Parecía como si aquella civilización albergase una suerte de ideal de inmortalidad como agradable ilusión.

Todavía más cerca del otro extremo del corredor, vi escenas pintadas de naturaleza de lo más pintoresca y extravagante, vistas contrastadas de la ciudad sin nombre inmersa en la desertificación y la ruina cada vez más inminente, así como de ese extraño nuevo reino o paraíso hacia el que la raza se había intentado acercar excavando en la roca. Aquellas imágenes mostraban siempre la ciudad y el valle desértico bajo la luz de la luna, y siempre con un nimbo dorado sobre los muros caídos que revelaba a medias la espléndida perfección de tiempos pasados, una perfección que el artista se las arreglaba para mostrar de forma espectral y elusiva. Aquellas escenas paradisíacas parecían demasiado extravagantes como para ser creíbles, pues mostraban un mundo oculto de días eternos lleno de gloriosas ciudades junto a colinas y valles perpetuos. En el último de los murales creí ver señales de un anticlímax artístico. Las imágenes mostraban menos pericia y además las escenas eran más extravagantes que ninguna de las anteriores, por extrañas que pareciesen. Parecían mostrar la lenta decadencia de aquellos antiguos seres, junto con una creciente ferocidad hacia el mundo del exterior del cual el desierto los había expulsado. La forma de aquella gente, siempre representada de forma alegórica por los reptiles sagrados, parecía degradarse de manera paulatina, aunque su espíritu, representado flotando sobre las ruinas a la luz de la luna, aumentaba en proporción. Unos sacerdotes macilentos, representados como reptiles con túnicas ornamentadas, maldecían el aire del exterior y a todos aquellos que lo respiraban. En una terrible escena final se mostraba un hombre de aspecto primitivo, acaso un pionero de la antigua Irem, la Ciudad de los Pilares, hecho pedazos a manos de miembros de aquella raza ancestral. Recordé hasta qué punto temen los árabes la ciudad sin nombre, y me alegré de que más allá de aquel lugar los muros grises y los techos estuvieran desnudos.

Mientras contemplaba aquel desfile de murales históricos, me había acercado al final de aquella estancia de techos bajos. De pronto reparé en el gran portón del que venía aquella brillante fosforescencia. Me acerqué a él y proferí un grito maravillado al contemplar lo que me deparaba el otro lado.

En lugar de otra cámara mejor iluminada, lo que vi fue un vacío ilimitado de fulgor uniforme, como el que cabría imaginarse que se ve al mirar desde lo alto del monte Everest sobre un mar de niebla iluminada por el sol. A mi espalda había un pasadizo tan angosto que ni siquiera podía incorporarme del todo, y frente a mí, un infinito fulgor subterráneo.

Un montón de escalones empinados descendía hacia el abismo, procedentes de la boca del pasadizo que ya había recorrido. Los escalones eran muy similares a los de los oscuros corredores que ya había atravesado. Tras unos cuantos escalones, los vapores brillantes bloqueaban por completo la visión. En la pared situada a la izquierda se abría una enorme puerta de latón, de increíble grosor y decorada con fantásticos bajorrelieves. Si se cerrase esa puerta, toda la luz de aquel mundo interior sería arrebatada de las bóvedas y los pasadizos de roca. Contemplé los escalones, aunque no me atreví a bajar, por el momento. Toqué aquella puerta de latón, mas no conseguí moverla. Entonces me derrumbé bocabajo en el suelo, con la mente sumida en prodigiosas reflexiones que ni siquiera aquel cansancio mortal que me embargaba conseguía desterrar.

Mientras estaba ahí, con los ojos cerrados y libre para reflexionar, muchos de los detalles que había creído captar en los frescos adquirieron para mí nuevos y terribles significados. Algunas escenas representaban la ciudad sin nombre en su apogeo, en medio del valle plagado de vegetación, y las lejanas tierras con las que comerciaban sus mercaderes. La alegoría de aquellas criaturas reptantes me desconcertaba por su prominencia universal, y me pregunté por qué la habían aplicado a rajatabla en aquella historia pictórica tan importante. En los frescos, la ciudad sin nombre siempre se representaba con proporciones ajustadas al tamaño de esas criaturas. Me pregunté cuáles habrían sido sus proporciones reales y su magnificencia. Acto seguido reflexioné por un momento acerca de ciertas rarezas en las que había reparado en las ruinas. Recordé cuán curioso me había resultado lo bajos que eran los techos de los templos primitivos situados en la superficie, sin duda excavados como deferencia a las deidades reptilianas que adoraban los moradores de la ciudad, por más que los obligase a entrar en ellos casi a rastras. Quizá los propios ritos religiosos suponían que había que arrastrarse en algún tipo de imitación de dichas criaturas. Sin embargo, no había teoría religiosa capaz de explicar por qué el pasadizo llano de aquel asombroso descenso era igual de bajo que los templos... o incluso aún más bajo, porque yo no podía ponerme de rodillas en él. Pensé en aquellas criaturas reptantes cuyas asquerosas formas momificadas tenía al alcance de la mano, y sentí una ráfaga de miedo. ¡Qué curiosas son las asociaciones de ideas! Me encogí al percatarme de que, exceptuando aquel pobre hombre primitivo hecho pedazos del último mural, la mía era la única forma humana entre todas aquellas reliquias y símbolos de vida primitiva.

Sin embargo, y por seguir la tónica de mi estrambótica y errante existencia, la admiración no tardó en ganarle la partida al miedo: aquel abismo luminoso y sus posibles contenidos presentaban un obstáculo digno del mayor de los exploradores. No cabía duda de que al final de aquellas escalinatas de peculiares escalones aguardaba todo un mundo lleno de misterio. Ojalá allí encontrase aquellos recuerdos humanos que no había conseguido encontrar en el corredor pintado. Los frescos representaban increíbles ciudades, colinas y valles en medio de aquel reino subterráneo. Mi imaginación empezó a bullir ante la perspectiva de las ricas y colosales ruinas que me aguardaban.

De hecho, mis temores tenían más que ver con el pasado que con el futuro. El horror físico de mi propia posición en aquel angosto corredor de reptiles muertos y frescos antediluvianos ubicado a kilómetros del mundo que conocía y a las puertas de otro mundo de luz y nieblas fantasmagóricas no podía compararse con el pánico letal que sentí ante la antigüedad abismal de toda aquella escena y del alma que contenía. Una antigüedad tan inmensa que toda medición resultaba pobre parecía contemplarme incitante desde aquellas rocas primitivas y aquellos templos excavados en la ciudad sin nombre. Mientras tanto, en los últimos y asombrosos mapas de los frescos se veían océanos y continentes que el hombre ha olvidado, excepto algún que otro contorno vagamente familiar. Nadie era capaz de decir lo que había sucedido en los eones que mediaban entre el momento en que se interrumpían los murales y la hora en que aquella raza que odiaba la muerte había sucumbido por fin a la decadencia. Aquellas cavernas y el reino luminoso de ahí abajo habían estado repletos de vida en su día, pero ahora solo quedaba yo en medio de aquellas vívidas reliquias. Me estremecí al pensar en las incontables eras que aquellas reliquias habían pasado en una silenciosa y abandonada vigilia.

De pronto me embargó otra ráfaga de aquel miedo agudo que me atenazaba de manera intermitente desde que vi el terrible valle y la ciudad sin nombre bajo una fría luna. A pesar de lo exhausto que me encontraba, me erguí frenéticamente hasta quedar sentado y observé el otro lado del negro corredor en dirección a los túneles que ascendían al mundo exterior. Las sensaciones que experimentaba eran muy parecidas a aquellas que me habían hecho evitar la ciudad sin nombre por la noche, y a decir verdad eran tan inexplicables como penetrantes. Sin embargo, un instante después sentí una conmoción aún mayor al captar un sonido preciso, lo primero que había roto el silencio absoluto de aquellas profundidades de tumba. Era un lamento profundo y grave que parecía surgir de una lejana muchedumbre de almas atormentadas. Venía de la dirección a la que miraba yo en aquel momento. El volumen subió muy de prisa, hasta que pronto reverberó de forma escalofriante por todo aquel pasillo bajo. Al mismo tiempo capté una corriente de aire helado cada vez más fuerte, que de igual forma soplaba de los túneles que llevaban a la ciudad en la superficie. El contacto con aquel aire pareció sacarme de mi ensimismamiento, pues al instante recordé las rachas repentinas que surgían de la boca del abismo cada ocaso y cada alba, una de las cuales había servido de hecho para revelarme la ubicación de los túneles ocultos. Consulté mi reloj y vi que se acercaba el amanecer, así que me preparé para resistir el vendaval que regresaba a su caverna de origen y que volvería a salir de ella al anochecer. Una vez más, mis temores menguaron, pues los fenómenos naturales suelen quitarle hierro a lo desconocido.

El aullido demencial de aquel viento aumentó más y más mientras fluía hacia los abismos interiores de la tierra. Volví a tirarme al suelo bocabajo y me aferré en vano a él, por miedo a que el viento me arrastrase por el portón abierto y me lanzase a aquel abismo fosforescente. No había esperado una furia semejante, y al darme cuenta de que el viento estaba consiguiendo arrastrarme poco a poco hacia el abismo me asaltó un millar de nuevos terrores llenos de aprensión e imaginación. Aquel estallido maligno despertó imágenes a cuál más increíble, y una vez más me estremecí al compararme con la única representación humana que vi en el corredor, el hombre a quien la raza sin nombre había despedazado. Las garras demoníacas de aquel torbellino de corrientes parecían albergar una sed de venganza tanto más fuerte cuanto, en realidad, impotente. Creo que empecé a gritar poco antes del final, a punto ya de perder la cordura. Si ese fue el caso, mis gritos se perdieron en la babel infernal de aquellos espectros de viento. Traté de gatear en dirección contraria a aquel viento invisible y homicida, pero apenas conseguía mantenerme en el sitio mientras me empujaba de manera lenta pero inexorable hacia el mundo desconocido. Por fin mi cordura debió de ceder por completo, porque empecé a balbucear una y otra vez aquel pareado inexplicable del árabe loco, Alhazred, quien en su día soñó con la ciudad sin nombre:

Pues no está muerto lo que por siempre yace inerte.
Y, tras extraños eones, hasta a la muerte le llega la muerte.

Solo los lúgubres y siniestros dioses del desierto saben lo que aconteció en realidad, qué indescriptibles requiebros y esfuerzos realicé en la oscuridad, o qué Abadón me guio de regreso a la vida, donde siempre habré de recordar con estremecimiento los vientos nocturnos, hasta que el olvido o algo peor venga a reclamar mi vida. Debo calificar la experiencia de monstruosa, antinatural y colosal, más allá de los relatos que mis congéneres estén dispuestos a creer, excepto en las silenciosas y malditas horas de la madrugada en las que el sueño se vuelve esquivo.

He dicho que la cólera de aquel furioso estallido de viento era infernal, cacofónica y demoníaca, y que sus voces eran terroríficas, plagas de la ferocidad enclaustrada de eternidades abandonadas. De inmediato, todas aquellas voces, por caóticas que se me antojasen, parecieron adoptar cierta forma articulada que mi cerebro captó a mi espalda. Desde lo profundo de aquella tumba de antigüedades muertas de hacía incontables eones, a kilómetros bajo el mundo de los humanos bañado por el sol, oí las espectrales maldiciones y los rugidos de unos seres demoníacos que se expresaban en una lengua extraña. Me giré y vi, recortada contra el luminoso éter del abismo que no llegaba a apreciarse contra el corredor pobremente iluminado, una horda de diablos dignos de pesadilla que se abalanzaban sobre mí, retorcidos por el odio en estado puro, una panoplia de formas grotescas y traslúcidas, diablos de una raza que ningún humano podría confundir jamás: eran los lagartos reptantes de la ciudad sin nombre.

En el mismo momento en que el viento murió, me zambullí en la negrura donde habitan los necrófagos de las entrañas de la Tierra, pues el enorme portón de bronce se cerró frente a las criaturas con un ensordecedor tañido metálico cuyos ecos reverberaron en la lejanía hasta la superficie, para dar la bienvenida al disco flamígero del mismo modo que Memnón los saluda desde las riberas del Nilo.

LA FESTIVIDAD

Efficiunt Daemones, ut quae non sunt, sic tamen quasi sint, conspicienda hominibus exhibeant.[1]

LACTANCIO

M e encontraba lejos de mi hogar, bajo el hechizo del mar oriental. Lo oía estrellarse contra las rocas en medio del crepúsculo, consciente de que se hallaba justo al otro lado de la colina en la que la silueta de los sauces contorsionados se retorcía contra el cielo despejado y las primeras estrellas nocturnas. Y puesto que mis mayores me habían llamado para que volviese a la vieja aldea más allá, apreté el paso a través de la nieve recién caída y no muy espesa que cuajaba el camino que ascendía solitario hasta el lugar donde Aldebarán destellaba entre los árboles; hacia la antiquísima aldea que jamás habían contemplado mis ojos, pero con la que había soñado a menudo.

Era la festividad de Yule, que los humanos denominan Navidad, aunque bien saben en sus corazones que es más antigua que Belén y hasta que Babilonia, más vieja que Menfis y que la humanidad. Era la festividad de Yule, y yo recalaba por fin en la antigua aldea costera donde residía mi gente, la misma que había mantenido la festividad con vida en los tiempos de antaño, pese a estar prohibida. Allí les habían encomendado a sus hijos que celebrasen la festividad una vez por siglo, para que el recuerdo de los secretos primitivos no cayese en el olvido. Era el mío un pueblo viejo; ya lo era cuando se estableció en esta tierra hace trescientos años. También era un pueblo extraño, oscuro y furtivo. Habían llegado a estos parajes desde

---

1   Los demonios hacen que hasta lo que no es se muestre como real a ojos de los hombres.

opiáceos jardines sureños ahítos de orquídeas. Antes de aprender la lengua de aquellos pescadores de ojos azules, hablaban otra bien diferente. Ahora toda la estirpe estaba dispersa, desperdigada, y sus integrantes apenas compartían los rituales de ciertos misterios que ninguna criatura viva alcanza a comprender. Yo fui el único que regresó aquella noche a la vieja aldea costera como muestra de respeto a las viejas leyendas, pues el recuerdo siempre es cosa de pobres y seres solitarios.

Entonces, una vez rebasada la cima de la colina, vi desplegarse en el crepúsculo la helada estampa de Kingsport, la Kingsport cubierta de nieve, con sus antiguas veletas y campanarios, sus parhileras y chimeneas, sus embarcaderos y sus puentecillos, sus sauces y sus cementerios. Era un laberinto infinito de calles retorcidas, estrechas y empinadas. Una iglesia coronaba un promontorio descuidado que el tiempo no había osado tocar. Había continuas marañas de casas coloniales apelotonadas y diseminadas en todas las direcciones y niveles posibles, como si de los cubiletes desordenados de un niño se tratase. Las alas grises de la antigüedad sobrevolaban los gabletes y tejados picudos que el invierno había teñido de blanco; tras los montantes y ventanucos empezaban poco a poco a encenderse luces en medio del frío crepúsculo, resplandores que se unían al de Orión y las demás estrellas arcaicas. El mar golpeaba los embarcaderos medio podridos; aquel mar inmemorial y sigiloso del que el pueblo había surgido en tiempos ancestrales.

En la cima, junto al camino, se abría una elevación aún más alta, lúgubre y asolada por el viento. Vi que se trataba de un cementerio cuyas negras lápidas sobresalían con aspecto demoníaco entre la nieve como los dedos putrefactos de un gigantesco cadáver. El camino desprovisto de huellas estaba muy solitario, y en varias ocasiones me pareció oír un crujido espeluznante aunque lejano, similar al que haría una horca al viento. Cuatro de mis parientes habían sido ahorcados por brujería en 1692, aunque nunca supe en qué lugar.

El camino empezó a descender la ladera de cara al mar. Presté atención por si captaba los alegres sonidos que se oyen en cualquier aldea al atardecer. No oí nada. Entonces pensé en la estación en que nos encontrábamos, y se me ocurrió que tal vez aquellas gentes puritanas tuviesen tradiciones navideñas que me resultarían extrañas, llenas de plegarias sentidas aunque silenciosas. A partir de aquel momento no me esforcé por escuchar sonido alegre alguno, ni por localizar caminantes extraviados, sino que proseguí el camino hasta dejar atrás las granjas y muros de piedra ensombrecida. Empecé a ver los rótulos de viejas tiendas y tabernas marineras que chirriaban bajo la brisa plagada de salitre, así como unas grotescas aldabas cuyas columnas resplandecían por desérticas avenidas sin asfaltar bajo la luz que se filtraba a través de las cortinas de los ventanucos.

Había consultado ya algunos planos de la aldea y sabía dónde encontrar la casa de los míos. Me habían dicho que me reconocerían y me darían la bienvenida, pues la leyenda de la aldea es longeva, así que me apresuré a cruzar Back Street hasta Circle Court. Atravesé la nieve a medio cuajar sobre el único suelo embaldosado de la aldea, hacia el lugar de donde parte Green Lane, tras la lonja del mercado. Los viejos planos seguían vigentes, por lo que no tuve problema alguno. Sin embargo, debió de mentirme quien me dijo en Arkham que se podía llegar hasta allí en tranvía, pues no vi ni una sola catenaria. Sea como fuere, si el tranvía pasaba, la nieve había cubierto los raíles. Me alegré de haber optado por ir a pie, pues la blanca aldea me había parecido muy hermosa al contemplarla desde la colina. En ese momento me encontraba ansioso por llamar a la puerta de la casa de los míos, el séptimo caserón de la izquierda en Green Lane, con un tejado picudo y antiguo y un segundo piso voladizo, todo ello construido antes de 1650.

Al acercarme a la casa vi luces encendidas en el interior. A juzgar por el enrejado de las ventanas de cristal, comprendí que debían de mantenerla de la manera más parecida posible a su estado original. La parte superior se cernía sobre la estrecha calle cubierta de hierbajos, hasta el punto de que casi tocaba con el voladizo de la casa de enfrente. Así pues, me encontraba en algo parecido a un túnel. En los escalones de piedra de la entrada no había caído nada de nieve. No había acera, pero muchas de las casas tenían portones altos a los que se accedía por escalinatas dobles con barandillas de hierro. Aquella estampa era de lo más extravagante, y a causa de mi condición de extranjero en Nueva Inglaterra, jamás había visto entradas parecidas. Aunque me resultaba agradable, quizá la habría apreciado mejor de haber encontrado huellas de pies en la nieve, o gente en las calles, o al menos alguna ventana que no tuviera las cortinas echadas.

Sentí algo parecido al miedo cuando golpeé en la puerta con la arcaica aldaba de hierro. Un miedo inconcreto iba creciendo en mi interior, tal vez a causa de la extrañeza de mis ancestros, o al cariz lúgubre de aquel ocaso, o bien al extravagante silencio que imperaba en aquella envejecida aldea de curiosas costumbres. Para cuando respondieron a mi llamada, el miedo ya me dominaba del todo, pues no alcancé a oír sonidos de pisadas antes de que se abriese la puerta con un chirrido. No obstante, el miedo no me duró mucho, ya que la visión del rostro anodino del anciano con bata y pantuflas que apareció en el dintel me ayudó a serenar el ánimo. Aunque me indicó con señas que era mudo, se las arregló para escribir una arcaica frase de bienvenida con un estilete y una tabla de cera que llevaba consigo.

Me condujo hasta una habitación baja iluminada con velas, de enormes vigas expuestas y muebles escasos, oscuros y sobrios del siglo XVII. Allí el pasado cobraba fuerza, pues no faltaba un detalle. Había una chimenea cavernosa y una rueca a la que se sentaba una anciana ataviada con una holgada bata y un sombrero *poke*. La anciana miraba en mi dirección y hacía girar la rueca en silencio, pese a hallarnos en fechas festivas. En toda la sala parecía imperar una suerte de humedad, y me asombró comprobar que la chimenea estaba apagada. A la izquierda, un banco de respaldos altos se orientaba hacia un ventanal cuyas cortinas estaban echadas. Me pareció divisar a alguien sentado, aunque no las tenía todas conmigo. Lo que veía ante mis ojos no terminaba de gustarme, y una vez más el miedo se avivó en mi interior. Dicho miedo aumentó en intensidad a causa de lo que antes lo había calmado: cuanto más contemplaba el rostro anodino de aquel hombre, más me aterrorizaban aquellas facciones insulsas. Sus ojos no se movían jamás, y la piel se asemejaba a la cera. Por fin llegué a la conclusión de que aquello no era un rostro, sino una máscara de factura engañosa y demoníaca. Aquellas manos fofas, curiosamente embutidas en guantes, volvieron a escribir un cordial mensaje en la tabla y me indicaron que debía esperar un poco allí antes de que me llevasen al lugar donde se celebraría la festividad.

El anciano señaló una silla, una mesa y una pila de libros, y acto seguido salió de la sala. Me senté a leer un poco, y comprobé que aquellos libros eran antiquísimos y estaban enmohecidos. Entre sus títulos figuraban el viejo tratado de Morryster, *Maravillas de la ciencia;* el terrible *Saducismus Triumphatus* de Joseph Glanvill, publicado en 1681; la espeluznante *Demonolatría* de Nicolas Rémy, impresa en Lyon en 1595... y lo peor de todo: el innombrable *Necronomicón,* del árabe loco Abdul Alhazred, en la traducción al latín que realizó Olaus Wormius, prohibida. Era un libro que jamás había tenido la oportunidad de contemplar, pero del que había oído los comentarios más monstruosos. Nadie me dirigió la palabra, aunque oía el silbido del viento en el exterior y el chirrido de la rueca mientras la mujer del sombrero la hacía girar en silencio una y otra vez, una y otra vez. Pensé que aquella habitación, aquellos libros y aquella gente eran demasiado macabros e inquietantes. No obstante, la vieja tradición de mis ancestros me obligaba a asistir a aquella extraña festividad, por lo que decidí que lo más normal sería encontrarme con cosas del todo extravagantes. Así pues, intenté leer, y pronto algo que encontré en el maldito *Necronomicón* absorbió toda mi atención; un concepto y una leyenda demasiado repugnantes para seres dotados de cordura o incluso de conciencia. En aquel momento creí percibir el sonido de una ventana que se cerraba, procedente del ventanal ubicado frente al banco. Era como si la hubiesen abierto con sigilo y vuelto a cerrar. Me pareció que antes se había oído un chirrido que no podía proceder de la rueca de la anciana. Sin embargo, era imposible estar seguro, porque la anciana hacía girar la rueca a toda velocidad y el viejo reloj de la estancia acababa de anunciar la hora. Después de aquello, dejé de experimentar la sensación de que había alguien sentado en el banco. Me dediqué a leer con atención, estremecido, hasta que regresó el anciano, esta vez ataviado con botas y unos holgados ropajes antiguos. Se sentó en aquel mismo banco, cuyo alto respaldo me impidió verlo. Aguardé, hecho un manojo de nervios, que habían aumentado a causa del libro blasfemo que sostenía en las manos. Cuando el reloj dio las once, el anciano se incorporó de nuevo y se deslizó hacia un enorme cofre con grabados que descansaba en una esquina. De él sacó dos capas con capucha. Se puso una de las dos, y le colocó la otra a la anciana, que acababa de interrumpir aquellos giros monótonos de rueca. Ambos se dirigieron a la puerta del exterior. La anciana se arrastraba con patéticos esfuerzos, mientras que el hombre me quitó de las manos el libro que había estado leyendo, me hizo una seña para que lo siguiera y se colocó la capucha sobre aquel rostro o máscara inmóvil.

Nos adentramos en la tortuosa maraña de calles de aquella aldea increíblemente antigua. A medida que avanzábamos bajo la noche sin luna, las luces tras las ventanas de cortinas echadas desaparecían una tras otra. Sirio espiaba con mirada lasciva a la muchedumbre de figuras encapuchadas que franqueaban las puertas para sumarse a una monstruosa procesión por esta o aquella calle, más allá de los letreros chirriantes y de los gabletes antediluvianos, los tejados de paja y las ventanas enrejadas, hasta atravesar calles escarpadas en las que se amontonaban casas decadentes y casi derruidas y cruzar patios y cementerios cuyas iluminaciones oscilantes formaban unas constelaciones tan ultraterrenas como embriagadas.

En medio de aquella muchedumbre susurrante, yo me dejaba llevar por mi guía mudo, entre codazos que parecían de una suavidad esponjosa y casi preternatural, apretado entre pechos y estómagos que parecían dotados de una anormal cualidad pulposa. Sin embargo, no alcanzaba a vislumbrar ni un solo rostro, ni a oír palabra alguna. Aquella procesión fantasmal siguió reptando sin cesar. Todos los procesionarios convergían desde sus diferentes puntos de origen hasta llegar a una especie de núcleo de callejones de disposición demencial situado en la cima de una colina alta en el centro de la aldea, sobre la que descansaba una gran iglesia blanca. Ya la había visto desde lo alto del camino al contemplar Kingsport bajo el crepúsculo, y su visión me había estremecido, pues Aldebarán parecía apoyarse sobre aquel fantasmal capitel.

Alrededor de la iglesia había un espacio abierto, en parte cementerio lleno de lápidas espectrales y en parte plazoleta medio pavimentada que el viento mantenía desprovista de nieve, flanqueada con casas arcaicas de aspecto malsano con tejados picudos y gabletes colgantes. Sobre las tumbas bailoteaban unos fuegos fatuos que revelaban visiones de lo más truculento, aunque por extravagante que pareciese no llegaban a proyectar sombra alguna. Más allá del cementerio, donde terminaban las casas, alcancé a ver la cima de la colina y el brillo de las estrellas sobre el puerto, aunque el pueblo se mantuvo invisible en la oscuridad. Solo de vez en cuando se atisbaba alguna linterna que se bamboleaba de forma espeluznante al atravesar callejuelas serpenteantes en su camino para unirse a la muchedumbre que ahora entraba en la iglesia sin mediar palabra. Aguardé hasta que toda la multitud, incluidos los rezagados, hubo franqueado la puerta negra de la iglesia. El anciano me tiraba de la manga, pero yo ya estaba resuelto a ser el último en entrar. Por fin, me llegó el turno. El viejo siniestro y la mujer de la rueca me precedieron. Crucé el umbral al interior de aquel templo ahora atestado de oscuridad desconocida, y me giré una sola vez para contemplar el mundo exterior. La fosforescencia del cementerio emitió un brillo enfermizo sobre el empedrado de lo alto de la colina. Me estremecí, pues, aunque el viento había retirado casi toda la nieve, aún quedaban un par de manchas en el camino muy cerca de la puerta. Al mirar de refilón, mis atribulados ojos creyeron captar que no había en ellas marca alguna de pisadas, ni siquiera las mías.

La escasa iluminación de la iglesia provenía de las linternas que habían entrado a manos de la multitud, aunque casi todos los asistentes se habían desvanecido. Todos se habían dirigido por el pasillo entre las altas y blanquecinas bancadas hasta las trampillas de las catacumbas que se abrían de forma repulsiva justo ante el púlpito, y se habían escurrido en ellas sin hacer el menor ruido. Los seguí, aturdido, a través de aquellas escaleras erosionadas por el paso del tiempo que descendían hacia la asfixiante cripta. La cola de la sinuosa hilera de caminantes nocturnos me horrorizó, y me horrorizó aún más ver cómo se retorcían para entrar en una tumba de aspecto venerable. Entonces me percaté de que el suelo de la tumba tenía una abertura por la que se deslizaba toda la multitud. Un momento después, todos descendíamos por una ominosa escalinata rocosa de tosca factura; una estrecha escalinata en espiral ahíta de humedad y de un olor muy peculiar que descendía sin fin hasta las entrañas de la colina más allá de monótonas paredes hechas de goteantes bloques de piedra y mortero medio derruido. Fue un descenso tan silencioso como impactante. Tras un terrible intervalo, observé que la naturaleza de los muros y de los escalones cambiaba, como si los hubiesen excavado en la sólida roca. Lo que más me preocupaba era el hecho de que aquella miríada de pies en movimiento no emitía sonido alguno ni levantaba ecos. Tras un descenso que duró aún más eones, advertí que había ciertos pasadizos laterales, madrigueras que conducían a oscuros recovecos ignotos en aquella oquedad de misterio nocturno. Los pasadizos no tardaron en multiplicarse como impías catacumbas de amenaza innombrable de las que brotaba un penetrante hedor a descomposición apenas soportable. Estaba seguro de que habíamos dejado atrás la montaña y la tierra del pueblo de Kingsport. Me estremecí ante la idea de que aquel pueblo fuese tan antiguo y estuviese tan perforado por túneles agusanados de maldad subterránea.

Entonces capté el espeluznante brillo de un pálido resplandor y oí el susurro insidioso de unas aguas que no conocían la luz del sol. Me estremecí de nuevo, pues no me gustaba ninguna de las cosas que me había deparado la noche. En un arranque de amargura, deseé que mis ancestros no me hubiesen convocado a aquel primitivo rito. Los escalones y el pasadizo se ensancharon, y entonces oí otro sonido: la débil y quejumbrosa parodia de una flauta enfermiza. De pronto, ante mí se presentó el paisaje ilimitado de un mundo interior, una orilla fungosa iluminada por un géiser de llamas malsanas y verdosas, y cuyo contorno lamía un río oleaginoso que fluía desde escalofriantes e insospechados abismos hasta alcanzar las más negras simas de un océano inmemorial.

Me fallaron las piernas y solté un resuello. Contemplé aquel impío Erebo de titánicos hongos venenosos, fuego leproso y aguas cenagosas. Vi que la muchedumbre encapuchada formaba un semicírculo alrededor de un pilar llameante. Aquel era el rito de Yule, mucho más antiguo que el hombre y destinado a sobrevivirlo; el rito primitivo del solsticio y de la promesa de la primavera más allá de las nieves; el rito del fuego y de la hoja perenne, de la luz y de la música. En aquella gruta estigia contemplé cómo llevaban a cabo el rito y adoraban aquella enfermiza columna de llamas. Vi cómo lanzaban al agua manojos arrancados de aquella viscosa vegetación, que brillaban con tonalidades verdosas en medio del resplandor clorótico. Todo esto lo vi, como también vi una silueta amorfa agazapada más allá de donde alcanzaba la luz, una silueta que le arrancaba desagradables quejidos a una flauta. Tras aquellos sonidos creí captar unos nauseabundos aleteos amortiguados en la fétida oscuridad que mi vista no alcanzaba a penetrar. Sin embargo, lo que más me asustó fue aquella columna de llamas que brotaba volcánica de las profundidades inconcebibles, que no proyectaba sombra alguna como lo haría una llama natural y que cubría la piedra nitrosa del techo con un cardenillo nauseabundo y venenoso. Además, aquella furiosa combustión no producía calor alguno, sino la fría humedad de la muerte y la corrupción.

El hombre que me había llevado hasta allí se escabulló hasta un lugar situado justo al lado de la espeluznante llama. Se colocó de cara al semicírculo de asistentes y empezó a realizar gestos ceremoniales. En ciertas etapas del ritual realizaron reverencias serviles, en especial cuando el hombre alzó sobre su cabeza el aberrante *Necronomicón,* que había llevado consigo. Imité todas las reverencias: ese era el motivo por el que mis ancestros me habían convocado por carta para que asistiese a esta festividad. Entonces el anciano le hizo una señal al flautista medio oculto en las tinieblas, y este alteró el débil zumbido que había emitido hasta ese momento y comenzó a tocar en otro tono. Aquello desencadenó un horror tan impensable como inesperado. Ante aquel horror, casi caí postrado en la tierra cubierta de líquenes, embargado por un pánico que no era de este ni de ningún otro mundo; más bien procedía de los demenciales espacios situados entre las estrellas.

De las inimaginables tinieblas ubicadas más allá del gangrenoso resplandor de aquella fría llama, de las leguas tartáreas a través de las cuales fluía aquel imposible, inaudito e insospechado río oleaginoso, llegó el rítmico aleteo de una horda de seres alados controlados, entrenados e híbridos que ningún ojo cuerdo podría alcanzar a comprender jamás, con un sonido que ningún cerebro jamás podría llegar a recordar. No eran del todo cuervos, ni topos, ni buitres, ni hormigas, ni murciélagos vampiro ni cuerpos humanos en descomposición, sino algo que no consigo (ni debo) recordar. Se desplazaban, flácidos, a veces con los pies palmeados y a veces con las alas membranosas. Cuando esas criaturas alcanzaron la muchedumbre de asistentes a la festividad, las figuras encapuchadas las agarraron una a una y montaron sobre ellas. Acto seguido, partieron a lo largo de los extremos de aquel río tenebroso, con destino a pozos y galerías de puro pánico en las que estanques envenenados desembocan en escalofriantes e ignotas cataratas.

La anciana de la rueca había partido junto a la muchedumbre, mientras que el anciano seguía allí solo porque yo me había negado a montar cuando me hizo una seña para que agarrase a uno de aquellos animales y me subiese a él, al igual que los demás. Cuando a duras penas conseguí ponerme en pie de nuevo, vi que el amorfo flautista había desaparecido de la vista, pero que dos de aquellas bestias aguardaban con paciencia junto a nosotros. Retrocedí, y el anciano sacó entonces el estilete y la tabla. Escribió que era el auténtico representante de mis ancestros, que habían fundado el culto de Yule en aquel antiguo lugar. Escribió que se había decretado mi regreso, y que aún debía descubrir los misterios más secretos de nuestro culto. Lo escribió con trazos muy antiguos. Al verme vacilar, sacó de su túnica holgada un anillo con sello y un reloj, ambos con el escudo de mi familia, para demostrarme que era quien decía ser. Sin embargo, dicha prueba era de lo más horripilante, pues yo sabía, a raíz de ciertos documentos antiguos, que habían enterrado aquel reloj junto con los restos de mi trastatarabuelo en 1698.

De inmediato, el anciano se quitó la capucha y me señaló la similitud que su rostro tenía con las facciones de mi familia. Yo, sin embargo, me estremecí, porque estaba seguro de que aquella cara no era más que una diabólica máscara de cera. Los animales bamboleantes ahora empezaban a arañar el liquen del suelo con inquietud, una inquietud que supe ver también en el anciano. Cuando una de aquellas bestias empezó a anadear y a alejarse, el anciano se volvió al instante para tratar de frenarla. Aquel movimiento súbito desenganchó la máscara de cera de lo que debería haber sido su cabeza. Y entonces, dado que la posición de aquel ser de pesadilla

bloqueaba el camino hasta la escalinata de piedra por la que habíamos llegado, me lancé a aquel oleaginoso río subterráneo que burbujeaba de camino a algún desconocido destino en las cavernas marinas. Me lancé a aquel putrescente jugo de los horrores interiores de la tierra, antes de que mis gritos demenciales atrajeran sobre mí a todas las legiones de la tumba que pudieran ocultar aquellos abismos tenebrosos.

En el hospital me dijeron que me habían encontrado al alba en el puerto de Kingsport, casi en estado de congelación. Me aferraba a un mástil flotante que la casualidad había enviado a salvarme. Me dijeron que me había internado la noche anterior por una salida equivocada en un cruce del camino que llevaba a la colina, y que me había caído por los precipicios de Orange Point; lo habían deducido por las huellas que encontraron en la nieve. Nada había que yo pudiera decir, pues todo estaba mal. Todo estaba mal, empezando por aquel ancho ventanal que mostraba un mar de tejados entre los que quizás uno de cada cinco era antiguo, o por el sonido de los tranvías y los motores que se oía en la calle bajo la ventana. Me repitieron una y otra vez que me encontraba en Kingsport, cosa que yo no podía negar. Los delirios se manifestaron cuando me informaron de que el hospital se alzaba cerca del viejo cementerio de la iglesia de Central Hill. A continuación, me enviaron al hospital de St. Mary de Arkham; allí podrían atenderme mejor. Me gustó estar allí, pues los doctores tenían la mente algo más abierta, e incluso pude aprovecharme de su influencia a la hora de hacerme con un ejemplar del inaceptable *Necronomicón* de Alhazred, cuidadosamente guardado en la biblioteca de la Universidad de Miskatonic. Los doctores mencionaron algo sobre un tipo de «psicosis», y yo estuve de acuerdo en que lo mejor que podía hacer era expulsar cualquier tipo de obsesión de mi mente.

Así pues, volví a leer aquel horripilante capítulo, y me estremecí por partida doble, ya que, de hecho, no me era desconocido. Lo había visto con anterioridad, digan lo que digan las huellas que supuestamente dejé en la nieve, aunque el lugar donde lo había visto descansaba en el olvido. No hubo nadie, en mis horas de vigilia, capaz de hacerme recordar dónde estaba aquel lugar. Sin embargo, el terror habita mis sueños debido a frases que prefiero no reproducir aquí. Solo me atreveré a citar un párrafo, que traduciré a mi idioma en la medida de lo posible del extravagante latín en que está escrito:

Las cavernas más profundas —escribió el árabe loco— no están hechas para ojos curiosos capaces de ver, pues extrañas y terroríficas son sus maravillas. Maldito sea el suelo en que moran los pensamientos muertos en cuerpos nuevos y estrambóticos. Malvada ha de ser la mente que ninguna cabeza alberga. Ibn Schacabac afirmó con sabiduría que feliz es la tumba en la que no descansa hechicero alguno, y felices las noches en los pueblos cuyos hechiceros no son ya sino cenizas; pues antiguo es el rumor que dice que el alma vendida al demonio no ha de descansar en su fosa de arcilla, sino que ceba e instruye al mismísimo gusano roedor, hasta que la vida más horrible brota de la podredumbre, y que las bajas alimañas de la tierra se alimentan con astucia para agasajarla y crecen monstruosos para poblarla. Grandes agujeros se cavan en secreto allá donde deberían bastar los poros de la tierra. Las criaturas que los moran solo deberían arrastrarse, mas erguidas han aprendido a caminar.

LA LLAMADA DE CTHULHU

(Descubierto entre los documentos del finado
Francis Wayland Thurston, de Boston.)

———◆———

Es de suponer que tales potencias o entidades hayan
sobrevivido... sobrevivido a un periodo inmensamente remoto,
cuando la conciencia se manifestó en seres y formas que hace
mucho que se retiraron ante la marea de la humanidad que
avanza..., formas de las que tan solo la poesía y la mítica han
podido captar un evanescente recuerdo, llamándolas dioses,
monstruos, seres míticos de todas clases y formas...

ALGERNON BLACKWOOD

I

EL HORROR EN ARCILLA

Lo más misericordioso del mundo, creo, es la incapacidad de la mente humana para relacionar todo cuanto este contiene. Vivimos en una plácida isla de ignorancia, entre las brumas de negros mares de infinito y, sin embargo, apenas somos capaces de ir muy lejos. Las ciencias, cada una de las cuales se mueve en su propia dirección, nos han afectado de momento muy poco, pero algún día, al juntar las piezas de conocimiento disociado, se abrirán vistas tan terroríficas de la realidad, así como de nuestra espantosa posición en ella, que enloqueceremos ante esta revelación o huiremos de su mortífera claridad hacia la paz y la seguridad de una nueva Edad Media.

Los teósofos han palpado la aterradora grandeza del ciclo cósmico, en el que nuestro mundo y la raza humana apenas son unos meros incidentes. Han insinuado la existencia de extrañas pervivencias en términos que helarían la sangre de no estar enmascarados por un suave optimismo. Pero no es de ahí de donde vienen esos pocos atisbos de prohibidos eones, que me hacen estremecer cada vez que pienso en ellos y me hacen enloquecer cuando aparecen en mis sueños. Estos atisbos, como todas las temidas ojeadas a la verdad, centellearon de la unión accidental entre hechos separados; en este caso, de un viejo recorte de periódico y las notas de un profesor muerto. Espero que nadie vuelva a casarlos; desde luego, si sobrevivo, nunca añadiré de manera voluntaria un eslabón a tan odiosa cadena. Creo que el profesor también quiso guardar silencio en la parte que le tocaba y que habría destruido sus notas de no haberlo alcanzado la muerte de una manera tan repentina.

Entré en conocimiento del asunto en el invierno de 1926-1927, a la muerte de mi tío abuelo George Gammell Angell, profesor emérito de Lenguas Semíticas de la Universidad de Brown, en Providence (Rhode Island). El profesor Angell era reconocido por doquier como una autoridad en antiguas inscripciones y, con frecuencia, recibía las consultas de directores de importantes museos, así que muchos recordarán su fallecimiento a la edad de noventa y dos años. Localmente, el interés se vio aumentado por lo incierto de la causa de su muerte. Al profesor lo golpearon mientras volvía del barco de Newport, y cayó de súbito, según testigos, tras recibir el empellón de un negro con aspecto de marino que había salido de uno de los extraños y oscuros patios en la empinada ladera de la colina que va desde los muelles hasta la casa del muerto, en William Street. Los médicos fueron incapaces de encontrar daños visibles, así que concluyeron, tras debatir perplejos, que la causa debía de residir en alguna oscura lesión cardiaca, agravada por el enérgico ascenso de tan escarpada colina para un hombre tan anciano. Esa era la responsable de su fin. Entonces, no vi motivo para disentir de tal dictamen, aunque ahora, tiempo después, me veo inclinado a dudar... y más que dudar.

Como heredero y albacea de mi tío abuelo, ya que había muerto viudo y sin hijos, se esperaba que revisase sus papeles de la manera más exhaustiva posible. Con tal motivo, trasladé todos sus archivos y sus cajas a mi residencia de Boston. La mayor parte del material que ordené lo publicará, con el tiempo, la Sociedad Arqueológica Americana, pero había una caja que encontré de lo más desconcertante, y me sentí reacio a mostrársela a los demás. Estaba cerrada con candado y no encontré la llave hasta que se me ocurrió examinar el llavero personal que el profesor llevaba siempre en los bolsillos. Entonces conseguí abrirla, pero fue solo para enfrentarme a un cerrojo más fuerte y mejor cerrado. Ya que ¿cuál podía ser el significado del extraño bajorrelieve de arcilla y las deslavazadas notas, apuntes y recortes que encontré? ¿Había caído mi tío, en sus últimos años, presa de las más notorias imposturas? Decidí buscar al excéntrico escultor responsable de esta aparente perturbación de la paz espiritual de un anciano.

El bajorrelieve era un tosco rectángulo de menos de tres centímetros de grosor y una superficie de unos doce por quince. Su origen era obviamente moderno. Sus dibujos, no obstante, distaban de serlo, ya que, aunque los caprichos del cubismo y el futurismo son muchos y extraños, no suelen reproducir la críptica regularidad que acecha en las inscripciones prehistóricas. E inscripciones de alguna clase parecían, sin duda, la mayor parte de tales dibujos; aunque mi memoria, a pesar de estar sumamente familiarizado con los documentos y colecciones de mi tío, no pudo identificar su especie en particular o siquiera intuir su más remota filiación.

Sobre esos supuestos jeroglíficos había una figura de intención evidentemente pictórica, aunque su factura impresionista impedía hacerse una idea muy clara de su naturaleza. Parecía ser una especie de monstruo o un símbolo que representaba a un monstruo, pero de una manera que solo una mente enfermiza podría concebir. Si digo que a mi imaginación, algo extravagante, le parecieron a la vez las imágenes de un pulpo, un dragón y una caricatura de un ser humano, no sería infiel al espíritu de esa representación. Una cabeza pulposa y tentaculada coronaba un cuerpo grotesco y escamoso, dotado de alas rudimentarias; pero era la impresión general del conjunto lo que lo hacía más estremecedor y espantoso. Tras la figura había una vaga sugerencia de un fondo de arquitectura ciclópea.

El escrito que acompañaba a tal rareza era, junto a un montón de recortes de periódicos, un relato reciente del profesor Angell y carecía de cualquier pretensión literaria. Lo que parecía ser el principal documento tenía un encabezamiento que rezaba «EL CULTO DE CTHULHU», en caracteres de concienzuda caligrafía para prevenir errores de lectura en una palabra de sonido tan extraño. Este manuscrito estaba dividido en dos secciones, la primera de las cuales decía: «1925: sueño y trabajo onírico de H. A. Wilcox. Thomas St. 7, Providence, Rhode Island», y la segunda: «Declaración del inspector John R. Legrasse, Bienville St. 121, Nueva Orleans, Luisiana, en la Convención de la Asociación Arqueológica Americana en 1908, notas del mismo e informe del profesor Webb». Los demás papeles manuscritos eran notas breves; algunos de ellos, informes sobre extraños sueños de diferentes personas; otros, citas de libros y revistas teosóficas (sobre todo, de *Historia de los atlantes* y *La perdida Lemuria,* de W. Scott-Elliot), y el resto, comentarios sobre sociedades secretas muy antiguas y cultos ocultos, con referencias a libros sobre antropología y mitología, tales como *La rama dorada,* de Frazer, y *El culto de la brujería en la Europa Occidental,* de Murray. Los recortes se referían, sobre todo, a casos de locuras e histerias o manías colectivas producidas en la primavera de 1925.

La primera parte del manuscrito principal hacía referencia a una historia de lo más peculiar. Tuvo lugar el 1 de marzo de 1925, cuando un joven delgado y moreno, de aspecto neurótico y exaltado, abordó al profesor Angell con el singular bajorrelieve de arcilla, aún húmedo y fresco. Su tarjeta rezaba «Henry Anthony Wilcox», y mi tío lo reconoció como uno de los retoños más jóvenes de una excelente familia, superficialmente conocida suya, que en fechas recientes había estado estudiando Escultura en la Escuela de Bellas Artes de Rhode Island y había vivido por su cuenta en el edificio Fleur-de-Lys, cercano a la institución. Wilcox era un joven precoz de genio reconocido, aunque de gran excentricidad, y había llamado la atención, ya desde su infancia, gracias a las extrañas historias y sueños extravagantes que solía contar. Se cataloga a sí mismo como «hipersensible psíquico», pero la gente seria de la vieja ciudad comercial lo tenía simplemente por «raro». Al no congeniar con los de su clase, había ido desapareciendo de su círculo social, y en aquel momento apenas lo conocía un reducido grupo de estetas de otras ciudades. Incluso en el Círculo Artístico de Providence, tan ansiosos de proseguir con su conservadurismo, lo consideraban un caso perdido.

Con ocasión de la visita, decía el manuscrito del profesor, el escultor le había pedido abruptamente ayuda, dados los conocimientos arqueológicos de su anfitrión, para identificar los jeroglíficos del bajorrelieve. Hablaba con unos ademanes soñadores y alterados que sugerían una pose y que descartaban cualquier indicio de simpatía. La respuesta de mi tío fue bastante seca, ya que la obvia frescura de la tabla implicaba una relación con casi cualquier cosa antes que con la arqueología. La respuesta del joven Wilcox, que impresionó a mi tío lo bastante como para recordarla y consignarla al pie de la letra, fue de una factura fantásticamente poética, que debió de ser habitual en su conversación y que a mí me parece muy típica de él. Fue:

—Es nueva, cierto, puesto que tuve la noche pasada un sueño sobre extrañas ciudades, y los sueños son más viejos que la meditabunda Tiro, que la contemplativa Esfinge o que la ajardinada Babilonia.

Fue entonces cuando comenzó a contar la inconexa historia que despertó de repente un recuerdo dormido de mi tío, y se ganó su enfebrecido interés. Se había producido un ligero temblor de tierra la noche anterior, el más intenso en Nueva Inglaterra en algunos años, y la imaginación de Wilcox se vio tremendamente afectada. Después de acostarse, tuvo un sueño sin precedentes, de grandes ciudades ciclópeas, con sillares titánicos y monolitos que rozaban los cielos, todos ellos goteantes de verdes exudaciones, siniestros con latente horror. Jeroglíficos cubrían los muros y columnas y, de algún punto indeterminado, había surgido una voz que no era una voz, sino una caótica sensación que solo la imaginación podía convertir en sonido, y de la que él había creído escuchar la casi impronunciable profusión de letras: «Cthulhu fhtagn».

Ese galimatías fue la clave para el recuerdo que excitó y perturbó al profesor Angell. Interrogó al escultor con minucia científica y estudió con intensidad casi frenética el bajorrelieve sobre el que el joven se había descubierto a sí mismo trabajando, helado y vestido con ropas de dormir, cuando despertó atónito. Según dijo Wilcox más tarde, mi tío achacó a su avanzada edad su lentitud para reconocer los jeroglíficos y los diseños pictóricos. Muchas de sus preguntas le parecieron fuera de lugar al visitante, sobre todo las que trataban de conectar a este último con extraños cultos y sociedades, y Wilcox no pudo entender las repetidas promesas de silencio que le brindó a cambio de que lo admitieran como miembro de algún grupo místico y pagano de ámbito mundial. Cuando el profesor Angell se convenció de que, en efecto, el escultor no sabía nada de cultos ni tradiciones místicas, lo asedió con peticiones de futuros informes sobre sus sueños. Esto dio fruto con regularidad, ya que, tras la primera entrevista, el manuscrito consigna llamadas diarias del joven, quien relataba inquietantes fragmentos de imaginería nocturna que implicaban una y otra vez terribles visiones ciclópeas de oscuras y rezumantes piedras, con una voz o inteligencia subterránea que prorrumpía monótonamente en expresiones enigmáticas o indescriptibles para los sentidos, excepto en forma de galimatías. Los dos sonidos que se repetían con mayor frecuencia eran aquellos consignados con las palabras «Cthulhu» y «R'lyeh».

El 23 de marzo, según el manuscrito, Wilcox no apareció; al indagar en su apartamento, se descubrió que lo había afectado alguna clase desconocida de fiebre, y lo habían enviado a casa de su familia, en Waterman Street. Había empezado a gritar durante la noche, despertando a otros artistas del edificio, y, a partir de entonces, había alternado momentos de inconsciencia y delirio. Mi tío telefoneó en el acto a la familia y, desde ese instante, mantuvo estrecho contacto con el caso y llamó a menudo a la consulta del doctor Tobey, en Thayer Street, ya que supo que él se había hecho cargo del enfermo. En apariencia, la enfebrecida mente del joven estaba sumida en asuntos extraños, y el doctor solía estremecerse cuando se mencionaban. Incluía no solo una repetición de lo previamente soñado, sino también alusiones extrañas a un gigantesco ser de «kilómetros de altura» que caminaba o avanzaba pesadamente. No fue capaz nunca de describirlo bien, pero ocasionales palabras frenéticas, según repetía el doctor Tobey, convencieron al profesor de que debía de ser idéntico a la indescriptible monstruosidad que había tratado de representar en su escultura, fruto del sueño. Cualquier referencia a este objeto, añadía el doctor, era invariablemente un preludio de la caída del joven en letargo. Su temperatura, de forma bastante extraña, no era mucho más alta de lo normal, pero todo lo demás, por otra parte, sugería más una fiebre real que un trastorno mental.

El 2 de abril, a eso de las tres de la tarde, todo rastro de la dolencia de Wilcox desapareció bruscamente. Se sentó en la cama, asombrado de encontrarse en casa y sin saber nada de lo que le había sucedido en sueños o en realidad desde el 22 de marzo. Declarado sano por su médico, volvió a sus aposentos a los tres días, pero ya no fue de ninguna ayuda para el profesor Angell. Todo rastro de sueños extraños había desaparecido de su memoria, y mi tío no consignó más sueños nocturnos, después de una semana de fútiles e irrelevantes registros de visiones plenamente normales.

Ahí acababa la primera parte del manuscrito, pero algunas alusiones en las dispersas notas me dieron mucho que pensar, tanto que solo el arraigado escepticismo que entonces era parte de mi filosofía permite entender mi continua desconfianza acerca del artista. Las notas eran aquellas que describían los sueños de varias personas y cubrían el mismo periodo en el que el joven Wilcox había tenido sus extrañas visiones. Mi tío, al parecer, no había tardado en desarrollar un programa prodigiosamente amplio de investigaciones entre aquellos de sus allegados a quienes podía interrogar sin incomodarlos, buscando informes nocturnos sobre sus sueños, así como datos sobre visiones notables del pasado. Su petición fue recibida de forma muy diversa, pero, al final, debió de recibir más respuestas de las que cualquier hombre corriente podría haber manejado sin ayuda de un secretario. No guardó su correspondencia original, pero sus notas resultan un resumen completo y verdaderamente significativo. Gente de sociedad y negocios —la tradicional «flor y nata» de Nueva Inglaterra— dio un resultado casi completamente negativo, aunque aparecen aquí y allá casos dispersos de impresiones nocturnas intranquilas, aunque sin forma, siempre entre el 23 de marzo y el 2 de abril, el periodo de delirio del joven Wilcox. Los hombres de formación científica se vieron menos afectados, aunque cuatro casos en los que las descripciones son vagas sugieren atisbos fugaces de paisajes extraños y, en un caso, se menciona el temor a algo anormal.

Las respuestas más precisas proceden de artistas y poetas, y supongo que se habría desatado el pánico entre ellos de haber podido cotejar experiencias. Tal como fue, a falta de las cartas originales, sospeché a medias que el compilador pudiera haber guiado las respuestas o haber editado la correspondencia que, previamente, corroborase lo que esperaba encontrar. Por eso seguí pensando que Wilcox, sabedor de alguna forma de los viejos datos que obraban en poder de mi tío, había engañado al veterano investigador. La respuesta de los estetas narraba una inquietante historia. Del 28 de febrero al 2 de abril, una gran proporción de ellos había soñado cosas de lo más extravagante, y la intensidad de los sueños había sido inconmensurablemente mayor durante el periodo de delirio del escultor. Alrededor de una cuarta parte de quienes comentaron algo hablaba de escenas y una especie de sonidos no muy diferentes de los descritos por Wilcox, y algunos confesaban un miedo cerval al ser gigantesco e indescriptible que se veía al fondo. Un caso, que las notas describen con énfasis, resulta de lo más triste. El sujeto, un arquitecto muy conocido con conocimientos de teosofía y ocultismo, sufrió un brote de locura muy violento en la fecha del ataque del joven Wilcox y murió unos meses más tarde, tras incesantes peticiones a gritos para que lo salvaran de algún demonio escapado del infierno. De haberse referido mi tío a tales casos por su nombre, en vez de limitarse a proporcionar un número, podría haber intentado corroborarlos e investigarlos por mi cuenta; pero, tal como estaban las cosas, solo pude rastrear unos pocos. Todos ellos, no obstante, confirmaban plenamente las notas. A menudo me he preguntado si todos los sujetos del cuestionario del profesor se sentirían tan desconcertados como los pocos que llegué a conocer en persona. Será mejor que nunca consigan una explicación del caso.

Los recortes de prensa, tal como he dicho, se referían a casos de pánico, manía y excentricidad durante el referido periodo. El profesor Angell debió de contratar a un gabinete, ya que el número de extractos es tremendo y las fuentes se hallan dispersas por todo el globo. Había un suicidio nocturno en Londres, donde un solitario durmiente se había lanzado por una ventana tras un grito estremecedor. Había también una carta deslavazada al editor de una revista de Sudamérica, en la que un fanático deducía un futuro calamitoso a partir de las visiones que había tenido. Un informe de California describe cómo un grupo teosófico vestía en masa ropajes blancos en espera de una «gloriosa culminación» que nunca tuvo lugar, mientras que noticias de la India hablaban con circunspección de graves revueltas entre los nativos a finales de marzo. Las orgías vudú se multiplicaban en Haití, y los corresponsales africanos hablaban de ominosos rumores. Los agentes americanos en las Filipinas encontraron en ese tiempo revueltas en algunas tribus, y la policía de Nueva York anduvo de cabeza la noche del 22 al 23 de marzo por culpa de algunos histéricos orientales. El oeste de Irlanda, además, estaba lleno de salvajes rumores y leyendas, y un pintor fantástico llamado Ardois-Bonnot colgó un blasfemo *Paisaje onírico* en la exposición de primavera de París, en 1926. Los informes sobre problemas en asilos mentales fueron tan numerosos que solo un milagro pudo impedir que la clase médica notase extraños paralelismos y extrajese falsas conclusiones. Un extraño montón de recortes, en conjunto, y hoy en día apenas puedo comprender el rancio racionalismo con que por aquel tiempo lo desdeñé. Pero, por entonces, yo estaba convencido de que el joven Wilcox conocía los viejos asuntos mencionados por el profesor.

II
EL INFORME DEL INSPECTOR LEGRASSE

Los antiguos sucesos que habían hecho que el sueño y el bajorrelieve del escultor fueran tan significativos para mi tío conformaban la segunda mitad de su largo manuscrito. En una ocasión anterior, al parecer, el profesor Angell había visto la infernal figura de la indescriptible monstruosidad, coronando los desconocidos jeroglíficos, y había escuchado las ominosas sílabas que solo pueden transcribirse como «Cthulhu», y todo esto en conexión con sucesos tan inquietantes y horribles que no es extraño que acosara al joven Wilcox con preguntas y peticiones.

La primera de tales experiencias había tenido lugar en 1908, diecisiete años antes, cuando la Asociación Arqueológica Americana realizó su convención anual en San Luis. El profesor Angell, como correspondía a su autoridad y logros, había participado en todas las deliberaciones, y fue uno de los primeros en ser abordado por los diversos curiosos, que aprovechaban la convocatoria para buscar respuestas adecuadas a sus preguntas y soluciones expertas a sus problemas.

El más interesante de todos, y al poco tiempo foco de interés de toda la convención, fue un anodino personaje de mediana edad, que había viajado desde Nueva Orleans en busca de cierta información especial, imposible de obtener de fuentes locales. Su nombre era John Raymond Legrasse, y tenía por profesión inspector de policía. Consigo llevaba el motivo de su viaje: una estatuilla grotesca, repulsiva y, aparentemente, muy antigua, cuyo origen no había conseguido establecer. No se debe pensar que el inspector Legrasse tuviera el más mínimo interés por la arqueología. Antes al contrario, su interés era meramente profesional. La estatuilla, ídolo, fetiche o lo que fuera, había sido capturada algunos meses antes en unos pantanos boscosos, al sur de Nueva Orleans, durante una redada contra una supuesta sesión de vudú, y tan singulares y odiosos resultaban los ritos asociados que la policía no pudo por menos que comprender que había topado con un oscuro culto, por completo desconocido e infinitamente más diabólico que el más negro de los círculos de vudú africano. Nada pudo descubrirse acerca del origen de la estatuilla, aparte de cuentos erráticos e increíbles, arrancados a los miembros presos; de ahí la ansiedad del policía por cualquier conocimiento arqueológico que pudiera ayudarlos a emplazar el espantoso símbolo y a rastrear el culto hasta su fuente.

El inspector Legrasse no estaba preparado para la sensación que provocó su descubrimiento. Un vistazo a aquello había bastado para despertar en los científicos congregados un estado de tensa excitación, y estos no tardaron en arracimarse a su alrededor para contemplar aquella diminuta figura, cuya completa ajenidad y aspecto de antigüedad genuinamente abismal abrían grandes perspectivas, por cuanto eran desconocidas y arcaicas. Ninguna escuela conocida de escultura había alumbrado ese terrible objeto y, a juzgar por su mate y verdosa superficie de desconocida piedra, parecía tener siglos, o incluso miles de años de antigüedad.

La figura, que al final fue pasando lentamente de mano en mano para su estudio detenido y cuidadoso, medía entre quince y dieciocho centímetros de alto y era de exquisita factura artística. Representaba a un monstruo de figura vagamente antropomórfica, con una cabeza pulposa cuyo rostro era una masa de tentáculos, un cuerpo escamoso y de aspecto elástico, prodigiosas garras, tanto en las extremidades superiores como en las inferiores, y unas alas largas y estrechas a la espalda. Este ser, que parecía rebosante de espantosa y antinatural malignidad, era de una hinchada corpulencia y se asentaba siniestramente sobre un bloque rectangular, o pedestal, cubierto de caracteres indescifrables. Las puntas de las alas tocaban el borde trasero del bloque, el asiento ocupaba el centro, mientras que las largas y curvadas garras de las extremidades posteriores, flexionadas y agazapadas, asían el borde frontal y se extendían un cuarto de la longitud hacia el borde inferior del pedestal. La cabeza de cefalópodo se adelantaba, por lo que las puntas de los tentáculos faciales rozaban el dorso de las inmensas zarpas anteriores, que aferraban las elevadas rodillas del ser agazapado. El aspecto del conjunto era de anormal realismo y provocaba los más sutiles miedos, ya que su origen era por completo desconocido. Resultaba inconfundible su espantosa e incalculable edad. Sin embargo, no parecía relacionada con ningún tipo de arte conocido, perteneciente a la juventud de la civilización o incluso a cualquier otro tiempo. El mismo material en que estaba esculpida era un misterio, ya que aquella piedra untuosa y verdinegra, con vetas y estriaciones doradas o iridiscentes, no tenía parangón en la geología o la mineralogía. Los caracteres de su base eran igualmente desconcertantes, y nadie de los presentes, pese a que se trataba de una representación de los expertos de medio mundo en estos campos, pudo hacerse la más mínima idea de su más remoto parentesco lingüístico. Como la estatua y el material, los caracteres pertenecían a algo remoto y aparte de la humanidad tal como la conocemos, algo que sugería de forma espantosa viejos e impíos ciclos de vida de los que no forman parte nuestro mundo ni nuestras concepciones.

Y, sin embargo, mientras los presentes sacudían severamente las cabezas, confesando su fracaso ante el problema del inspector, había un hombre en esa asamblea que creyó detectar un toque de extravagante familiaridad en las monstruosas figura e inscripciones y que se decidió,

con cierta renuencia, a hablar de un asunto extraño por él conocido. Esa persona era el finado William Channing Webb, profesor de Antropología de la Universidad de Princeton y explorador de no poco renombre. El profesor Webb había realizado, cuarenta años antes, un viaje a Groenlandia e Islandia en busca de algunas inscripciones rúnicas que no logró encontrar. Mientras recorría la costa occidental de Groenlandia, se había topado con una singular tribu o culto de degenerados esquimales, cuya religión, una curiosa forma de adoración del diablo, le impactó por su deliberada sed de sangre y ritos repulsivos. Era una fe de la que el resto de los esquimales sabía bien poco y que solo mencionaban con un estremecimiento, diciendo que provenía de eones horriblemente antiguos, previos a la creación del mundo. Junto a ritos indescriptibles y sacrificios humanos, había algunos extraños ceremoniales hereditarios, dirigidos a un supremo demonio padre o *tornasuk,* y el profesor Webb había realizado de ellos una cuidadosa copia fonética, gracias a un anciano *angekok* o mago sacerdote, expresando los sonidos, hasta donde pudo, en caracteres latinos. Pero lo más reseñable era el fetiche que tal culto veneraba y en torno al cual danzaban cuando la aurora boreal brillaba sobre los riscos de hielo. Era, según el profesor, un bajorrelieve de piedra muy tosco, que incluía una espantosa imagen y algunos signos crípticos. Y, hasta donde podía asegurarse, gozaba de un rústico paralelo, en esencia, con el bestial ser que contemplaban entonces los reunidos.

Tal dato, recibido con asombro y expectación por los miembros congregados, resultó doblemente emocionante para el inspector Legrasse, y comenzó a asediar a este informador con preguntas. Dado que había oído y copiado un ritual oral de los adoradores del culto del pantano detenidos por sus hombres, instó al profesor a recordar cuanto pudiera de las sílabas escuchadas entre los esquimales satanistas. Luego tuvo lugar una exhaustiva comparación de detalles, a lo que siguió un momento de silencio lleno de espanto cuando ambos, detective y científico, convinieron en la virtual identidad de la frase común a los dos rituales infernales, separados por tantos mundos de distancia. Lo que, en esencia, el mago esquimal y los sacerdotes del pantano de Luisiana le cantaban a su venerado ídolo era algo muy parecido a lo que sigue, estando las divisiones entre palabras inducidas por las pausas tradicionales en la frase, tal y como se canta en voz alta:

Ph'nglui mglw'nafh Cthulhu R'lyeh wgah'naglfhtagn.

Legrasse tenía alguna ventaja sobre el profesor Webb, ya que algunos de los prisioneros mestizos le habían repetido lo que celebrantes más viejos les habían dicho que significaban aquellas palabras. El texto, como sigue, reza más o menos así:

En su morada de R'lyeh, el muerto Cthulhu aguarda soñando.

Y entonces, en respuesta a una demanda general y perentoria, el inspector Legrasse relató tan exhaustivamente como le fue posible lo que sucedió con los adoradores del pantano, contando una historia de la que pude ver que mi tío había sacado profundas enseñanzas. Tiene resabios de los más extraños sueños de mitólogos y teósofos, y revela un desconcertante grado de cósmica imaginación, mayor del que cabría esperar que poseyeran mestizos y parias de tal ralea.

El 1 de noviembre de 1907 llegó a la policía de Nueva Orleans una frenética petición de la región del pantano y la laguna situados al sur. Los colonos de allí, más bien primitivos, pero descendientes de buena sangre de la gente de Lafitte, estaban atenazados por un tremendo terror a algo desconocido que los había atacado durante la noche. Se trataba, al parecer, de vudú, pero un vudú de una clase más terrible que la que nunca conocieran, y parte de sus mujeres y chicos había desaparecido desde que un malévolo tam-tam comenzara su incesante batir en el interior de los negros bosques acechantes, donde nadie osaba vivir. Había locos gritos y angustiados chillidos, estremecedores cánticos y danzarines fuegos fatuos y —añadía el espantado mensajero— la gente ya no podía soportarlo más.

Así que un contingente de veinte policías, en dos carruajes y un automóvil, partió a última hora de la tarde, con el aterrorizado colono como guía. Al final de la carretera transitable echaron pie a tierra y chapotearon a lo largo de millas, en silencio, a través de terribles bosques de cipreses en los que no entraba la luz del día. Espantosas raíces y malignos colgajos de muérdago les molestaban y, a cada instante, un montón de húmedas piedras o fragmentos de una valla intensificaba con sus sensaciones de morboso poblamiento una depresión que cada árbol deforme y cada fungosa isleta creaban combinándose. Por último, llegaron a la vista del poblado de los colonos, un miserable racimo de chozas, y los histéricos habitantes corrieron a apiñarse en torno al grupo de agitadas linternas. El amortiguado retumbar de tambores resultaba ahora débilmente audible a lo lejos, muy adelante, y, a intervalos irregulares, cuando el viento soplaba en su dirección, les llegaba algún chillido escalofriante. Un resplandor rojizo, además, parecía filtrarse a través de la pálida maleza, más allá de las infinitas avenidas de noche boscosa. Aunque remisos a quedarse solos de nuevo, los acobardados colonos se negaron en redondo a avanzar un centímetro más hacia el solar del impío culto, de forma que el inspector Legrasse y sus diecinueve colegas se sumieron sin guía en las negras arcadas de horror, no visitadas antes por ninguno de ellos.

La región que ahora invadía la policía era una de tradicional mala reputación, prácticamente desconocida y no cruzada por hombres blancos. Había leyendas sobre un lago oculto, no visto por ojos mortales, donde moraba un inmenso y deforme ser blanco y poliposo de ojos brillantes, y los colonos murmuraban sobre demonios con alas de murciélago que salían volando de cavernas situadas en el seno de la tierra para adorarlo a medianoche. Decían que había estado antes que D'Iberville, antes que La Salle, antes que los indios e incluso antes que las normales bestias y pájaros del bosque. Era la pesadilla misma, y verlo significaba morir. Pero enviaba sueños a los hombres, de forma que ellos cuidaban de mantenerse alejados. La orgía vudú tenía lugar, de hecho, al mismo borde de esa rehuida zona, aunque su localización resultaba bastante imprecisa, por lo que el simple emplazamiento del culto había aterrorizado a los colonos aún más que los estremecedores sonidos e incidentes.

Solo la poesía o la locura podrían hacer justicia a los ruidos escuchados por los hombres de Legrasse mientras se abrían paso a través del negro cenagal hacia el resplandor rojo y los amortiguados tam-tams. Hay cualidades vocales particulares de los hombres y cualidades vocales particulares de las bestias, y resulta terrible escuchar una cuando su fuente podría ser la otra. La furia animal y la licencia orgiástica se azuzaban aquí mutuamente para alcanzar demoniacas alturas con aullidos y graznidos de éxtasis que rasgaban y reverberaban a través de aquellos oscurecidos bosques, como pestilentes tempestades brotadas de los abismos del infierno. A cada instante, el desorganizado ulular cesaba, dando paso a un profundo coro de voces roncas, que entonaban un monótono cántico con la espantosa frase o ritual:

Ph'nglui mglw'nafh Cthulhu R'lyeh wgah'nagl fhtagn.

Al final, los hombres llegaron a un punto en que los árboles clareaban y, de repente, tuvieron a la vista todo el espectáculo. Cuatro de ellos se tambalearon, uno se desmayó y otros dos lanzaron un frenético grito, afortunadamente enmascarado por la loca cacofonía de la orgía. Legrasse roció el rostro del desvanecido con agua del pantano y todos se quedaron temblando, casi hipnotizados por el horror.

En un claro natural del pantano se alzaba una isla herbosa de quizás un acre de extensión, desnuda de árboles y razonablemente seca. Sobre ella, en aquellos instantes, brincaba y se contorsionaba una indecible horda de anormalidades humanas que nadie, excepto un Sime o un Angarola, podría pintar. Desnudos, aquellos engendros híbridos rebuznaban, bramaban y se retorcían en torno a un monstruoso anillo de hogueras, en cuyo centro, desvelado por ocasionales brechas en la cortina de llamas, se alzaba un gran monolito de granito, de unos dos metros de altura, en cuya cima, incongruente en su pequeñez, descansaba la maligna estatuilla con las inscripciones. De un ancho círculo de diez cadalsos, colocados a intervalos regulares, con el monolito flanqueado de llamas como centro, pendían los cuerpos, cabeza abajo y extrañamente mutilados, de los pobres colonos desaparecidos. Dentro de ese círculo, el anillo de adoradores saltaba y rugía, siguiendo un movimiento de izquierda a derecha, en una bacanal sin fin, entre el anillo de cuerpos y el anillo de fuego.

Pudo deberse solo a la imaginación y ser solo los ecos lo que indujeron a que uno de los hombres, un excitable español, imaginase una respuesta antifonal al rito, procedente de algún lugar oscuro y lejano, situado en el interior de esos bosques de antigua fama y horror. Este hombre, Joseph D. Gálvez, a quien más tarde busqué e interrogué, demostró ser extremadamente imaginativo. Incluso llegó tan lejos como para insinuar la existencia de un débil batir de grandes alas, un atisbo de ojos relucientes y una enorme masa blanca más allá de los árboles más lejanos; supongo que había prestado demasiada atención a las supersticiones locales.

En realidad, la horrorizada inmovilización de los hombres fue relativamente breve. El deber se impuso, y, aunque debía de haber casi un centenar de mestizos celebrantes en la multitud, la policía echó mano de sus armas de fuego y se lanzó decidida contra aquel nauseabundo desbarajuste. Durante cinco minutos, el consiguiente estruendo y caos estuvo más allá de cualquier posible descripción. Se asestaron golpes salvajes, se dispararon tiros y hubo fugas, pero al final Legrasse pudo contar unos cuarenta y siete sombríos prisioneros, a quienes obligaron a vestirse a toda prisa y a alinearse entre dos filas de policías. Cinco de los adoradores habían muerto y dos resultaron heridos de consideración y fueron transportados en improvisadas angarillas por sus compinches presos. La imagen del monolito, desde luego, fue retirada con cuidado y Legrasse se hizo cargo de ella.

Examinados en comisaría, después de un viaje cargado de fatiga y tensión, los prisioneros mostraron, sin excepción, ser gente de sangre mezclada y muy baja, así como trastornados mentales. Muchos eran marineros, y un grupo de negros y mulatos, casi todos de las Indias Occidentales o de la portuguesa Brava, en el archipiélago de Cabo Verde, aportaban una nota de colorido vudú al heterogéneo culto. Pero, al cabo de pocas preguntas, comenzó a manifestarse que allí había algo más profundo y antiguo que un fetichismo negro. Degradadas e ignorantes como eran, aquellas criaturas mantenían con sorprendente consistencia la idea central de su siniestro culto.

Adoraban, según ellos, a los Grandes Antiguos, que habían vivido varias edades antes de que existieran los hombres y que habían llegado a este mundo, cuando era joven, procedentes del espacio. Tales Antiguos se habían ido ya, bajo tierra o bajo el mar, pero sus cuerpos yacentes habían enviado sus secretos en sueños a los primeros hombres, y estos habían creado un culto que nunca moriría. Ese era su culto y, según los prisioneros, siempre había existido y siempre existiría, oculto en lejanos desiertos y oscuros lugares repartidos por todo el mundo, hasta el momento en que el gran sacerdote Cthulhu se alzase de su oscura casa en la poderosa ciudad de R'lyeh, bajo las aguas, y tomase otra vez la Tierra bajo su égida. Algún día llamaría, cuando las estrellas fuesen propicias, y el culto secreto estaría siempre aguardando para liberarlo.

Entretanto, no podían decir más. Había un secreto que ni siquiera la tortura podría arrancarles. La humanidad no era, en absoluto, la única consciente entre los seres de la Tierra, ya que las formas salían de la oscuridad para visitar a sus fieles escogidos. Pero tales no eran los Grandes Antiguos. Ningún hombre había visto nunca a los Antiguos. El ídolo tallado representaba al gran Cthulhu, pero, aunque nadie podía leer ahora las antiguas escrituras, las citas se trasmitían por el mundo de boca en boca. El ritual cantado no era el secreto... que nunca se enunciaba en voz alta, sino en susurros. El canto no decía sino: «En su morada de R'lyeh, el muerto Cthulhu aguarda soñando».

Solo dos de los prisioneros fueron declarados lo suficientemente cuerdos y los ahorcaron; a los demás los enviaron a diversas instituciones. Todos negaron haber tomado parte en las muertes rituales y afirmaron que los sacrificios eran obra de los Alados Negros, que habían llegado a ellos desde su inmemorial lugar de reunión, en el bosque embrujado. Pero no se pudo obtener información coherente acerca de aquellos misteriosos aliados. Lo que la policía pudo averiguar se debió, sobre todo, a un mestizo, tremendamente viejo, llamado Castro, que afirmaba haber navegado hasta puertos extraños y hablado con los jefes inmortales de un culto en las montañas de China.

El viejo Castro recordaba fragmentos de espantosas leyendas que hacían palidecer las especulaciones de los teósofos y presentaban al hombre y al mundo actual como algo de lo más efímero. Hubo eones en los que otros Seres gobernaban la Tierra, y Ellos habían alzado grandes ciudades. Los inmortales chinos le habían dicho que aún estaban por reconocerse recuerdos de Ellos en forma de ciclópeas piedras en algunas islas del Pacífico. Habían muerto incontables eras antes de que el hombre apareciera, pero existían artes capaces de revivirlos cuando las estrellas hubieran completado una revolución en el ciclo de la eternidad. Habían llegado, de hecho, de las estrellas, y llevaban consigo Sus imágenes.

Estos Grandes Antiguos, siguió Castro, no estaban hechos de carne y sangre. Tenían forma, ¿o no probaba tal cosa esa imagen fabricada en las estrellas? Pero tal forma no era material. Cuando las estrellas eran propicias, podían saltar de mundo en mundo a través de los espacios y, cuando no lo eran, no podían vivir. Pero, aunque no vivieran, no estaban realmente muertos; yacían en moradas de piedra, en Su gran ciudad de R'lyeh, preservados por los encantamientos del poderoso Cthulhu hasta que llegara su gloriosa resurrección, cuando las estrellas y la Tierra fueran una vez más propicias. Pero, en ese momento, alguna fuerza exterior debía servir para liberar sus cuerpos. Los hechizos que los preservaban intactos, asimismo, les impedían hacer un movimiento inicial, y tan solo podían yacer despiertos y pensantes en la oscuridad, mientras transcurrían millones de años. Sabían todo lo que sucedía en el universo, ya que se comunicaban mediante la transmisión mental. Aun ahora hablaban en sus tumbas. Cuando, tras infinidades de caos, el primer hombre llegó, los Grandes Antiguos hablaron a los más sensibles de ellos, modelando sus sueños, porque solo así pudo su lenguaje alcanzar la mente carnal de los mamíferos.

Entonces, susurró Castro, aquellos primeros hombres formaron el culto en torno a los pequeños ídolos con que los Grandes Antiguos se representaban a sí mismos; ídolos traídos en brumosas eras desde lejanas estrellas. Ese culto no moriría hasta que las estrellas volvieran a ser propicias y los sacerdotes secretos pudieran sacar al gran Cthulhu para revivir su esencia y retomar su gobierno sobre la Tierra. Sería fácil de reconocer ese tiempo, porque entonces la humanidad se volvería como los Grandes Antiguos; libre y salvaje, más allá del bien y del mal, con leyes y moral abandonadas; y todos los hombres gritarían y matarían y gozarían. Entonces, los liberados

Grandes Antiguos les enseñarían nuevas formas de gritar y matar y gozar y alegrarse, y toda la Tierra estallaría en llamas, en un holocausto de éxtasis y de libertad. Pero, mientras tanto, el culto, mediante los ritos apropiados, había de mantener vivo el recuerdo de esas antiguas usanzas y albergar la profecía de su regreso.

En tiempos antiguos, algunos hombres escogidos habían hablado con los sepultados Grandes Antiguos en sueños, pero luego sucedió algo. La gran ciudad de piedra de R'lyeh, con sus monolitos y sepulcros, se había sumergido bajo las olas y las profundas aguas, y, colmadas de un primordial misterio a través del cual ningún pensamiento podía pasar, habían cortado la comunicación espectral. Pero el recuerdo nunca murió, y los sumos sacerdotes decían que la ciudad surgiría de nuevo, cuando las estrellas fueran propicias. Entonces brotarían del suelo los negros espíritus de la tierra, mohosos y sombríos, y repletos de oscuros rumores obtenidos en cavernas, bajo olvidados fondos marinos. Pero, de todo eso, el viejo Castro apenas se atrevía a hablar. Se detuvo precipitadamente, y ningún método de persuasión ni forma de sonsacar pudieron hacerle hablar más sobre eso. Además, curiosamente, declinó hacer comentarios acerca del tamaño de los Grandes Antiguos. En cuanto al culto, dijo que se pensaba que su centro se hallaba en los desiertos sin caminos de Arabia, donde Irem, la Ciudad de los Pilares, sueña oculta e intacta. No tiene relación con los cultos europeos de brujas, y es virtualmente desconocido aparte de para sus miembros. Ningún libro ha hecho nunca insinuaciones acerca de él, aunque los inmortales chinos le dijeron que había una doble intención en el *Necronomicón* del árabe loco Abdul Alhazred, donde el iniciado puede leer si busca, sobre todo en el enigmático dístico:

> Pues no está muerto lo que por siempre yace inerte.
> Y, tras extraños eones, hasta a la muerte le llega la muerte.

Legrasse, profundamente impresionado y no poco perplejo, indagó en vano acerca de la filiación histórica del culto. Castro, al parecer, había dicho la verdad cuando comentó que era un completo secreto. Las autoridades de la Universidad de Tulane no pudieron arrojar luz alguna sobre el culto o la imagen, por lo que el detective había acudido a las mayores autoridades del país y no había encontrado más que la historia groenlandesa del profesor Webb.

El febril interés despertado por la narración de Legrasse entre los allí reunidos, corroborado como estaba por la estatuilla, repercutió en la consiguiente correspondencia entre los asistentes, aunque apenas hay menciones en la publicación oficial de la sociedad. La precaución es la primera de las virtudes en quienes están acostumbrados a encontrarse con charlatanes e impostores. Legrasse dejó la imagen, durante algún tiempo, a cargo del profesor Webb; pero, a la muerte de este último, la recuperó y aún sigue en su poder, tal como vi hace no mucho. Es, en verdad, un objeto terrible y sin duda emparentado con la escultura soñada por el joven Wilcox.

No me sorprende que mi tío se emocionase ante la historia del escultor, pues ¿qué pensamientos pudo provocar el escuchar, sabiendo lo que Legrasse había aprendido del culto, que un joven sensible no solo había soñado con la figura y los exactos jeroglíficos de la imagen descubierta en el pantano y la tablilla del diablo de Groenlandia, sino que también, en su sueño, había escuchado al menos tres de las palabras justas de aquella fórmula, idéntica para los satanistas esquimales y los mestizos de Luisiana? Es natural que el profesor Angell comenzase de inmediato una investigación lo más exhaustiva posible; aunque yo personalmente sospechaba que el joven Wilcox había oído hablar, por alguna fuente indirecta, del culto y se había inventado una serie de sueños para provocar y mantener el misterio a expensas de mi tío. Los sueños tal como se recopilaron y los recortes de prensa reunidos por el profesor eran, desde luego, una gran confirmación; pero el racionalismo de mi mente y la extravagancia de todo aquello me llevaban a aceptar la que creía la más plausible de las explicaciones. Así que, tras estudiar a fondo de nuevo el manuscrito y cotejar las notas teosóficas y antropológicas con el informe de Legrasse sobre el culto, hice un viaje a Providence para visitar al escultor y reprenderlo por engañar de manera tan grosera a un anciano tan erudito y entrado en años.

Wilcox aún vivía solo en el edificio Fleur-de-Lys, en Thomas Street, una espantosa imitación victoriana de la arquitectura bretona del siglo XVII, con adornos de estuco frente a las elegantes casas coloniales de la vieja colina, a la misma sombra del mejor campanario georgiano de América. Lo encontré trabajando en sus habitaciones, y al punto concedí, por los ejemplares desparramados alrededor, que su genio era profundo y auténtico. Algún día, pensé, sería considerado como uno de los grandes decadentes que ya había reflejado en arcilla, y en el futuro lo haría en mármol, esas pesadillas y fantasías que Arthur Machen evoca en prosa y Clark Ashton Smith hace visibles en verso y pinturas.

Moreno, frágil y algo desaliñado, se volvió con languidez ante mi llamada a la puerta y, sin levantarse, me preguntó qué deseaba. Cuando le dije de qué se trataba, mostró cierto interés, ya que mi tío había picado su curiosidad al investigar sus extraños sueños, aunque sin explicarle nunca las razones de su estudio. No le aclaré nada al respecto, en ese punto, pero, mediante algunos subterfugios, me las arreglé para sonsacarle. En poco tiempo me convencí de su completa sinceridad, ya que hablaba de los sueños de una forma que resultaba inconfundible. Ellos y su poso inconsciente habían influido de manera poderosa en su arte, y me mostró una morbosa estatua cuyas formas casi me hicieron estremecer con la potencia de su oscura sugestión. No recordaba haber visto el original de aquel ser, excepto en su propio bajorrelieve soñado, pero los contornos se habían moldeado a sí mismos, de manera inconsciente, bajo sus manos. Era, sin duda, el ser gigante que había invadido su delirio. Pronto me quedó claro que, de verdad, no sabía nada sobre el culto, excepto lo que la incesante palabrería de mi tío hubiera dejado caer, y de nuevo me esforcé por imaginar alguna forma en la que, posiblemente, hubiera recibido aquella estrafalaria impresión.

Hablaba de sus sueños en una forma extrañamente poética, y me hacía imaginar con terrible intensidad la húmeda urbe ciclópea de piedra verde manchada por el légamo (cuya «geometría», decía de forma extraña, era «completamente errónea»). Escuché con espantada expectación la incesante, a medias mental, llamada subterránea: «Cthulhu fhtagn», «Cthulhu fhtagn».

Tales palabras habían formado parte de aquel espantoso ritual que hablaba del sueño vigil del muerto Cthulhu en su cripta pétrea de R'lyeh, y me sentí profundamente conmovido, a pesar de mis creencias racionales. Estaba seguro de que Wilcox había oído hablar del culto por casualidad y pronto lo había olvidado entre una masa de lecturas y ensoñaciones igualmente extrañas. Más tarde, debido a su tremenda impresionabilidad, había encontrado cauce inconsciente en los sueños, en el bajorrelieve y en la terrible estatua que contemplaba en aquellos momentos, de forma que su engaño a mi tío había sido totalmente inocente. El joven era de esa clase de gente que es a la vez ligeramente afectada y enfermiza, y que nunca ha llegado a gustarme, pero yo estaba tan bien dispuesto como para admitir tanto su genio como su honradez. Me despedí de él de manera amigable y le deseé todo el éxito que su talento auguraba.

El asunto del culto aún me fascinaba y me hacía ilusiones de fama, gracias a la búsqueda de su origen y conexiones. Visité Nueva Orleans, hablé con Legrasse y otros miembros de aquella partida de entonces, vi la espantosa imagen, e incluso pregunté a aquellos de los presos mestizos que aún vivían. El viejo Castro, por desgracia, había muerto hacía varios años. Lo que escuché de primera mano, con pelos y señales, aunque apenas era más que una detallada confirmación de lo que mi tío había escrito, me emocionó de nuevo, ya que estuve entonces seguro de encontrarme sobre la pista de una religión muy real, muy secreta y muy antigua, cuyo descubrimiento podría convertirme en un antropólogo de renombre. Mi postura era aún de absoluto materialismo, como aún quisiera que lo fuese, y descarté con perversidad casi inexplicable la coincidencia de las notas de los sueños y los extraños recortes reunidos por el profesor Angell.

Entonces empecé a sospechar, y ahora temo saber, que la muerte de mi tío dista de ser natural. Cayó en una estrecha calle empinada que partía de un antiguo muelle abarrotado de mestizos extranjeros, tras sufrir un descuidado empujón de un marinero negro. No he olvidado la sangre mestiza y el oficio náutico de los miembros del culto de Luisiana, y no me sorprendí al conocer métodos secretos y agujas envenenadas tan despiadadas y conocidas de tan antiguo como los crípticos ritos y creencias. Legrasse y sus hombres no han sufrido el menor daño, es verdad, pero, en Noruega, cierto marino que ha visto cosas ha muerto. ¿No habrán llegado a oídos siniestros las investigaciones de mi tío, aún más profundas tras toparse con las informaciones del escultor? Creo que el profesor Angell murió o bien porque sabía demasiado, o bien porque estaba a punto de saber demasiado. Está por ver que yo no tenga un fin semejante, porque también he aprendido mucho.

III
LA LOCURA DEL MAR

Si el cielo quisiera concederme una merced, que fuera la de borrar completamente los resultados de un azar que me hizo fijarme en cierta pieza suelta de papel. No era nada con lo que yo pudiera toparme en el curso de mi rutina diaria, ya que se trataba de un viejo número de un periódico australiano, el *Sydney Bulletin,* del 18 de abril de 1925. Había pasado incluso inadvertido para el despacho de recortes que, en la época de su publicación, había estado empeñado en coleccionar exhaustivamente material para las investigaciones de mi tío.

Había dejado bastante de lado mis investigaciones sobre lo que el profesor Angell llamaba «culto de Cthulhu» y me encontraba de visita en Patterson (Nueva Jersey), en casa de un docto amigo, conservador de un museo local y mineralogista ilustre. Examinando un día los especímenes en depósito, dispuestos en cajas de manera descuidada, en un cuarto trasero del museo, mi atención se vio captada por una extraña ilustración en uno de los viejos papeles dispuestos bajo las piedras. Era el *Sydney Bulletin* que antes he mencionado, ya que mi amigo tenía múltiples contactos en todos los países concebibles, y la imagen era un grabado de una espantosa piedra, casi idéntica a la encontrada por Legrasse en el pantano.

Quitando ansiosamente la hoja bajo su preciado contenido, estudié con detalle el artículo y me disgustó descubrir cuán escueto era. Lo que sugería, sin embargo, tenía un portentoso significado para mi lánguida búsqueda y, con sumo cuidado, la recorté para mi uso. Rezaba como sigue:

MISTERIOSO PECIO HALLADO EN EL MAR

El Vigilant arribó remolcando a un yate neozelandés, armado y con averías. Un superviviente y un cadáver hallados a bordo. Informe sobre un desesperado combate en alta mar. El marino rescatado se niega a dar detalles sobre su misteriosa experiencia. Extraño ídolo encontrado en poder suyo. Se abrirá una investigación.

El carguero Vigilant, de la compañía Morrison y procedente de Valparaíso, arribó esta mañana a su muelle de Darling Harbour remolcando al yate de vapor Alert de Dunedin, Nueva Zelanda, dañado e imposibilitado para la navegación, aunque poderosamente armado, al que avistó el 12 de abril en 34° 21' latitud sur y 152° 17' longitud oeste, con un hombre vivo y otro muerto a bordo.

El Vigilant zarpó de Valparaíso el 25 de marzo, y el 2 de abril lo desviaron muy al sur de su ruta un temporal excepcionalmente fuerte y olas gigantes. El 12 de abril avistaron el pecio y, aunque en apariencia abandonado, al abordarlo descubrieron que contenía un superviviente en estado de delirio y un hombre que, evidentemente, llevaba muerto desde hacía más de una semana. El superviviente aferraba un horrible ídolo de piedra de origen desconocido, de unos treinta centímetros de altura, sobre cuya naturaleza las autoridades de la Universidad de Sídney, la Royal Society y el Museo de College Street se mostraron perplejos, y que el superviviente dijo haber encontrado en el camarote del yate, en un altar pequeño y tallado de aspecto vulgar.

Este hombre, tras recobrar el sentido, contó una historia sumamente extraña de piratería y sangrientas matanzas. Se trata de Gustaf Johansen, un noruego de cierta educación que era segundo oficial en la goleta de dos palos Emma, de Auckland, que zarpó de El Callao, el 20 de febrero, con una tripulación de once hombres. Según contó, el Emma se retrasó y fue arrastrado muy al sur de su curso por la gran tormenta del

1 de marzo y, el 22 de ese mismo mes, en 49° 51' latitud sur y 128° 34' longitud oeste, se cruzó con el Alert, tripulado por una banda de canacos y mestizos extraños y de aspecto maligno. Tras haberles estos ordenado de manera perentoria que viraran en redondo, el capitán Collins rehusó, por lo que la extraña tripulación comenzó a disparar salvajemente y sin previo aviso contra la goleta con una batería de cañones de bronce, particularmente pesada, que formaba parte del armamento del yate.

Los hombres del Emma se defendieron, dijo el superviviente, y, aunque la goleta comenzó a hundirse debido a los impactos bajo la línea de flotación, se las arreglaron para llegar borda con borda con su enemigo y asaltarlo, enfrentándose a la salvaje tripulación del yate en la cubierta de este, y se vieron obligados a darles muerte a todos, aun siendo algo inferiores en número, debido a su forma de pelear particularmente horrenda y desesperada, aunque bastante torpe.

Tres de los hombres del Emma, incluidos el capitán Collins y el primer oficial Green, resultaron muertos, y los ocho restantes, bajo el mando del segundo oficial Johansen, procedieron a tripular el yate capturado, aproando en su dirección originaria, con objeto de comprobar si existía alguna razón para que se les hubiera ordenado virar en redondo. Al día siguiente, al parecer, arribaron y desembarcaron en una pequeña isla, aunque no se sabe que exista ninguna en esa parte del océano, y seis de los hombres, de alguna forma, murieron en tierra, aunque Johansen se muestra extrañamente reticente sobre esta parte de su historia y solo dice que cayeron en un abismo de piedra. Más tarde, al parecer, su compañero y él reembarcaron en el yate y trataron de gobernarlo, pero los alcanzó la tormenta del 2 de abril. Desde entonces hasta su rescate, el día 12, recuerda poco y no puede dar razón siquiera de cuándo murió William Briden, su compañero. No hay motivo aparente para la muerte de Briden, y se debió, probablemente, a excitación o a exposición a los elementos. Telegramas llegados de Dunedin revelan que el Alert era de sobra conocido por dedicarse al tráfico en las islas y que tenía mala reputación en el puerto. Pertenecía a un curioso grupo de mestizos cuyas frecuentes reuniones y viajes nocturnos a los bosques provocaban no poca curiosidad, habiéndose hecho a la vela, con gran prisa, justo tras la tormenta y el terremoto del 1 de marzo. Nuestro corresponsal en Auckland tiene del Emma y de su tripulación las más excelentes referencias y describe a Johansen como un hombre bueno y digno de confianza. El Almirantazgo abrirá una encuesta para esclarecer el asunto, comenzando mañana mismo, y se hará todo lo posible para que Johansen hable con más libertad de lo que lo ha hecho hasta ahora.

Eso era todo, aparte de la reproducción de la infernal imagen; pero ¡qué cantidad de ideas desató en mi mente! Aquí había un nuevo tesoro de datos acerca del culto de Cthulhu, así como clara evidencia de que existían extraños intereses tanto en el mar como en la tierra. ¿Qué motivo había incitado a la tripulación mestiza a ordenar virar al Emma mientras navegaba en aquellas aguas con su odioso ídolo? ¿Cuál era aquella desconocida isla en la que habían muerto seis de los tripulantes del Emma, y por qué se mostraba el oficial tan reacio a hablar? ¿Qué había revelado la investigación del Vicealmirantazgo, y qué se sabía del malévolo culto en Dunedin? Y lo más intrigante de todo: ¿cuán profunda y poco casual era esta relación de fechas que le daba un maligno y ahora innegable significado a la multitud de sucesos tan cuidadosamente recopilados por mi tío?

El 1 de marzo (nuestro 28 de febrero según el huso horario internacional) tuvieron lugar el terremoto y la tormenta. El Alert y su siniestra tripulación habían zarpado a toda prisa de Dunedin, como reclamados de manera imperiosa, y, al otro lado de la Tierra, poetas y artistas habían comenzado a soñar con una extraña y húmeda ciudad ciclópea, mientras que un joven escultor había modelado en sueños la imagen del temido Cthulhu. El 23 de marzo, la tripulación del Emma había desembarcado en una isla, y seis de sus miembros habían muerto, y, en esa fecha, los sueños de los hombres sensibles alcanzaron un elevado realismo, viéndose agobiados por el miedo a la persecución maligna de un gigantesco monstruo, ¡mientras un arquitecto se volvía loco y un escultor se sumía en el delirio! Y ¿qué sucedió en esa tormenta del 2 de abril, la fecha en que cesaron todos los sueños sobre la malsana ciudad, y Wilcox salió indemne de las ataduras de la extraña fiebre? ¿Qué pasaba con todo eso y con las insinuaciones del viejo Castro sobre los Grandes Antiguos, sumergidos y nacidos en las estrellas, con su reino venidero, su culto adorador y su iniciación mediante sueños? ¿Me encontraba al borde de horrores cósmicos mayores de lo que el hombre puede soportar? De ser así, tales horrores debían de ser solo mentales, ya que, de alguna forma, el 2 de abril se había detenido la monstruosa amenaza, cualquiera que fuese, que había comenzado su asedio al alma de la humanidad.

Esa tarde, tras un día de apresurados telegramas y preparativos, me despedí de mi anfitrión y tomé un tren para San Francisco. En menos de un mes me encontraba en Dunedin, donde, no obstante, descubrí que era poco lo que se sabía sobre aquellos extraños fanáticos, antiguos asiduos de las viejas tabernas marítimas. Los asuntos turbios son demasiado comunes en los muelles como para que estos tuvieran especial mención, aunque había una turbia historia acerca de un viaje de aquellos mestizos, tierra adentro, durante el que se oyeron y vieron, sobre las lejanas colinas, débiles ecos de tambores y rojas llamas. En Auckland supe que Johansen había regresado con su rubio cabello encanecido y que, tras un superficial y poco satisfactorio interrogatorio en Sídney, había vendido su casa de West Street, y regresado con su mujer a su vieja casa de Oslo. No habló con sus amigos de su tremenda experiencia más de lo que lo hizo con los oficiales del Almirantazgo, y aquellos solo pudieron darme su dirección en Oslo.

Después fui a Sídney y hablé infructuosamente con marinos y miembros del tribunal del Vicealmirantazgo. Vi el Alert, ahora vendido y en servicio, en el Muelle Circular, en Sydney Cove, pero no conseguí sacar nada en claro de su vieja carga, no entregada. La imagen acuclillada, con su cabeza de jibia, cuerpo de dragón, alas escamosas y pedestal cubierto de jeroglíficos, estaba guardada en el museo de Hyde Park, y la estudié a fondo, largo tiempo. Encontré su factura exquisita y siniestra, llena del mismo misterio total, antigüedad terrible y ajenidad ultraterrena del material que había percibido en la imagen de Legrasse, más pequeña. Según me dijo el conservador, los geólogos se habían encontrado ante un enigma monstruoso, puesto que juraban que no había piedra así en el mundo. Entonces, con un escalofrío, pensé en lo que el viejo Castro le había contado a Legrasse sobre los Grandes Antiguos: «Ellos habían llegado de las estrellas y habían traído sus imágenes consigo».

Estremecido por el mayor impacto que había recibido en mi vida, decidí visitar al oficial Johansen en Oslo. Navegando hasta Londres, embarqué allí en otro buque hasta la capital noruega y, un día de otoño, pisé tierra en los aseados muelles, a la sombra del Egeberg. La dirección de Johansen, según descubrí, se encontraba en la Ciudad Vieja del rey Harold Haardrada, que mantuvo vivo el nombre de Oslo durante los siglos en que el resto de la ciudad se enmascaró bajo el nombre de Cristianía. Hice el corto trayecto en carruaje y, con el corazón palpitante, llamé a la puerta de un edificio pulcro y antiguo, con la fachada enlucida. Una mujer de rostro triste, vestida de luto, respondió a mi llamada y me sentí anonadado cuando, en un inglés deficiente, me informó de que Gustaf Johansen había muerto.

No había sobrevivido mucho tiempo a su regreso, me dijo su mujer, ya que los sucesos de 1925 en alta mar habían quebrantado su salud. No le había contado más que al resto, pero había dejado un largo manuscrito (sobre «materias de la profesión», según decía) escrito en inglés, evidentemente para salvaguardarlo de los peligros de una lectura casual. Durante un paseo por una callejuela, cerca del embarcadero de Gotemburgo, cayó un atado de periódicos desde la ventana de un ático y le golpeó. Dos marineros indios lo ayudaron a incorporarse, pero, antes de que pudiera llegar la ambulancia, había muerto. Los médicos no encontraron nada que pudiera explicar su fin y lo achacaron a problemas del corazón, así como a una constitución debilitada.

Me sentí entonces alcanzado por un oscuro terror que ya nunca me abandonará hasta que yo también descanse en paz, «muerto por accidente» o no. Tras convencer a la viuda de que mi conexión con las «materias de la profesión» era suficiente como para que me confiase el manuscrito, me llevé el documento y comencé a leerlo en el barco de Londres. Era algo simple e inconexo (el esfuerzo de un marinero por hacer un diario *a posteriori)*, e intentaba recordar día a día aquel último y espantoso viaje. No puedo intentar transcribirlo literalmente, con todas sus incongruencias y redundancias, pero puedo contar lo esencial, lo bastante para que se comprenda por qué el sonido del agua contra los costados del buque se me hizo tan insoportable que me taponé los oídos con algodón.

Johansen, gracias a Dios, no lo sabía todo, aun cuando vio la ciudad y al Ser, pero no puedo dormir cuando vuelvo a pensar en los horrores que acechan incansables tras la vida, en el tiempo y el espacio, y en esas impías blasfemias de las viejas estrellas que duermen bajo el mar, conocidas y auxiliadas por un culto de pesadilla, dispuesto y ansioso por liberarlas sobre el mundo cuando otro terremoto logre alzar, de nuevo, su monstruosa ciudad de piedra hacia el sol y el aire.

El viaje de Johansen había comenzado tal como dijo en el Vicealmirantazgo. El Emma zarpó, en lastre, el 20 de febrero, y sufrió toda la fuerza de la tempestad causada por el maremoto que debió de alzar desde el fondo del mar los horrores que llenaron los sueños de los hombres. Ya bajo gobierno, el barco hizo buena media hasta ser interceptado por el Alert, el 22 de marzo, y se puede sentir el disgusto del oficial mientras describe el bombardeo y el hundimiento. Habla con significativo horror acerca de los atezados fanáticos del Alert. Había en ellos alguna cualidad particularmente abominable que hizo que su muerte fuera casi un deber, y Johansen muestra un ingenuo asombro ante la acusación de ferocidad lanzada contra su grupo durante la vista ante el tribunal. Luego, azuzados por la curiosidad, a bordo del yate capturado y bajo el mando de Johansen, avistaron una gran columna de piedra que surgía del mar y, en 47° 9' latitud sur y 126° 43' longitud oeste, llegaron a una costa hecha de barro, agua y construcciones ciclópeas, llenas de algas, que no podían ser otra cosa que la tangible sustancia del supremo horror terreno: la pesadillesca ciudad muerta de R'lyeh, construida en antiquísimos eones, antes de la historia, por los inmensos y espantosos seres bajados de las oscuras estrellas. Allí yacen el gran Cthulhu y sus hordas, ocultos en verdes criptas fangosas y enviando al fin, tras ciclos incalculables, los pensamientos que llenan de miedo los sueños de los sensibles y que llaman de manera imperiosa a los devotos a comenzar un peregrinaje de liberación y restauración. Nada de eso sabía Johansen, ¡pero por Dios que pronto lo descubrió!

Supongo que lo que surgió de las aguas, la espantosa ciudadela coronada por el monolito, en la que está enterrado el gran Cthulhu, era una simple cúspide. Cuando pienso en la extensión de todo lo que debe de haber debajo, casi deseo darme muerte. Johansen y los suyos se quedaron espantados ante la cósmica majestad de esta rezumante Babilonia de demonios primigenios y debieron haber intuido, sin ayuda externa, que no era nada que procediera ni de este ni de ningún planeta cuerdo. En cada línea de la espantosa descripción del oficial resulta patente el horror ante el increíble tamaño de los sillares de piedra verdosa, la vertiginosa altura del gran monolito tallado y el escalofriante parecido de las colosales estatuas y bajorrelieves con la extraña imagen encontrada en el altar del Alert.

Sin conocer el futurismo, Johansen describe algo muy parecido cuando habla de la ciudad, ya que, en vez de referirse a estructuras definidas o edificios, se detiene solo en vagas impresiones causadas por vastos ángulos y superficies de piedras, superficies demasiado grandes para pertenecer a seres normales o apropiados a esta tierra, superficies impías, llenas de horribles imágenes y jeroglíficos. Menciono su referencia a «ángulos» porque sugieren algo a lo que Wilcox había aludido al hablar de sus espantados sueños. Había dicho que la geometría del lugar con el que había soñado era anormal, no euclidiana, e insinuaba de forma espantosa esferas y dimensiones muy alejadas de la nuestra. Y ahora un inculto marinero sentía lo mismo al observar aquella terrible realidad.

Johansen y sus hombres desembarcaron en una empinada orilla fangosa de esta monstruosa acrópolis y treparon resbalando sobre los titánicos bloques rezumantes, que no habían sido hechos para escalera de mortales. El mismo sol en el cielo parecía distorsionado cuando observaron a través del polarizante miasma que emanaba de esta empapada perversión, y una retorcida amenaza y ansiedad acechaban fijamente tras aquellos ángulos de roca cincelada, locamente esquivos, en los que una segunda mirada mostraba concavidad donde la primera había mostrado convexidad.

Aun antes de ver algo más definido que piedra, limo y algas, algo muy similar al miedo había tocado ya a todos los exploradores. Cada cual hubiera salido corriendo de no haber temido el desprecio de los demás, y fue solo de mala gana como buscaron (en vano, como luego quedó demostrado) algún recuerdo que llevarse consigo.

Fue Rodríguez, el portugués, quien trepó hasta el pie del monolito y gritó acerca de lo que había encontrado. El resto lo siguió y miró con curiosidad la inmensa puerta tallada con el, ahora familiar, calamar-dragón en bajorrelieve. Era, según Johansen, como una enorme puerta de granero, y todos sintieron que era eso, una puerta, gracias a los ornamentados dintel, umbral y jambas, aunque no pudieron decidir si era plana como una escotilla o sesgada como la portezuela de un sótano. Como Wilcox hubiera dicho, la geometría del lugar era completamente errónea. Uno no podía estar seguro de que el mar y el suelo estuvieran horizontales, ya que las posiciones relativas de las cosas parecían variar de forma fantasmal.

Briden empujó la piedra por varios sitios, sin resultado. Luego Donovan tanteó delicadamente por el borde, presionando cada punto por separado. Trepó sin fin a lo largo de la grotesca moldura de piedra (es decir, podemos llamarlo trepar si aquello no era completamente horizontal) y los hombres se preguntaron cómo una puerta en el universo podía ser tan grande. Entonces, muy suave y lentamente, el inmenso portón comenzó a girar hacia dentro y vieron que estaba equilibrado. Donovan se deslizó o se impulsó de alguna forma hacia abajo, o a lo largo de la jamba, y se reunió con sus compañeros; cada cual observó el extraño retroceso del portón, monstruosamente esculpido. En aquella fantasía de prismática distorsión, se movió anormalmente de una forma diagonal, por lo que todas las reglas de la materia y la perspectiva parecían trastocadas.

La abertura era negra, de una oscuridad casi material. La lobreguez era, en efecto, una cualidad real, ya que oscurecía partes de los muros interiores que debieran haber sido visibles, y hasta manaba como humo de su prisión inmemorial, oscureciendo perceptiblemente al sol mientras chorreaba hacia el cielo contraído y contrahecho con membranosas alas ondeantes. El olor que brotaba de las recién abiertas profundidades era intolerable y, al rato, los agudos oídos de Hawkins creyeron captar un sonido asqueroso, cada vez más próximo, allí abajo. Todos escucharon, y aún seguían cuando

Aquello surgió pesadamente ante los ojos y, anadeando, comprimió su gelatinosa inmensidad verde a través del negro portal para emerger al contaminado aire exterior de esa ponzoñosa ciudad de locura.

La escritura del pobre Johansen se vuelve casi ilegible al llegar a esta parte. De los seis hombres que nunca volvieron al barco, cree que dos murieron de puro miedo en ese instante maldito. El Ser no puede ser descrito; no hay lenguaje para tales abismos de insania gritante e inmemorial, tales espantosas contradicciones de toda materia, fuerza y orden cósmico. Una montaña caminando o trastabillando. ¡Dios mío! ¿Qué tiene de extraño que al otro lado de la Tierra un gran arquitecto se volviera loco y el pobre Wilcox fuera atacado de fiebres en ese instante telepático? El Ser de los ídolos, el verde y viscoso engendro de las estrellas, había despertado para reclamar lo que era suyo. Los astros volvían a ser propicios, y lo que el antiguo culto, aun queriendo, no había podido hacer, lo había conseguido por accidente una banda de inocentes marineros. Tras miles de millones de años, el gran Cthulhu estaba libre de nuevo y rebosante de alegría.

Tres hombres fueron barridos por aquellas fofas garras, antes de que nadie pudiera darse la vuelta. Descansen en paz, si es que hay descanso en el universo. Eran Donovan, Guerrera y Ångstrom. Parker resbaló mientras los tres que quedaban se sumían frenéticamente en interminables visiones de piedra cubierta de algas, huyendo hacia el bote, y Johansen jura que se lo tragó un ángulo de sillería que no tendría que haber estado allí; un ángulo que, pese a ser agudo, se comportaba como si fuera obtuso. Así que solo Briden y Johansen llegaron al bote y bogaron a la desesperada, rumbo al Alert, mientras la montañosa monstruosidad descendía con laxitud a través de las fangosas piedras y titubeaba tambaleante al borde de las aguas.

Aún quedaba bastante presión, a pesar de que todos habían desembarcado, y les llevó solo unos instantes de febril ajetreo arriba y abajo, entre ruedas y maquinaria, el poner en marcha el Alert. Lentamente, entre los distorsionados horrores de esa indescriptible escena, comenzó a batir las letales aguas, mientras, al borde de la sillería de esa orilla de osario que no era de esta Tierra, el titánico Ser de las estrellas se debatía y balbuceaba como Polifemo, maldiciendo el fugitivo barco de Odiseo. Entonces, más

poderosamente que el citado cíclope, el gran Cthulhu entró oleosamente en las aguas y comenzó a perseguirlos con inmensos golpes de cósmica potencia que alzaban olas. Briden miró atrás y enloqueció, riendo y riendo de manera estridente, hasta que le alcanzó la muerte en el camarote, mientras Johansen deambulaba delirante.

Pero Johansen no se había rendido. Sabiendo que el Ser, sin duda, alcanzaría al Alert antes de que este hubiera logrado plena presión de vapor, decidió una maniobra desesperada y, dando todo avante, corrió como el rayo por cubierta e hizo girar el timón. Hubo un tremendo arremolinar y espumear del agua malsana y, mientras la presión de vapor subía y subía, el valeroso noruego enfiló contra la perseguidora gelatina que se alzaba sobre la sucia espuma como la proa de algún galeón demoníaco. La espantosa cabeza de calamar, con sus serpenteantes tentáculos, se alzaba sobre el bauprés del sólido yate, pero Johansen la enfiló sin miedo. Hubo un estallido, como el de una vejiga al explotar, una resbaladiza asquerosidad como la que brota de un pez globo atravesado, un hedor como el de un millar de tumbas abiertas y un sonido que el cronista no pudo plasmar por escrito. Por un instante, el buque se vio envuelto en una acre y cegadora nube verde y luego solo hubo un ponzoñoso hervidero a popa, donde (¡Dios santo!) la derramada plasticidad de aquel engendro de las estrellas estaba reconstruyendo nebulosamente su odiosa forma original, mientras que la distancia aumentaba a cada segundo, a medida que el Alert ganaba impulso gracias a su cada vez mayor presión de vapor.

Eso fue todo. Tras aquello, Johansen estuvo meditando sobre el ídolo que había en el camarote y apenas atendió su alimentación y la del risueño maníaco que lo acompañaba. Tras el primer impulso de huida, no intentó navegar, ya que la reacción había afectado a su espíritu. Luego llegó la tormenta del 2 de abril y una avalancha de nubes en su mente. Hay una sensación de espectral girar a través de simas líquidas de infinito, de vertiginosos viajes a través de tambaleantes universos en la cola de un cometa, de histéricas zambullidas de la sima a la luna y de la luna de vuelta a la sima, todo acompañado por el carcajeante coro de los locos, los risueños dioses primigenios y los verdes y alados diablillos burlones del Tártaro.

Tras el sueño vino el rescate: el Vigilant, el tribunal del Vicealmirantazgo, las calles de Dunedin y el largo viaje de vuelta a la vieja casa en el Egeberg. No pudo contar nada, porque habrían pensado que se había vuelto loco. Escribiría cuanto sabía antes de morir, pero su mujer no debía sospechar nada. La muerte sería una merced si así pudiera borrar sus recuerdos.

Eso es lo que decía el documento que leí y, ahora, lo tengo guardado en la caja de hojalata junto al bajorrelieve y los papeles del profesor Angell. Adjunto estará esto que escribo, esta prueba de mi propia cordura, en la que se ha unido lo que espero que nunca más sea hilado. He entrevisto todo el horror que puede albergar el universo, e incluso los cielos primaverales y las flores del verano, en adelante, estarán emponzoñados para mí. Pero no creo que mi vida sea demasiado larga. Terminaré como mi tío, igual que el pobre Johansen. Sé demasiado y el culto aún sigue activo.

Cthulhu también vive, supongo, de vuelta a esa sima de piedra que le acogía desde que el Sol era joven. Su maldita ciudad está de nuevo sumergida, ya que el Vigilant navegó sobre el lugar, después de la tormenta de abril, pero sus acólitos en la Tierra aún braman y brincan y matan en torno a monolitos coronados por ídolos, en los lugares solitarios. Debió de haber sido arrastrado hacia el interior de su negro abismo por el hundimiento o, de lo contrario, ahora el mundo estaría gritando de espanto y terror. ¿Quién sabe el final? Lo que ha surgido puede hundirse, pero lo que se ha hundido puede surgir. El espanto aguarda y sueña en la profundidad, y la decadencia se extiende por las tambaleantes ciudades de los hombres. Llegará el día... ¡pero no debo pensar en ello! Dejadme rogar para que, si no sobrevivo a este manuscrito, mis albaceas tengan más precaución que audacia y se cuiden de que ningún otro lo lea.

EL MODELO DE PICKMAN

N o quiero que pienses que estoy loco, Eliot; muchos otros tienen prejuicios mucho más extravagantes hacia mi persona. ¿Por qué no te ríes un poco del abuelo de Oliver? El pobre hombre no consiente en subirse a ningún vehículo motorizado. Si no me gusta el condenado metro, eso es asunto mío y, de todos modos, en taxi hemos tardado aún menos en llegar aquí. De haber venido en metro habríamos tenido que subir a pie toda la colina desde Park Street.

Ya sé que estoy algo más nervioso que la última vez que nos vimos hace un año. Tampoco tienes por qué ingresarme basándote en mi nerviosismo. Bien sabe Dios que tengo mis motivos. De hecho, yo diría que es una suerte que conserve la cordura. ¿A qué viene este tercer grado? Antes no eras tan inquisitivo.

Bueno, si de verdad lo quieres saber, supongo que no hay motivo por el que no deba contártelo. En todo caso, quizás incluso deberías estar al tanto, porque recuerdo que no dejabas de escribirme como un padre en pleno duelo cuando te enteraste de que había empezado a cortar mis lazos con el Art Club y a mantenerme alejado de Pickman. Ahora que ha desaparecido, suelo dejarme caer por el club de vez en cuando, aunque mis nervios ya no son lo que eran.

No, no sé qué ha sido de Pickman, y no me apetece especular al respecto. Quizá suponías que yo tenía algún tipo de información secreta que me llevó a darle la espalda… y que por eso me niego a pensar en su paradero actual.

Que la policía haga las indagaciones que buenamente pueda; no encontrarán gran cosa, a juzgar por el hecho de que aún no han descubierto el viejo estudio del North End que Pickman alquiló bajo el nombre de Peters. Creo que ni yo mismo sería capaz de dar con ese sitio de nuevo... aunque la verdad es que no se me ocurriría intentarlo, ¡ni siquiera a plena luz del día! Sí, claro que sé la razón, o al menos temo imaginármela, por la que mantenía ese estudio. Ahora mismo llegaremos a esa parte. Creo que antes de que acabe lo que voy a contarte entenderás por qué no le cuento nada de esto a la policía. Me pedirían que los llevase, pero no podría regresar allí ni aunque supiese cómo hacerlo. Ahí dentro había algo... En fin, que ahora me niego a usar el metro o siquiera (y sí, ríete también de esto si quieres) a bajar a ningún sótano.

Te suponía al corriente de que no le di la espalda a Pickman por las mismas estupideces que esas viejas pellejas del doctor Reid, Joe Minot o Bosworth. El arte macabro no me impresiona, y en el caso de un hombre con la genialidad de Pickman, para mí era un honor contar con su amistad, sin importar las temáticas a las que apuntase su obra. No ha habido en Boston pintor más grande que Richard Upton Pickman. Lo dije en su día y lo mantengo, y tampoco cambié de opinión ni un ápice cuando le mostró al mundo aquel *Necrófago alimentándose.* Recordarás que fue entonces cuando do Minot rompió su amistad con él.

¿Sabes? Se necesitan una profunda capacidad artística y un conocimiento aún más profundo de la naturaleza para producir obras como las de Pickman. Cualquier pintamonas de los que copan las portadas de revistas puede salpicar pintura por aquí y por allá y llamar al resultado *Pesadilla, Aquelarre de las brujas* o *Retrato del diablo,* pero solo un gran pintor es capaz de conseguir que algo así provoque miedo de verdad, que tenga visos de verosimilitud. Solo un artista de verdad conoce la verdadera anatomía de lo terrible o la fisiología del miedo, los tipos exactos de líneas y proporciones que conectan con instintos latentes o recuerdos hereditarios del espanto, así como los contrastes de colores y efectos de iluminación adecuados, capaces de despertar el sentido adormecido de la extrañeza. No necesito explicarte por qué Füssli es capaz de estremecernos pero una historia de fantasmas del montón apenas nos arranca unas risas. Hay algo que esos tipos captan, algo más allá de la vida, algo que son capaces de hacer que nosotros captemos por un segundo. Doré tenía ese don. Sime también lo tiene. Angarola, de Chicago, lo tiene. Y Pickman lo tenía hasta niveles que nadie ha tenido jamás y que, espero por lo más sagrado, nadie más volverá a tener.

No me preguntes qué es lo que ven. Bien sabes que, en el arte ordinario, hay un mundo de diferencia entre lo que se dibuja a partir de criaturas vivas y vitales de la naturaleza o de los modelos, y las meras mercancías artificiales que los artistas comerciales del montón suelen producir en cadena en meros estudios. Bueno, yo diría que el verdadero artista de lo extraño tiene un tipo de visión que crea modelos o que conjura el equivalente a escenas genuinas del mundo espectral en el que vive. En todo caso, dicho artista se las arregla para producir resultados muy diferentes de los empalagosos sueños de los impostores, del mismo modo que los resultados de un pintor vocacional difieren de los batiburrillos de un caricaturista que ha aprendido el oficio en un curso por correspondencia. Ay, si yo hubiese llegado a ver lo que veía Pickman... ¡Pero no! Vamos, echemos un trago antes de profundizar en la historia. Cáspita, de haber visto lo que vio ese hombre..., si es que era un hombre..., ¡yo no seguiría con vida!

Recordarás que Pickman estaba especializado en pintar rostros. Dudo que nadie desde Goya haya sido capaz de imprimirles un cariz tan radicalmente infernal a unas facciones o una expresión retorcida. Y antes de Goya, habría que retrotraerse a esos sujetos del medievo, los que esculpían gárgolas y quimeras en Notre Dame y el Mont Saint-Michel. Esa gente creía en todo tipo de cosas... y quizá también veía todo tipo de cosas, pues la Edad Media atravesó por algunas fases de lo más curiosas. Recuerdo que, en cierta ocasión, tú mismo le preguntaste a Pickman... creo que fue el año antes de que te marchases... de dónde narices sacaba semejantes ideas y visiones. ¿Te acuerdas de la desagradable risotada que te soltó por respuesta? Creo que Reid le dio la espalda en parte por aquella risa. Ya sabes que Reid acababa de empezar a estudiar patología comparada y presumía en tono pomposo de tener «información privilegiada» sobre el significado biológico o evolutivo de tal o cuál síntoma físico o mental.

Decía que Pickman le repugnaba más y más cada día que pasaba, y hacia el final casi le inspiraba terror. Afirmaba que las facciones del artista y su expresión se estaban alterando poco a poco de un modo que le resultaba muy desagradable, de un modo que de hecho no era humano. Solía hablar mucho acerca de hábitos alimenticios, y aseguraba que los de Pickman debían de ser excéntricos y anormales en grado sumo. Supongo que le dijiste a Reid, en caso que mantuvieseis algún tipo de correspondencia sobre el asunto, que los cuadros de Pickman le habían hecho perder los nervios y habían azuzado su imaginación. Yo mismo le dije algo parecido por aquel entonces.

En cualquier caso, que no se te olvide que no fue ese el motivo por el que me distancié de Pickman. Todo lo contrario. Mi admiración por él no dejaba de crecer, pues aquel *Necrófago alimentándose* era un logro tremendo. Ya sabes que el club se negó a exponerlo, y ni siquiera el Museo de Bellas Artes quiso aceptarlo como donación, así que Pickman lo guardó en su casa hasta el momento de desaparecer. Ahora quien lo tiene es su padre, en Salem... Ya sabes que Pickman proviene de una familia de rancio abolengo de Salem. A una de sus ascendientes la colgaron por brujería en 1692.

Adopté la costumbre de llamar con bastante frecuencia a Pickman, en especial cuando empecé a preparar una monografía sobre el arte inquietante. Probablemente fue su trabajo lo que me metió la idea en la cabeza. Sea como fuere, cuando empecé a desarrollar el texto Pickman se convirtió en una mina de información y de sugerencias. Me enseñó todas las pinturas y dibujos que tenía en casa, incluyendo algunos esbozos a pluma que, de haberlos visto los miembros del club, estoy seguro de que habrían supuesto que lo pusieran de patitas en la calle. No tardé mucho en convertirme en un auténtico devoto de su obra. Me pasaba las horas escuchando como un colegial sus teorías artísticas y sus especulaciones filosóficas, algunas de las cuales eran tan inverosímiles que habrían bastado para internarlo en el sanatorio de Danvers. La adoración que le profesaba a su figura heroica, junto con el hecho de que los demás mortales le diesen la espalda, contribuyó a estrechar nuestra amistad. En cierta velada, incluso me dejó caer que si yo tenía la boca cerrada y no era muy impresionable, quizá me enseñara algo de lo más inusual, algo un poco más impactante que las demás obras que tenía en la casa.

—Hay cosas —me dijo— que no están hechas para Newbury Street, ¿sabes? Cosas que aquí estarían fuera de lugar, y que de todos modos tampoco puedo concebir aquí. Mi trabajo requiere que capte los matices del alma, cosa imposible entre advenedizos manojos de calles artificiales en tierras construidas por los hombres. Back Bay no es Boston... De hecho, aún no es nada, pues no ha tenido tiempo de atesorar recuerdos y atraer espíritus locales. Si hay algún fantasma por aquí, son los fantasmas domesticados de las salinas y los bajíos de las calas. Lo que yo quiero son fantasmas humanos, fantasmas de seres lo suficientemente bien organizados como para haber podido contemplar el infierno y entendido el significado de lo que han visto.

»El sitio donde tiene que vivir un artista es North End. Cualquier esteta que pretenda ser sincero debería instalarse en los suburbios, donde se acumulan las tradiciones. ¡Por Dios, chico! ¿Es que no te das cuenta de que los sitios así no fueron simplemente construidos? ¡Fueron creciendo! En ellos vivió y sintió y murió una generación tras otra, y hablo de los tiempos en los que a la gente no le daba miedo vivir, sentir o morir. ¿Sabías que en Copp's Hill se alzaba un molino en 1632 y que la mayoría de las calles actuales se planificaron en 1650? Puedo mostrarte casas que llevan en pie dos siglos y medio, e incluso más; casas que han presenciado cosas que harían añicos cualquier edificio moderno. ¿Qué sabrá la gente de la Edad Contemporánea de la vida y de las fuerzas que la gobiernan? Afirmáis que la brujería de Salem no era más que una sarta de mentiras, pero te apuesto a que mi trastatarabuela podría haberte contado un par de cosillas. La ahorcaron en Gallows Hill, la colina del patíbulo, mientras Cotton Mather la contemplaba con su expresión mojigata. Mather, maldito sea, tenía miedo de que alguien consiguiera librarse de golpe de su condenada jaula de monotonía... ¡Ojalá alguien le hubiese echado una buena maldición o sorbido su sangre por la noche!

»Puedo enseñarte una de las casas en las que vivió, e incluso otro caserón en el que no se atrevía a entrar a pesar de sus baladronadas. Mather sabía cosas que no se atrevió a incluir en su estúpida *Magnalia,* ni en el pueril

Maravillas del mundo invisible. Fíjate, ¿a que no sabías que todo North End contó en su día con una maraña de túneles que conectaban las casas de ciertos habitantes entre sí y con el cementerio y el mar? Que los de la superficie celebren sus juicios y se queden tranquilos... Día tras día sucedían cosas que no alcanzaban a entender, ¡y muchas voces se reían de ellos por la noche desde lugares que no eran capaces de ubicar!

»Verás, chico, de cada diez casas que hayan sobrevivido hasta nuestros días desde antes de 1700, te apuesto a que soy capaz de mostrarte algún detalle extravagante de los sótanos de al menos ocho de ellas. Al parecer, no hay mes en que no se lea que algún obrero ha encontrado arcadas emparedadas o pozos que no conducen a ninguna parte en este o aquel caserón viejo... Algo parecido se veía el año pasado desde la vía elevada a la altura de Henchman Street. Campaban las brujas y los resultados de sus invocaciones, los piratas y lo que traían consigo del mar, contrabandistas, corsarios... Lo que te he dicho: gente que, en los viejos tiempos, sabía cómo vivir y cómo ensanchar las ataduras de la vida. Este no era el único mundo que un hombre sabio y osado podía conocer. ¡Quiá! Y pensar en el contraste de los tiempos modernos, en los cerebros adocenados que se echan a temblar entre estertores en cuanto un cuadro sobrepasa un poco la sensibilidad de mesita de té de Beacon Street, ¡incluso en un club de arte al que acuden supuestos artistas!

»Lo único que redime el presente es esa maldita estupidez que le impide hacerse preguntas demasiado profundas sobre el pasado. ¿Acaso los mapas, registros y guías contienen información veraz sobre North End? ¡Bah! Así, a ojo, te garantizo que podría conducirte a treinta o incluso cuarenta callejuelas de mala muerte y hasta a barriadas enteras cuya existencia no conocen más de diez seres vivos aparte de los extranjeros que las pueblan. ¿Y qué sabrán los italianos del verdadero significado de esos sitios? No, Thurber, esos lugares arcaicos se hallan ahora sumidos en plácidos sueños; repletos de maravillas, terrores y vías de escape de la ordinariez de nuestra vida. Y sin embargo no hay ni un alma capaz de comprenderlos o siquiera de sacarles partido. O bueno, mejor dicho, solo hay un alma capaz de semejante cosa, ¡pues para algo llevo tanto tiempo escarbando en el pasado!

»Sé que este tipo de cosas te interesa, ¿verdad? ¿Y si te dijese que tengo otro estudio por esa zona, un lugar donde puedo captar el espíritu nocturno del horror antiguo y pintar cosas que ni siquiera me atrevería a pensar en Newbury Street? Por supuesto, no se lo he dicho a esas malditas señoronas del club; sobre todo ahora que Reid, maldito sea, se dedica a cuchichear que soy una especie de monstruo que se desliza por el tobogán de la involución. Sí, Thurber, hace tiempo que decidí que el terror de la vida merece que lo pinten del mismo modo que su belleza, así que empecé a explorar algunos lugares donde tenía razones para pensar que dicho terror mora.

»Tengo una casa que dudo que nadie más haya visto, exceptuando a tres hombres nórdicos que aún viven. En términos de distancia, no queda muy lejos de la vía elevada, pero si atendemos al alma, los separan siglos. Me hice con ella por el extravagante pozo de ladrillos del sótano; uno de esos pozos de los que te he hablado. En realidad es un picadero que amenaza con venirse abajo de un momento a otro, así que nadie más se atrevería a vivir allí. Me da vergüenza decirte lo barato que me sale el alquiler. Las ventanas están tapiadas, pero tanto mejor, porque lo que hago no requiere luz diurna. Pinto en el sótano, porque allí me inspiro mejor, aunque he adecentado otro par de habitaciones en la planta baja. El dueño es un siciliano, y se lo he alquilado bajo el nombre de Peters.

»Si te apuntas, te puedo llevar esta noche. Creo que te gustarán los cuadros que tengo allí, pues, como te he dicho, me he dejado llevar al pintarlos. No hay que caminar mucho, a veces voy a pie, porque no quiero llamar la atención de ningún taxista que me deje por esos lares. Podríamos tomar el tren en South Station hasta Battery Street. Desde allí es apenas un paseo.

Bueno, Eliot, después de oír aquella diatriba, apenas pude contenerme para no echar a correr en busca del primer taxi vacío. En lugar de eso, salimos caminando tranquilamente, detuvimos un taxi, cambiamos en la vía elevada en South Station y, a eso de las doce en punto, descendimos los escalones de la estación en Battery Street en dirección al paseo marítimo, más allá del muelle de la Constitución. No me fijé en los cruces que atravesábamos, así que no sabría decirte en cuál acabamos, aunque sé que no era Greenough Lane.

En un momento dado, giramos y subimos por toda la abandonada longitud de la callejuela más vieja y sucia que he visto en mi vida, ribeteada de gabletes con aspecto de estar a punto de derrumbarse, ventanas de rejilla rotas y chimeneas arcaicas que sobresalían medio derruidas contra el cielo iluminado por la luna. Dudo que viera más de tres casas que no hubieran estado ya en tiempos de Cotton Mather. A buen seguro atisbé como mínimo dos con voladizos, y en un momento dado creí ver el contorno de un tejado picudo anterior al estilo holandés, aunque los anticuarios afirman que ya no quedan tejados así en Boston.

Desde aquel callejón pobremente iluminado giramos a la izquierda y nos internamos en otra callejuela igual de silenciosa y aún más estrecha, carente por completo de luz. Un minuto después, giramos a la derecha en medio de la oscuridad en lo que me pareció un recodo en ángulo obtuso. Poco después, Pickman sacó una linterna cuyo haz reveló una puerta antediluviana de diez paneles que parecía haber sucumbido a la carcoma de manera irreparable. Abrió el cerrojo y me invitó a entrar en el recibidor desastrado que en su día debió de estar recubierto con espléndida madera de roble oscuro. Era sencillo, por supuesto, pero recordaba vivamente la época de Andros y Phipps, los tiempos de la brujería. Acto seguido me hizo pasar por una puerta a la izquierda. Allí encendió una lámpara de aceite y me dijo que me pusiera cómodo.

A ver, Eliot, sabes que soy lo que en jerga callejera se llamaría «duro de pelar», pero he de confesarte que lo que vi en las paredes de aquella habitación me descompuso por dentro. Eran los cuadros de Pickman, ¿entiendes? Los cuadros que no se atrevía a pintar, ni mucho menos a enseñar, en Newbury Street. ¡Qué razón tenía al decir que se había «dejado llevar»! Ten, tómate otro trago... ¡Desde luego, yo necesito otro!

¿Tendría algún sentido que te describiera el aspecto de esos cuadros? Aquel horrible y blasfemo horror, aquellas increíbles repugnancia y fetidez moral nacían de unos sencillos trazos que no hay palabra capaz de describir. No había vestigio alguno del exotismo técnico que se aprecia en Sidney Sime, nada de los paisajes transaturninos y de los hongos lunares de los que Clark Ashton Smith se vale para helarnos la sangre. Los fondos eran casi siempre viejos cementerios, profundos bosques, acantilados junto al mar, túneles enladrillados, antiguas habitaciones revestidas de madera o simples bóvedas de mampostería. El cementerio de Copp's Hill, que no debía de estar a muchas manzanas de distancia de aquella casa, era sin duda el escenario favorito.

La locura y la monstruosidad habitaban las figuras en primer plano, pues el morboso arte de Pickman hallaba su máxima expresión en los retratos demoníacos. Aquellas figuras casi nunca eran del todo humanas, aunque se acercaban al aspecto humano en diversos grados. La mayor parte de los cuerpos, aunque bípedos a su desmañada manera, tenían una postura encorvada hacia delante y un vago aspecto canino. La mayoría de ellos presentaba cierta textura gomosa y desagradable. ¡Agh! ¡Parece que los estoy viendo! En aquellas estampas se dedicaban a... Bueno, no me pidas que te dé muchos detalles. Las imágenes más repetidas los mostraban alimentándose, aunque no te diré con qué se alimentaban. A veces aparecían en grupos, en cementerios o pasadizos subterráneos, y en más de una ocasión parecían luchar entre ellos por sus presas... o, mejor dicho, sus tesoros. ¡Y esa maldita expresividad con la que Pickman dotaba los rostros cegados de sus presas! En ocasiones se veía a aquellas criaturas o bien entrar de un salto por ventanas abiertas de noche, o bien agazapados sobre el pecho de los durmientes mientras contemplaban su garganta. Un lienzo en concreto mostraba un círculo de criaturas que aullaban alrededor de una bruja ahorcada en Gallows Hill, una bruja cuyo rostro albergaba cierto parentesco con el de los monstruos.

Sin embargo, no pienses que lo que me alteró tanto fue un puñado de cuadros de temas y escenas repugnantes. No soy un niño de tres años, y estoy acostumbrado a ver cosas parecidas. Se trataba de los rostros, Eliot, de esos condenados rostros. ¡Me miraban con lascivia, babeantes, como si fueran a surgir de los lienzos con el mismísimo aliento de la vida! Por Dios, amigo, ¡estoy convencido de que tenían vida propia! Aquel nauseabundo hechicero que fue Pickman había conseguido despertar los fuegos del infierno con sus pigmentos, su pincel había actuado como una varita que da pábulo a las pesadillas. ¡Pásame el decantador, Eliot!

Había un cuadro en concreto que se titulaba *La lección*. ¡Válgame el cielo! ¿Por qué tuve que contemplarlo? Presta atención... ¿Puedes imaginarte un círculo de aquellas criaturas perrunas agazapadas en medio de un cementerio, enseñándole a un niño pequeño cómo debe alimentarse del mismo modo en que lo hacen ellas? Supongo que aquel niño era el premio de unos de sus intercambios... Ya conoces esa vieja leyenda con arreglo a la cual unos seres extraños roban criaturas humanas en las cunas y dejan en su lugar a sus propias crías. Pickman mostraba en ese cuadro lo que les sucede a los bebés robados, cómo crecen... A partir de entonces empecé a ver cierta repugnante correlación entre los rostros humanos y no humanos de los cuadros. Pickman se dedicaba a establecer un sardónico vínculo y evolución entre los seres a todas luces no humanos y los humanos degradados, con todos los grados de morbidez entre ambos estados. En otras palabras, ¡aquellas criaturas perrunas provenían de humanos mortales!

Y nada más preguntarme qué final les habría deparado Pickman a las crías dejadas con los humanos tras el intercambio, capté por el rabillo del ojo un cuadro que materializaba justo la respuesta a mi pregunta. Se veía el interior de una antigua casa de estilo puritano, una habitación de pesadas vigas y ventanas en rejilla, un banco y varios muebles desastrados del siglo XVII. La familia se repartía sentada por la habitación mientras el padre leía las Escrituras. Todos los rostros mostraban un aire de nobleza y reverencia..., excepto uno, que reflejaba una burla proveniente del abismo más profundo. Era el rostro de un jovenzuelo que sin duda debía de ser hijo de aquel piadoso padre, aunque en esencia era un congénere de aquellas sucias criaturas. Era un demonio impostor y, en respuesta a algún tipo de suprema ironía, Pickman había dotado a sus facciones de una semejanza inequívoca con las suyas propias.

A esas alturas, Pickman había encendido una lámpara en una estancia adyacente y me sujetaba la puerta con gesto deferente. Me preguntó si me interesaba ver sus «estudios modernos». Yo no había sido capaz de darle mi opinión, atónito como estaba de puro miedo y asco, aunque sin duda comprendió que mi conmoción era el mayor de los cumplidos que podía hacerle a su obra. Ahora, Eliot, te insisto en que no soy tan remilgado como para ponerme a gritar ante todo aquello que se aparte un ápice de la normalidad. Soy una persona de mediana edad, me considero más o menos sofisticado y supongo que en Francia ya fuiste testigo de lo difícil que resulta noquearme. Ten en cuenta, además, que ya había recuperado el aliento y me había acostumbrado a aquellos escalofriantes cuadros que convertían Nueva Inglaterra en una especie de antesala del infierno. Bien, a pesar de todo ello, lo que había en la otra habitación consiguió arrancarme un grito. Tuve que aferrarme al marco de la puerta para no caer de bruces. En la primera habitación había manadas de necrófagos y brujas que recorrían el mundo de nuestros ancestros, ¡pero en la siguiente el horror llegaba hasta nuestros días!

¡Maldita sea, cómo pintaba Pickman! Había un estudio titulado *Accidente en el metro* en el que una manada de aquellos viles seres trepaba desde alguna catacumba desconocida a través de una grieta en el suelo de la estación de metro de Boylston Street. Se dedicaban a atacar a la gente en el andén. En otro de ellos se veía un baile entre las tumbas del cementerio de Copp's Hill con el aspecto que tienen hoy en día. También había algunas vistas de sótanos, en las que aquellos monstruos salían de agujeros o grietas en la mampostería de las casas, sonrientes, agazapados detrás de toneles y calderas, a la espera de que sus víctimas bajasen las escaleras.

Un lienzo en extremo desagradable parecía representar un enorme corte transversal de Beacon Hill. Los ejércitos de aquellos mefíticos monstruos se veían como hormigas, apretujados en madrigueras que horadaban el subsuelo a modo de colmena. Por doquier había cuadros en los que las criaturas bailaban en cementerios contemporáneos. No obstante, un cuadro en concreto me conmocionó mucho más que los demás. Presentaba una escena en una cripta desconocida, en la que se acumulaban docenas de aquellas bestias alrededor de una de ellas, que sostenía una conocida guía de Boston y que a todas luces leía en voz alta de sus páginas. Todas las criaturas señalaban cierto fragmento, y cada rostro parecía retorcerse con una risotada tan epiléptica y reverberante que casi creí oír sus ecos demoníacos. Se titulaba *Holmes, Lowell y Longfellow yacen enterrados en Mount Auburn.*

Me fui calmando poco a poco mientras me adaptaba como podía a aquella segunda estancia llena de perversidades y morbosidad. Por fin me consideré capaz de analizar algunos de los porqués de aquel asco enfermizo que sentía. Para empezar, me dije a mí mismo, aquellos cuadros repugnaban al espectador porque evidenciaban que Pickman, su autor, carecía por completo de humanidad y era cruel y desalmado. A buen seguro se consideraba un enemigo implacable de la humanidad. De otro modo, no habría hallado semejante solaz en torturar tanto el cerebro como la carne y en degradar nuestras hechuras mortales. Aparte de eso, lo que me aterraba de ellos era su propia grandeza. Su técnica era del todo convincente; cuando se veía a aquellos demonios, se los veía de verdad, como si realmente estuvieran presentes, lo cual inspiraba terror. Lo más extravagante era que Pickman no alcanzaba semejantes cotas mediante el uso de elementos selectivos o estrambóticos. Ninguna imagen aparecía difuminada, ni distorsionada, ni mucho menos estilizada. Los contornos eran nítidos y realistas, y cada detalle estaba definido hasta extremos clamorosos. ¡Y aquellos rostros!

Lo que se veía allí no era la mera interpretación de un artista; era el pandemonio mismo, cristalino y objetivo en grado sumo. ¡El pandemonio mismo, válgame el cielo! El tipo no era un pintor fantasioso o romántico, en absoluto. Ni siquiera pretendía imprimirles a sus cuadros la impronta agitada y prismática de los sueños. No, señor, lo que hacía era reflejar de forma fría y sardónica un horror estable, mecánico y bien establecido, que el espectador podía apreciar en todo su completo, brillante, honrado y resuelto horror. Dios sabrá qué mundo era ese que Pickman visitaba o dónde había vislumbrado aquellas blasfemas formas que se bamboleaban, trotaban y se arrastraban dentro de sus fronteras. Sin embargo, por pasmosa que resultase la fuente de su imaginería, había una cosa clara. Pickman era, en sentido completo, tanto en concepción como en ejecución, un pintor dotado de una técnica realista y un trazo concienzudo, meticuloso y casi científico.

Entonces mi anfitrión señaló el camino que descendía al sótano que con pleno derecho podía llamar su estudio, el lugar donde trabajaba. Me preparé para encontrar más efectos infernales entre sus lienzos inconclusos. Al llegar al fondo de aquellas húmedas escaleras, Pickman iluminó con la luz de la linterna una esquina del amplio espacio que se abría ante nosotros. El haz de luz reveló el bordillo enladrillado y circular de lo que sin duda era un amplio pozo en medio del suelo de tierra. Una vez allí, le calculé metro y medio de diámetro y más de un palmo de grosor. Se alzaba sus buenos quince centímetros del suelo. Muy errado debía de andar yo si aquello no era una sólida construcción del siglo xvii. Pickman dijo que aquel era justo el tipo de pozo al que se había referido en nuestra conversación anterior. Me percaté vagamente de que la boca del pozo no parecía estar enladrillada y que por tapa apenas tenía un pesado disco de madera. Me estremecí al pensar en los lugares a los que llevaría aquel pozo, en el supuesto de que las demenciales ideas de Pickman fuesen algo más que meras conjeturas. Acto seguido me giré y me dejé guiar por una estrecha puerta hacia una habitación espaciosa con suelo de madera y amueblada a modo de estudio. Un equipo de gas acetileno proporcionaba la luz necesaria para trabajar allí.

Los cuadros inconclusos se disponían en caballetes o apoyados contra las paredes. Eran igual de espectrales que los cuadros ya terminados que había en el piso de arriba. En ellos se distinguía la misma técnica concienzuda que caracterizaba al artista. Los encuadres se habían cuidado en extremo, y las líneas maestras a lápiz señalaban la exactitud meticulosa con la que Pickman elaboraba la perspectiva y proporción adecuadas. Era un gran artista, lo dije en su día y lo mantengo incluso ahora, sabiendo lo que sé. Una cámara de gran tamaño sobre una mesa me llamó poderosamente la atención; Pickman me dijo que la usaba para fotografiar escenas para los fondos de sus cuadros, para pintarlos a partir de fotografías en el estudio. De ese modo evitaba trasladar todo su equipo por la ciudad para pintar una sola escena. En su opinión, una fotografía funcionaba igual de bien que una escena real o incluso que un modelo. Según afirmó, las empleaba con regularidad.

Había algo en extremo perturbador en aquellos nauseabundos esbozos y monstruosidades inconclusas que me contemplaban incitantes desde todos los rincones de la estancia. De pronto, Pickman apartó la sábana que cubría un enorme lienzo que descansaba a un lado, lejos de la luz. Juro por mi vida que no fui capaz de reprimir un grito a pleno pulmón, el segundo que emitía aquella noche. Sus ecos reverberaron por las lúgubres bóvedas de aquel antiguo sótano cuajado de salitre. Por suerte, alcancé a contener el resto de mi reacción, que habría desembocado sin remedio en un estallido de risotadas histéricas. ¡Démosle gracias a la misericordia del Creador! Dios, no sé cuánto de aquello era real y cuánto pertenecía al febril reino de la imaginación. ¡Dudo de que en la Tierra pueda tener cabida un sueño parecido a lo que yo estaba viviendo!

El cuadro recién destapado representaba una blasfemia colosal e innominada de resplandecientes ojos rojos. En sus garras huesudas sostenía lo que antaño fuera un hombre, y roía la cabeza del mismo modo que un niño sorbe un palito de caramelo. Estaba más o menos agazapada, y al mirarlo uno sentía que de un momento a otro dejaría caer su presa y se lanzaría hacia delante en busca de un nuevo y jugoso bocado. Pero, maldita sea, el motivo por el que aquel cuadro era una fuente inagotable de toda clase de pánico no era aquel ser demoníaco, ni tampoco su rostro perruno, sus orejas puntiagudas, sus ojos inyectados en sangre, su nariz chata o sus labios babeantes. No eran las garras escamosas ni el cuerpo enlodado, ni tampoco las patas rematadas por pezuñas. No era nada de eso, aunque todo lo anterior podría haber empujado a la locura a cualquier hombre más sensible que yo.

Era la técnica, Eliot. ¡Aquella técnica condenada, impía y antinatural! Juro por mi vida que jamás he contemplado una representación tan vívida en un lienzo. El monstruo se encontraba allí, me contemplaba y roía, y roía y me contemplaba. Supe que solo si se suspendieran las leyes de la naturaleza habría podido un hombre pintar algo así sin contar con un modelo, sin atisbo alguno de un mundo inferior que un mortal cuya alma no haya sido vendida al Maligno ha podido vislumbrar.

En una parte vacía del lienzo había un trozo de papel clavado con una chincheta y ahora doblado sobre sí mismo. Creí que sería alguna fotografía a partir de la cual Pickman pintaría un fondo tan repulsivo como la pesadilla que dicho fondo debía reforzar. Alargué la mano para alisarlo y verlo bien, pero de pronto vi que Pickman daba tal respingo que parecía como si lo hubiesen disparado. Pickman había aguzado al máximo el oído desde que solté el alarido desgarrador que había levantado ecos desacostumbrados en el sótano, y ahora parecía embargarlo un pánico que, aunque no podía compararse con el mío, parecía de naturaleza más física que espiritual. Sacó un revólver y me hizo un gesto para que guardase silencio. Acto seguido, salió a la sala principal del sótano y cerró la puerta tras él.

Creo que me quedé paralizado por un instante, allí solo. Intenté aguzar el oído, tal como Pickman había hecho. Me pareció oír un vago eco de movimientos apresurados y algunos chillidos o balidos cuya procedencia no supe determinar. A mi mente vino la imagen de unas ratas enormes, y me estremecí. Luego percibí un amortiguado traqueteo que, de algún modo, me puso la piel de gallina. Era un traqueteo furtivo, anhelante, aunque no sabría explicar con palabras la impresión que me causó. Era como madera pesada que caía sobre piedras o ladrillos... Madera y ladrillos... ¿Dónde había visto algo así?

El ruido se repitió, aún más alto. Percibí una vibración, como si la madera hubiese caído mucho más lejos que antes. Luego siguió un sonido de arañazos, y Pickman gritó una sarta de incoherencias. Por fin, seis ensordecedores tiros del tambor de un revólver, que relampaguearon de forma espectacular, como lo haría un domador de leones que disparase al aire para impresionar al público. Hubo un chillido o graznido amortiguado, y un golpe sordo. A continuación, más sonido de arañazos en madera y ladrillo, una pausa, y la puerta volvió a abrirse. Confieso que esto último me hizo dar un violento respingo. Pickman apareció en el dintel, con la pistola humeante, y maldijo a las enormes ratas que infestaban el antiguo pozo.

—Sabrá el diablo lo que comen esos bichos, Thurber —me sonrió—. A fin de cuentas, esos túneles arcaicos conducen a cementerios, madrigueras de brujas e incluso al litoral. En cualquier caso, y coman lo que coman, a buen seguro se les ha acabado, porque están más ansiosas que el demonio por salir. Supongo que tu grito las habrá azuzado. Más vale ir con cuidado en estos lugares antiguos, pues nuestros amigos roedores son la única desventaja de estos sitios, aunque a veces se me antoja que aportan cierto ambiente y color.

En fin, Eliot, aquel fue el final de la aventura de aquella noche. Pickman había prometido enseñarme aquel lugar, y bien sabe el cielo que cumplió su promesa. Me guio por aquella maraña de callejones en una dirección diferente, me parece, pues cuando alcanzamos a ver una farola nos encontrábamos en una calle familiar de monótonos edificios de apartamentos entremezclados con caserones viejos. Resultó ser Charter Street, aunque yo me encontraba demasiado aturullado como para distinguir el punto exacto por donde salimos. Desde allí fuimos a pie hasta el centro por Hanover Street. Me acuerdo bien de aquel paseo. Giramos en Tremont y subimos por Beacon. Pickman me dejó en la esquina con Joy. Allí nos despedimos, y desde aquel día no he vuelto a hablar con él.

¿Por qué me distancié de él? No seas impaciente. Espera un momento, que pida un café. Bastante hemos bebido ya, aunque yo necesito algo fuerte. No, no fue por los cuadros que vi en aquel lugar, aunque juro que bastaban para proscribir la presencia de Pickman en nueve de cada diez casas y clubs de Boston. Supongo que ahora comprendes por qué rehúyo el metro y todo tipo de sótanos. Pero no, la razón fue... fue algo que encontré en mi abrigo a la mañana siguiente. Era el papel medio doblado y sujeto con una chincheta a aquel escalofriante lienzo en el sótano, ¿sabes? El que yo había juzgado la fotografía de algún fondo que Pickman pensaba usar como escenario para su monstruo. Me llevé aquel último susto mientras alargaba la mano para alisarlo. Al parecer, me metí la fotografía en el bolsillo sin darme cuenta. Ah, aquí está el café... Más vale que te lo tomes sin leche y cargado, Eliot.

Sí, ese trozo de papel fue la razón de que me distanciase para siempre de Pickman. Richard Upton Pickman, el artista más grande que he conocido en mi vida... y el ser más nauseabundo que jamás haya traspasado los límites de la vida hacia los abismos del mito y la locura. Eliot..., el viejo Reid tenía razón. Pickman no era del todo humano. O bien nació bajo una extraña sombra, o bien encontró un modo de abrir alguna puerta prohibida. Ahora ya da igual, porque ha desaparecido. Ha regresado a la fabulosa oscuridad que tanto adoraba frecuentar... Espera, será mejor que encendamos el candelabro.

No me pidas que te explique o siquiera haga cábalas sobre ese papel que acabé por quemar. No me preguntes tampoco qué había provocado aquellos sonidos que Pickman se esforzó por hacer pasar por ratas. Hay secretos de los viejos tiempos de Salem que perviven hoy día, ¿sabes? Cotton Mather cuenta cosas aún más extrañas en sus libros. Ya sabes hasta qué punto resultaban realistas los condenados cuadros de Pickman; sabes bien que todos nos preguntábamos de dónde sacaba aquellos rostros.

Bueno, Eliot... Resulta que aquel papel no era la fotografía de ningún fondo. Lo que en él se veía era el monstruoso ser que Pickman estaba pintando en el lienzo. Era el modelo que había usado, y el fondo no era más que el muro del estudio en el sótano, con todo detalle. Pero... que Dios me asista, Eliot... Era una fotografía tomada del natural...

LA SOMBRA SOBRE INNSMOUTH

I

urante el invierno de 1927-1928, agentes del Gobierno federal llevaron a cabo una investigación, extraña y secreta, sobre ciertos particulares acerca del antiguo puerto de Innsmouth (Massachusetts). La primera noticia que el público recibió de aquel asunto fue en febrero, cuando tuvo lugar una monumental serie de redadas y arrestos, seguida de incendios y voladuras intencionadas —no sin antes tomar las debidas precauciones— de un gran número de casas destartaladas, carcomidas y supuestamente vacías, a lo largo del paseo marítimo del puerto. Las almas poco curiosas no prestaron gran atención a este episodio, que consideraron solo como una de las mayores escaramuzas habidas en la accidentada lucha contra el contrabando de licor.

No obstante, otros observadores más avezados repararon en la prodigiosa cantidad de detenciones practicadas, en la cantidad, anormalmente grande, de hombres empleada en la acción y en el secreto que rodeó al destino sufrido por los presos. No se presentaron pruebas ni informaciones definitivas, aunque a ninguno de los presos se lo vio, más adelante, en las prisiones ordinarias de la nación. Hubo informes confusos acerca de una enfermedad y de campos de concentración, y más tarde se habló de que habían sido dispersados por distintas prisiones de la Armada y el Ejército, pero nunca se supo nada de cierto. El propio Innsmouth quedó casi despoblado y solo hoy en día comienza a mostrar algún signo de lenta recuperación.

Las quejas de varias organizaciones, de corte liberal, fueron silenciadas mediante largas conversaciones en secreto. Los representantes de aquellas realizaron visitas a ciertos campos y ciertos prisioneros. Como resultado, dichas sociedades se tornaron sorprendentemente pasivas y herméticas. Los periodistas resultaron más difíciles de manejar, aunque al final la mayoría parecieron cooperar con el Gobierno. Tan solo un periódico —uno de prensa amarilla, de mala fama debido a su estrafalaria línea editorial— hizo mención a un submarino que lanzó varios torpedos contra el abismo marino que se halla más allá del arrecife del Diablo. Tal información, empero, obtenida en un tugurio de marinos, fue tenida por bastante inverosímil, ya que ese bajo y negro arrecife se halla a más de kilómetro y medio del puerto de Innsmouth.

La gente de los alrededores, y de las ciudades vecinas, hizo correr un buen número de chismes, aunque dejó entrever bien poco del asunto a los forasteros. Habían estado murmurando, a costa de la moribunda y medio abandonada Innsmouth, durante casi un siglo, y nada de lo que sucediera a partir de entonces podía ser más extraño y odioso que lo que insinuaban y suponían desde hacía años. Habían mantenido gran cantidad de asuntos en secreto, por lo que no hizo falta presionarlos para que guardasen ahora silencio. La verdad es que ellos sabían bien poco a ciencia cierta, ya que las grandes marismas saladas, desoladas y despobladas, impedían que se asentara nadie muy cerca de Innsmouth, al menos por la parte de tierra.

Pero yo, a la postre, desafiaré la prohibición de hablar del asunto. Los resultados —de ello estoy seguro— son tan precisos que no puede sobrevenir ningún daño público, como no sea un espasmo de repulsión, por el hecho de sacar a la luz lo que encontraron aquellos horrorizados agentes en Innsmouth. De hecho, todo lo que se encontró puede tener más de una explicación. No sé a ciencia cierta qué había trascendido hasta ahora del asunto y tengo muy buenas razones para desear que no se ahonde en él. Ya que me he visto implicado en todo aquello, mucho más que cualquier otro, y la impresión que ello ha dejado en mí es lo que me lleva a tomar medidas drásticas.

Fui yo quien huyó frenéticamente de Innsmouth en las primeras horas del 16 de julio de 1927, y fueron mis aterrorizadas demandas de una investigación y actuación gubernamental las que provocaron todo lo que ocurrió después. Bastante duro fue callar mientras todo aquello estaba aún fresco y abierto; pero ahora que es ya agua pasada y se han esfumado el interés y la curiosidad del público por todo ello, tengo una extraña necesidad de contar qué sucedió en esas pocas y espantosas horas que pasé en ese infame y manchado por el mal puerto de anormalidad fatal y muerte. El mero hecho de contarlo me ayuda a recuperar la confianza en mis facultades, a asegurarme a mí mismo que no fue solo el primero de una serie de ataques de una contagiosa alucinación de pesadilla. Me ayuda, también, a prepararme para un terrible paso que me veo obligado a dar.

No había oído hablar de Innsmouth hasta el día anterior a la primera y, hasta el momento, única vez que lo he visto. Estaba celebrando mi mayoría de edad con una gira —turística, arqueológica y genealógica— por Nueva Inglaterra y tenía pensado ir directamente del antiguo Newburyport a Arkham, de donde proviene la familia de mi madre. No tenía coche, así que viajaba en tren, tranvía y coche de línea, buscando siempre la ruta más barata posible. En Newburyport me informaron de que había un tren de vapor que iba a Arkham, y fue ya en el despacho de billetes, mientras me lamentaba por los precios exorbitantes, cuando supe acerca de Innsmouth. El agente, un hombre recio y con aspecto avispado cuya manera de hablar dejaba a las claras que no era de por allí, pareció simpatizar con mis esfuerzos por economizar y me brindó una sugerencia inédita hasta el momento.

—Supongo que podría tomar ese viejo autobús —dijo, luego de algún titubeo—, aunque no es muy apreciado por aquí. Pasa por Innsmouth, no sé si ha oído hablar de ese pueblo, y eso no le gusta nada a la gente. Lo conduce un tipo de por allí, Joe Sargent, y nunca lleva a nadie que sea de aquí o de Arkham, me parece. No sé si seguirá en activo, ahora que lo pienso. Debe de ser bastante barato, aunque nunca he visto que llevase a más de dos o tres personas..., y todos eran de Innsmouth. Sale de la plaza, enfrente de la droguería de Hammond, a las diez de la mañana y a las siete de la tarde, si no ha cambiado de horarios. Es una verdadera tartana. Nunca me he subido en él.

Esa fue la primera vez que oí hablar de la maldita Innsmouth. Cualquier referencia a una ciudad que no aparece en los mapas normales ni en las guías me habría hecho, de por sí, sentir interés, y la extraña forma en que el empleado se refirió a ella despertó en mí una curiosidad genuina. Pensé que un pueblo capaz de inspirar tal desagrado a sus vecinos tenía que ser por fuerza de lo más insólito y digno de la atención de un turista. Si estaba en el camino de Arkham, bien podía pararme allí. Así pues, le pedí al empleado que desarrollase el tema. Fue parco en palabras y habló con el aire autosuficiente de quien se siente por encima de todo lo que está contando.

—¿Innsmouth? Bueno, es un pueblo bastante extraño, situado en la desembocadura del Manuxet. Era algo así como una ciudad, sobre todo un puerto, antes de la guerra de 1812, pero desde hace más de un siglo se está cayendo a cachos. Ya no llega el ferrocarril. B & M nunca ha llegado hasta allí y el ramal de Rowley se cerró hace años.

»Hay más casas vacías que habitadas, creo, y no quedan negocios destacables, fuera de los de la pesca y el marisqueo. Comercian, sobre todo, con esta ciudad, o con Arkham o Ipswich. Tienen algunas fábricas, pero nada sale ya de allí, a no ser de una refinería de oro que funciona muy de vez en cuando.

»Esa refinería, sin embargo, fue algo muy importante y el viejo Marsh, que es su dueño, debe de ser tan rico como Creso. Menudo pájaro es ese viejo. Y, ya ve, se pasa el día encerrado en casa. Dicen que padece no sé qué enfermedad en la piel, o una deformidad, que le impide aparecer en público. Su madre debía de ser extranjera, dicen que venida de las islas de los mares del Sur, así que se organizó un tiberio el día que se casó con una chica de Ipswich, hace cincuenta años. La gente de Innsmouth no es muy popular y la gente de por aquí y de los alrededores, si tienen algo de sangre de Innsmouth en las venas, tratan de ocultarlo como sea. Pero el hijo y el nieto de Marsh tienen un aspecto de lo más normal, hasta donde soy capaz de asegurar. Me los enseñaron cuando vinieron, aunque, ahora que caigo, de un tiempo a esta parte no se ve a los hijos mayores por aquí. Al viejo no lo he visto en la vida.

»¿Y a qué viene tanta historia con Innsmouth? Bueno, joven, no preste demasiada atención a los chismes de la gente de por aquí. Les cuesta arrancar, pero, si comienzan, ya no hay quien los pare. Las habladurías sobre Innsmouth vienen de antiguo, al menos cien años, creo, y tienen más que ver con el miedo que con ninguna otra cosa. Algunas de las historias le harían reír. Se trata de cuentos acerca de cómo el viejo capitán Marsh hacía pactos con el diablo y sacaba demonios del infierno para llevarlos a vivir a Innsmouth, o sobre alguna especie de culto diabólico y espantosos sacrificios humanos que tuvieron lugar en algún punto cerca de los muelles, hasta que la gente los descubrió, en torno a 1845, y cosas por el estilo. Pero yo soy de Panton, en Vermont, y no me trago ninguna de esas historias.

»Tendría que oír, sin embargo, lo que algunos de los viejos cuentan sobre el arrecife negro que hay enfrente de la costa. El arrecife del Diablo, lo llaman. Está casi todo el tiempo sobre el nivel del mar. Podríamos decir que es un islote. Cuentan que se han visto legiones de demonios por ese arrecife, retozando por los alrededores o entrando y saliendo en una especie de cuevas que hay cerca de la superficie. Es accidentado y escabroso, a su buen kilómetro mar adentro y, en los últimos días de la navegación a gran escala, los marinos solían hacer grandes desvíos para salvarlo.

»Me refiero a los marineros que no eran de Innsmouth. Una de las cosas que tenían contra el viejo capitán Marsh era que se suponía que arribaba allí a veces, de noche, cuando la marea era propicia. Bien pudiera ser, ya que me atrevo a decir que esa formación rocosa tenía su interés, y que era más que probable que buscase algún tesoro pirata y que acabase por encontrarlo; aunque lo que las historias dicen es que hacía tratos con el diablo allí. Lo cierto es que, a mi modo de ver, lo que le dio de veras su mala reputación al capitán fue ese arrecife.

»Eso fue antes de la gran epidemia de 1846, cuando algo así como la mitad de la gente de Innsmouth murió. Nunca se supo mucho al respecto, pero es probable que se tratase de algún tipo de mal llegado de China en uno de los barcos. Fue, sin duda, una gran desgracia. Hubo tumultos y una serie de sucesos espantosos que no creo que llegasen nunca a trascender del pueblo y que dejaron todo el lugar en un estado espantoso. Nunca se recuperó de eso. Ahora no puede haber más de trescientas o cuatrocientas personas viviendo allí.

»Pero lo que de veras hay detrás de la aversión de la gente es un mero prejuicio racial..., y no digo que los reproche por ello. Yo también siento inquina contra esa gente de Innsmouth y no tengo la menor intención de poner el pie en su pueblo. Supongo que sabrá, aunque, por su forma de hablar, ya me he dado cuenta de que viene de la parte oeste, que un montón de barcos de Nueva Inglaterra solían visitar exóticos puertos de África, Asia, los mares del Sur y sitios así, y que a veces volvían con gente extraña. Tal vez haya oído hablar del tipo de Salem que regresó a casa con una esposa china, y quizá sabrá que aún hay un buen montón de fiyianos asentados en la vecindad de Cape Cod.

»Bueno, algo de eso debe de haber en la gente de Innsmouth. Ese lugar estuvo siempre muy aislado del resto de la región, gracias a las marismas y los riachos, y no sabemos gran cosa de los entresijos del asunto; pero está bastante claro que el viejo capitán Marsh debió de volver con cosas muy extrañas cuando tenía tres buques a su mando, allá por los años veinte y treinta. Lo cierto es que hay algo muy raro en la gente de Innsmouth. No sé cómo explicarlo, pero le pone a uno la carne de gallina. Lo comprenderá en cuanto vea a Sargent, si es que se decide a tomar su autobús. Algunos de ellos tienen extrañas cabezas estrechas con narices chatas y ojos saltones y fijos que parece que nunca parpadean, y tienen algo raro en la piel. Es basta y como escamosa, y los lados de su cuello están como arrugados o en pliegues. Se quedan calvos, además, muy jóvenes. Los más viejos son los que peor aspecto tienen..., aunque lo cierto es que creo que nunca he visto a uno muy viejo entre ellos. ¡Se morirán al verse en el espejo! Los animales los odian; solían tener problemas con los caballos, antes de que aparecieran los coches de motor.

»Nadie de aquí, o de Ipswich, o de Arkham, quiere saber nada de ellos, y ellos se comportan de una manera muy altiva cuando vienen a la ciudad o cuando alguien trata de pescar en sus caladeros. Llama la atención lo abundante que es la pesca en las inmediaciones del puerto de Innsmouth, cuando en cambio no hay nada por aquí... ¡pero trate usted de pescar ahí y verá cómo se ponen esos tipos! Solían venir en tren; andaban hasta tomar el ferrocarril en Rowley, después de que clausuraran el ramal, pero ahora utilizan el autobús.

»Sí; hay un hotel en Innsmouth, Casa Gilman lo llaman, pero no creo que sea gran cosa. No podría recomendárselo. Mejor quédese aquí y coja el autobús por la mañana, a las diez. Luego podrá enlazar allí con un autobús vespertino, a las ocho, que lo llevará a Arkham. Había un inspector industrial que paraba en el Gilman, hace cosa de un par de años, y soltó un montón de insinuaciones desagradables sobre el local. Parecía albergar a gente rara, ya que el tipo ese escuchó voces en otros cuartos (aunque casi todos estaban vacíos) que lo hicieron estremecer. Era un idioma extranjero, creía, y dijo que lo peor de todo era el tipo de voz que a veces se oía. Sonaba de lo más antinatural, como algo chapoteante, y dijo que no se atrevió a desnudarse y meterse en la cama. Se quedó esperando y no apagó la luz hasta que amaneció. Aquellas voces duraron casi toda la noche.

»El tipo ese, Casey se llamaba, tenía mucho que decir acerca de cómo la gente de Innsmouth lo observaba y parecía estar en guardia contra él. Descubrió que la refinería de Marsh era un negocio extraño. Es un viejo molino situado en la cascada inferior del Manuxet. Lo que contó concuerda con lo que yo había oído antes. Libros mal cuadrados y ninguna cuenta clara. Siempre ha habido una especie de misterio acerca de dónde sacan los Marsh el oro que refinan. No parece que lo compren en parte alguna, pero hace algunos años libraban un montón enorme de lingotes.

»La gente hablaba de una especie de joyería extraña que algunos marineros y refinadores vendían a veces, a hurtadillas, y que fue vista una o dos veces a las mujeres de los Marsh. La gente daba a entender que el viejo capitán debía de traficar con algún puerto tropical, sobre todo porque siempre encargaba montones de baratijas y abalorios, como los que los marinos empleaban para comerciar con los nativos de esas zonas. Otros pensaban, y aún piensan, que encontró un tesoro pirata en el arrecife del Diablo. Pero aquí hay algo curioso. El viejo capitán murió hace sesenta años y no ha habido ahí un buque de buen porte desde la guerra civil; y, aun así, los Marsh siguen comprando unas cuantas de esas baratijas para comerciar con nativos..., sobre todo naderías de cristal y caucho, según me han dicho. Quizás a la gente de Innsmouth les gusta ponérselos... Dios es testigo de que se han vuelto tan malos como los caníbales de los mares del Sur y los salvajes de Guinea.

»La plaga de 1846 debió de llevarse la mejor sangre del lugar. Sea como sea, hay una gente muy turbia por allí ahora, y los Marsh y demás ricachos locales son igual de malos. Créame cuando le digo que no debe de haber más de cuatrocientas almas en todo el pueblo, a pesar de todas las calles que dicen que tiene. Supongo que son lo que en el sur llaman «basura blanca». Es gente sin ley y taimada, con mucho que ocultar. Tienen un buen montón de pescado y marisco allí, y lo explotan. Causa extrañeza la cantidad de pescado que hay ahí, cuando aquí no hay nada.

»Nunca se ha llevado registro alguno de esa gente, para desespero de los funcionarios de educación y del censo. No le quepa duda de que los forasteros demasiado inquisitivos no son bienvenidos en Innsmouth. A título personal, he oído historias acerca de algún funcionario o negociante que ha desaparecido. Se habla de uno que se volvió loco y está internado en Danvers. Debieron de pegarle un buen susto al tipo.

»Por eso, yo que usted no pasaría la noche allí. Nunca he estado en ese lugar y no tengo ningún deseo de hacerlo, pero supongo que una visita diurna no puede hacerle daño alguno, aun cuando la gente de por aquí le advierta de que no lo haga. Si está haciendo turismo y buscando cosas que le evoquen los viejos tiempos, Innsmouth es un buen lugar para que lo visite.

Así pues, invertí parte de esa tarde en la biblioteca pública de Newburyport, buscando datos sobre Innsmouth. Cuando traté de sonsacar a los lugareños en las tiendas, la casa de comidas, los garajes y el parque de bomberos, descubrí que eran huesos aún más duros de roer de lo que me había dicho el empleado de los billetes y comprendí que no podía perder el tiempo en ganarme su confianza. Tenían una especie de oscuro recelo y les disgustaba que alguien se interesase demasiado por Innsmouth. En la YMCA, donde me albergué, el bedel tan solo trató de disuadirme de ir a un sitio tan patético y decadente. Los bibliotecarios mostraron idéntica actitud. Quedaba claro que, a ojos de la gente instruida, Innsmouth era poco más que un caso extremo de degeneración local.

Las historias del condado de Essex que encontré en las estanterías de la biblioteca contaban muy poco, aparte de que el pueblo fue fundado en 1643, lo conocían por sus carpinteros de ribera antes de la independencia y vivió una gran prosperidad marítima en la primera mitad del siglo xix, antes de convertirse en un centro fabril de menor entidad que usaba el Manuxet como fuente de energía. La epidemia y los tumultos de 1846 se abordaban de pasada, como si fueran una deshonra para el condado.

Las referencias a la decadencia eran escasas, aunque el significado de los registros tardíos era inconfundible. Tras la guerra de Secesión, la actividad industrial local se redujo a la compañía refinadora Marsh, y la venta de lingotes de oro era cuanto restaba del comercio al por mayor, junto con la sempiterna pesca. Aunque esa perdió valor, arrinconada por las artes más modernas y a mayor escala de la competencia, nunca hubo escasez de pescado en las cercanías del puerto de Innsmouth. Los extranjeros apenas se asentaban por allí y había evidencias, ocultadas con discreción, acerca de sendas comunidades de polacos y portugueses que lo habían intentado, y a quienes habían disuadido de forma particularmente drástica.

Lo más interesante de todo era una alusión de pasada a la extraña joyería que se asociaba, de forma vaga, a Innsmouth. Al parecer, había impresionado a todo el condado, pues se mencionaban las piezas expuestas en el museo de la Universidad de Miskatonic, en Arkham, y en la sala de muestras de la Sociedad Histórica de Newburyport. Las descripciones incompletas de las piezas eran someras y prosaicas, pero insinuaban algo de persistente extrañeza. Me resultaba tan extraño y provocativo que no pude quitármelo de la cabeza y, pese a lo relativamente tarde que era, decidí ver la pieza que se guardaba en la ciudad —de la que decían que era, sin duda, una tiara, a pesar de su tamaño y sus extrañas proporciones—, si es que la visita podía arreglarse.

La bibliotecaria me dio una nota de presentación para la conservadora de la sociedad, una tal señorita Anna Tilton, que vivía cerca. Tras una breve explicación, la anciana dama fue lo bastante amable como para llevarme hasta el edificio cerrado, ya que tampoco era tan tarde. La colección era, de por sí, notable, pero en aquel momento yo solo tuve ojos para el extraño objeto que resplandecía en un estante esquinero, bajo las luces eléctricas.

No se necesitaba una sensibilidad especial a la belleza para boquear, literalmente, ante el extraño y ultraterreno esplendor de la fantasía ajena y opulenta que descansaba allí, sobre un cojín de terciopelo púrpura.

Incluso ahora, apenas puedo describir lo que vi, aunque era, desde luego, una especie de tiara, tal y como habían dicho las descripciones. Era alta por delante y con una periferia muy grande y curiosamente irregular, como diseñada para una cabeza de perfiles casi monstruosamente elípticos. Parecía estar hecha sobre todo de oro, aunque un lustre extraño y más leve insinuaba la existencia de alguna extraña aleación con un metal igualmente bello, pero mucho más difícil de identificar. Se encontraba en un estado casi perfecto y uno podía pasarse horas estudiando los diseños, inquietantes y sumamente extraños —algunos, meras figuras geométricas, y otros, motivos claramente marinos—, cincelados o modelados en altorrelieve, en su superficie, por una artesanía de increíble habilidad y gracia.

Cuanto más miraba, más me fascinaba la pieza, y en esa fascinación había un elemento, curiosamente perturbador, que apenas podía clasificar o medir. Al principio pensé que era la extraña cualidad ultraterrena de la factura lo que me causaba desasosiego. Todos los objetos de arte que había visto hasta el momento pertenecían a alguna escuela racial o nacional conocida, o eran desviaciones modernas y deliberadas de corrientes conocidas. Pero la tiara no era nada de eso. Pertenecía, sin duda, a alguna técnica asentada, de infinita madurez y perfección, aunque tal técnica era completamente distinta de cualquiera —oriental u occidental, antigua o moderna— de la que yo hubiera oído hablar o hubiera visto representada. Era como si fuese artesanía de otro planeta.

No obstante, pronto vi que mi desasosiego procedía de una segunda y quizás igual de potente fuente, y que esta estaba en las sugerencias iconográficas y matemáticas de los extraños diseños. El trasfondo insinuaba, de forma monótona, una naturaleza acuática de los relieves que se me hizo casi siniestra. Entre esos relieves había monstruos fabulosos, horrendamente grotescos y malignos —medio ictíneos y medio batracios en su aspecto—, que uno no podía disociar de cierto sentido de seudomemoria, fantasmal e incómoda, como si conjurasen alguna imagen desde las profundidades de células y tejidos cuyas funciones retentivas fueran del todo primarias y espantosamente ancestrales. A veces, se me ocurría que cada perfil de esos blasfemos peces-rana estuviera empapado de la suprema quintaesencia de una desconocida e inhumana malignidad.

La somera y prosaica historia de la tiara, tal y como me la contó la señorita Tilton, contrastaba de forma extraña con su aspecto. Había sido empeñada, por una suma ridícula, en una tienda de State Street en 1873, por un borracho de Innsmouth que murió poco después en una reyerta. La sociedad la había adquirido directamente al prestamista y la había puesto en exposición debido a su calidad. Tal vez fuese oriunda de la India o de Indochina, aunque tal dato era una mera suposición.

La señorita Tilton, comparando todas las hipótesis posibles respecto a su origen y presencia en Nueva Inglaterra, se inclinaba a creer que formaba parte de algún exótico tesoro pirata, descubierto por el viejo capitán Obed Marsh. Tal opinión no era ni mucho menos descabellada, habida cuenta de las insistentes ofertas de compra, por sumas desorbitantes, que los Marsh comenzaron a hacer tan pronto como supieron de su presencia; ofertas que seguían haciendo, pese a la inalterable determinación de la sociedad de no vender.

Mientras me acompañaba al exterior, la buena señora me dejó claro que la teoría del origen fraudulento de la fortuna Marsh era algo muy extendido entre la gente culta de la zona. Su propia actitud hacia la rehuida Innsmouth —en la que no había estado nunca— era la de disgusto hacia una comunidad que había caído muy bajo en la escala cultural. Me aseguró que los rumores sobre adoración al diablo estaban parcialmente justificados por un peculiar culto secreto que había ganado adeptos allí, hasta el punto de desplazar a las iglesias ortodoxas.

Se llamaba, según dijo, Orden Esotérica de Dagón, y era, sin duda alguna, un culto degradado y casi pagano, importado de Oriente hacía cosa de un siglo y en una época en la que parecía que las pesquerías de Innsmouth se habían agotado. Su arraigo entre la gente sencilla era algo natural, dado lo repentino y permanente del regreso de abundante pescado de calidad, y pronto había alcanzado la mayor de las influencias en el pueblo, desplazando a la francmasonería y ocupando su sede en el viejo salón masónico de New Church Green.

Todo ello era, para la pía señorita Tilton, una excelente razón para rehuir ese antiguo pueblo decadente y desolado, pero para mí supuso un nuevo incentivo. A mis afanes arquitectónicos e históricos se sumaba ahora una aguda ansia antropológica y, en mi pequeño cuarto de la YMCA, no pude conciliar el sueño hasta cerca del alba.

II

Poco antes de las diez del día siguiente me planté, con una pequeña maleta, enfrente de la droguería Hammond, en la vieja Market Street, a esperar el autobús de Innsmouth. A medida que se acercaba la hora de su llegada, me percaté de que se producía una desbandada general de los ociosos, rumbo a otros lugares de la calle o al restaurante Ideal, al otro lado de la plaza. Sin duda, el empleado de los billetes no había exagerado acerca del disgusto que los lugareños sentían hacia Innsmouth y sus habitantes. Al poco, un pequeño vehículo a motor, decrépito en extremo y de un sucio color gris, llegó traqueteando por State Street, realizó un giro y se detuvo en la curva más cercana. Sentí de inmediato que se trataba del que estaba esperando; una suposición que el letrero, medio ininteligible, del parabrisas —Arkham-Innsmouth-Newb'port— confirmó enseguida.

Traía solo tres pasajeros —tipos con pinta de jóvenes, oscuros y desaliñados, de sombrío aspecto y mirar— y, apenas se detuvo el vehículo, descendieron con torpeza y se fueron caminando, por State Street, de una forma silenciosa y casi furtiva. El conductor bajó también y lo observé a medida que entraba en el almacén a hacer alguna compra. Ese, supuse, debía ser el Joe Sargent que había mencionado el empleado, e incluso antes de fijarme en los detalles, sentí una oleada de espontánea aversión que no podría calibrar o explicar. De repente me pareció la cosa más natural del mundo que los lugareños no quisieran subir a un autobús que pertenecía al tipo que lo conducía, ni deseasen visitar nada que pudiera ser el albergue de un hombre así o sus congéneres.

Cuando el conductor volvió del almacén, lo observé con mayor detenimiento, tratando de determinar cuál era la fuente de esa desagradable impresión. Era un hombre flaco y cargado de hombros, de alrededor de un metro ochenta de altura, vestido con desarrapadas ropas azules de paisano y tocado con una raída gorra gris de golf. Tendría unos treinta y cinco años, pero las arrugas, profundas y extrañas, a ambos lados de su garganta, hacían que uno lo tuviera por más viejo antes de estudiar su rostro turbio y sin expresión. La cabeza era angosta y bulbosa, con ojos azul acuoso que parecían no parpadear jamás; la nariz, aplastada; la frente y el mentón, retraídos y las orejas, singularmente atrofiadas. Los labios eran largos y gruesos, y las mejillas, grisáceas y con grandes poros, eran casi lampiñas, salpicadas de escasos pelos amarillos que se rizaban en grupos dispersos; en ciertos lugares, el cutis parecía extrañamente irregular, como si se hubiera descamado debido a alguna afección dérmica. Las manos eran grandes y venosas, de un insólito tinte gris azulado. Los dedos eran sorprendentemente cortos con relación al resto de la mano, y parecían tener la tendencia a curvarse como garras hacia la gran palma. Según caminaba hacia el autobús, me fijé en su peculiar andar tambaleante y en que sus pies eran asombrosamente grandes. Cuanto más lo estudiaba, más me preguntaba dónde podría encontrar y comprar unos zapatos capaces de albergar unos pies así.

Un algo grasiento en aquel tipo aumentaba aún más mi disgusto. Sin duda, trabajaba o vagabundeaba por los muelles del pescado y acarreaba ese olor característico. No habría podido precisar exactamente cuánta sangre extranjera corría por sus venas. Sus extraños rasgos no tenían nada que ver con los asiáticos, polinesios, levantinos o negroides, aunque era fácil de comprender por qué la gente lo veía como algo ajeno a ellos. Pero yo, por mi parte, me sentía inclinado a atribuir todo eso a una degeneración biológica más que al mestizaje.

No me gustó descubrir que no había más pasajeros en el autobús. Por algún motivo, no me gustaba la idea de viajar a solas con ese conductor. Pero, a medida que se acercaba la hora de la partida, apacigüé todas mis aprensiones y seguí al hombre a bordo, dándole un dólar y musitando una sola palabra: «Innsmouth». Me miró con curiosidad durante un instante,

mientras me devolvía cuarenta centavos, sin abrir la boca. Me senté lejos de él, aunque en el mismo lado del autobús, ya que deseaba contemplar la orilla durante el trayecto.

Por fin, el decrépito vehículo arrancó con una sacudida y avanzó, traqueteando ruidosamente, por entre los viejos edificios de ladrillo de State Street, en medio de una humareda procedente del tubo de escape. Mirando a la gente en las aceras, creí notar en ellos un curioso deseo de hacer caso omiso del autobús... o al menos de hacer creer que le hacían caso omiso. Luego, giramos a la izquierda, en High Street, donde el camino estaba en mejor estado, pasando por las viejas y majestuosas mansiones de la república temprana y las aún más viejas granjas; rebasamos el Lower Green y el río Parker y, por último, desembocamos en un largo y monótono tramo de orilla despoblada.

El día era cálido y soleado, pero el paisaje de arenas, juncales y recio matorral se fue haciendo más y más desolado según avanzábamos. Por la ventana pude ver el agua azul y la arenosa línea de Plum Island y, al cabo, nos acercamos a la playa, cuando nuestra angosta carretera se desgajó del camino principal, que une Rowley y Ipswich. No había casas visibles y, por el estado de la carretera, era fácil decir que había muy poco tráfico por esos andurriales. Los pequeños y carcomidos postes telefónicos sujetaban tan solo dos cables.

De vez en cuando cruzábamos toscos puentes de madera que salvaban entrantes de mar, que llegaban muy tierra adentro y contribuían a la general desolación del lugar. De vez en cuando veía tocones muertos y derrumbados muros entre arenas movedizas, y recordé lo que se contaba en uno de los libros que leí acerca de cómo todo aquello había sido en un tiempo un territorio fértil y densamente poblado. El cambio llegó a la vez, según se decía, que la epidemia de Innsmouth de 1846 y, según la gente sencilla, se debía a la acción oscura de ocultas fuerzas malignas. Pero lo cierto es que todo aquello había sido causado por la insensata tala del arbolado próximo a la costa, lo que privó al suelo de su mejor protección y dejó campo abierto a las oleadas de arena que llegaban arrastradas por el viento.

Al cabo, perdimos de vista Plum Island y contemplamos la vasta inmensidad del Atlántico a nuestra izquierda. El angosto camino comenzó a subir de forma abrupta y sentí una singular inquietud al ver la solitaria cima que se alzaba delante, donde la carretera se unía con el cielo. Fue como si el autobús no fuera a detener su ascenso, intentando abandonar la tierra saludable para mezclarse con el desconocido arcano del aire superior y el críptico cielo. El aroma a mar adquirió implicaciones ominosas, y el silencioso perfil del conductor, con su espalda rígida y su cabeza estrecha, se me fue haciendo más y más odioso. Al mirarlo, vi que su coronilla era casi tan lampiña como el rostro, con solo unas guedejas amarillas sobre un cuero cabelludo gris y arrugado. Entonces, alcanzamos la cima y contemplamos el valle que se abre del otro lado, allá donde el Manuxet desemboca en el mar, justo al norte de la larga línea de acantilados que culminan en Kingsport Head y giran hacia Cape Ann. En el lejano y brumoso horizonte alcancé a contemplar el vertiginoso perfil del Head, rematado por esa extraña casa antigua de la que hablan tantas leyendas; pero el panorama que había justo debajo de mí captó toda mi atención. Me encontraba a la vista, comprendí, del mal afamado Innsmouth.

Era un pueblo grande y lleno de edificios, aunque prodigiosamente carente de movimiento visible. Apenas se podía ver el humo que surgía de la maraña de chimeneas y tres campanarios altos se levantaban rectos y desconchados contra el horizonte marino. La cúspide de uno se había desmoronado y otro mostraba solo profundos agujeros negros allá donde debieran estar los relojes. La profusión de tejados combados y buhardillas picudas aumentaban con tremenda claridad la impresión de carcomida decadencia y, a medida que nos acercábamos por el camino, ahora de bajada, constaté que muchos de los tejados se habían hundido por completo. Había algunas grandes casas cuadradas de estilo georgiano, con tejados con aleros, cúpulas y galerías acristaladas. La mayoría se alzaban lejos del agua y una o dos parecían hallarse en un estado de conservación razonable. Tierra adentro vi las líneas, herrumbrosas y cubiertas de malas hierbas, del abandonado ferrocarril, con consumidos postes telegráficos desprovistos de hilos, así como los viejos caminos de carreta, ya medio tapados, que iban a Rowley e Ipswich.

La decadencia era aún peor cerca del paseo marítimo, aunque en medio de todo eso acerté a ver la torre blanca de una bella y bien conservada estructura de ladrillo, con todo el aspecto de ser una pequeña fábrica. El puerto, casi cegado por la arena, estaba protegido por un viejo rompeolas de piedras en el que pude distinguir las diminutas siluetas de unos pocos pescadores sentados, y al final de todo estaba lo que parecían los cimientos de un faro ya desaparecido. Se había formado una lengua arenosa en el interior de esa barrera y, sobre ella, vi unas pocas y decrépitas cabinas, chinchorros amarrados y algunas nasas dispersas. Las únicas aguas profundas parecían hallarse allá donde el río, pasado el edificio con la torre, giraba al sur para desembocar en el océano, al final del rompeolas.

Aquí y allá, las ruinas de viejos muelles surgían de la orilla, acabando en amasijos agusanados, siendo el más sureño el más destartalado. Y mar adentro, pese a la marea alta, observé una larga y negra línea que apenas sobresalía de las aguas, ofreciendo aun así una sugestión de extraña y latente malignidad. Aquello, comprendí, era el arrecife del Diablo. Mientras lo observaba, una tenue y curiosa sensación de llamada pareció superponerse a la espantada repulsión primera y, cosa extraña, descubrí que eso segundo era más perturbador que la anterior impresión.

No encontramos a nadie en la carretera y fuimos pasando ante abandonadas granjas en diversos estados de ruina. Luego advertí unas pocas casas habitadas, con harapos tendidos en las ventanas rotas, y conchas y peces muertos caídos en los sucios patios. Una o dos veces vi gente de aspecto apático que trabajaba en jardines mustios o sacaban almejas de la hedionda playa de abajo mientras grupos de niños sucios y simiescos jugaban junto a escaleras invadidas por los hierbajos. De alguna forma, tales gentes me resultaban más inquietantes que los ruinosos edificios, ya que casi todos mostraban ciertas peculiaridades en facciones y forma de moverse que me provocaban un disgusto instintivo, sin que pudiera definir o aislar qué era exactamente lo que lo causaba. Por un momento pensé que aquel tipo físico en particular sugería algo que yo había visto, quizás en algún libro, en circunstancias particularmente horribles o melancólicas; pero ese falso recuerdo pasó con suma rapidez.

Cuando el autobús llegó al nivel más bajo, comencé a captar el sostenido rumor del agua en medio del antinatural silencio. Las casas, ruinosas y sin pintar, aumentaron su densidad a ambos lados de la carretera, mostrando tendencias más urbanas que aquellas que acabábamos de pasar. Delante el paisaje era una escena callejera y pude ver que, en ciertos lugares, había existido en tiempos pavimento de adoquines y aceras de ladrillo. Todas las casas estaban, al parecer, abandonadas, y había huecos ocasionales en los que chimeneas derrumbadas y muros de sótanos daban fe de que allí algún edificio se había hundido. Todo estaba sumergido en el olor a pescado más nauseabundo que quepa imaginar.

Pronto comenzaron a aparecer cruces y bifurcaciones; los de la izquierda llevaban a zonas ribereñas sin pavimentar, llenas de suciedad y decadencia, mientras que los de la derecha mostraban imágenes de pasada grandeza. Hasta donde podía ver, no había gente en el pueblo, aunque pronto aparecieron algunos signos de una escasa población... algunas ventanas, aquí y allá, cubiertas de cortinas y ocasionales coches destartalados aparcados en el bordillo. Pavimento y aceras estaban cada vez más cuidados y, aunque la mayoría de las casas eran bastante viejas —estructuras de madera y ladrillo originarias de los primeros años del siglo XIX—, estaban obviamente habitadas. Como aficionado a lo antiguo, casi olvidé mi disgusto olfatorio, así como la sensación de amenaza y repulsión, ante aquel rico e inalterado tesoro del pasado.

Pero no iba a alcanzar mi destino sin sufrir una muy fuerte impresión, sumamente desagradable. El autobús había llegado a una especie de plaza abierta o glorieta con iglesias en dos de sus lados y los restos de un césped circular en el centro, y yo estaba mirando a un gran vestíbulo columnado que se hallaba en la bifurcación de delante, a mano derecha. La estructura, otrora pintada de blanco, era ahora gris y desconchada, y el letrero dorado y negro del frontón estaba tan desvaído que solo con dificultad pude leer las palabras «Orden Esotérica de Dagón». Así pues, aquella era la primitiva logia masónica, ahora convertida en sede de un culto degradado. Mientras me esforzaba por descifrar esa inscripción, mi atención se vio distraída por los roncos tañidos de una campana cascada que sonaba al otro lado de la calle y, rápidamente, me giré a mirar por la ventana de mi asiento.

El sonido procedía de una iglesia de piedra, con una torre rechoncha, obviamente construida mucho después que el resto de las casas, edificada en un desmañado estilo gótico y con ventanas cerradas. Aunque las manecillas del reloj habían desaparecido en el lado que me era visible, comprendí que esos roncos toques estaban dando las once. Entonces, con brusquedad, todo pensamiento acerca de la hora se desvaneció por culpa de una repentina aparición de un horror indescriptible y de tremenda intensidad que me sacudió antes de que pudiera, verdaderamente, saber de qué se trataba. La puerta de la cripta eclesial estaba abierta, revelando un rectángulo de negrura interior. Mientras miraba, algo cruzó o pareció cruzar el negro rectángulo, desatando en mi cerebro un estallido instantáneo de pesadilla que era aún más enloquecedor por cuanto el análisis no pudo encontrar en ello un solo elemento de espanto.

Se trataba de un ser vivo —el primero que, sin contar al conductor, veía desde que habíamos entrado en la parte urbana del pueblo— y, de haber andado yo más atento, no habría encontrado nada terrorífico en él. Era sin duda, como comprendí un instante después, el sacerdote, ataviado con vestimentas peculiares, adoptadas al parecer desde que la Orden de Dagón había modificado el ritual de las iglesias locales. Lo que probablemente había captado mi primera mirada subconsciente y aportado el toque de extravagante horror era la alta tiara que portaba el sacerdote; una réplica casi exacta de la que la señorita Tilton me había mostrado la tarde anterior. Eso, obrando en mi imaginación, había vestido de indescriptibles cualidades siniestras al personaje de rostro y vestimentas difusas que pasó arrastrando los pies. No había ningún motivo, decidí pronto, por el que debiera sentir ese estremecedor toque de maligna seudomemoria. ¿No era algo natural que un culto mistérico local pudiera adoptar en sus ornamentos un único tipo de tocado que, sin duda, se habría vuelto familiar a la comunidad por alguna vía extraña, quizá debido al descubrimiento de algún tesoro pirata?

Unas cuantas personas jóvenes, de repelente aspecto, fueron pronto visibles en las aceras... individuos solitarios o silenciosos grupitos de dos o tres.

Las plantas bajas de las decrépitas casas albergaban a veces tienduchas con sucios géneros y me fijé al pasar en un par de camionetas aparcadas. El sonido del agua se hizo más y más fuerte, y pude ver un tramo de río delante, cruzado por un ancho puente de hierro, más allá del cual se abría una gran plaza. Según pasábamos el puente, haciéndolo resonar, miré a ambos lados y observé algunos edificios fabriles situados al lado de la herbosa ribera y en la parte baja del camino. El agua del río era abundante y pude ver dos vigorosos tramos de cascadas a la derecha, río arriba, y al menos uno río abajo, a la izquierda. En ese punto, el ruido era ensordecedor. Entonces entramos en la gran plaza semicircular, cruzando el río, y fuimos a la derecha, a parar enfrente de un alto edificio coronado con cúpula, con restos de pintura amarilla y un letrero medio desvanecido que lo proclamaban como Casa Gilman.

Me alegré de bajar de ese autobús y, sin demora, fui a dejar en consigna mi maleta en el destartalado vestíbulo del hotel. Había allí tan solo una persona —un hombre mayor que no tenía lo que yo había comenzado a llamar «el fenotipo Innsmouth»—, pero decidí no hacerle ninguna de las preguntas que tenía en la punta de la lengua, recordando las cosas extrañas que otros habían notado en ese hotel. En vez de eso, salí a la plaza, de la que ya había partido el autobús, y estudié la escena con detalle y ojo crítico.

Un lado de aquel adoquinado espacio estaba formado por la línea del río y el otro, por un semicírculo de edificios de piedra, con techos con voladizo, datables en los albores del siglo XIX, del que partían tres calles radiales hacia el sudeste, sur y sudoeste. Las lámparas callejeras eran deprimentemente pocas y pequeñas —luces incandescentes de muy pocos vatios—, y me alegré de haber planeado salir de allí antes de la caída de la noche, aun contando con que habría luna. Los edificios estaban en buenas condiciones e incluían una docena de tiendas abiertas, de las que una era un ultramarinos de la cadena First National y otras, un restaurante de aspecto deprimente, una droguería, una lonja de pescado y, en el extremo más oriental de la plaza, cerca del río, una oficina de la única industria del pueblo, la compañía refinera Marsh. Había unas diez personas a la vista y cuatro o cinco coches y camionetas aparcados por allí. No necesitaba que nadie me dijese que aquel era el centro neurálgico de Innsmouth. Al este, pude ver azules atisbos del puerto, contra el que se perfilaban los decadentes restos de tres, otrora bellos, tejados de estilo georgiano. Y en la ribera de la orilla contraria del río vi la blanca torre que supuse sería la refinería Marsh.

Tras sopesarlo todo, opté por realizar mis primeras indagaciones en la tienda de ultramarinos, cuyo personal no debía de ser nativo de Innsmouth. Descubrí allí a un único chico, de unos diecisiete años, y quedé complacido al descubrir en él un talante inteligente y afable que prometía generosa información. Parecía sumamente ansioso por hablar y pronto supe que no le gustaba aquel lugar, ni su olor a pescado, ni su huidiza gente. Mantener una conversación con alguien de fuera le suponía todo un alivio. Era de Arkham, se albergaba con una familia oriunda de Ipswich y se iba a casa apenas disponía de un momento. A su familia le disgustaba que trabajase en Innsmouth, pero la empresa lo había destinado allí y él no quería perder ese trabajo.

No había, según me dijo, ni librería pública, ni cámara de comercio en Innsmouth, pero tal vez no me costaría orientarme. La calle por la que había llegado era Federal Street. Al oeste de esta se hallaban las viejas calles señoriales —Broad, Washington, Lafayette y Adams— y al este, las casuchas ribereñas. Era entre esos chamizos, a lo largo de Main Street, donde podía encontrar las viejas iglesias georgianas, que llevaban mucho tiempo abandonadas. Era muy recomendable no hacerse notar por aquellos andurriales —sobre todo, al norte del río—, ya que la gente allí era sombría y hostil. Algunos forasteros habían desaparecido.

Ciertos puntos eran casi territorios prohibidos. Aprenderlo fue una experiencia traumática para él. Por ejemplo, no había que acercarse demasiado a la refinería Marsh, ni rondar ninguna de las iglesias aún activas, ni la porticada Orden de Dagón, en New Church Green. Esas iglesias eran muy extrañas. Todas habían sido desautorizadas sin miramientos por sus respectivas confesiones y, al parecer, se practicaban en ellas los más extraños tipos de ceremoniales y de órdenes sacerdotales. Sus credos eran de lo más heterodoxos y misteriosos, lo que incluía insinuaciones sobre ciertas transmutaciones maravillosas que, en cierto modo, podían devenir en la inmortalidad de la carne. El pastor del muchacho —el doctor Wallace, de la iglesia metodista Asbury de Arkham— le había rogado encarecidamente que no se afiliase a ninguna de las iglesias de Innsmouth.

Respecto a la gente de Innsmouth, el joven apenas tenía palabras. Eran tan furtivos y esquivos como animales que vivieran en madrigueras. Apenas podía imaginar cómo pasaban el tiempo cuando no ejercían su indisciplinada pesca. Quizá, a juzgar por la cantidad de botellas de licor que consumían, yacían la mayor parte de las horas diurnas sumidos en estupor alcohólico. Parecían sombríamente unidos entre sí por alguna especie de hermandad y conocimiento compartido, despreciando al mundo como si ellos tuvieran acceso a otras y mejores esferas del ser. Su aspecto, especialmente aquellos cuyos ojos de fija mirada uno no veía nunca parpadear, era, desde luego, de lo más estremecedor, y sus voces resultaban desagradables. Era espantoso oírlos cantar en sus iglesias durante la noche y, sobre todo, durante las principales festividades o ceremoniales, que tenían lugar dos veces al año, el 30 de abril y el 31 de octubre.

Eran muy amantes del agua y nadaban mucho, tanto en el río como en el puerto. Practicaban a diario carreras a nado hasta el arrecife del Diablo y todos ellos parecían capaces de participar en una disciplina deportiva tan exigente. Cuando uno se detenía a pensar en ello, se percataba de que, por lo general, solo gente bastante joven se mostraba en público y, de todos ellos, los más veteranos eran los que peor aspecto presentaban. Cuando había alguna excepción a esa regla, era en su mayoría alguien sin traza de aberración, como sucedía con el viejo encargado del hotel. Uno se preguntaba dónde estaría la mayoría de los viejos y si el «fenotipo Innsmouth» no sería una enfermedad, extraña y progresiva, que se hacía más patente a medida que pasaban los años.

Solo una dolencia muy rara, por supuesto, podía provocar cambios tan grandes y radicales en un individuo que ya hubiera pasado la madurez —cambios que implicaban elementos óseos tan básicos como la forma del cráneo—, aunque esto, por turbador e insólito que resultara, no era más que la cara visible de la enfermedad. No resultaba nada fácil sacar conclusiones fiables al respecto, daba a entender el joven, ya que no se podía intimar con los lugareños, daba igual cuánto tiempo se pudiera vivir en Innsmouth.

El chico estaba seguro de que algunos tipos, aún peores que los peores de los visibles, permanecían encerrados en sus casas. A veces se oían sonidos sumamente extraños. Las ruinosas casuchas situadas frente al mar, al norte del río, tenían fama de estar conectadas con túneles ocultos y bien podían ser una verdadera conejera repleta de ocultas anormalidades. Le resultaba imposible determinar qué clase de sangre extranjera —de haber alguna— tenían aquellos seres en sus venas. A veces, cuando los agentes del Gobierno y visitantes forasteros llegaban al pueblo, quitaban de la vista a algunos tipos especialmente repulsivos.

No tendría sentido, me comentó mi informador, formular a los nativos pregunta alguna acerca de aquel lugar. El único que podía contar algo era un hombre de edad avanzada, aunque de aspecto normal, que vivía en el asilo, al extremo norte de la ciudad, y que pasaba el tiempo vagabundeando por ahí o vegetando junto al cuartel de bomberos. Ese anciano, Zadok Allen, tenía noventa años y era algo flojo de cascos, además de ser el borracho del pueblo. Era un personaje esquivo y extraño que siempre miraba hacia atrás como si tuviera miedo de algo y, cuando estaba sobrio, por nada del mundo hablaba con forasteros. Era, no obstante, incapaz de resistirse a una oferta de su droga particular y, una vez bebido, podía suministrar, entre susurros, los más alucinantes fragmentos de recuerdos.

Pensaba que, a la postre, pocos datos fiables podían obtenerse de él, ya que sus historias eran todas enloquecidas e incompletas insinuaciones de imposibles maravillas y horrores que no podían tener otro origen que su propia y desordenada imaginación. Nadie lo creía, pero a los lugareños no les gustaba que bebiese y hablara con forasteros, y no siempre era saludable que le vieran a uno preguntándole. Cabía la posibilidad de que fuera la fuente de algunas de las más extrañas murmuraciones y temores populares.

Algunos residentes, de entre los no nacidos allí, habían informado de haber visto cosas monstruosas de vez en cuando, pero no era ningún prodigio que, entre los cuentos del viejo Zadok y los malformados moradores, se produjeran espejismos así. Ninguno de los no nativos salía de noche. Se daba por sentado que no era buena idea hacerlo. Además, las calles estaban espantosamente oscuras.

Respecto a los negocios, la verdad era que la abundancia de pescado resultaba casi extraordinaria, pero los lugareños le sacaban cada vez menos provecho. Los precios no dejaban de caer y la competencia aumentaba. Por supuesto, el negocio real del pueblo era la refinería, cuya oficina comercial se encontraba en una esquina a solo unas pocas puertas, hacia el este, de donde nos encontrábamos. El viejo Marsh nunca se presentaba en público, aunque a veces acudía a los trabajos en un coche cerrado y con cortinas.

Corrían toda clase de rumores sobre el estado de salud de Marsh. En tiempos fue un tipo muy elegante, y la gente decía que aún vestía la levita eduardiana, aunque curiosamente adaptada a ciertas deformidades. Al principio, sus hijos se habían encargado de la oficina de la esquina, pero, más tarde, ellos también se quitaron de en medio, dejando la gestión de los negocios a la generación más joven. Los hijos y sus hermanas habían adquirido un aspecto muy extraño, sobre todo los mayores, y se rumoreaba que su estado de salud no era muy bueno.

Una de las hijas de Marsh era una mujer repulsiva, con aspecto reptilesco, que portaba un exceso de estrafalarias joyas, pertenecientes con claridad a la misma tradición exótica que la extraña tiara. Mi informador la había visto muchas veces y había oído decir que las joyas procedían de algún refugio secreto, fuera este de piratas o de demonios. Los curas —o sacerdotes, o como fuera que se les pudiera catalogar— también portaban esa clase de ornamentos, a modo de tocados, pero eran raramente visibles. El joven, en persona, no había visto más que una de esas tiaras, pero se rumoreaba que existían muchas en Innsmouth.

Los Marsh, al igual que las otras tres familias bien del pueblo —los Caite, Gilman y Eliot— vivían al margen. Residían en inmensas casas de Washington Street y tenían fama de mantener ocultos a ciertos parientes cuyo aspecto personal impedía su vida pública y cuyas muertes habían sido notificadas y consignadas oficialmente.

Con la advertencia de que las placas de muchas calles se habían caído, el joven dibujó, para ayudarme, un tosco, aunque amplio y detallado, boceto de las principales calles del pueblo. Tras estudiarlo un momento, decidí que me sería de gran ayuda, así que me lo guardé en el bolsillo, no sin antes darle las gracias. Disgustado por la sordidez del único restaurante que había a la vista, compré un buen surtido de galletas de queso y jengibre, que me servirían de tentempié más tarde. Decidí recorrer las calles principales, hablar con todos los forasteros a quienes encontrase y tomar el autobús de las ocho para Arkham. El pueblo, hasta donde yo podía ver, era un significativo y exagerado ejemplo de decadencia comunitaria; pero, al no ser sociólogo, limité mis observaciones al campo de la arquitectura.

Comencé entonces mi sistemático, aunque parcialmente desorientado, periplo por las callejas sórdidas y estrechas de Innsmouth. Al cruzar el puente y girar hacia el rugido de las cascadas inferiores, pasé al lado de la refinería de Marsh, que para mi asombro carecía de los ruidos de la industria. Ese edificio se alzaba en la empinada ladera del río, cerca de un puente y una confluencia de calles, en lo que pensé que debía de ser el primitivo centro de la ciudad, desplazado tras la guerra de la Independencia por la actual Town Square.

Cruzando de nuevo la garganta, por el puente de Main Street, llegué a una zona totalmente abandonada que, de alguna forma, me hizo estremecer. Unos grupos desmoronados de tejados a dos aguas formaban una línea contra el cielo quebrada y fantástica, sobre la que se alzaba el campanario, fantasmal y desmochado, de una antigua iglesia. Algunas de las casas de Main Street estaban habitadas, aunque la mayoría se encontraban cerradas a cal y canto. A ambos lados de la calle sin pavimentar vi negras y bostezantes ventanas de moradas abandonadas, muchas de las cuales se inclinaban en ángulos peligrosos e increíbles, debido a que parte de sus cimientos habían cedido. Aquellas ventanas tenían un aspecto tan espectral que tuve que armarme de valor para torcer hacia el este, rumbo a la orilla. Ciertamente, el terror que produce una casa abandonada crece en proporción geométrica, más que aritmética, cuando las viviendas se multiplican hasta formar una ciudad de tremenda desolación. La visión de esas avenidas sin fin, muertas y vacías, el pensar en la sucesión de moradas abandonadas a las telarañas, los recuerdos y los gusanos triunfantes, desataban en mí miedos y aversiones vestigiales que ninguna filosofía, por arraigada que estuviese, podía disipar.

Fish Street estaba tan abandonada como Main, aunque difería de esta en que había muchas casas de ladrillo y piedra, aún en un excelente estado. Water Street era una réplica casi exacta de esta última, con la excepción de que había grandes vacíos allí donde en otro tiempo estuvieron los muelles. No se veía un alma, salvo los dispersos pescadores en el lejano rompeolas, y no se escuchaba sonido alguno, fuera del batir de las olas y el rugido de las cascadas del Manuxet. Aquel pueblo me ponía cada vez más nervioso, de modo que lanzaba miradas furtivas a mis espaldas mientras me dirigía al ruinoso puente de Water Street. El de Fish Street, según el mapa, se había derrumbado.

Al norte del río había atisbos de algo de vida; casas dedicadas al embalaje de pescado en Water Street, chimeneas humeantes y techos reparados aquí y allá, ocasionales sonidos que procedían de fuentes indeterminadas y algunas siluetas que se tambaleaban por las ruinosas calles y los pasajes sin adoquinar, pero todo eso me resultaba aún más deprimente que el despoblamiento del sur. Lo cierto es que allí la gente era más espantosa y anormal que la del centro del pueblo, y varias veces me vi asaltado por una especie de odioso recuerdo, completamente fantástico, que no era capaz de ubicar. Sin duda, la extraña veta de la gente de Innsmouth era aquí más fuerte que en la parte de tierra adentro, a no ser que, en efecto, el «fenotipo Innsmouth» fuera una enfermedad y no un grupo racial, en cuyo caso el distrito debía de albergar los casos más avanzados.

Un detalle que me impactó fue la distribución de los escasos y débiles sonidos que alcancé a escuchar. Deberían haber procedido, por completo, de las casas habitadas, pero lo cierto es que, a menudo, sonaban con más fuerza dentro de las viviendas clausuradas. Eran ruidos como de crujir, escurrir y sonidos de más difícil precisión, e, incómodo, me dio por pensar en los túneles ocultos que me había mencionado el chico de los ultramarinos. De repente, me descubrí preguntándome cómo sonarían las voces de la gente de por ahí. No había oído hablar a nadie de la zona y deseaba con todas mis fuerzas no llegar a hacerlo.

Deteniéndome solo un momento a contemplar dos viejas iglesias, de buena factura pero en ruinas, en las calles Main y Church, me apresuré a alejarme de ese vil barrio de casuchas marítimo. Mi siguiente destino, por lógica, era la New Green Church, pero, por uno u otro motivo, no me atrevía a volver a pasar ante esa iglesia en cuya cripta había atisbado la silueta, inexplicablemente espantosa, de ese sacerdote o pastor tocado de forma extraña. Además, el chico de los ultramarinos me había dicho que las iglesias, lo mismo que la sede de la Orden de Dagón, no eran vecindades recomendables para forasteros.

En consecuencia, me fui al norte por Main hasta Martin, girando a continuación hacia tierra y cruzando Federal Street, sorteando Green y entrando en el deteriorado barrio rico de la parte norte de las calles Broad, Washington, Lafayette y Adams. Aunque esas viejas y majestuosas avenidas estaban en mal estado y sucias, su dignidad, sombreada de olmos, no había desaparecido del todo. Mi mirada se veía prendida por una mansión tras otra, la mayoría de ellas decrépitas y cerradas, en medio de terrenos abandonados; pero una o dos, en cada calle, mostraban signos de ocupación. En Washington Street me topé con una fila de cuatro o cinco en un estado excelente, con bien atendidos céspedes y jardines. La más suntuosa de todas —con terrazas cubiertas de parterres, extendiéndose por la zaga hasta Lafayette Street— supuse que sería el hogar del viejo Marsh, el enfermizo propietario de la refinería.

En todas esas calles no había ni un alma, y me intrigó la total ausencia de perros y gatos en Innsmouth. Otra cosa que me aturdía y turbaba, incluso en las mansiones mejor conservadas, era la forma en que las ventanas de las terceras plantas y los áticos estaban clausuradas. El sigilo y el secretismo parecían la tónica dominante en esa silenciosa ciudad de alienación y muerte, y no pude sustraerme a la sensación de que me observaban con propósitos malignos, desde todas partes, unos ojos fijos y taimados que nunca parpadeaban.

Me estremecí cuando sonó un cascado toque de tres, desde un campanario situado a la izquierda. Demasiado bien recordaba la achatada iglesia de la que procedían aquellas notas. Siguiendo Washington Street hacia el río, me encontré ahora en una zona otrora industrial y comercial, y advertí las ruinas de una fábrica más allá, así como las de una vieja estación de ferrocarril y un puente ferroviario cubierto aún más lejos, sobre la garganta del río, a la derecha.

El deteriorado puente delante de mí tenía postes con señales de advertencia, pero me arriesgué a cruzar de nuevo hacia la ribera sur, allá donde volvía a haber trazas de vida. Unas criaturas furtivas y tambaleantes me miraban de forma críptica, y otros ojos más normales me contemplaban fríos y curiosos. Innsmouth se me estaba haciendo más y más intolerable, y torcí por Paine Street para dirigirme a la plaza, con la esperanza de encontrar algún vehículo que saliese hacia Arkham antes de la hora, aún distante, de partida de aquel siniestro autobús.

Fue entonces cuando vi el destartalado cuartel de bomberos, situado a la izquierda, y me fijé en aquel viejo de cara enrojecida, barba enmarañada y ojos acuosos, vestido con indescriptibles harapos, que estaba sentado en un banco, justo enfrente, hablando con un par de bomberos de aspecto desaliñado, pero no anormal. Aquel, por supuesto, debía de ser Zadok Allen, el nonagenario alcohólico y medio loco cuyos cuentos acerca del antiguo Innsmouth y sus sombras eran tan espantosos e increíbles.

III

Debió de ser obra de algún oscuro golpe de mala suerte —o de algún sardónico empujón de fuerzas oscuras y ocultas— lo que me hizo cambiar de planes como hice. Había decidido limitar mis observaciones a la arquitectura, e incluso en aquel mismo momento me apresuraba a ganar la plaza con la esperanza de encontrar una forma rápida de salir de esa supurante ciudad de muerte y decadencia; pero la visión del viejo Zadok Allen despertó nuevas ideas en mi cabeza y me hizo aflojar el paso titubeante.

Me habían asegurado que el viejo no tenía nada que contar, aparte de leyendas extrañas, deslavazadas e increíbles, y me habían avisado también de que no era muy buena idea que los lugareños lo vieran a uno hablando con él; pero la idea de lo que sus años podían aportar acerca de la decadencia del pueblo, con recuerdos que se remontaban a la vieja época de los barcos y las fábricas, era un cebo que ninguna suma de razones podía contrarrestar. A fin de cuentas, lo que de extraño y de locura hay en los mitos son, a menudo, meros símbolos o alegorías basadas en la verdad, y el viejo Zadok debía de haber visto todo cuanto había acontecido en Innsmouth en los últimos noventa años. La curiosidad se impuso a la sensatez y a la precaución, y en mi soberbia juvenil creí ser capaz de extraer un núcleo de historia real a partir de la confusa y extravagante verborrea con la sola ayuda del whisky.

Sabía que no podía abordarlo en ese momento y lugar, ya que los bomberos me verían. Lo que debía hacer, reflexioné, era conseguir alguna botella en cierto lugar que me había recomendado el chico de los ultramarinos. Luego podría rondar por el cuartel de bomberos, como quien no quiere la cosa, y juntarme con el viejo Zadok en cuanto este comenzase uno de sus frecuentes vagabundeos. El chico me había dicho que era muy inquieto, incapaz de quedarse sentado por los alrededores del cuartel más de una hora o dos.

Fue fácil, aunque no barato, conseguir una botella de whisky en la parte trasera de un sucio colmado, justo al salir de la plaza, en Eliot Street. El tipo de turbio mirar que me sirvió tenía trazas del «fenotipo Innsmouth», aunque era bastante cortés a su manera. Tal vez trabajase allí para tratar con los inevitables forasteros —carreteros, compradores de oro y gente así— que paraban de tanto en tanto en el pueblo.

Al regresar a la plaza constaté que la suerte me sonreía, ya que, saliendo con andares arrastrados de Paine Street, por la esquina de Casa Gilman, vi a nada más y nada menos que la alta, flaca y andrajosa figura del viejo Zadok Allen en persona. Según el plan establecido, atraje su atención blandiendo la recién adquirida botella y no tardé en constatar que había comenzado a seguirme sumido en sus pensamientos mientras yo giraba por Caite Street rumbo a la zona más abandonada que se me pudiera ocurrir.

Guiado por el mapa que me había dibujado el chico de los ultramarinos, me dirigí a la zona marítima del sur, abandonada por completo, que ya había visitado previamente. Las únicas personas a las que había visto eran pescadores en el lejano rompeolas. Me bastaría con moverme unas cuantas manzanas hacia el sur para salir de su campo de visión, buscar un par de asientos en algún muelle abandonado y tener libertad para interrogar al viejo Zadok por tiempo indefinido, sin que nadie me observara. Antes de llegar a Main Street pude escuchar un «¡Eh, señor!», débil y resollante, detrás de mí, de modo que le permití al viejo echar mano a la botella y beber unos cuantos tragos.

Comencé a sondearlo según paseábamos por Water Street y girábamos hacia el sur entre la omnipresente desolación y las ruinas locamente inclinadas, pero pronto descubrí que aquella vieja lengua no se soltaba tan rápido como había planeado. Al cabo, vi un terreno invadido de hierbas que llegaba hasta el mar, entre ruinosos muros de ladrillo y con un espigón cubierto de algas proyectándose detrás, dentro del agua. Pilas de piedras cubiertas de musgo cerca del agua prometían servir de pasables asientos y el lugar quedaba oculto de cualquier mirada por un ruinoso almacén situado al norte. Aquel, pensé, era un sitio ideal para mantener un largo y secreto coloquio; así que guie a mi acompañante por la travesía y busqué dónde sentarnos entre las musgosas piedras. El aire de muerte y abandono resultaba fantasmal, y el hedor a pescado era casi insoportable, pero yo estaba resuelto a no detenerme ante nada.

Disponía de cuatro horas para hablar con él, si es que quería tomar el autobús de las ocho para Arkham, y comencé a suministrarle más licor al viejo borrachín, al tiempo que tomaba mi frugal comida. Trataba de ser comedido con la cantidad que le daba, ya que no quería que la locuacidad alcohólica de Zadok pasara al estupor. Al cabo de una hora, su furtivo talante taciturno mostró signos de ablandarse; pero, para mi desagrado, aún evitaba responder mis preguntas acerca de Innsmouth y su oscuro pasado. Balbuceaba acerca de tópicos, manifiestamente al tanto de lo que decían los periódicos, y mostraba una gran tendencia a filosofar de esa manera sentenciosa propia de la gente de pueblo.

Hacia el final de la segunda hora comencé a temer que mi botella de whisky no bastase para sonsacarle nada y me estaba preguntando si no haría mejor en dejar allí al viejo Zadok e ir a por más. Justo entonces, sin embargo, la suerte logró lo que mis preguntas no habían conseguido y el charloteo asmático del viejo dio un giro que me hizo inclinarme y escuchar con avidez. Yo estaba de espaldas a ese mar que olía a pescado y él, frente a mí. Algo hizo que su errabunda mirada fuera a pararse sobre la línea, baja y lejana, del arrecife del Diablo, que asomaba entonces sobre las aguas de forma bien visible y casi fascinante. Aquella visión pareció desagradarle, ya que lanzó una serie de débiles maldiciones que terminaron en un susurro confidencial y una mirada cómplice. Se volvió hacia mí, me agarró por la solapa y susurró ciertas frases que no podían malinterpretarse.

—Ahí es donde comenzó todo... Ese maldito lugar por donde sale toda la maldad de las profundidades... La boca del infierno... Demasiado profunda para que nadie pueda sondarla. El viejo capitán Obed lo hizo... Él, que hizo su fortuna en las islas de los mares del Sur.

»Todo iba mal en aquellos días. El comercio se hundía, las industrias, incluso las más nuevas, se arruinaban, y lo mejor de nuestros hombres murió en el corso, durante la guerra de 1812, o se fue al fondo con el bergantín Elizy y el Ranger, que estaban fletados por Gilman. Obed Marsh tenía tres buques: los bergantines Columby y Hetty y la Sumatry Queen. Era el único que mantuvo comercio con las Indias Orientales y el Pacífico, aunque la Malady Pride de Esdras Martin hizo una travesía allá por 1828.

»Nunca hubo otro como el capitán Obed... ¡Hijo de Satanás! ¡Je, je! Aún puedo verlo hablando de pérdidas y llamando a todos estúpidos por ir a iglesias cristianas y sobrellevar sus miserias con resignación. Decía que mejor harían en adorar a dioses como los que hay en las Indias... Dioses que suministraban buen pescado en recompensa por los sacrificios y que sí respondían a los rezos de la gente.

»Matt Elliot, su primer oficial, hablaba también mucho de ello e incitaba a la gente a hacer cosas de paganos. Contaba acerca de una isla, al este de Tahití, en la que había un montón de ruinas más viejas que cualquier recuerdo, parecidas a las de Ponape, en las Carolinas, aunque llenas de tallas de rostros parecidos a los de las estatuas de la isla de Pascua. Había una pequeña isleta volcánica cerca de aquella que también tenía ruinas, aunque con tallas distintas... ruinas que tenían todo el aspecto de haber estado mucho tiempo bajo el agua y en las que había monstruos espantosos representados por todos lados.

»Bueno, señor, Matt decía que los nativos de por allí tenían todo el pescado que querían, y vistosos brazaletes, pulseras y diademas de extraña factura, hechas en oro y cubiertas con imágenes de monstruos que eran como los tallados en las ruinas de la pequeña isla... una especie de ranas con pinta de peces, o peces con pinta de ranas, que estaban representados en toda clase de posturas humanas. Nadie sabía decir de dónde habían sacado todo aquello y todos los demás nativos se preguntaban cómo se las arreglaban para conseguir tanto pescado cuando en las islas más cercanas era muy escaso. Matt y el capitán Obed también se lo preguntaban. Obed se había dado cuenta, además, de que los jóvenes apuestos desaparecían todos los años de la vista y de que no había viejos por allí. También le parecía que algunos de los tipos tenían una pinta bastante extraña, incluso para ser canacos.

»Fue Obed quien descubrió el secreto de esos paganos. No sé cómo lo logró, pero comenzó a comerciar con los adornos de oro que lucían. Les preguntó de dónde venían y si podían conseguir más y, al final, le sonsacó toda la historia al viejo jefe; Walakea, lo llamaban. Nadie sino Obed creyó al viejo demonio; pero el capitán leía en la gente como en un libro abierto. ¡Je, je! Nadie me cree tampoco a mí cuando hablo, y supongo que usted, joven, tampoco lo hará..., aunque, ahora que lo miro, tiene usted la misma clase de ojos atentos que Obed. El susurro del viejo se hizo aún más bajo y me descubrí estremeciéndome ante lo terrible y verdaderamente portentoso de su entonación, aunque no creía que su historia fuera otra cosa que fantasías de borracho.

»Bien, señor, Obed supo sobre cosas de las que la mayoría de la gente jamás había oído hablar, y en las que no habría creído, en caso de haberlo hecho. Parece que esos canacos sacrificaban a sus chicos y chicas a alguna especie de dioses submarinos y conseguían a cambio toda clase de dones. Se encontraron con aquellos seres en la pequeña isleta de las extrañas ruinas y, al parecer, esas horribles representaciones de los monstruos rana-pez eran a imagen y semejanza de los seres. Quizá sean esos engendros los que originaron las historias sobre sirenas y cosas así. Tenían toda clase de ciudades en el fondo del mar y esa isla se alzó desde las profundidades. Parece ser que algunos de los seres habitaban en los edificios de piedra cuando la isla salió de repente a la superficie. Así fue como se encontraron con los canacos. Se comunicaron al principio por señas y, al cabo del tiempo, cerraron un pacto.

»Entonces, esos seres pidieron sacrificios humanos. Lo habían hecho ya eras antes, pero habían perdido luego el contacto con el mundo superior. No sabría decirle qué les hacían a las víctimas y supongo que Obed tampoco quiso indagar mucho al respecto. Pero los paganos aceptaron, porque estaban pasando por una mala época y estaban desesperados. Entregaban a los seres marinos una buena cantidad de jóvenes dos veces al año (la víspera de mayo y el Día de los Difuntos), con total puntualidad. También les entregaban algunos adornos que ellos mismos tallaban. Lo que otorgaban a cambio los seres era abundancia de pescado, que pastoreaban desde el fondo del mar, y algunos objetos de oro, de vez en cuando.

»Bueno, como he dicho, los nativos se encontraban con los seres en la pequeña isleta volcánica. Iban allí en canoa, con los sacrificios y demás, y volvían con las joyas de oro. Al principio, los seres no iban a la isla grande, pero comenzaron a hacerlo tras un tiempo. Parece que querían mezclarse con la gente y tomar parte en las ceremonias de los días grandes... víspera de mayo y Difuntos. ¿Sabe? Eran tan capaces de vivir bajo el agua como fuera de ella. Son lo que se llama «anfibios», supongo. Los canacos les dijeron que la gente de las otras islas los mataría si se enteraban de todo, pero ellos respondieron que eso no les preocupaba, porque podían borrar a toda la humanidad cuando así les viniera en gana; es decir, a todos menos a los que tenían marcas de los Primigenios, fueran esos quienes fueran. Pero como no deseaban hacer tal cosa, se mantenían bajo el agua cuando alguien visitaba la isla.

»Cuando esos peces con pinta de sapo trataron de aparearse con ellos, los canacos se opusieron, aunque luego supieron algo que le dio un giro radical a todo el asunto. Al parecer, los humanos tienen cierto parentesco con esas bestias acuáticas... porque todos los seres vivos han salido del agua y solo necesitan unos pequeños cambios para volver a ella. Entonces, los seres les contaron a los canacos que, si se mezclaban, tendrían hijos que, al principio, tendrían aspecto humano, aunque luego se irían pareciendo más y más a ellos, hasta que por fin se marchasen al agua para unirse a la legión de seres que hay ahí abajo. Y esa es la parte importante, joven: se volverían seres con pinta de pez y, una vez en el agua, no morirían jamás. Esos seres no mueren nunca, a no ser que los maten.

»Bien, señor, parece que por la época en que Obed conoció a esos isleños, tenían toda la sangre de pez procedente de los seres de las profundidades. Cuando envejecían y comenzaban a mostrar los rasgos característicos, se mantenían ocultos hasta que sentían que les había llegado la hora de abandonar la isla y entrar en el agua. Algunos tenían más sangre de esa que otros, y algunos no cambiaban nunca lo bastante como para sumergirse, pero la mayoría se convertían en lo que los seres habían dicho. Los que eran más parecidos a los seres cambiaban antes, pero los que eran más humanos se quedaban con los isleños hasta pasar los sesenta años, aunque normalmente se sumergían antes, para probar sus fuerzas. La gente que se había ido debajo del agua solía volver de vez en cuando, de visita, de forma que un hombre podía hablar a menudo con su trastatarabuelo, que dejó la tierra firme algo así como un par de siglos antes.

»No conocían la perspectiva de la muerte —a no ser que les sobreviniera en guerra contra otros isleños, sacrificados a los dioses marinos de las profundidades, por mordedura de serpiente, plaga, alguna enfermedad fulminante o cualquier otro incidente que pudiera ocurrirles antes de irse a las aguas— y, en vez de ello, se limitaban a esperar una especie de transformación que, a sus ojos, no tenía nada de horrible. Pensaban que todo aquello era algo bueno, y supongo que Obed comenzó a pensar de igual manera, una vez que rumió un rato la historia que el viejo Walakea le había contado. Walakea, empero, era uno de los pocos que no tenía en sus venas sangre de pescado, ya que pertenecía a un linaje real, y los de su estirpe solo se casaban con sus pares de las otras islas.

»Walakea le enseñó a Obed un montón de ritos y encantamientos que servían para tratar con los seres marinos, y le permitió ver a algunos de los lugareños que habían ya mutado mucho respecto a la forma humana. Pero, por algún motivo, nunca le dejó ver a los seres que salían del agua. Al final, le dio una extraña especie de talismán hecho de plomo, o algo así, que dijo que atraía a los peces desde cualquier lugar bajo el agua en que pudiera haber un nido suyo. Lo que había que hacer era meterlo en el agua mientras se soltaba la adecuada retahíla de rezos. Walakea decía que los seres estaban diseminados por todo el mundo, de manera que todo lo que había que hacer era encontrar un nido y atraerlos a la superficie.

»A Matt no le gustaba nada de aquello y trató de que Obed se mantuviera alejado de la isla, pero el capitán estaba ávido de obtener beneficios y aquellos objetos dorados le salían tan baratos que su comercio se convirtió en su principal actividad. Las cosas se mantuvieron así durante años y Obed logró reunir la suficiente reserva de chismes dorados como para inaugurar la refinería en el viejo molino de Caite. No pensó en vender las piezas en su forma original, ya que eso habría hecho que la gente se preguntase demasiadas cosas. En aquel tiempo, sus hombres hicieron circular alguna pieza por aquí y por allá, aunque tenían órdenes en contra y, lo que es muy humano, dieron a sus esposas algunas que otras para que las lucieran.

»Bueno, alrededor de 1838, cuando yo tenía siete años, Obed descubrió que toda la gente de la isla había sido exterminada entre dos viajes suyos. Parece que los demás isleños se habían dado cuenta de lo que estaba pasando y tomaron cartas en el asunto. Supongo que debían de poseer, después de todo, esos viejos símbolos mágicos que eran lo único a lo que los seres marinos decían temer. No hace falta decir lo rápido que esos canacos comienzan a moverse cuando, del fondo del mar, sale una isla con ruinas más viejas que el diluvio. Inflexibles con los malvados, no dejaron nada en pie, ni en la isla principal, ni en la pequeña isleta volcánica, fuera de esas partes de las ruinas demasiado grandes para derribarlas. En algunos lugares dejaron pequeñas piedras —como amuletos— dispersas, con algo tallado en ellas que se parecía a lo que en nuestros días se llama «esvástica». Probablemente era un signo de los Primigenios. Toda la gente había desaparecido, no quedaba rastro del oro y ninguno de los canacos vecinos soltó prenda acerca de todo aquel asunto. Ni siquiera admitían que nunca hubiera habido gente allí.

»Eso sí que fue un buen golpe para Obed, desde luego, ya que suponía la ruina de su comercio. Lo fue para todo Innsmouth, también, ya que, en aquellos días de fletes, lo que era de provecho para el armador de un buque lo era también para sus tripulantes. La mayoría de la gente del pueblo se resignaba a los tiempos duros como corderos, pero se encontraban muy mal, ya que la pesca no hacía más que menguar y la industria no iba nada bien.

»Fue entonces cuando Obed comenzó a maldecir a la gente por comportarse como borregos y rezar a un culto cristiano que no les prestaba ayuda alguna. Les dijo que sabía de gente que rezaba a dioses que de verdad proveían a sus fieles y afirmaba que, de contar con un buen grupo de hombres dispuestos, pactaría con los poderes adecuados y conseguiría todo el pescado que quisiera, además de un poco de oro. Por supuesto que aquellos que habían servido en el Sumatry Queen y visto a los isleños sabían a qué se estaba refiriendo y ninguno estaba ansioso de intimar tanto con esos seres marinos de los que habían oído hablar; pero había otros que nada sabían de todo lo que decía Obed y comenzaron a preguntarle sobre esa fe que daba tales resultados.

Llegados a este punto, el viejo titubeó, murmuró entre dientes y se sumió en un silencio malhumorado y aprensivo; mirando nervioso por encima del hombro, antes de girarse a contemplar fascinado el lejano arrecife negro. Cuando pregunté, no respondió; así que le dejé apurar la botella. El malsano relato que estaba oyendo me interesaba sobremanera, ya que suponía que debía de contener alguna especie de rústica alegoría basada en lo extraño de Innsmouth, enriquecida por una imaginación que, a un tiempo, era creativa y estaba llena de retazos de leyendas exóticas. Ni por un momento creí que el cuento tuviera algún fundamento real, pero no era menos cierto que contenía un hálito de genuino terror, aunque solo fuera porque hacía referencia a extrañas joyas, claramente emparentadas con la maligna tiara que había visto en Newburyport. Quizás aquel ornamento, después de todo, había llegado de una isla lejana y tal vez las extrañas historias procedían más del viejo Obed que de ese viejo borracho. Le tendí la botella a Zadok y este la apuró hasta el fondo. Era curioso cómo podía aguantar tanto whisky sin que ni siquiera un atisbo de torpor hubiera manchado su voz chillona y zumbante. Relamió el gollete de la botella y se la metió en el bolsillo, antes de comenzar a cabecear y susurrar quedamente para sí mismo. Me acerqué más a él, tratando de captar cualquier palabra articulada que pronunciase, y creí detectar una sonrisa sardónica detrás de sus bigotes espesos y manchados. Sí, estaba de veras articulando palabras y pude captar buena parte de ellas.

—Pobre Matt... Matt se opuso siempre... Trató de que la gente se pusiera de su lado y tuvo largas conferencias con los predicadores..., pero no le valió de nada... Echaron al pastor congregacionista del pueblo y el metodista se fue... Nunca volvieron a ver a Resolved Babcock, el baptista... ¡Ira de Dios...! Yo era un crío entonces, pero escuché lo que escuché y vi lo que vi... Dagón y Ashtoreth..., Belial y Belcebú..., el Becerro de Oro y los Ídolos de Canaán y los filisteos..., las abominaciones de Babilonia... *Mene, Mene, Tekel, Uparsin,* que dice la Biblia.

»¿No me cree? Je, je, je... Entonces dígame, joven, ¿por qué el capitán Obed y otra veintena de tipos raros solían acudir al arrecife del Diablo, en mitad de la noche, a cantar en voz tan alta que podíamos oírlos en el pueblo cuando soplaba el viento adecuado? Dígame. Y dígame por qué Obed estaba siempre tirando cosas pesadas a las aguas profundas del otro lado del arrecife, donde las paredes de este caen a pico hasta un fondo insondable. Dígame qué hizo con aquel talismán de plomo y forma extraña que le dio Walakea. ¿Eh? ¿Y qué gritaban la víspera de mayo y la noche de Difuntos? ¿Y por qué los nuevos eclesiásticos (tipos antaño marineros) vestían extrañas túnicas y se cubrían con ornatos de oro como los que traía Obed? ¿Eh?

Los ojos azul acuoso se tornaron ahora casi salvajes y maníacos, y la sucia barba blanca se erizó como electrizada. El viejo Zadok, sin duda, se percató de mi retroceso, ya que comenzó a carcajearse malignamente.

—¡Je, je, je, je! ¿Comienza a darse cuenta? Quizá le habría gustado estar en mi lugar en aquellos días, cuando veía cosas en la noche, allá en la mar, desde lo alto de mi casa. Oh, le diré, los pequeños murciélagos tienen grandes orejas, ¡y yo no quería perderme detalle sobre aquello que adoraban el capitán Obed y aquellos tipos ahí afuera, en el arrecife! ¡Je, je, je! ¿Quiere saber cómo, por las noches, tomaba el catalejo de mi padre, subía arriba y espiaba el arrecife lleno de formas que se iban tan pronto como salía la luna? Obed y sus hombres estaban en un bote, pero las formas saltaron desde la otra punta a las aguas y no volvieron a salir. ¿Le habría gustado ser un niño, solo allí arriba y observando formas que no eran humanas? ¿Eh...? ¡Je, je, je, je!

El viejo se estaba poniendo histérico y comencé a estremecerme, preso de una alarma indescriptible. Me echó una zarpa sobre el hombro y tuve la sensación de que su risa no era de alegría.

—Suponga que una noche ve algo grande en el bote de Obed, más allá del arrecife, y que a la mañana siguiente oye decir que ha desaparecido un muchacho. ¿Eh? ¿Ha visto u oído nadie, nunca más, acerca de Hiram Gilman? ¿Eh? ¿O de Nick Pierce, Luelly Waite, Adoniram Southwich o Henry Garrison? ¿Eh? Je, je, je, je... Siluetas que hablaban, con las manos, el lenguaje de los signos...; con las manos, aquellas que las tenían, claro.

»Bien, señor, pues esa fue la época en que Obed comenzó a poner de nuevo en pie sus negocios. La gente veía a sus tres hijas llevar cosas doradas que nunca antes nadie había visto, y el humo comenzó a surgir de las chimeneas de su refinería. Más gente prosperaba también. El pescado comenzó a abarrotar el puerto, listo para la pesca, y el cielo sabe cuántas cargas embarcamos rumbo a Newburyport, Arkham y Boston. Fue entonces cuando Obed hizo abrir el ramal ferroviario. Algunos pescadores de Kingsport oyeron de nuestra prosperidad y vinieron con sus balandros, pero todos desaparecieron. Nadie volvió a verlos. Y fue, por aquel entonces, cuando nuestra gente organizó la Orden Esotérica de Dagón y compró la sede de la logia masónica para convertirla en su cuartel general. ¡Je, je, je! Matt Elliot era masón y se oponía a la venta, pero fue por esa época cuando desapareció.

»Recuerde esto: no dije que Obed planease que las cosas fueran igual que en la isla de los canacos. No creo que pensase, al principio, mezclarse con ellos ni engendrar chicos que se fuesen luego al agua y se convirtiesen en peces de vida eterna. Quería de ellos oro y estaba dispuesto a pagar lo que fuera, y supongo que los otros se daban por contentos.

»Allá por los años cuarenta, este pueblo daba mucho que pensar. Desaparecía demasiada gente, había demasiados sermones y reuniones extrañas los domingos, se hablaba demasiado del arrecife. Supongo que yo tuve mi parte de culpa, ya que le conté al concejal Mowry lo que había visto desde lo alto de mi casa. Hubo un grupo que, una noche, siguió a la gente de Obed hasta el arrecife, y escuché un tiroteo entre botes. Al día siguiente, Obed y otras treinta y dos personas estaban en la cárcel, y todos se preguntaban qué había ocurrido y de qué se les acusaba. Por Dios, si alguien hubiera podido ver el futuro... Un par de semanas más tarde, cuando nada había sido lanzado al mar en todo ese tiempo...

Zadok estaba mostrando signos de miedo y agotamiento, y le dejé guardar silencio un rato, aunque mirando aprensivamente a mi reloj. La marea había cambiado y estaba subiendo, y el sonido de las olas parecía en aumento. Me alegraba de ello, ya que con la marea alta el olor a pescado no parecía tan fuerte. De nuevo, traté de captar lo que estaba diciendo entre susurros.

—Esa noche espantosa... yo los vi... Estaba arriba... Hordas..., enjambres..., por todo el arrecife y nadando en el puerto y el Manuxet... Dios, lo que ocurrió esa noche en las calles de Innsmouth... Llamaron a nuestra puerta, pero mi padre no abrió... Salió por la ventana de la cocina con su mosquete a reunirse con el concejal Mowry y ver qué se podía hacer... Montones de muertos y moribundos..., tiros y gritos..., disparos en Old Square, en Town Square, en New Church Green... Abrieron la cárcel... Proclamas..., traición... Cuando vino gente de fuera y vio que más de la mitad de los de por aquí habían desaparecido, les dijeron que hubo una plaga... No quedaban más que los secuaces de Obed y los dispuestos a inclinar la cabeza... Nunca supe nada más de mi padre...

El viejo estaba ahora resollando y sudaba copiosamente. Su apretón en mi hombro se hizo aún más fuerte.

—Lo limpiaron todo a la mañana siguiente..., pero quedaron huellas... Obed había tomado el mando y dijo que todo iba a cambiar... los otros vendrían a adorar con nosotros en la época de reunión y algunas casas tendrían que albergar invitados... Querían mezclarse con nosotros, como lo habían hecho con los canacos, y no sería él quien tratase de impedirlo. Obed había ido muy lejos..., parecía como loco. Dijo que nos darían pescado y tesoros, y que había que corresponderles...

»Todo tenía que seguir pareciendo igual a ojos de los de fuera, pero teníamos que evitar a los forasteros, si sabíamos lo que nos convenía. Teníamos todos que pronunciar el Juramento de Dagón, y luego vinieron un segundo y un tercer juramento que algunos hicimos. Los que hicieran algo especial recibirían recompensas especiales: oro y demás. No tenía sentido enfrentarse a ellos, ya que había millones de seres ahí abajo. No querían subir y arrasar a la humanidad; pero, si se les expulsaba y se les obligaba, nos enseñarían cuál era su poder. No disponíamos de amuletos para combatirlos, como la gente de los mares del Sur, y los canacos nunca nos revelarían sus secretos.

»Querían bastantes sacrificios y extravagantes baratijas, y albergue en la ciudad cuando les viniera en gana y, a cambio, nos dejarían tranquilos. No debíamos dejar que los forasteros fuesen con cuentos por ahí; o sea, que no debíamos dejarlos husmear. Ni los del grupo de los fieles, ni los de la Orden de Dagón, ni los retoños morirían jamás, sino que volverían a la Madre Hidra y al Padre Dagón, de los que todos venimos... *¡Iä! ¡Iä! ¡Cthulhu fhtangn! Ph'nglui mglw'nafh Cthulhu R'lyeh wgah-nagl fhtagn...*

El viejo Zadok estaba sumiéndose con rapidez en el delirio y yo contuve el aliento. Pobre anciano..., a qué lamentables profundidades de alucinación había sumido el licor, unido al odio por la degeneración, alienación y maldad circundante, a ese fértil e imaginativo cerebro suyo. Comenzó a gimotear de nuevo, y las lágrimas surcaron sus arrugadas mejillas hasta perderse en la barba.

—Dios, lo que he visto desde que tenía quince años... *¡Mene, Mene, Tekel, Uparsin...!* La gente desaparecía, se quitaba la vida... A los que decían cosas en Arkham, Ipswich y en otros lugares los llamaban locos, como me lo llama usted a mí ahora..., pero, por Dios, lo que he visto... No me mataron, a pesar de todo lo que sabía, solo porque presté el primer y el segundo juramento de Dagón de Obed, así que, a no ser que un jurado suyo pruebe que he estado hablando a sabiendas y deliberadamente, estoy a salvo... Pero no hice el tercer juramento...; antes muerto...

»Todo fue aún peor durante la guerra de Secesión, cuando los niños nacidos hacia el año 1846 comenzaron a crecer... Algunos de ellos, claro. Yo estaba aterrorizado. No se me ocurrió espiar nunca más después de aquella noche espantosa, y nunca, en toda mi vida, llegué a ver de cerca a uno de ellos. A uno de pura sangre, quiero decir. Fui a la guerra y, de haber tenido un poco de sentido común, no habría vuelto nunca, sino que me habría establecido en algún lugar lejano. Pero la gente me escribía, diciendo que las cosas no iban tan mal. Supongo que eso se debía a los soldados

del Gobierno, que estuvieron en el pueblo desde 1863. Pero, después de la guerra, las cosas comenzaron a ir mal de nuevo. La gente se arruinaba, las fábricas y comercios quebraban, la navegación se acabó y el puerto quedó bloqueado. Quitaron el tren, pero ellos nunca dejaron de nadar por el río, y hasta ese maldito arrecife de Satanás y cada vez más ventanas de áticos estaban clausuradas y se oían más ruidos en casas deshabitadas...

»La gente de fuera contaba cosas sobre nosotros... Supongo que usted habrá oído un montón de ellas, en vista de lo que me está preguntando: historias sobre cosas que se veían de vez en cuando y sobre la extraña joyería que aparecía, procedente de no se sabe dónde, y que no siempre era fundida. Pero no había nunca nada en concreto. Nadie cree nada. Dicen que el oro proviene de un tesoro pirata y que la gente de Innsmouth tiene sangre extranjera, o una enfermedad, o algo así. Además, los de aquí ahuyentan a la mayoría de los forasteros y animan al resto a no ser muy curiosos, sobre todo de noche. Las bestias se resistían a ser guiadas por los mestizos, mulas y caballos, pero con la llegada de los automóviles ese problema desapareció.

»En 1846, el capitán Obed se casó con una segunda esposa que nadie en el pueblo llegó a ver jamás. Había quien decía que fue contra su voluntad, que ellos le obligaron. Tuvo tres hijos con ella. Dos de ellos desaparecieron de la vista siendo jóvenes y el tercero era una chica que parecía de lo más normal y a la que enviaron a Europa. Obed la casó, al final, con un tipo de Arkham que no sospechaba nada. Pero, hoy en día, nadie de fuera de Innsmouth quiere saber nada de los de aquí. Barnabas Marsh es quien gestiona ahora la refinería; es nieto de Obed, por parte de su primera esposa, hijo de Onesiforo, el hijo mayor, pero su madre es otra a la que nadie llegó a ver jamás.

»Barnabas está ya maduro para el cambio. No puede ya cerrar los ojos y ha perdido la forma humana. Dicen que aún viste ropas, pero pronto se irá al agua. Debe de haber probado fuerzas ya... Van abajo a veces para acostumbrarse antes del paso definitivo. Nadie lo ha visto en público desde hace diez años. No sé qué sentirá su pobre esposa... Venía de Ipswich y allí casi lincharon a Barnabas por cortejarla, hará cincuenta años. Obed murió en 1878 y toda la generación siguiente ha desaparecido ya. Los hijos de la primera esposa han muerto y los de la segunda..., sabe Dios...

144

El sonido de la marea que subía era ahora insistente y, poco a poco, el humor del viejo parecía cambiar, pasando de gimoteante y lloroso a un miedo alerta. Se detenía cada dos por tres y, de nuevo, lanzaba nerviosas miradas sobre el hombro, o al arrecife, y, pese a lo extraño y absurdo de su historia, no pude por menos que comenzar a compartir sus vagas aprensiones. Zadok se tornó más chillón y pareció tratar de envalentonarse alzando la voz.

—¡Eh, usted! ¿Por qué no dice nada? ¿Cómo se sentiría si viviese en una ciudad como esta, con todo lo que le rodea pudriéndose y muriendo, y albergando monstruos que reptan, balan, aúllan y brincan, por sótanos oscuros y áticos? ¿Le gustaría escuchar aullidos una noche tras otra, en las iglesias y en la sede de la Orden de Dagón, y saber qué produce tales aullidos? ¿Le gustaría escuchar los sonidos que llegan de ese espantoso arrecife cada víspera de mayo y Difuntos? ¿Eh? ¿Cree que el viejo está loco? Pues bien, señor, déjeme decirle que todo eso no es lo peor.

Zadok estaba gritando ahora y el loco frenesí de su voz me turbaba más de lo que podía soportar.

—Malditos seáis, no me miréis con esos ojos... Obed Marsh está en el infierno, ¡que es justo donde debe estar! Je, je... ¡En el infierno, os digo! No podéis hacerme ningún daño... No he hecho nada malo, ni le he contado nada a nadie...

»¿Sabe, joven? Aún no le he contado todo, ¡pero estoy a punto de hacerlo! Tan solo escúcheme, joven, porque esto es algo que no le he contado a nadie... Ya le he dicho que, tras de aquella noche, no volví a espiar nunca más, ¡pero hay otras formas de enterarse de las cosas!

»¿Quiere saber cuál es el verdadero horror, eh? Bueno, pues es este. No está en lo que esos peces diablo han hecho ya, sino en lo que van a hacer. Están sacando seres del mar y dejándolos en el pueblo. Llevan años haciéndolo. Los sueltan por aquí. Las casas al norte del río, entre Water y Main Street, están llenas de ellos, de diablos y de lo que han traído con ellos... y, cuando están preparados..., se lo digo, cuando están preparados... ¿Ha oído hablar alguna vez de un shoggoth?

»¿Me está escuchando? ¿Eh? Le digo que si sabe qué son esas cosas... Yo vi una noche cuando... EH... AHHHHH... AH... EAHHHHHH...

Lo odiosamente súbito y el inhumano espanto del grito que lanzó el viejo casi me hizo desvanecer. Sus ojos, mirando más allá de mí, hacia el maloliente mar, se le habían salido de las órbitas, en tanto que su rostro era una máscara de miedo digna de una tragedia griega. Su garra huesuda se hundió monstruosamente en mi hombro y no hizo movimiento alguno mientras yo volvía la cabeza, tratando de distinguir qué estaba viendo.

No había nada, hasta donde yo podía ver. Solo las olas que se quebraban en una hilera de puntos, mucho más pequeños que la larga línea de las rompientes. Pero ahora Zadok me estaba agitando, y me volví a tiempo de ver cómo el terror desleía ese rostro helado en un caos de parpadeos y encías descubiertas. Por fin recobró la voz, aunque fue en un susurro trémulo.

—¡Váyase! ¡Váyase de aquí! ¡Nos han visto! ¡Póngase a salvo! ¡No espere ni un segundo! ¡Ellos lo saben ya! ¡Corra, rápido, huya de la ciudad!

Otra ola golpeó con pesadez contra la tambaleante albañilería del muelle en ruinas y el susurro del anciano loco se trocó en otro grito que helaba la sangre.

—¡E... IAHHHHH...! ¡IAAAAAAA...!

Antes de que pudiera templar mis nervios, había dejado de oprimirme el hombro y corría como un salvaje tierra adentro, en dirección a la calle, dando tumbos, para girar hacia el norte en torno al arruinado muro del almacén.

Miré atrás, al mar; pero no había nada. Y, cuando llegué a Water Street y miré a lo largo de la calle, hacia el norte, no se veía rastro de Zadok Allen.

IV

Apenas puedo describir el estado de ánimo en que quedé por culpa de ese angustioso episodio. Fue un incidente estúpido y lastimoso a la vez, grotesco y aterrador. El chico de los ultramarinos ya me había avisado, aunque no por ello quedé menos aturdido y turbado por la realidad. Pueril como era la historia, la insana seriedad y horror que traslucía el viejo Zadok me habían causado un creciente desasosiego, que venía a unirse al anterior sentimiento de odio hacia ese pueblo y su sudario de sombra intangible.

Más tarde, le daría vueltas a la historia y sacaría algún núcleo de alegoría histórica; pero, en ese momento, solo deseaba mantenerlo fuera de mi cabeza. Se había hecho sumamente tarde —según mi reloj, eran las siete y cuarto, y el autobús de Arkham salía de Town Square a las ocho—, así que traté de dejar mis pensamientos en un estado neutro y práctico, hasta donde fuera posible, mientras caminaba con viveza a través de las abandonadas calles de techos hundidos y casas inclinadas, rumbo al hotel, donde había consignado mi maleta y en donde encontraría el autobús.

Aunque la luz dorada del final de la tarde daba a los viejos techos y decrépitas chimeneas un aire de místico encanto y paz, no podía dejar de mirar por encima de la espalda de vez en cuando. Me alegraba sobremanera dejar ese pueblo de Innsmouth, hediondo y oscurecido por el miedo, y me habría gustado poder tomar algún otro vehículo que no fuera el autobús conducido por ese siniestro personaje, Sargent. Sin embargo, tampoco corría, ya que encontraba detalles arquitectónicos dignos de ver en cada silenciosa esquina y yo podía con facilidad, según calculé, cubrir la distancia en media hora.

Estudiando el mapa del chico de los ultramarinos y buscando una ruta que no hubiera atravesado antes, elegí Marsh Street, en vez de State, para ir a Town Square. Cerca de la esquina de Fall Street comencé a ver grupos dispersos de furtivos personajes que susurraban y, cuando llegué por fin a la plaza, vi que casi todos los ociosos se habían congregado a las puertas de Casa Gilman. Parecía como si muchos ojos saltones y acuosos, que no pestañeaban, me miraran de forma extraña mientras pedía mi maleta en recepción, y tuve el deseo de que ninguna de esas desagradables criaturas montara conmigo en el coche de línea.

El autobús llegó traqueteando, bastante temprano, antes de las ocho, con tres pasajeros a bordo, y un tipo de aspecto maligno musitó unas pocas e incomprensibles palabras al conductor. Sargent agarró una saca de correos y un fardo de periódicos y entró el hotel, mientras que los pasajeros —los mismos tipos que había visto bajar en Newburyport esa mañana— bajaban y cambiaban algunas palabras con un ocioso, con voz baja y gutural, y en un idioma que yo habría jurado que no era el mío. Subí al coche vacío y me senté en el mismo lugar de antes, pero, apenas me hube instalado, volvió Sargent y comenzó a murmurar con una voz ronca particularmente repulsiva.

Al parecer, la mala suerte me acompañaba. El motor estaba averiado, a pesar del excelente viaje realizado desde Newburyport, y el autobús no podía completar viaje hasta Arkham. No, no creía que pudiera repararlo esa noche, ni había ningún otro medio de transporte para salir de Innsmouth, ni hacia Arkham, ni a ningún otro lado. Sargent lo sentía, pero yo tendría que pasar la noche en Casa Gilman. Sin duda, el conserje podría hacerme una rebaja, pero eso era todo. Casi anonadado por ese súbito obstáculo, y temiendo en grado sumo la llegada de la noche en ese pueblo decadente y sin apenas alumbrado, abandoné el autobús y volví de nuevo al hotel, donde el conserje nocturno, sombrío y de extraño aspecto, me asignó la habitación 428 en la última planta —un cuarto grande pero sin agua corriente— por un dólar.

Pese a todo lo que había oído contar sobre ese hotel en Newburyport, firmé el registro, pagué mi dólar, dejé que el conserje llevara mi maleta y seguí a ese agrio y solitario empleado arriba, a través de tres tramos crujientes de escaleras, cruzando polvorientos corredores que parecían desprovistos por completo de vida. Mi habitación, una alcoba mugrienta con dos ventanas y un mobiliario escaso y barato, daba a un sórdido patio, colocado entre edificios de ladrillo bajos y abandonados, y dominaba una vista de decrépitos tejados que se extendían hacia el oeste, con un paisaje de marismas más allá. Al fondo del pasillo había un baño, una desagradable reliquia con antigua taza de mármol, bañera de hojalata, escasa luz eléctrica y musgoso revestimiento de madera sobre la plomería.

Como era aún de día, bajé a la plaza y estuve buscando cualquier tipo de restaurante, percatándome de las extrañas miradas que me lanzaban los desagradables ociosos. Comoquiera que el ultramarinos estaba cerrado, me vi obligado a acudir al restaurante que había evitado antes. Los camareros eran un tipo encorvado y de cabeza estrecha, con ojos fijos que no parpadeaban, y una chica de narices chatas, con manos increíblemente grandes y torpes. El lugar era de los que sirven en barra, y me alegró ver que los géneros eran de paquete y lata. Me bastó con un tazón de caldo de verduras con galletas y pronto regresé a mi desaliñada habitación del Gilman, con un periódico vespertino y una revista con cagarrutas de mosca, propiedad del desagradable conserje, que tomé del revistero destartalado junto al mostrador.

Al caer el crepúsculo, encendí una débil bombilla eléctrica, situada sobre la cama barata de hierro, y traté, lo mejor que pude, de seguir leyendo. Sentía que lo mejor era que mi cabeza estuviera lo más ocupada posible, ya que no era bueno dar vueltas a las anormalidades de ese pueblo antiguo y oscuro hasta que hubiera salido de él. El malsano cuento que había oído de labios del viejo borracho no me prometía sueños agradables y pensé que debía apartar de mi imaginación, hasta donde me fuera posible, el recuerdo de esos ojos salvajes y acuosos.

Tampoco tenía que abundar en lo que el inspector de industria había contado al empleado de los billetes de Newburyport acerca de Casa Gilman y las voces de sus inquilinos nocturnos..., ni en eso, ni en el rostro entrevisto bajo la tiara en el negro portal de la iglesia; un rostro que me había causado un horror que mi mente consciente no acertaba a explicar. Quizás habría sido más fácil apartar mi mente de asuntos turbadores de no haber sido mi cuarto tan crudamente decrépito. Pero, tal como era, la lóbrega decadencia se unía de forma odiosa al perenne olor a pescado del pueblo y despertaba una persistente idea de muerte y decadencia.

Otra cosa que me turbaba era la ausencia de cerrojo en la puerta de mi cuarto. Hubo uno en tiempos, ya que quedaban marcas visibles, pero había signos de que lo habían quitado hacía poco. Debía de haberse estropeado, como tantas otras cosas en ese ruinoso edificio. Nervioso como estaba, me puse a buscar y descubrí en el armario un cerrojo que parecía del mismo tamaño, a juzgar por las marcas, que el que había estado en la puerta. Para mitigar en parte la gran tensión, me entretuve en colocarlo en el hueco vacío, con la ayuda de una navaja multiusos que incluía un destornillador, y que yo llevaba en el llavero. El cerrojo encajaba a la perfección y me alivió algo el ver que podía bloquear la puerta antes de acostarme.

No es que tuviera miedo como tal, pero cualquier símbolo de seguridad era bienvenido en un trance así. Había cerrojos en las dos puertas laterales, que daban a habitaciones vecinas, y cerré ambos.

No me desnudé, sino que me decidí a leer hasta que me entrara el sueño, así que me tumbé, quitándome solo la chaqueta, el cuello y los zapatos. Saqué una linterna de mi maleta y la puse en el bolsillo del pantalón para mirar la hora si me despertaba en mitad de la noche. No me entró ninguna modorra, sin embargo, y, cuando me paré a analizar mis pensamientos, descubrí, para mi propia inquietud, que estaba escuchando, inconscientemente, en espera de algo…, algo a lo que temía pero que no sabría nombrar. Sin duda, la historia del inspector debía de haber calado en mi imaginación más hondo de lo que había creído. Traté de retomar la lectura, pero descubrí que no avanzaba.

Al cabo de cierto tiempo me pareció escuchar que las escaleras y los pasillos crujían, como bajo pisadas, y me pregunté si las otras habitaciones estarían siendo ocupadas. No se oían voces, empero, y tuve la sensación de que había algo furtivo en el crujido. No me gustaba nada de aquello y me pregunté si no sería mejor intentar dormir. En esa ciudad vivía alguna gente muy rara y se habían producido, sin duda, algunas desapariciones. ¿Sería aquella una de esas posadas en las que mataban a los viajeros para robarles? Pero, sin duda, yo no tenía aspecto de demasiada prosperidad. ¿Acaso serían los lugareños unos auténticos enemigos de los visitantes curiosos? ¿Habría mi paseo, a la vista de todos y con frecuentes consultas al mapa, granjeado enemistades entre los lugareños? Se me ocurrió que debía de estar en un estado verdaderamente alterado de nervios para dejar que unos cuantos crujidos al azar me lanzaran a especulaciones de tal calibre, pero lo único que lamenté fue el estar desarmado.

Al cabo, sintiendo una fatiga que no tenía nada que ver con el sueño, eché el recién colocado cerrojo, apagué la luz y me tiré en la cama dura y deforme, con chaqueta, cuello, zapatos y todo. En la oscuridad, cada débil sonido de la noche parecía magnificado y me vi sumido en una marea de pensamientos doblemente desagradables. Sentía haber apagado la luz, ya que estaba demasiado cansado como para levantarme y encenderla de nuevo.

Luego, tras un largo y deprimente intervalo, preludiado por nuevos crujidos de escalera y pasillo, llegó un sonido tenue y espeluznante que representaba el maligno cumplimiento de todos mis temores. Sin duda, estaban tanteando en la cerradura de mi puerta —precavida, furtiva, tentativamente— con una llave.

Mis sentimientos, tras reconocer aquel signo de verdadero peligro, fueron quizá más tumultuosos, debido a previos y difusos miedos. Había estado en guardia, por instinto aunque sin razón aparente, y eso fue una ventaja cuando se produjo la crisis, nueva y real, cualquiera que fuese su significado. De todas formas, el que la amenaza pasara de ser una vaga premonición a una inmediata realidad supuso un gran golpe y cayó sobre mí como un verdadero mazazo. En ningún momento se me ocurrió pensar que aquel forcejeo se debiera a un simple error. Solo cabía pensar en un propósito maligno y me quedé completamente quieto, esperando lo que el intruso pudiera hacer.

Aquel quedo sacudir cesó después de un tiempo y escuché cómo entraba en la habitación del norte, con una llave. Luego probaron, con precaución, la puerta que la conectaba con la mía. El cerrojo aguantó, claro, y oí como el suelo crujía mientras el invasor se retiraba. Después de un momento se produjo otro amortiguado sonido y supe que habían entrado en la habitación del sur. De nuevo, se produjo un furtivo intento en la puerta de conexión y volví a escuchar el crujido de retroceso. Esa vez, el crepitar se prolongó a lo largo del salón y bajando las escaleras, por lo que supe que el merodeador había comprendido que todas mis puertas estaban cerradas y abandonaba su intentona... de momento, como no tardé en comprobar.

La rapidez con la que concebí un plan de acción prueba que yo debía de haber estado temiendo, en un plano subconsciente, alguna amenaza y, por tanto, considerando, durante horas, posibles vías de escape. Desde el primer momento tuve la sensación de que el invisible intruso representaba un peligro al que no debía enfrentarme, sino del que debía huir tan rápido como me fuera posible. Lo único que podía hacer era abandonar ese hotel tan pronto como pudiese y pensar en un camino que no fueran las escaleras y la recepción. Levantándome despacio y enfocando con la linterna al interruptor, traté de encender la bombilla que había sobre mi cama, para seleccionar y guardar algunas pertenencias, antes de lanzarme a una fuga precipitada y sin equipaje. No conseguí nada, y comprendí que habían cortado la corriente. No cabía duda de que había algún críptico y maligno movimiento a gran escala alrededor de mí, aunque no sabría decir cuán grande exactamente. Mientras sopesaba en la mano el ahora inútil interruptor, escuché un amortiguado crujido en el suelo de abajo y creí distinguir, a duras penas, voces que hablaban. Un momento después estuve menos seguro de que aquellos sonidos cavernosos fueran en verdad voces, ya que el ronco resollar y los graznidos escasamente vocálicos poco tenían que ver con el habla humana normal. Recordé entonces, con nueva intensidad, lo que había oído el inspector industrial durante la noche, en ese mismo mohoso y pestilente edificio.

Después de llenar mis bolsillos con ayuda de la linterna, me encasqueté el sombrero y fui de puntillas hasta la ventana para comprobar qué forma tenía de bajar. A pesar de las normas de seguridad estatales, no había escalera de incendios en ese lado del hotel, y vi que mi ventana caía a plomo, desde una altura de tres plantas, hasta el mugriento patio. A derecha e izquierda, sin embargo, algunos viejos bloques de ladrillo se arrimaban al hotel y sus tejados inclinados estaban a una distancia razonable de la cuarta planta, que era donde yo me hallaba. Para alcanzarlos, tendría que haber estado en alguna habitación situada a dos puertas de la mía —en un caso al norte y en el otro al sur—, y mi mente se dispuso a calcular qué probabilidades tendría de llegar a una de ellas.

Decidí que no podía arriesgarme a salir al pasillo, donde mis pasos me delatarían sin duda alguna y donde las dificultades para entrar en la habitación que buscaba serían insuperables. Debía pasar, si me decidía, a través de las puertas, menos sólidas, de interconexión, ya que podría violentar las cerraduras y los cerrojos usando mi hombro como ariete si fuera preciso. Tal cosa sería factible, o al menos así lo creía, gracias al estado de abandono del edificio y su equipamiento, pero comprendí que no podría hacerlo sin ruido. Debía contar con la velocidad y tener la suerte de encontrar una ventana antes de que mis enemigos se coordinaran lo suficiente como para abrir la puerta con ayuda de una llave. Había apuntalado mi propia puerta poniendo el escritorio contra ella muy lentamente, para hacer el mínimo ruido posible. Era consciente de tenerlo todo en contra y estaba preparado para afrontar cualquier calamidad. Además, llegar a un tejado no me resolvería el problema, ya que aún me quedaría la tarea de bajar al suelo y huir del pueblo. Una cosa que jugaba a mi favor era el estado de ruina y abandono de los edificios vecinos, así como el número de claraboyas, como bocas negras, que se abrían en cada vertiente de los tejados. Como, según el mapa del chico del ultramarinos, la mejor forma de salir del pueblo era por el sur, lo primero que probé fue la puerta intermedia de la parte sur del cuarto. Estaba diseñada para abrirse hacia mí y comprobé —después de tantear el cerrojo y darme cuenta de que había otros seguros— que no iba a resultar fácil forzarla. Por tanto, abandoné esa ruta y empujé contra ella, con cautela, la cama para impedir cualquier ataque que pudiera venir más tarde de esa habitación. La puerta del norte se abría hacia fuera, y esa —aunque al probarla comprobé que estaba cerrada y asegurada por el otro lado— debía ser mi vía de escape. Si podía llegar a los tejados de los edificios de Paine Street y bajar después al suelo, podría quizá cruzar el patio y los edificios adyacentes u opuestos hasta Washington o Bates, o tal vez salir a Paine y bordear hacia el sur hasta alcanzar Washington. De cualquier forma, tenía que llegar como fuese a esa última calle y salir a toda prisa de la zona de Town Square. De poder ser, tendría que evitar Paine, ya que el cuartel de bomberos debía de estar abierto toda la noche.

Mientras rumiaba tales pensamientos, lancé la mirada sobre el mísero mar de ruinosos tejados, ahora iluminados por los rayos de una luna apenas menguante. A la derecha, el manchón de la garganta del río hendía el paisaje, con fábricas abandonadas y la estación de tren apoyados como perceptores en sus laderas. Más allá, las herrumbrosas vías y la carretera de Rowley atravesaban un terreno plano y marismeño, salpicado de isletas de tierra más altas y cubierto de matorral escaso. A la izquierda, el terreno surcado por regatos se hallaba algo más cerca, con la carretera de Ipswich resplandeciendo blanca a la luz de la luna. No podía ver, desde ese lado del hotel, la ruta sureña a Arkham, que es la que había decidido tomar.

Me hallaba especulando irresoluto sobre cómo debía atacar mejor y de la manera más silenciosa la puerta norte cuando noté que los vagos sonidos de abajo habían dado paso a un nuevo y más pesado crujir de escalones. Un agitado resplandor surgió a través de los resquicios del dintel y los suelos del corredor comenzaron a gemir bajo algún peso considerable. Oí acercarse unos sonidos de posible origen vocal y, al cabo, alguien golpeteó con firmeza en mi puerta.

Durante un momento, tan solo contuve la respiración y esperé. Pareció pasar una eternidad, y de repente el nauseabundo olor a pescado que me rodeaba pareció aumentar de forma repentina y espectacular. Luego se repitió el aldabonazo; continuado y con creciente insistencia. Supe que era hora de actuar y, en consecuencia, corrí el cerrojo de la puerta norte, preparándome para forzarla. La llamada se hizo más fuerte y confié en que ese ruido cubriera los sonidos de mi intentona.

Por último, me lancé, una y otra vez, contra el delgado maderaje con mi hombro izquierdo, indiferente a los golpes o el dolor. La puerta resistió más de lo que había esperado, pero no cejé. Y, entretanto, el clamor en la puerta exterior aumentaba de volumen. Por último, la puerta intermedia cedió, pero con tal estruendo que comprendí que, por fuerza, debían haberlo oído fuera. De inmediato, la llamada en el exterior se convirtió en un violento aporrear, al tiempo que las llaves sonaban de forma ominosa en las puertas de las habitaciones que había a ambos lados de la mía. Lanzándome a través de la conexión recién abierta, logré cerrar la puerta de la estancia norte, antes de que pudieran abrirla; pero, incluso mientras lo hacía, escuché como en la puerta del tercer cuarto —aquel desde cuya ventana había esperado alcanzar el tejado contiguo— alguien tanteaba con una llave maestra.

Por un instante sentí una absoluta desesperación, ya que me veía atrapado en una estancia sin ventanas que pudieran servirme. Una ola de horror casi anormal me inundó, invistiendo de una terrible, a la par que inexplicable, singularidad las pisadas que la luz de la linterna me mostró en el polvo del cuarto; pisadas dejadas por el intruso que antes había tratado de entrar en mi cuarto desde este otro. Luego, con un aturdido automatismo que persistía a pesar de la desesperación, me lancé contra la siguiente puerta intermedia en un ciego esfuerzo por forzarla y —suponiendo que el cerrojo estuviera tan intacto como el del segundo cuarto— cerrar la puerta exterior antes de que pudieran girar el pomo desde fuera.

La suerte me acompañó, ya que la puerta intermedia no solo estaba sin cerrar, sino que se hallaba entreabierta. En un instante, había pasado y lanzaba mi rodilla y hombro derechos contra la puerta exterior que, claramente, era de las que se abría hacia dentro. Mi empuje pilló desprevenido al que la estaba abriendo, ya que se cerró ante mi embestida; así que pude correr el cerrojo, tal y como había hecho con la otra puerta. Mientras ganaba ese respiro, escuché menguar el aporreo en las otras dos, en tanto que un retumbar confuso llegaba de la puerta de conexión que había asegurado con el bastidor de la cama. No cabía duda de que el grueso de mis atacantes había entrado por la habitación del sur y estaba lanzándose en masa contra la puerta. Pero, en ese mismo instante, una llave maestra sonó en la habitación de aún más al norte y comprendí que un nuevo peligro me amenazaba.

Esa puerta intermedia estaba de par en par, pero ya no había tiempo de asegurar su cerrojo. Me limité a cerrar y asegurar las puertas de la habitación, de la misma forma en que lo había hecho con su igual en el lado opuesto, empujando una cama contra una y un escritorio contra la otra, y moviendo un aguamanil contra la puerta de la calle. Por lo que vi, tenía que confiar en que tales barreras improvisadas pudieran escudarme mientras salía por la ventana al edificio de Paine Street. Pero, incluso en un momento tan apurado, lo que más me espantó fue algo que no tenía que ver con la debilidad de mis defensas. Lo que más me estremecía era que mis perseguidores, aparte de jadeos, gruñidos y consecuentes rasguños a extraños intervalos, no habían pronunciado ningún sonido reconocible o inteligible.

Según desplazaba el mobiliario y corría hacia la ventana, escuché un espantoso escurrir a lo largo del pasillo, dirigiéndose a la habitación situada al norte de la mía, y percibí que el aporreo en la puerta sur había cesado. No cabía duda de que la mayoría de mis enemigos se estaban concentrando contra la débil puerta intermedia que daba directamente adonde yo me hallaba. Fuera, la luna jugaba en el techo del bloque de abajo y observé que el salto podía ser desesperadamente arriesgado, dado lo empinado de la superficie en la que debía aterrizar. Calibrándolo todo, elegí como vía de escape la más sureña de las dos ventanas, planeando aterrizar en la vertiente interior del tejado y descender por el tragaluz más cercano. Una vez dentro de la decrépita estructura de ladrillo, debía contar con que me perseguirían, pero esperaba bajar y deslizarme por los abiertos portales a lo largo del patio en sombras, tomando eventualmente por Washington Street y saliendo de la ciudad hacia el sur.

Los golpes en la conexión norte eran ahora terroríficos y vi que los delgados paneles de madera comenzaban a astillarse. Ni que decir tiene que los sitiadores habían recurrido a algún objeto muy pesado para utilizarlo como ariete. No obstante, la cama aún aguantaba con firmeza, por lo que tendría tiempo de sobra para acometer la fuga. Al abrir la ventana, me di cuenta de que estaba flanqueada por pesadas colgaduras, suspendidas de una barra con anillas de latón, así como de que había un gran enganche para las contraventanas exteriores. Si se tenía en cuenta que aquello podía ser un posible medio de asegurar el peligroso salto, arranqué las cortinas y las hice caer, con barra y todo, enganchando luego a toda prisa dos de los aros a la sujeción de las contraventanas y descolgando los lienzos por fuera. Los pesados pliegues llegaban de sobra al tejado próximo y comprobé que el anillo y la sujeción podían aguantar sin dificultad mi peso. Luego, descolgándome por la ventana, merced a la improvisada escala, dejé atrás Casa Gilman, mórbida e infestada de horrores.

Aterricé a salvo sobre las pizarras sueltas del empinado tejado y me las arreglé para ganar el bostezante agujero negro del tragaluz sin resbalar. Mirando atrás, a la ventana que había abandonado, constaté que aún estaba a oscuras, aunque lejos; más allá de las inclinadas chimeneas, al norte, pude ver relumbrar ominosamente las luces en la sede de la Orden de Dagón, la iglesia baptista y la iglesia congregacionista, que tan estremecedores recuerdos despertaba en mí. No parecía haber nadie abajo, en el patio, y confié en tener la oportunidad de salir antes de que se desatara la alarma general. Enfocando con mi linterna al tragaluz, vi que no había escalera. La altura, empero, no era grande, así que pasé sobre el borde y salté, yendo a caer en un suelo cubierto de cajas y barriles podridos.

El lugar era fantasmal, pero yo no estaba como para reparar en impresiones tales; así que me lancé sin demora por la escalera que descubrí a la luz de la linterna, aunque, antes, un vistazo apresurado a mi reloj me mostró que eran las dos de la madrugada. Los peldaños crujieron, pero parecían tolerablemente sólidos, y corrí a través de un segundo piso que tenía aspecto de granero. Al cabo, alcancé el salón de abajo y, a un lado del mismo, vi un débil rectángulo luminoso que marcaba el ruinoso portal a Paine Street. Al ir hacia el otro lado, descubrí la puerta trasera, también abierta, y me arrojé por ella, bajando cinco peldaños de piedra, hasta llegar al patio de losas cubiertas de maleza.

La luz de la luna no llegaba hasta allí, pero, a duras penas, pude hacer mi camino sin usar la linterna. Algunas de las ventanas de Casa Gilman de ese lado estaban débilmente iluminadas y creí escuchar confusos sonidos en su interior. Caminando sigilosamente por el lado de Washington Street, me apercibí de algunos portales abiertos y me deslicé por el más cercano. El vestíbulo estaba oscuro y, cuando llegué al lado opuesto, vi que la puerta de la calle estaba inamoviblemente clausurada. Decidido a probar en otro edificio, retrocedí hacia el patio, pero me detuve a las puertas.

Una gran multitud de formas dudosas fluía saliendo, por una puerta abierta, de Casa Gilman. Agitaban las linternas en la oscuridad y proferían unas horribles voces crocantes que intercambiaban gritos en un idioma que, desde luego, no era el mío. Las figuras se movían sin rumbo y comprendí, para mi alivio, que no sabían por dónde había ido, pese a lo cual un estremecimiento de horror me sacudió de los pies a la cabeza. Sus facciones eran indistinguibles, pero su porte encorvado y tambaleante era repelente hasta extremos abominables. Y lo peor de todo era la figura extrañamente ataviada y tocada con una alta tiara cuyo diseño me resultaba ya demasiado familiar. Mientras las figuras se dispersaban por el patio, sentí que mi miedo aumentaba. ¿Y si no podía salir de ese edificio a la calle? El olor a pescado era detestable y me pregunté si podría aguantar sin desmayarme. Tanteando de nuevo rumbo a la calle, abrí una puerta del salón y me hallé con una habitación vacía, de ventanas firmemente cerradas, aunque sin clausurar. A la luz de la linterna, descubrí que podía abrir las contraventanas, y al instante siguiente ya había salido y estaba cerrando cuidadosamente la ventana, dejándola tal como la encontré.

Me hallaba ya en Washington Street y, durante un momento, no vi ni un ser viviente, ni otra luz que la de la luna. Desde varias direcciones a lo lejos, no obstante, pude escuchar el sonido de voces ásperas, de pasos y de una curiosa especie de pateo que no sonaban como pasos. Desde luego, no tenía tiempo que perder. Tenía claras las direcciones y me congratulé de que las luces callejeras estuvieran apagadas, como suele ser costumbre en noches de claridad lunar en las zonas rurales más atrasadas. Algunos de los sonidos llegaban desde el sur, aunque no renunciaba a la idea de escapar en tal dirección. Tenía que haber, pensaba, numerosos portales abandonados donde poder esconderme en caso de toparme con alguna persona o grupo con aspecto de perseguidores.

Caminé rápida y sigilosamente, pegado a las casas en ruinas. Aunque iba sin sombrero y desarreglado, luego de mi arduo descenso, mi aspecto no era demasiado extraño y tenía una buena oportunidad de pasar desapercibido si me cruzaba con cualquier peatón casual. En Bates Street me escondí en un vestíbulo cavernoso mientras dos figuras tambaleantes cruzaban delante de mí, pero pronto reanudé la andadura y me aproximé al espacio abierto en donde Eliot Street se cruza oblicuamente a Washington, en la intersección de South. Aunque nunca había visto tal lugar, me pareció, a tenor del mapa trazado por el chico de los ultramarinos, que sería peligroso, ya que debía de estar iluminado de pleno por la luz de la luna. No tenía sentido tratar de evitarlo, ya que cualquier curso alternativo implicaba un desvío que resultaría desastroso debido a que me situaría a la vista de todos y me causaría retraso. Lo único que podía hacer era cruzar con audacia y abiertamente, imitando, hasta donde me fuera posible, el típico tambaleo de la gente de Innsmouth, confiando en no encontrar a nadie —o, al menos, a ningún perseguidor— por allí.

No tenía ni idea de cómo habían organizado mi persecución, ni a qué propósito obedecía esta. Parecía haber una actividad insólita en la ciudad, pero supuse que la noticia de mi fuga aún no se había difundido por el pueblo. Dentro de nada, desde luego, habría de pasar desde Washington a alguna otra calle, más sureña, ya que el grupo del hotel tenía que estar sobre mis pasos. Debía de haber dejado, sin duda, huellas en el polvo de aquel viejo edificio, delatando cómo había llegado a la calle.

La plazuela estaba, tal y como había esperado, iluminada por la luna llena y vi los restos de un parque, con verja metálica, en su centro. Por suerte, no había nadie por allí, aunque escuché una especie de zumbido o croar, de intensidad creciente, en dirección a Town Square. South Street era muy amplia y llevaba directa a una ligera pendiente que daba al mar, ofreciendo una buena vista del océano, y confié en que nadie estuviera observando desde lo lejos mientras cruzaba la plaza a la luz de la luna.

No encontré obstáculos a mi avance y no hubo ningún nuevo sonido que indicase que me habían visto. Mirando a mi alrededor, me detuve —sin querer— un instante a mirar el mar, esplendoroso a la ardiente luz lunar, al final de la calle. Más allá del rompeolas estaba la tenue y oscura línea del arrecife del Diablo y, mientras lo contemplaba, no pude evitar pensar en las odiosas leyendas que había oído en las últimas treinta y cuatro horas..., leyendas que convertían a esa roca irregular en una verdadera puerta a territorios de insondable horror e inconcebible anormalidad.

Entonces, sin previo aviso, vi unos intermitentes destellos de luz en el lejano arrecife. Eran definidos e inconfundibles y despertaron en mí un horror ciego que se hallaba más allá de todo lo racional. Mis músculos se tensaron, listos para una fuga presa del pánico, y lo único que me contuvo fue cierta precaución inconsciente y una fascinación casi hipnótica. Y, para empeorar aún más las cosas, desde lo alto de Casa Gilman, que se hallaba al nordeste, detrás de mí, relampaguearon una serie de destellos análogos, aunque espaciados de manera diferente, en lo que no podía ser sino una señal de respuesta.

Controlando mis músculos, y consciente de cuán visible era, retomé mis andares rápidos y fingidamente tambaleantes, apartando los ojos de ese arrecife infernal y ominoso que veía por la abertura de South Street. No podía ni imaginar qué significaba todo aquello, aunque sin duda tenía que ver con algún extraño rito conectado con el arrecife del Diablo y, sin duda alguna, algún grupo había desembarcado desde un buque en esa roca siniestra. Me dirigí ahora a la izquierda, circundando el arruinado parque, con la mirada puesta en el océano, que resplandecía en la espectral claridad lunar veraniega, y observando los crípticos destellos de esos faros indescriptibles e inexplicables.

Fue entonces cuando recibí la peor impresión de todas, la impresión que quebró mi último vestigio de autocontrol y me hizo correr, frenético, hacia el sur, pasando negros portales que bostezaban y ventanas que me observaban como ojos de pescado, a lo largo de esa calle desierta y de pesadilla, ya que, al mirar con más detenimiento, constaté que las aguas alumbradas por la luna, entre el arrecife y la orilla, no estaban vacías. Hervían con una horda de siluetas que nadaban hacia la ciudad, e incluso a esa gran distancia en la que yo me hallaba, y con ese breve instante de visión, pude comprobar que las cabezas que se agitaban y los brazos que batían eran extraños y aberrantes hasta un punto que apenas puede ser expresado o formulado.

Abandoné mi frenética carrera antes de cubrir siquiera una manzana, ya que, a mi izquierda, comencé a oír algo que era como el jaleo y los gritos de una persecución organizada. Había pisadas y sonidos guturales, así como un traqueteante motor que zumbaba rumbo al sur, a lo largo de Federal Street. En un instante, todos mis planes cambiaron por completo y, ya que la carretera hacia el sur estaba bloqueada delante de mí, debía, claramente, encontrar otra salida de Innsmouth. Me detuve y me escondí en un portal abierto, pensando en cuán afortunado había sido al abandonar esa plazuela iluminada por la luna antes de que esos perseguidores surgieran por la calle paralela.

Una segunda reflexión fue menos reconfortante. Pues, dado que la persecución discurría por otra calle, estaba claro que ese grupo no me seguía directamente. No me habían visto, sino que simplemente eran parte de un plan más amplio para cortarme la escapatoria. Por tanto, eso implicaba que todas las carreteras que salían de Innsmouth debían de estar igual de vigiladas, ya que los lugareños no tenían manera de saber qué ruta pensaba yo tomar. En tal caso, debía tratar de escapar campo a través y no por carretera. Pero ¿cómo hacer tal cosa en una región de marismas y regatos como la que me rodeaba? Por un momento, mi mente cedió, tanto por lo inerme que me hallaba como por un súbito incremento del omnipresente olor a pescado.

Entonces me vino a la mente el abandonado ferrocarril de Rowley, cuyas sólidas líneas cubiertas de maleza aún corrían hacia el nordeste, arrancando de la ruinosa estación situada en la garganta del río. Tal vez los lugareños no hubieran pensado en ello, ya que su abandono cubierto de maleza la hacían casi impracticable y era el último de los caminos que elegiría un fugitivo. La había visto desde la ventana del hotel y sabía dónde estaba. La mayor parte de su trayecto era incómodamente visible desde la carretera de Rowley, que serpenteaba sin fin a través del paisaje. De cualquier forma, era mi única oportunidad de escapar y solo me quedaba probar fortuna por ahí.

Una vez me hube adentrado en el salón de mi deshabitado refugio, volví a consultar el mapa del chico de los ultramarinos con ayuda de la linterna. El primer problema era cómo llegar al viejo ferrocarril, y vi que la ruta más segura era a través de Babson Street, girar luego al oeste por Lafayette —bordeando sin llegar a cruzar una plazuela igual a la que acababa de atravesar— y dirigirme luego hacia el norte y el oeste en un curso zigzagueante por Lafayette, Bates, Adams y Bank —que ceñía la garganta del río— hasta llegar a la abandonada y arruinada estación que había visto desde la ventana. La razón que tenía para ir por Babson era que no deseaba cruzar de nuevo aquella plazuela, cosa que habría de hacer si seguía hacia el oeste por una calle tan ancha como South.

Me puse de nuevo en marcha y crucé la calle a mano derecha para bordear en torno a Babson de forma tan discreta como fuera posible. Todavía se oían ruidos en Federal Street y vi, con alarma, que una de las casas estaba aún habitada, a juzgar por las cortinas en las ventanas, pero no había luces y pasé sin percance alguno.

Allí donde Babson Street se cruzaba con Federal podía quedar a la vista de mis perseguidores, así que me pegué lo más posible a los inclinados y ruinosos edificios, deteniéndome un par de veces en algún portal, alertado por un aumento momentáneo de los ruidos a mi espalda. La plazuela brillaba, abierta y desolada, a la luz de la luna, delante de mí, pero mi ruta no me obligaba a cruzarla. En la segunda pausa comencé a percatarme de una nueva distribución de los ruidos indistintos y, al mirar con precaución desde mi cobertura, vi como un coche pasaba por la plaza, a lo largo del cruce de Eliot Street con Babson y Lafayette.

Según observaba —atacado por un súbito incremento del olor a pescado, que parecía momentos antes haber remitido—, vi una banda de siluetas groseras y contrahechas que caminaban y se tambaleaban en esa dirección, y comprendí que debía de tratarse del grupo encargado de guardar la carretera de Ipswich, ya que esa carretera era una prolongación de Eliot Street. Dos de las figuras que entreví llevaban túnicas voluminosas y una de ellas portaba una picuda diadema que resplandecía blancamente a la luz de la luna. Los andares de esa figura eran tan extraños que me provocaron un escalofrío..., ya que me pareció que la figura se movía casi brincando.

Cuando el último de la banda desapareció de mi vista, reanudé mi avance, corriendo en torno a la esquina de Lafayette Street y cruzando a toda prisa Eliot, por si algún rezagado de la partida anduviese aún por ahí. Escuché graznidos y sonidos resonantes hacia Town Square, pero logré pasar sin problemas. Lo que más temía era la perspectiva de cruzar de nuevo South Street, ancha e iluminada por la luna —con su panorámica del mar—, y traté de templar mis nervios para la prueba. Era fácil que alguien estuviera observando, y los posibles rezagados de Eliot Street no podían dejar de verme desde dos puntos. En el último momento decidí que lo mejor sería aminorar el trote y cruzar como antes, con los andares tambaleantes de un verdadero nativo de Innsmouth.

Cuando la panorámica de las aguas apareció de nuevo ante mí —esta vez, a mi derecha—, me encontraba medio decidido a no mirar en absoluto. Empero, no pude resistirme a lanzar una mirada de medio lado mientras me tambaleaba, cuidadosa y miméticamente, hacia las protectoras sombras de delante. No había ningún barco a la vista, en contra de lo que medio había esperado. De hecho, lo que primero captó mi mirada fue un pequeño bote de remos que se dirigía hacia los abandonados muelles, cargado con algún objeto voluminoso, cubierto por un encerado. Sus remeros, aunque lejanos e indiferenciables, tenían un aspecto especialmente repulsivo. Algunos nadadores eran aún visibles, al tiempo que, en el lejano arrecife negro, llegué a divisar un débil y sostenido resplandor, distinto del parpadeo del faro de antes, de un color que no pude precisar con exactitud. Sobre los inclinados tejados, delante y a la derecha, se alzaban los altillos de Casa Gilman, pero estaban completamente a oscuras. El olor a pescado, disipado por un instante por alguna brisa misericordiosa, retornó de nuevo con enloquecedora intensidad.

No había cruzado aún la calle cuando escuché como una banda ruidosa avanzaba por Washington, llegando desde el norte. Cuando estuvieron en el ancho espacio abierto desde el que yo había tenido mi primera e inquietante visión del agua iluminada por la luna, pude verlos bien, a solo una manzana de distancia, y quedé horrorizado por la bestial anormalidad de sus rostros y la perruna falta de humanidad de sus andares contrahechos. Un hombre se movía de forma claramente simiesca, con largos brazos que tocaban a menudo el suelo, mientras que otro sujeto —con toga y tiara— parecía avanzar casi a saltos. Supuse que aquel grupo sería el que había visto en el patio del Gilman, y el que, por tanto, andaba tras mis pasos. Cuando algunos de ellos se volvieron a mirar en mi dirección, me quedé helado de miedo, aunque me las arreglé para mantener los andares casuales y tambaleantes. Hasta hoy en día, no sé si me vieron o no. Si lo hicieron, mi argucia debió de engañarlos, ya que pasaron por el solar iluminado por la luna sin cambiar de rumbo mientras graznaban y charloteaban en una jerga espantosamente gutural que no pude identificar.

Ya en las sombras, retomé el trote y pasé ante las abandonadas y decrépitas casas que acechaban ciegamente en la noche. Después de cruzar el paseo occidental, giré en la esquina más cercana para tomar por Bates Street, donde me mantuve pegado a los edificios del lado sur. Pasé dos casas que mostraban signos de estar habitadas —una de ellas tenía tenues luces encendidas en las alcobas superiores—, pero no tuve problema alguno. Tras girar en Adams Street, me sentí razonablemente a salvo, aunque me llevé un enorme susto cuando un hombre surgió de un negro portal justo frente a mí. Pero enseguida demostró estar demasiado borracho como para resultar una amenaza, así que alcancé las patéticas ruinas de los almacenes de Bank Street. Estaba a salvo.

No había nadie en ese callejón sin salida, junto a la garganta del río, y el rugido de las cascadas ocultaba mis pasos. Había un largo trecho hasta la estación en ruinas, y los grandes muros de ladrillo de los almacenes que me rodeaban me parecían, de alguna manera, más aterradores que las fachadas de las casas privadas. Al final, vi la antigua estación adornada con arcadas —o lo que quedaba de ella— y me encaminé directamente a su parte trasera, que era de donde salían las vías.

Los raíles estaban herrumbrosos, aunque intactos, y no más de la mitad de las traviesas habían sido consumidas por la podredumbre. Caminar o correr por una superficie así era muy difícil, pero lo hice lo mejor que pude y avancé bastante. Durante un trecho, la línea férrea seguía a lo largo del borde de la garganta, pero a cierta distancia alcanzaba el largo puente cubierto que cruzaba la sima a una altura vertiginosa. El estado de ese puente determinaría mi siguiente paso. Lo usaría si era humanamente posible. De lo contrario, tendría que arriesgarme a deambular de nuevo por las calles hasta alcanzar el más cercano de los puentes intactos.

El viejo puente, inmenso y con aspecto de granero, resplandecía con aire espectral a la luz de la luna. Constaté que, al menos durante unos metros, las traviesas estaban intactas. Una vez dentro, usé mi linterna y casi me golpeó una nube de murciélagos que se lanzó aleteando a mi alrededor. A medio camino había un peligroso hueco en las traviesas y temí por un momento que me detuviera; pero, finalmente, me arriesgué a un salto desesperado que, por suerte, culminé con éxito.

Me alegré de ver de nuevo la luz de la luna al salir de ese túnel macabro. La vieja ruta cruzaba al nivel de River Street y luego giraba hacia una región más rural y con cada vez menos del horrendo olor a pescado de Innsmouth. Allí, las malas hierbas y matorrales eran tantos que obstaculizaban mi avance y me laceraban las ropas con suma crueldad, pero yo me alegraba de su presencia, porque me ocultarían en caso de peligro. Y sabía que gran parte de mi ruta sería visible desde el camino de Rowley.

La marisma comenzaba de una manera bastante brusca, y la vía se internaba en un bancal bajo y herboso en el que las malezas eran muy escasas. Luego llegaba a una especie de isla de terreno más alto y allí pasaba a través de una trinchera profunda y repleta de matorrales y zarzas. Me alegré de veras de contar con esa cobertura parcial, ya que en ese lugar la carretera de Rowley estaba terriblemente cerca, como bien había visto desde la ventana del hotel. Al otro lado de la trinchera podría cruzar el camino y alejarme a salvo; pero, entretanto, debía ser prudente sobremanera. En esos momentos me había convencido, y felicitado, de que las vías no estaban vigiladas.

Justo antes de entrar en la trinchera miré hacia atrás, pero no vi perseguidores. Los viejos chapiteles y tejados de la decadente Innsmouth resplandecían hermosos y etéreos en la mágica luz amarilla de la luna, e imaginé cómo debían haberse visto en los viejos días, antes de que cayera sobre ellos la sombra. Luego, cuando bajé la mirada a ras de tierra, algo menos agradable captó mi atención y me dejó inmóvil durante un momento.

Lo que vi —o creí ver— fue una perturbadora sugestión de ondulante movimiento a lo lejos, hacia el sur; una sugestión que me hizo pensar que una verdadera horda debía de estar saliendo del pueblo por la carretera de Ipswich. La distancia era grande y no pude distinguir nada en detalle; pero no me gustó la visión de aquella columna en movimiento. Ondulaba mucho y resplandecía demasiado brillante al resplandor de la luna, ahora camino de poniente. Había una sugestión de sonido también, aunque el viento soplaba en contra…, una sugerencia de pateos y bramidos más bestiales incluso que los de los grupos que había avistado antes.

Toda clase de desagradables conjeturas cruzaron por mi mente. Pensé en esos «fenotipos de Innsmouth», verdaderamente extremos, de los que se decía que se ocultaban en madrigueras ruinosas y añejas cerca del mar. Pensé también en esos indescriptibles nadadores que viera antes. Contando con las partidas vistas de lejos, así como aquellas que, sin duda, vigilaban otras carreteras, el número de mis perseguidores debía de ser extrañamente grande para un pueblo tan despoblado como Innsmouth.

¿De dónde podría salir tanta gente como había en esa columna que estaba viendo? ¿Acaso aquellas antiguas e inexploradas madrigueras hervían de una vida retorcida, desconocida e insospechada? ¿O acaso algún barco, al que no había visto, había desembarcado una legión de desconocidos extranjeros en ese infernal arrecife? ¿Quiénes eran? ¿Por qué estaban allí?

¿Y, si toda una columna de ellos patrullaba la carretera de Ipswich, no estarían las partidas de las otras carreteras igual de engrosadas?

Ya había entrado en la trinchera invadida de malezas y me abría paso a ritmo muy lento cuando el maldito olor a pescado se impuso a todo. ¿Habría de súbito el viento rolado al este, soplando desde el mar y sobre el pueblo? Así debía de ser, supuse, ya que comencé a oír estremecedores murmullos guturales desde esa, hasta entonces, silenciosa dirección. Había otro sonido también, una especie de ruido masivo y colosal, como de brinco o pataleo, que, de alguna forma, conjuró en mi mente imágenes de la clase más detestable. Me hizo pensar, de forma ilógica, en esa ondulante columna de la lejana carretera de Ipswich.

El olor y los sonidos se hicieron más fuertes, por lo que me detuve temblando y agradeciendo la protección de la trinchera. Recordé que era allí donde la carretera de Rowley se acercaba a la vieja vía, antes de cruzar al oeste y separarse. Algo llegaba por esa carretera y yo debía quedarme agazapado hasta que pasara y se alejase. Gracias al cielo, aquellas criaturas no usaban perros para buscarme, aunque quizás habría sido imposible en medio del omnipresente olor del lugar. Agachado en los matorrales de esa hendidura arenosa, me sentía razonablemente seguro, incluso pensando que los que me buscaban habrían de cruzar enfrente de mí, a no más de cien metros. Yo debería ser capaz de verlos; pero ellos, de no mediar una mirada maléfica, no debían reparar en mí.

Comencé a sentir miedo ante la idea de mirarlos al pasar. Vi el lugar iluminado por la luna por el que tendrían que aparecer y sentí curiosos pensamientos de cómo aquel sitio quedaría irremediablemente manchado para siempre. Quizá serían los peores ejemplares del fenotipo Innsmouth..., algo que uno no querría después recordar.

El hedor se hizo insoportable y los ruidos se convirtieron en una bestial babel de graznidos, aullidos y ladridos, sin la menor traza de habla humana en ellos. ¿Serían esas las voces de mis perseguidores? No había visto ningún animal en Innsmouth. Ese saltar o patalear era monstruoso y yo no podía mirar a las degeneradas criaturas responsables de él. Debía mantener los ojos cerrados hasta que los sonidos se alejasen hacia el este. La horda estaba muy cerca; el aire emponzoñado con sus roncos graznidos y el suelo casi retemblando con sus pisadas de ritmo extraño. Casi dejé de respirar y puse hasta el último gramo de voluntad en mantener apretados los párpados.

Ni siquiera ahora puedo decir si lo que siguió fue una odiosa realidad o una alucinación de pesadilla. La posterior acción del Gobierno, luego de mis frenéticas llamadas, tendió a confirmar que se trataba de una monstruosa verdad; ¿pero no podrá una alucinación repetirse bajo el casi hipnótico hechizo de ese pueblo antiguo, embrujado y oscuro? Los lugares de este tipo tienen extrañas propiedades, y el legado de malsanas leyendas bien podría haber actuado en más de una imaginación humana, entre esas calles muertas y hediondas, y esos grupos de tejados podridos y torcidos campanarios. ¿No será posible que el germen de una verdadera locura contagiosa aceche en las profundidades de esa sombra sobre Innsmouth? ¿Quién puede afirmar lo que es la realidad, después de oír cosas como las que contaba el viejo Zadok Allen? Los hombres del Gobierno no lograron encontrar al pobre Zadok, y no hay ninguna pista sobre su paradero. ¿Dónde acaba la locura y comienza la realidad? ¿Podría ser que incluso mis peores miedos solo fueran una alucinación?

Pero debo tratar de contar lo que creí ver esa noche a la luz de la burlona luna amarilla, agitándose y saltando por la carretera de Rowley, plenamente visible, justo frente a mí, mientras yo me agazapaba entre las zarzas salvajes de esa abandonada trinchera ferroviaria. Ni que decir tiene que no fui capaz de mantener los ojos bien cerrados. Era una resolución condenada de antemano al fracaso. ¿Cómo puede nadie mantenerse agazapado, sin mirar, mientras una legión de entidades que croan y aúllan pasan saltando ruidosamente, a apenas un centenar de metros?

Pensaba estar preparado para lo peor y, en verdad, debiera haberlo estado, dado lo ya visto hasta ese momento. Mis anteriores perseguidores habían sido de veras anormales..., así que ¿cómo no iba a estar preparado para enfrentarme a un agravamiento de los signos; para ver a seres en los que no había mezcla con nada normal? No abrí los ojos hasta que el ronco clamor me llegó, estruendoso, desde un punto que estaba, obviamente, en frente de mí. Comprendí entonces que un gran grupo de ellos debía de estar a la vista allí donde los laterales de la trinchera se aplanaban y la carretera cruzaba las vías... y no pude guardarme más tiempo de contemplar cualquiera que fuese el horror que esa maligna luna amarilla tuviera que mostrarme.

Eso fue el final, cualquiera que sea el tiempo que me quede de vida en la superficie de la Tierra, de cualquier atisbo de paz mental o de confianza en la cordura de la naturaleza y la mente humana. Nada de lo que pudiera haber imaginado —nada, ni siquiera, de lo que pudiera haber supuesto, de haber dado crédito a la loca historia del viejo Zadok— sería de ninguna manera comparable a la demoníaca y blasfema realidad de lo que vi... o creí ver. He tratado de insinuarlo, intentando, en vano, posponer el horror que supone el transcribirlo. ¿Es posible que este planeta haya dado a luz a tales seres y que los ojos humanos hayan visto, encarnado, a lo que hasta ese momento solo se conocía en febriles fantasías y brumosas leyendas?

Pero yo los vi en un flujo ilimitado: saltando, pateando, croando y balando..., surgiendo inhumanos a través de la espectral luz lunar, inmersos en una grotesca y maligna zarabanda de fantástica pesadilla. Algunos portaban altas tiaras de ese indescriptible oro blanquecino, y otros vestían extrañas togas; y uno, que guiaba al grupo, estaba cubierto con una diabólica chaqueta negra que no disimulaba la joroba, así como con pantalones de rayadillo, y con un sombrero masculino de fieltro negro sobre la masa informe que ocupaba el lugar de la cabeza...

Creo que el color dominante era de un verde grisáceo, aunque tenían vientres blancuzcos. Eran, sobre todo, relucientes y resbaladizos, pero los bordes de la espalda resultaban escamosos. Sus formas sugerían, vagamente, lo antropoide, aunque sus cabezas eran de pez con prodigiosos ojos saltones que no se cerraban nunca. A los lados de su garganta había palpitantes agallas y sus largas zarpas eran palmeadas. Brincaban sin ritmo, a veces sobre dos piernas y a veces sobre cuatro. Por algún motivo, me alegré de que solo tuvieran cuatro extremidades. Sus voces crocantes y aullantes, claramente capaces de habla articulada, tenían todos los negros matices de expresión de los que carecían sus rígidos rostros.

Pero, por algún motivo, aquellas monstruosidades no me eran del todo desconocidas. Demasiado bien sabía lo que eran... ¿O no tenía aún reciente el recuerdo de esa maligna tiara de Newburyport? Eran los blasfemos peces-rana del indescriptible diseño —vivos y horrendos—, y, al verlos, supe qué era lo que tan temiblemente me había recordado ese sacerdote jorobado y con tiara de la negra cripta de la iglesia. Su número era incontable. Me pareció que había enjambres infinitos de ellos... y, desde luego, mi momentáneo vistazo solo debió de mostrarme una pequeña fracción del total. Al instante siguiente, todo se borró por obra y gracia de un misericordioso desmayo, el primero que sufría en mi vida.

V

Fue una suave lluvia matutina lo que me despertó en la trinchera llena de malezas y, cuando salí dando tumbos hasta llegar a la carretera, no vi traza de huellas en el barro fresco. El olor a pescado también había desaparecido. Los techos hundidos y los campanarios desmochados de Innsmouth se alzaban grisáceos hacia el sudeste, pero no se veía ninguna criatura viviente en las desoladas marismas circundantes. Mi reloj aún funcionaba y pude ver que era pasado el mediodía.

No sabía si todo lo que me había sucedido era real, pero tenía la sensación de que en todo aquel asunto había algo de verdad horripilante. Debía alejarme de Innsmouth, ensombrecida por el mal... y, en consecuencia, comencé a valorar mis limitados y fatigados medios de locomoción. Pese a la debilidad, hambre, horror y aturdimiento, al cabo de un rato me sentí capaz de andar; así que me puse en marcha con lentitud, a lo largo de la carretera de Rowley. Antes del anochecer, estaba en el pueblo, tomando una comida y proveyéndome de ropas decentes. Tomé el tren nocturno a Arkham y, al día siguiente, estuve hablando largo y tendido con los agentes del Gobierno en el lugar; algo que repetí más tarde en Boston. Las principales consecuencias de tales conversaciones son de dominio público... y quisiera, en pro de la normalidad, que no hubiera ya más que contar. Quizá la locura que se ensaña en mí..., o quizás un horror aún mayor..., o puede que la maravilla... Está aún por llegar.

Como bien pueden imaginar, renuncié al resto de mi proyectado periplo y a las diversiones escénicas, arquitectónicas y anticuarias con las que tanto contaba. No me atreví a ver esa pieza de extraña joyería que se decía estaba depositada en el museo de la Universidad de Miskatonic. No obstante, aproveché mi estancia en Arkham para recolectar algunas notas genealógicas —algo que había deseado durante largo tiempo—; eran datos a vuelapluma y difusos, es cierto, pero que me serían muy útiles más tarde, cuando tuviera tiempo de cotejarlos y ordenarlos. El conservador de la sociedad histórica local —el señor Lapham Peabody— fue muy amable conmigo y mostró un insólito interés cuando le dije que era hijo de Eliza Orne de Arkham, nacida en 1867 y casada con James Williamson, de Ohio, a la edad de diecisiete años.

Al parecer, uno de mis tíos maternos había estado allí hacía muchos años, empeñado en una búsqueda igual a la mía, y parecía también que la familia de mi abuela era punto de atención local. Hubo, según el señor Peabody, considerables discusiones acerca de la boda de su padre, Benjamin Orne, justo después de la guerra de Secesión, ya que los antepasados de la novia eran por completo desconocidos. Esa novia, al parecer, era una huérfana Marsh de Nuevo Hampshire —prima de los Marsh del condado de Essex—, pero había sido educada en Francia y sabía muy poco sobre su familia. Un albacea había depositado fondos en un banco de Boston, tanto para su manutención como para la de su institutriz francesa, pero la gente de Arkham desconocía el nombre de tal albacea y, en cierto momento, desapareció; así que, por sentencia judicial, la institutriz asumió su papel. La francesa —muerta hacía muchos años— era sumamente reservada y había quienes opinaban que podía haber contado mucho más de lo que contó.

Pero lo más desconcertante de todo era que nadie pudo encontrar dato alguno sobre los padres de la joven —Enoch y Lydia (Meserve) Marsh— entre las familias conocidas de Nuevo Hampshire. Muchos sugerían que, posiblemente, sería la hija natural de algún Marsh conocido... y lo cierto es que tenía los ojos de los Marsh. Casi todo eso se supo después de su temprana muerte, que ocurrió al nacer mi abuela, su única hija. Después de haber sufrido una muy desagradable impresión conectada con el nombre Marsh, no encajé muy bien la noticia de que estos pertenecían a mi propio árbol genealógico, ni me alegró el comentario del señor Peabody acerca de que yo también tenía los ojos de los Marsh. No obstante, agradecí aquellos datos, que sabía me serían de gran valor, y tomé abundantes notas y referencias bibliográficas tocantes a la bien documentada familia Orne.

Fui directamente a Toledo, desde Boston, y más tarde pasé un mes en Maumee, recuperándome de mi terrible experiencia. En septiembre, entré en Oberlin para cursar mi último año de carrera y, desde esa fecha hasta junio, estuve ocupado con estudios y otras actividades saludables, reviviendo mis pasados terrores cada vez que recibía visitas oficiales de gente del Gobierno; visitas conectadas con la campaña que mis súplicas y pruebas habían desencadenado. Hacia mediados de julio —justo un año después de la experiencia de Innsmouth—, pasé un mes con la familia de mi difunta madre en Cleveland, comprobando mis nuevos datos genealógicos con las distintas notas, tradiciones y reliquias familiares que tenían allí, y viendo qué clase de esquema conectivo podía trazar con todo aquello.

No se puede decir que disfrutara con esa tarea, ya que la atmósfera de la casa Williamson siempre me había deprimido. Había algo morboso allí y mi madre nunca alentó, cuando yo era niño, mis visitas a sus parientes, aunque su padre fue siempre bienvenido en nuestra casa cuando acudía a Toledo. Mi abuela, la nacida en Arkham, siempre me pareció extraña y casi terrorífica, y no creo haberla echado de menos cuando murió. Tenía ochenta años por aquel entonces y se decía que había desaparecido tras el suicidio de mi tío Douglas, su hijo mayor. Este se había pegado un tiro tras hacer un viaje a Nueva Inglaterra, el mismo viaje que, sin duda, me había llevado a la Sociedad Histórica de Arkham.

Aquel tío se le parecía; tampoco me gustó nunca. Había algo en la mirada fija y los ojos que no parpadeaban que me producía una desazón vaga e indefinible. Mi madre y el tío Walter no se les parecían. Eran como su padre, aunque el pobre primo Lawrence —hijo de Walter— había sido un doble casi perfecto de su abuela, antes de que su trastorno lo llevase a una reclusión permanente en un sanatorio de Canton. Llevaba cuatro años sin verlo, pero mi tío solía dar a entender que su estado, tanto físico como mental, era muy malo. Esa podría haber sido una de las principales causas de la muerte de su madre, hacía dos años.

Mi abuelo y Walter, su hijo viudo, eran ahora los únicos moradores de la casa de Cleveland, pero la memoria de los viejos tiempos pendía allí como una losa. Aún me disgustaba el lugar y traté de hacer mis investigaciones todo lo rápido que fuera posible. Mi abuelo me suministró abundantes registros y tradiciones de los Williamson, aunque, para el material sobre los Orne, tuve que depender de mi tío Walter, que puso a mi disposición los contenidos de todos sus archivos, incluyendo notas, cartas, recortes, reliquias, fotografías y miniaturas.

Fue al estudiar las cartas e imágenes de los Orne cuando comencé a sentir una especie de terror hacia mis propios antepasados. Como he dicho, mi abuela y el tío Douglas siempre me habían turbado. Ahora, años después de su muerte, miraba sus rostros retratados con aún mayor repulsión y rechazo. No pude, al principio, entender ese cambio, pero, gradualmente, una especie de horrible comparación comenzó a infiltrarse en mi mente consciente, a pesar de mi rechazo total a admitir aun la más mínima sospecha al respecto. Estaba claro que la típica expresión de esos rostros me sugería algo que no habían hecho antes; algo que, de pensar demasiado en ello, podía sumirme en un agudo estado de pánico.

Pero lo peor de todo vino cuando mi tío me mostró la joyería Orne, depositada en una cámara de seguridad comercial. Algunas de las piezas eran bastante delicadas e inspiradas, pero existía una caja que contenía piezas de oro, propiedad de mi misteriosa bisabuela, y que mi tío se mostró reacio a enseñarme. Según me dijo, eran de diseños sumamente grotescos y casi repulsivos, y hasta donde él sabía nunca se habían lucido en público, aunque mi bisabuela solía disfrutar mirándolas. Estaban aureoladas con vagas leyendas de mala suerte, y la institutriz francesa de mi bisabuela había dicho que no podían usarse en Nueva Inglaterra, aunque sí podía hacerse con bastante seguridad en Europa.

Mi tío, mientras desembalaba con lentitud y a regañadientes las joyas, me instó a no dejarme impresionar por lo extraño, y a menudo odioso, de los diseños. Artistas y arqueólogos que las habían visto decían que su factura era exótica y exquisita en un grado superlativo, pero ninguno pudo precisar de qué estaban hechas o encuadrarlas dentro de cualquier específica tradición artística. Había dos brazaletes, una tiara y una especie de pectoral, y este último mostraba en altorrelieve ciertas figuras de extravagancia casi insoportable.

Mientras me los describía, había mantenido un férreo control de mis emociones, pero el rostro debió traicionar mis miedos crecientes. Mi tío se dio cuenta y dejó de desembalar para estudiar mis facciones. Lo invité a continuar, lo que hizo con renovados signos de disgusto. Parecía esperar alguna reacción cuando la primera pieza —la tiara— quedó expuesta. Dudo que esperase lo que pasó a continuación. Yo tampoco lo esperaba, pues creo haber estado totalmente pendiente de lo que pudiera demostrar la joyería. Me desvanecí en completo silencio, tal como me había sucedido en aquella trinchera ferroviaria llena de malezas un año antes.

Desde entonces, mi vida ha sido una pesadilla de conjeturas y aprensiones, y no sé qué es odiosa verdad y qué es locura. Mi bisabuela era una Marsh de origen desconocido, cuyo marido vivía en Arkham... ¿Y no me dijo el viejo Zadok que la hija de Obed Marsh, de madre monstruosa, se había casado, mediante un ardid, con un tipo de Arkham? ¿Qué era lo que ese viejo borrachín había musitado sobre el parecido de mis ojos con los del capitán Obed? En Arkham, además, el conservador me había dicho que tenía los ojos de un Marsh. ¿Era acaso Obed Marsh mi tatarabuelo? ¿Quién, o qué, era entonces mi tatarabuela? Pero quizá todo aquello no fuera sino locura. Esos ornamentos de oro blancuzco bien podrían haber llegado, a través de algún marinero de Innsmouth, al padre de mi bisabuela, quienquiera que este fuese. Y esas facciones en los rostros de ojos fijos de mi abuela y mi tío suicida debían de deberse por completo a mi imaginación. Todo sería imaginación, producto de la sombra sobre Innsmouth que hasta extremos tan oscuros teñía mi imaginación. Pero ¿por qué se había quitado la vida mi tío después de una investigación genealógica realizada en Nueva Inglaterra?

Durante más de dos años logré descartar tales ideas con éxito relativo. Mi padre me consiguió un empleo en una compañía de seguros y me enterré en la rutina tanto como pude. Sin embargo, en el invierno de 1930-1931 comenzaron los sueños. Eran escasos y difusos al principio, pero se hicieron más frecuentes y detallados a medida que pasaban las semanas. Unos grandes espacios acuáticos se abrían ante mí y me parecía vagabundear a través de titánicos pórticos sumergidos y laberintos de muros ciclópeos y cubiertos de algas, con grotescos peces por compañía. Luego comenzaron a aparecer las otras figuras, colmándome de indescriptible horror en el momento de despertar. Pero durante los sueños no me causaban espanto en absoluto. Yo era uno de ellos y lucía sus infernales atuendos, recorría sus caminos acuosos y rezaba de forma monstruosa en sus malignos templos del fondo del mar.

No podía recordarlo todo, pero incluso los escasos vestigios que me quedaban por la mañana habrían bastado para granjearme fama de loco o de genio si hubiera osado plasmarlo por escrito. Sentía que alguna espantosa influencia me arrastraba, poco a poco, desde nuestro mundo cuerdo y saludable hasta los más indescriptibles abismos de negrura y alienación. Yo me resentía con todo el proceso. Mi salud y aspecto se deterioraron sin demora y, al cabo, me vi obligado a abandonar el trabajo para adoptar la estática y recluida vida de un inválido. Alguna extraña afección nerviosa me mantenía en ese estado y, a veces, no podía casi ni cerrar los ojos.

Fue entonces cuando comencé a estudiarme ante el espejo con creciente alarma. Los lentos avances de la enfermedad no son nunca agradables de ver, pero en mi caso había algo aún más profundo y desconcertante detrás. Mi padre también pareció percatarse de todo ello, ya que comenzó a mirarme de forma curiosa y casi espantada. ¿Qué me estaba pasando? ¿No estaba empezando a parecerme a mi abuela y al tío Douglas?

Una noche tuve un espantoso sueño en el que me encontraba con mi abuela bajo el mar. Vivía en un fosforescente palacio de muchos niveles, con jardines de extraños corales leprosos y eflorescencias grotescamente branquiadas, y que me recibió con una efusión que resultaba sardónica. Había cambiado, tomado el camino del agua, y no muerto. Había ido a un lugar que también llegó a conocer su hijo muerto y había dado el salto a un territorio

174

cuyas maravillas —destinadas también a él— este había rechazado con una pistola humeante. Ese sería asimismo mi territorio; no lo podía rechazar. No moriría jamás, sino que viviría con aquellos que han morado allí desde antes de que el hombre echara a andar sobre la Tierra.

Me encontré también con la que había sido su abuela. Durante ochocientos años, Pth'thya-l'yi había vivido en Y'hanthlei, y allí había vuelto después de la muerte de Obed Marsh. Pth'thya-l'yi no había sido destruida cuando los hombres de arriba lanzaron la muerte al mar. Herida, sí, pero no destruida. Los Profundos no pueden ser destruidos, aunque la magia paleógena de los Primigenios puede vencerlos a veces. Ahora deben descansar, pero algún día, cuando recuerden, se alzarán para reclamar el tributo que el Gran Cthulhu ansía. La próxima vez será en una ciudad más grande que Innsmouth. Han planeado su avance y tienen lo que les ayudará a hacerlo, pero deben esperar su momento. Yo debo sufrir un castigo, ya que he ayudado a los hombres de la Tierra a sembrar la muerte, pero no será duro. Fue durante ese sueño cuando vi por primera vez a un shoggoth, y esa visión fue lo que me hizo despertar entre alaridos. Esa mañana el espejo me mostró que había adquirido el fenotipo de Innsmouth de manera definitiva.

De momento no me he pegado un tiro, como hiciera mi tío Douglas. Compré una automática y estuve a punto de dar el paso, pero ciertos sueños me disuadieron. La tensión del horror aminora y siento una extraña atracción hacia las desconocidas profundidades del mar, a pesar de que las temo. Escucho y hago cosas extrañas durante el sueño y, pese al miedo, me despierto con una especie de exaltación. No creo que tenga que esperar, como hace la mayoría, a que se complete el cambio. De hacerlo, sin duda mi padre me internaría en un asilo, como hicieron con mi pobre primo. Ahí abajo me aguardan esplendores prodigiosos y desconocidos, y he de ir pronto en su busca. ¡Iä-R'lyeh! ¡Cthulhu fhtagn! ¡Iä! ¡Iä! No, no me pegaré un tiro: ¡no he nacido para sufrir un destino así! Debo preparar la fuga de mi primo del manicomio de Canton, y luego, juntos, iremos a Innsmouth, la tocada por la maravilla. Nadaremos hasta ese acechante arrecife y nos sumergiremos a través de negros abismos hasta llegar a la ciclópea y columnada Y'ha-nthlei, y en esa morada de los Profundos viviremos por siempre, rodeados de prodigios y gloria.

A TRAVÉS DE LAS PUERTAS
DE LA LLAVE DE PLATA

I

En una enorme estancia decorada con tapices de Arrás y alfombras de Bujará de impresionante antigüedad y factura, cuatro hombres se sentaban alrededor de una mesa repleta de documentos. De las esquinas, donde se alzaban teas de hierro que de vez en cuando rellenaba un anciano sirviente negro enfundado en una sobria librea, llegaba un hipnótico aroma a olíbano. Mientras tanto, en un profundo nicho en lateral se oía el tictac de un curioso reloj con forma de ataúd, cuya esfera estaba cubierta de pasmosos jeroglíficos y cuyas cuatro manecillas no se movían en consonancia con ningún sistema de medición de tiempo conocido en este planeta. Se trataba de una estancia singular y perturbadora y, aun así, adecuada para el asunto que se abordaba. En efecto, allí, en Nueva Orleans, en el hogar del místico, matemático y orientalista más destacado de este continente, se leía el testamento de otro místico, estudioso, autor y soñador no menos grande, un hombre que había desaparecido de la faz de la tierra hacía cuatro años.

Randolph Carter, que había consagrado la vida a tratar de escapar del tedio y de las limitaciones de la realidad más allá del despertar a través de los incitantes paisajes de sueños y avenidas fabulosas de otras dimensiones, había desaparecido, sin que nadie volviera a verlo, en octubre de 1928, a los cincuenta y cuatro años. Su carrera había sido extraña y solitaria, y había quien a partir de sus curiosas novelas infería que había vivido numerosos episodios mucho más extravagantes que cualquiera de los que se habían registrado en su vida. Había mantenido una estrecha asociación con un místico de Carolina del Sur llamado Harley Warren, de cuyos estudios sobre el lenguaje primitivo llamado naacal, que usaban los sacerdotes del Himalaya, había extraído atroces conclusiones. De hecho, había sido Carter quien, en una noche neblinosa y terrible en medio de un antiguo cementerio, había visto a Warren descender a unas grutas húmedas y salobres de las que jamás volvió a salir. Carter vivía en Boston, pero provenía de las colinas lujuriantes y encantadas situadas más allá de la ancestral y embrujada Arkham, la localidad natal de todos sus antepasados. Precisamente fue en aquellas colinas siniestras, crípticas y antiguas donde Carter desapareció para siempre.

Su viejo sirviente, Parks, fallecido a principios de 1930, había mencionado cierta caja que Carter había encontrado en el desván. Estaba surcada por espeluznantes grabados y despedía un extraño perfume. También se había referido a su contenido: un indescifrable pergamino y una llave de plata con arabescos de lo más extravagante. Carter ya había mencionado todos esos objetos en su correspondencia con otras personas. Según afirmó Parks, Carter le dijo que aquella llave formaba parte del legado de sus ancestros, y que lo ayudaría a abrir la puerta a su infancia perdida, a extrañas dimensiones y reinos fantásticos que hasta entonces solo había visitado en sueños vagos, breves y elusivos. Un día, Carter echó mano de la caja y de su contenido y se fue en su coche para no volver jamás.

Tiempo después se encontró el coche en un lateral de un viejo sendero cubierto de hierbajos en las colinas ubicadas tras la decadente Arkham. Eran las mismas colinas donde los antepasados de Carter habían vivido en su día, y donde el ruinoso sótano de la gran mansión de la familia Carter seguía abierto bajo el cielo, sin techo que lo cubriese. Otro de los miembros de la familia Carter había desaparecido misteriosamente en una arboleda de altos olmos en 1781, y no lejos de aquel lugar se alzaba la cabaña medio podrida en la que la bruja Goody Fowler había elaborado sus ominosas pociones mucho antes. Los primeros pobladores habían llegado a aquella región en 1692, fecha en la que unos fugitivos de los juicios de brujería de Salem se habían establecido allí. Incluso hoy en día se la seguía recordando por ciertos acontecimientos ominosos que nadie alcanzaba a concebir. Edmund Carter había huido de la sombra de Gallows Hill justo a tiempo, y corrían numerosas historias sobre sus hechicerías. Ahora, al parecer, su único descendiente había ido a su encuentro, dondequiera que se hallase.

En el coche se encontró la cajita de madera aromática y grabados espeluznantes, así como el pergamino que nadie conseguía interpretar. La Llave de Plata había desaparecido, presuntamente a manos de Carter. Por lo demás, no contaban con la menor pista. Unos detectives de Boston dijeron que los maderos caídos en el viejo caserón de los Carter parecían haber sido apartados de manera extraña, y alguien encontró también un pañuelo en la ladera siniestra cuajada de rocas y árboles tras las ruinas, cerca de la temible cueva llamada Nido de Serpientes. Aquello marcó el resurgir de las leyendas locales sobre el Nido de Serpientes. Los granjeros comentaban entre susurros los blasfemos usos que el viejo mago Edmund Carter le había dado a la gruta. También circulaban historias sobre el cariño que el propio Randolph Carter le dispensaba a dicha cueva cuando apenas era un muchacho. En la infancia de Carter, la venerable mansión de tejado abuhardillado seguía en pie; la ocupaba su tío abuelo Christopher. Randolph Carter lo había visitado a menudo, y se lo oía hablar de forma singular sobre el Nido de Serpientes. Había quien recordaba lo que el pequeño Carter decía sobre una profunda grieta que llevaba a una caverna interior desconocida, mucho más allá. Se especulaba sobre el cambio que se había operado en el chico después de pasarse un día entero en la caverna cuando contaba nueve años, un suceso que aún se recordaba. También había sucedido en octubre, y desde entonces el joven Carter pareció desarrollar una increíble habilidad para profetizar acontecimientos futuros.

Llovió entrada la noche en que desapareció Carter, y por desgracia el agua emborronó las huellas que empezaban junto al coche hasta el punto de que nadie fue capaz de seguirlas. El interior del Nido de Serpiente estaba cubierto de un lodo amorfo y líquido, producto de las filtraciones. Solo los ignorantes paletos cuchichearon acerca de las huellas que creyeron ver en el lugar donde los grandes olmos se ciernen sobre el camino, así como de la siniestra ladera que había cerca del Nido de Serpientes, donde se encontró el pañuelo. ¿Quién iba a prestar la menor atención a esos murmullos que hablaban de huellas pequeñas y gruesas, tan parecidas a las que dejaban las botas de punta cuadrada que solía llevar el propio Carter cuando era un niño? Aquella idea era tan demencial como ese otro cuchicheo, el que sostenía que dichas huellas pequeñas y gruesas se encontraban a mitad del camino con otras, características de los zapatos sin tacón del viejo Benijah Corey. El viejo Benijah había sido el guardés de la familia Carter cuando Randolph era joven..., pero llevaba muerto unos treinta años.

Esos cuchicheos, unidos a las confesiones que el propio Carter les hizo a Parks y a otros acerca de que aquella Llave de Plata de extravagantes arabescos le serviría para abrirle la puerta a su infancia perdida, bien pudieron llevar a que muchos estudiosos de lo místico afirmasen que el desparecido había retrocedido cuarenta y cinco años en el tiempo, hasta aquel día de octubre de 1883 en el que había permanecido dentro del Nido de Serpientes siendo apenas un chaval. Se argumentó que antes de volver a salir, aquella noche, se las había arreglado para viajar a 1928 y regresar, pues ¿acaso no fue entonces cuando empezó a comportarse como si supiera cosas que terminarían por suceder después? Y, sin embargo, jamás se refirió a ningún acontecimiento posterior a 1928.

Uno de esos estudiosos, un anciano excéntrico de Providence, en Rhode Island, quien había mantenido una larga y cercana correspondencia con Carter, tenía una teoría aún más elaborada. En su opinión, Carter no solo había regresado a su infancia, sino que además había alcanzado una liberación aún mayor, pues había conseguido recorrer a voluntad los paisajes prismáticos de sus sueños infantiles. Tras una extraña visión, aquel hombre escribió una historia que relataba la desaparición de Carter, en la que sugería que el desaparecido ahora gobernaba como rey en el trono de ópalo de Ilek-Vad, la fabulosa ciudad llena de torretas sobre los acantilados de cristal huecos que se elevan sobre el mar crepuscular, donde los gnorri de barbas y aletas construyen singulares laberintos.

Fue aquel anciano, llamado Ward Phillips, quien insistió con más vehemencia para que no se ejecutase el reparto de la herencia de Carter a sus herederos, todos ellos primos lejanos, con la excusa de que Carter aún seguía vivo en otra dimensión y que quizá regresase algún día. Contra él chocó de lleno el talento legal de uno de dichos primos, Ernest B. Aspinwall, de Chicago, un hombre diez años mayor que Carter, aunque lozano como un muchacho cuando se trataba de batallas legales. El contencioso se había prolongado cuatro años, pero por fin había llegado el momento del reparto, y el escenario habría de ser aquella enorme y extraña habitación de Nueva Orleans.

Era el hogar del albacea literario y financiero de Carter, distinguido criollo y estudioso de misterios y antigüedades orientales, Etienne-Laurent de Marigny. Carter había conocido a De Marigny durante la guerra, mientras ambos estaban destinados a la Legión Extranjera Francesa, y se había apegado a él desde el principio debido a sus similitudes en gustos y opiniones. Durante un memorable permiso compartido, el leído y joven criollo llevó al melancólico soñador de Boston a Bayona, en el sur de Francia. Allí le enseñó ciertos secretos terribles que albergaban las criptas inmemoriales sobre las que se cierne una noche eterna y que se abren como madrigueras en los subterráneos de aquella ciudad siniestra bajo el yugo de los eones. A partir de entonces, su amistad quedó sellada. El testamento de Carter había nombrado a De Marigny como albacea, y ahora aquel vivaz estudioso presidía a regañadientes el reparto de la herencia. Le resultaba una tarea ingrata, pues, al igual que el viejo ciudadano de Rhode Island, creía que Carter no estaba muerto. Sin embargo, ¿qué peso han de tener los sueños de los místicos contra la dura sabiduría del mundo?

Alrededor de la mesa de aquella extraña habitación del Barrio Francés se sentaban varios hombres que alegaban algún tipo de interés en el reparto. Se habían entregado las acostumbradas notificaciones legales acerca de la lectura del testamento en aquellos lugares donde se pensaba que vivían los herederos de Carter, aunque ahora solo se sentaban allí cuatro de ellos, escuchando tanto el anormal tictac de aquel reloj con forma de ataúd que no se movía al compás de ningún sistema terrestre de medición del tiempo como el burbujeo de la fuente en el patio tras las ventanas medio cubiertas por las cortinas en abanico. A medida que pasaban las horas, los rostros de aquellos cuatro hombres se veían medio velados por la humareda retorcida que brotaba de las teas. Estas, repletas de combustible en todo momento, parecían necesitar cada vez menos las atenciones del cada vez más nervioso sirviente que se movía en silencio entre ellos.

Allí estaba el propio Etienne de Marigny: delgado, de piel oscura, guapo, bigotudo y aún joven. Aspinwall, representante de los herederos, tenía el pelo canoso, cara furibunda, enormes patillas y porte señorial. Phillips, el místico de Providence, era delgado, gris, de nariz larga, afeitado apurado y hombros caídos. El cuarto asistente tenía una edad indeterminada, también era delgado y dotado de un rostro oscuro, barbudo y singularmente estático cuyos contornos eran tremendamente regulares. Llevaba un turbante brahmaní de casta alta y tenía unos ojos negros como la noche, fieros y casi carentes de iris que parecían contemplar desde una larga distancia tras sus facciones. Se había presentado como el swami Chandraputra, un erudito de Benarés que acudía para revelar información importante. Tanto De Marigny como Phillips, que habían mantenido correspondencia con él, habían reconocido de inmediato la autenticidad de sus pretensiones místicas. Su acento tenía una cualidad extrañamente forzada, hueca y metálica, como si el uso de otro idioma le costase un esfuerzo adicional a sus cuerdas vocales. Sin embargo, dominaba la lengua con la facilidad, la corrección y los modismos de cualquier nativo anglosajón. En cuanto a su vestimenta, iba como cualquier civil europeo, aunque la ropa le quedaba peculiarmente holgada, al tiempo que la poblada barba negra, el turbante oriental y las manoplas grandes y blancas le conferían un aire de exótica excentricidad.

De Marigny jugueteó con el pergamino que había sido encontrado en el coche de Carter mientras hablaba:

—No, no he conseguido sacar nada en claro del pergamino. El señor Phillips, aquí presente, también se ha dado por vencido. El coronel Churchward afirma que no está escrito en naacal, y no se parece en nada a los jeroglíficos encontrados en la urna ceremonial de la isla de Pascua. Sin embargo, los grabados de esa caja sí evocan poderosamente a las imágenes de dicha isla. Lo más cercano que yo recuerdo a estos símbolos del pergamino, en los que, si se fijan, las letras parecen colgar de barras horizontales invisibles que sostienen las palabras, es la escritura de un libro que obró una vez en poder del pobre Harley Warren. Dicho libro llegó en un paquete desde la India durante una visita que Carter y yo le hicimos en 1919, aunque nunca nos contó nada al respecto. Nos dijo que sería mejor que no supiéramos nada, y sugirió que tal vez procediese de algún lugar que no estaba ubicado en esta tierra. Lo llevaba consigo en diciembre cuando descendió a aquella gruta en el viejo cementerio, pero ni él ni el libro volvieron a salir a la superficie. Hace algún tiempo le envié a nuestro amigo aquí presente, el swami Chandraputra, un esbozo hecho de memoria de algunas de las letras de ese libro, amén de una copia fotostática del pergamino de Carter. Comprobadas ciertas referencias y realizadas las consultas pertinentes, nuestro amigo cree poder arrojar algo de luz a este respecto.

»En cuanto a la llave... Carter me envió hace tiempo una fotografía del objeto. Sus curiosos arabescos no eran letras, aunque parecían pertenecer a la misma tradición cultural que los jeroglíficos del pergamino. Carter sostuvo en todo momento que estaba a punto de desvelar el misterio, aunque nunca entró en detalles. En cierta ocasión, su relato de los acontecimientos adquirió tintes casi poéticos. Aquella antigua Llave de Plata, dijo, abriría las sucesivas puertas que impiden nuestro libre tránsito entre los poderosos corredores del espacio y el tiempo hasta la mismísima Frontera que ningún hombre ha cruzado desde que Shaddad, con su terrible ingenio, construyese y ocultase en las arenas de Arabia Petraea las prodigiosas cúpulas e incontables minaretes de Irem, la de los mil pilares. Según me escribió Carter, algunos derviches medio muertos de inanición y nómadas enloquecidos por la sed han logrado regresar y hablar del monumental portal, y de la Mano esculpida sobre la piedra angular del arco que lo conforma. Sin embargo, nadie lo ha cruzado y ha regresado para afirmar que sus huellas en esa arena cubierta de granates desparramados atestiguan su visita. Esa llave, conjeturó Carter, es lo que esa ciclópea mano esculpida lleva tanto tiempo esperando en vano.

»Nos resulta imposible explicar por qué Carter no se llevó con él el pergamino junto con la llave. Quizá lo olvidó... o quizá se contuvo de llevárselo

al recordar a aquel que se llevó un libro con caracteres similares a una gruta para no regresar jamás. O, quizá, resultaba irrelevante a efectos de lo que se traía entre manos.

De Marigny hizo una pausa, momento que aprovechó el señor Phillips para hablar con voz severa y estridente:

—Del viaje de Carter solo podemos saber lo que reside en nuestros sueños. En los míos he visitado muchos lugares extraños. He visto y oído muchas cosas extrañas en Ulthar, más allá del río Skai. No parece que necesitara el pergamino, pues lo cierto es que Carter ha regresado al mundo de sus sueños de juventud y ahora es rey en Ilek-Vad.

El señor Aspinwall se puso el doble de rojo y espetó:

—¿Podría alguien hacer callar al viejo idiota? Ya hemos oído demasiadas estupideces propias de lunáticos. Estamos aquí para dividir una herencia, y ya va siendo hora de que nos pongamos a ello.

Por primera vez, el swami Chandraputra habló con aquella extravagante voz extranjera:

—Caballeros, este asunto es más alambicado de lo que ustedes se creen. Mal hace el señor Aspinwall al mofarse de la evidencia que suponen los sueños. El señor Phillips tiene una visión incompleta de la situación..., quizá porque no ha soñado lo suficiente. En cuanto a mí, mucho he soñado... En India es práctica común, como parece serlo entre la familia Carter. Usted, señor Aspinwall, al ser primo hermano por parte de madre, no lleva sangre de Carter. Mis propios sueños, así como ciertas fuentes de información alternativas, me han revelado bastantes matices de un asunto que para ustedes aún tiene puntos oscuros. Por ejemplo, sé que Randolph Carter olvidó llevarse ese pergamino, que en aquel momento era incapaz de descifrar, aunque le habría venido bien acordarse de llevarlo consigo. Verán, me he enterado de buena parte de lo que le sucedió a Carter después de que abandonase su coche junto con la Llave de Plata durante el atardecer de aquel 7 de octubre de hace cuatro años.

Aspinwall soltó un bufido desdeñoso perfectamente audible, pero los otros dos se irguieron con renovado interés. El humo de las teas aumentó, y el tictac demencial de aquel reloj con forma de ataúd pareció adoptar cadencias extravagantes como los puntos y rayas de un mensaje alienígena telegrafiado e irresoluble venido del espacio exterior. El hindú se echó hacia atrás, entrecerró los ojos y prosiguió con aquella voz extrañamente trabajosa y aun así versada en los modismos del idioma, mientras ante su público empezaron a flotar las imágenes de lo que le había sucedido a Carter.

II

Las colinas situadas detrás de Arkham están repletas de una magia extraña…, quizá por algo que el viejo mago Edmund Carter invocó para que descendiese desde las estrellas o para que subiese desde las criptas más profundas de la tierra, cuando se refugió allí en 1692 tras su huida de Salem. En cuanto Randolph Carter regresó a aquellas colinas, supo que se hallaba cerca de una de las puertas que pocos hombres audaces, abominables y de alma extranjera han abierto a través de titánicos muros entre el mundo y el exterior definitivo. Carter sentía que en aquel lugar y aquel día del año sería capaz de ejecutar lo que decía el mensaje que había descifrado meses antes acerca de los arabescos de aquella Llave de Plata deslustrada e increíblemente antigua. Sabía cómo debía hacerla girar, cómo debía sujetarla contra el sol del atardecer y qué sílabas ceremoniales debía entonar al vacío tras completar el noveno y último giro. En un lugar tan cercano a una polaridad oscura y a una puerta inducida como aquel en el que se encontraba, no había la menor posibilidad de que fallase en su función primaria. A buen seguro, aquella noche descansaría en la infancia perdida cuya pérdida jamás había dejado de llorar.

Salió del coche con la llave en el bolsillo y ascendió la ladera. Se internó cada vez más en el núcleo sombrío de la campiña siniestra y embrujada. Caminos retorcidos, muros de piedra cubiertos por la hiedra, bosque negro, huertos desastrados y nudosos, granjas abandonadas y de ventanas abiertas y ruinas sin nombre. A la hora del ocaso, cuando los capiteles lejanos de Kingsport relucen con las llamaradas rojizas del cielo, Carter echó mano de la llave y realizó los giros y las entonaciones requeridas. Poco tardaría en darse cuenta de lo rápido que había tenido efecto el ritual.

A continuación, en medio del crepúsculo cada vez más oscuro había oído una voz del pasado: el viejo Benijah Corey, el guardés de su tío abuelo. ¿No llevaba muerto treinta años? ¿Treinta años contando desde cuándo? ¿Qué era el tiempo? ¿Dónde había estado? ¿Qué tenía de extraño el hecho de que el viejo Benijah lo llamase en aquel día 7 de octubre de 1883? ¿Acaso no llevaba fuera más tiempo del que la tía Martha le permitía? ¿Qué era aquella llave que ocupaba en el bolsillo de su suéter el lugar del telescopio portátil, el mismo que le había regalado su padre hacía dos meses por su noveno cumpleaños? ¿La había encontrado en el desván de casa? ¿Quizás abriría el místico pilono que su aguzado ojo había visto entre las rocas escarpadas de la colina, en el fondo de aquella cueva interior que descansaba tras el Nido de Serpientes? Aquel era el sitio que todos asociaban siempre con el mago Edmund Carter. Nadie se acercaba por esos lares, y nadie excepto él se había percatado, ni mucho menos atravesado la grieta atestada de raíces que daba a la gran cueva interior donde se encontraba el pilono. ¿Qué manos había tallado aquella forma que recordaba a un pilono en la roca? ¿Habían sido las del viejo mago Edmund, o bien las de algún otro a quien él mismo hubiese conjurado para que lo hiciera? Aquella noche, el pequeño Randolph cenó con su tío Chris y con su tía Martha en la vieja granja de techo abuhardillado.

A la mañana siguiente, se levantó pronto y atravesó las ramas retorcidas del huerto de manzanas colina arriba, hacia la arboleda en la que acechaba el Nido de Serpientes, negro y amenazador, entre grotescos y sobrealimentados robles. Por encima de él se cernía una expectación sin nombre, y ni siquiera se dio cuenta de que había perdido el pañuelo después de hurgar en el bolsillo del suéter para comprobar que la Llave de Plata seguía a salvo. Entró a rastras por aquel orificio oscuro con una seguridad tensa y osada. Iluminó su camino con cerillas que había tomado del salón. Apenas un momento después, atravesó la grieta cuajada de raíces y se encontró en la enorme y desconocida gruta interior cuyo muro de roca al fondo parecía tener la forma monstruosa y consciente de un pilono. Pasmado y en silencio, encendió una cerilla tras otra mientras contemplaba aquel muro húmedo y goteante. ¿Aquella protuberancia pétrea que se apreciaba sobre la piedra angular de aquel arco medio imaginado era en realidad una gigantesca mano esculpida? Sacó la Llave de Plata y empezó a realizar ciertos movimientos y entonaciones cuyo origen apenas alcanzaba a recordar. ¿Había olvidado algo? Solo sabía que deseaba cruzar aquella frontera que daba a la tierra libre de sus sueños y a los abismos en los que todas las dimensiones se disuelven en lo absoluto.

III

Lo que sucedió a continuación apenas se puede describir con palabras. Todo el relato está plagado de esas paradojas, contradicciones y anomalías que no tienen cabida en la vida más allá del despertar, esas que pueblan nuestros sueños más fantásticos y que en ellos se entienden como normales y rutinarias hasta que regresamos a nuestro estrecho, rígido y objetivo mundo de causalidad limitada y lógica tridimensional. El hindú prosiguió con su relato, aunque le resultó difícil evitar lo que parecía una pueril extravagancia, más allá de la idea de que un hombre pudiese transferirse a través de los años hasta su propia infancia. El señor Aspinwall, asqueado, soltó un bufido furibundo y dejó de prestar atención.

El rito de la Llave de Plata, tal como lo ejecutó Randolph Carter en aquella cueva negra y embrujada que se hallaba dentro de otra cueva, no resultó infructuoso. Desde el primer gesto y la primera sílaba, fue evidente que se extendía un aura de extraña y asombrosa mutación. Percibía una incalculable perturbación y una gran confusión en el tiempo y el espacio, aunque desprovista de todo aquello que podríamos considerar movimiento o duración. De manera imperceptible, conceptos como la edad y la ubicación perdieron todo su significado. El día anterior, Randolph Carter había rebasado el abismo de los años de un milagroso salto. Ahora no había diferencia alguna entre niño y hombre, solo existía la entidad conocida como Randolph Carter, la cual almacenaba en su interior un conjunto de imágenes que habían perdido toda conexión con escenas terrestres y circunstancias por medio de las cuales las había adquirido. Apenas un momento antes había existido una cueva interior con la vaga impresión de un arco monstruoso y una gigantesca mano esculpida en el muro trasero. Ahora ya no existían ni la cueva ni la ausencia de esta, no había muro ni ausencia de este. No había más que un caudal de impresiones no tanto visuales como cerebrales, entre las cuales la entidad conocida como Randolph Carter experimentó percepciones o registros de todo lo que sucedía alrededor de su mente, aunque sin adquirir plena consciencia del camino que recorrían hasta él.

Para cuando el rito concluyó, Carter supo que ya no se hallaba en ninguna región que pudiese ser ubicada por los geógrafos de la Tierra, ni en ninguna época que pudiesen concretar los historiadores. La naturaleza de lo que estaba sucediendo no le resultaba del todo desconocida. Había leído ciertas alusiones en los crípticos *Manuscritos Pnakóticos,* y de hecho un capítulo entero en el prohibido *Necronomicón* del árabe loco Abdul Alhazred adquirió un nuevo significado una vez descifró los signos tallados en la Llave de Plata. Se había abierto una puerta, aunque por supuesto no se trataba de la Puerta Definitiva, sino de la que lleva de la Tierra y su tiempo a la extensión de la Tierra que se encuentra más allá del tiempo, y en la cual se alza la Puerta Definitiva que lleva entre horrores y amenazas al Último Vacío que se halla fuera de todas las Tierras, todos los universos y toda la materia.

Allí habría un Guía de lo más terrible, un Guía que había sido una entidad de la Tierra hacía millones de años, cuando la humanidad no era sino un sueño que nadie había soñado aún, y cuando formas olvidadas poblaban un planeta humeante en el que se construían extrañas ciudades entre cuyas últimas ruinas desastradas llegarían a juguetear los primerísimos mamíferos del planeta. Carter recordó lo que el monstruoso *Necronomicón* bosquejaba en tonos vagos y desconcertantes acerca de aquel Guía.

«Y aunque hay quienes han osado atisbar más allá del Velo —había escrito el árabe loco—, y LO han aceptado como Guía, más les habría valido ser lo bastante prudentes como para evitar cualquier contacto con ÉL, pues está escrito en el Libro de Thoth que terrible ha de ser el precio a pagar por un mero atisbo de SU presencia. Asimismo, aquellos que consiguen pasar jamás regresan, pues en las Vastedades que trascienden nuestro mundo existen Formas de oscuridad capaces de agarrar, de atar. Aquel que se arrastrare por la noche, el Mal que desafiare el Símbolo Arcano, el Rebaño que custodia el portal secreto que se sabe que alberga cada tumba y que se alimenta de aquello que creciere del interior de sus ocupantes..., todo esto palidece ante AQUEL que custodiare el Portal, AQUEL que guía al temerario más allá de todos los mundos hasta el Abismo de innombrables devoradores. Pues ÉL es 'UMR AT-TAWIL, El Más Antiguo, a quien el escriba definió como EL DE PROLONGADA VIDA.»

La memoria y la imaginación dieron forma a imágenes medio entenebrecidas de contorno incierto entre aquel caos en ebullición, aunque Carter sabía que pertenecían al reino de la memoria y la imaginación, y nada más. Sin embargo, sintió que dichas imágenes no habían venido a su mente por casualidad, sino más bien por algún tipo de enorme e inefable realidad carente de dimensión, una realidad que lo rodeaba y que se esforzaba por traducirse a sí misma hasta adoptar los símbolos que Carter era capaz de aprehender, pues no hay mente terrestre alguna capaz de comprender las extensiones de forma que se entretejen en los oblicuos abismos más allá del tiempo y de las dimensiones conocidas.

Flotaba frente a Carter una sobria nebulosa de formas y escenas que, a su entender, tenían que ver con el pasado de eones olvidados de la tierra primitiva. Criaturas monstruosas se movían a voluntad a través de unos paisajes de fantástica factura que ningún sueño cuerdo podría albergar jamás. Dichos paisajes estaban preñados de una increíble vegetación, de acantilados y montañas y construcciones ajenas por completo a patrones humanos. Había ciudades bajo el mar, con sus habitantes, y torres que se alzaban en grandes desiertos de las que partían esferas, cilindros e innombrables criaturas aladas, bien hacia el espacio o más allá de él. El propio Carter no parecía dotado de forma o posición estable, y solo contaba con ápices cambiantes de forma y posición según lo disponía el remolino que era su imaginación.

Le habría gustado encontrar las regiones encantadas de los sueños de su infancia, en los que los galeones remontaban el río Ucranos más allá de los capiteles de oropel de Thran, y las caravanas de elefantes atravesaban a pisotones las junglas de Kled, donde duermen palacios olvidados con pilares de marfil veteado, encantadores e intactos bajo la luz de la luna. Ahora, embriagado por aquellas visiones mucho más amplias, apenas sabía ya qué buscaba. En su mente surgieron pensamientos de una osadía infinita y blasfema. Supo que se enfrentaría a aquel temible Guía sin miedo, y que podría formularle las más terribles y monstruosas preguntas.

De repente, aquel desfile de imágenes pareció alcanzar una cierta y vaga estabilidad. Carter atisbaba enormes moles de piedra esculpidas con dibujos tan extraños como incomprensibles, y dispuestas según las leyes de alguna geometría desconocida e inversa. La luz se filtraba desde un cielo de un color indeterminado en direcciones desconcertantes y contradictorias, y jugueteaba casi conscientemente sobre lo que parecía ser la línea curva de unos gigantescos pedestales cubiertos de jeroglíficos, más bien hexagonales y sobrepasados por Formas encapuchadas poco definidas.

Aparte había otra Forma que no ocupaba pedestal alguno y que parecía deslizarse o flotar sobre el nebuloso nivel inferior del suelo. Su contorno no era exactamente fijo, sino que sugería transiciones de algo remotamente precedente o paralelo a aquella forma humana, si bien de la mitad del tamaño de un humano normal. Al igual que las demás Formas de los pedestales, parecía llevar una pesada capucha de tela de color neutro. Carter no conseguía ubicar las aberturas para los ojos a través de las cuales debía de estar mirándolo. Probablemente no necesitaba mirar, pues parecía un tipo de criatura muy alejada de lo puramente físico en cuanto a organización y facultades.

No tardó Carter en constatar que estaba en lo cierto, pues aquella Forma se comunicó con su mente sin el menor sonido o lenguaje. Y aunque terrible y temible era el nombre que pronunció, Carter no se vio atenazado por el miedo. En lugar de eso, formuló una respuesta carente de sonido o lenguaje, con las debidas muestras de respeto según había leído en las páginas del horrible *Necronomicón*, pues aquella Forma no era sino aquel a quien todo el mundo ha temido desde que Lomar se alzó de los mares y los Seres Alados vinieron a la Tierra a enseñar el Saber Ancestral a los humanos. Era el pavoroso Guía y Guardián de la Puerta: 'Umr at-Tawil, el Antiguo, a quien el escriba definió como El de Prolongada Vida.

El Guía, que todas las cosas conocía, estaba al tanto de la búsqueda de Carter y de su inminente llegada. Sabía que aquel buscador de sueños había venido a él desprovisto de miedo. De él no manaba el menor horror ni malignidad; Carter se preguntó por un momento si las blasfemas insinuaciones del árabe loco y los fragmentos del Libro de Thoth no habrían sido inducidos por la envidia, si no constituirían un pasmoso deseo por realizar ellos mismos lo que Carter estaba a punto de hacer. Por otro lado, quizás aquel Guía reservaba su horror y malignidad para aquellos que se acercaban a él presos del miedo. Carter interpretó mentalmente en forma de palabras lo que manaba de él.

—Cierto es que soy El Más Antiguo —dijo el Guía— de todos los seres que conoces. Los Antiguos y yo aguardábamos tu llegada. Eres bienvenido, a pesar de tu tardanza. Tienes la Llave en tu poder, y con ella has abierto la Primera Puerta. Ahora la Puerta Definitiva está lista para que intentes atravesarla. Si albergas algún temor, no hace falta que prosigas. Aún puedes regresar ileso por el camino que hasta aquí te ha traído. Mas si eliges seguir adelante...

La pausa fue de lo más ominosa, pero lo que manaba de él seguía teniendo tintes amistosos. Carter no vaciló ni un momento, pues lo impulsaba una curiosidad que lo corroía.

—Proseguiré —contestó sin palabras—. Te acepto como Guía.

Ante su respuesta, el Guía pareció hacer algún tipo de señal, a juzgar por el movimiento de su túnica, que se podría haber producido, o no, al alzar un brazo o algún miembro homólogo. Hubo una segunda señal, y entonces el conocimiento bien aprendido de Carter le indicó que por fin se encontraba cerca de la Puerta Definitiva. Ahora la luz adoptó un color inexplicable, y las sombras de los pedestales semihexagonales se perfilaron con más claridad. Se irguieron en su posición, y su contorno adoptó una forma más parecida a la de los humanos, aunque bien sabía Carter que no tenían nada de humano. Sobre sus cabezas encapuchadas ahora parecían descansar unas mitras altas de color incierto, que se asemejaban a las de ciertas figuras innominadas talladas por las manos de un escultor olvidado en los acantilados de una alta y prohibida montaña de Tartaria. Sujetaban entre los pliegues de sus ropajes largos cetros cuyas cabezas esculpidas encarnaban algún tipo de misterio grotesco y arcaico.

Carter supuso lo que eran, de dónde venían y a Quién servían. Supuso también cuál era el precio que había que pagar por sus servicios. Sin embargo, aún se sentía satisfecho, pues por poderosa ventura habría de adquirir el conocimiento absoluto. La condenación, reflexionó, no es más que una palabra que puebla los chismorreos de aquellos a quienes la ceguera lleva a condenar a todos los que pueden ver, aunque sea con un solo ojo. Le maravillaba la ingente arrogancia de aquellos que tanto habían murmurado sobre los «malignos» Antiguos, como si Ellos pudiesen siquiera interrumpir sus sueños eternos para desencadenar cualquier tipo de ira sobre la humanidad. Pensó que sería algo parecido a que un mamut se detuviese a ejercer una colérica venganza contra una lombriz de tierra. Ahora todos los integrantes de aquella reunión sobre esos pilares ligeramente hexagonales le daban la bienvenida con un gesto de esos extravagantes cetros esculpidos, así como un mensaje radiado que comprendió al instante:

—Te saludamos, a ti que eres El Más Antiguo, y a ti, Randolph Carter; tu osadía te ha convertido en uno de los nuestros.

Carter vio entonces que uno de los pedestales estaba vacío, y un gesto del Más Antiguo le dejó claro que lo habían reservado para él. También vio otro pedestal, más alto que el resto, en el centro de aquella curiosa curva, que no era ni semicírculo ni elipse, ni parábola ni hipérbola, que formaban. Aquel, supuso, era el trono del Guía. Carter se alzó y se desplazó de una manera difícil de definir, y tomó asiento. Vio que el Guía hacía lo propio.

De forma gradual, mística, quedó claro que El Más Antiguo sostenía algo, algún objeto que aferraba entre los pliegues protuberantes de su túnica como si quisiera que quedara a la vista, o el equivalente a la vista, de sus compañeros encapuchados. Se trataba de una esfera, o lo que parecía una esfera, de gran tamaño, hecha de algún metal oscuro e iridiscente. El Guía extendió la mano que la sujetaba y, en ese momento, una especie de sonido penetrante empezó a oírse a intervalos ascendentes y descendentes que parecían seguir algún ritmo, aunque dicho ritmo no tuviese nada que ver con los que se conocen en la Tierra. Dicho sonido sugería una suerte de canto, o lo que la imaginación humana podría interpretar como un canto. Al instante, la cuasi esfera empezó a brillar, y su brillo se convirtió en un fulgor frío y pulsátil de un color indefinido. Carter vio que el parpadeo del fulgor se acompasaba con el extraño ritmo de aquel canto. En ese momento todas las Formas, con sus mitras y sus cetros enarbolados, iniciaron un leve y curioso balanceo sobre sus pedestales, al compás de aquel inexplicable ritmo, mientras halos de una luz inclasificable, que recordaba a la que manaba de la cuasi esfera, coronaban sus cabezas cubiertas.

El hindú hizo una pausa en su relato y contempló con curiosidad aquel reloj alto y con forma de ataúd con cuatro manillas y una esfera cubierta de jeroglíficos, cuyo tictac enloquecido no seguía ningún ritmo conocido en la Tierra.

—A usted, señor De Marigny —interpeló de pronto a su docto anfitrión—, no hará falta contarle qué ritmo particular seguían aquellas Formas encapuchadas en sus pilares hexagonales al cantar y contonearse. En América nadie salvo usted ha desarrollado un gusto por la Prolongación Exterior. Ese reloj... Me imagino que se lo habrá enviado el yogui al que solía referirse el pobre Harley Warren..., el vidente que afirmaba ser el único hombre vivo que había estado en Yian-Ho, el legado escondido de la siniestra y antediluviana Leng, amén de haberse llevado consigo ciertas cosas de aquella aterradora ciudad prohibida. Me pregunto de cuántas de sus propiedades más sutiles está usted al tanto. Si mis sueños y mis lecturas están en lo cierto, sus creadores sabían mucho de la Primera Puerta. En todo caso, permítanme que continúe con mi relato.

Por fin, prosiguió el swami, aquellos bamboleos y la suerte de canto llegaron a su fin. Los halos centelleantes alrededor de aquellas cabezas que ahora colgaban inmóviles se desvanecieron, mientras que las Formas encapuchadas se desplomaron de manera curiosa sobre sus pedestales. Sin embargo, la cuasi esfera prosiguió con sus latidos de inexplicable luz.

Carter sintió que los Antiguos dormían, el mismo estado en que los había encontrado la primera vez que los vio. Se preguntó qué sueños cósmicos habrían tenido antes de que su llegada los despertase. Despacio, en su mente se filtró la certeza de que aquel extraño cántico ritual había tenido como objetivo instruirle, y que El Más Antiguo había canturreado hasta inducir a sus Compañeros aquel peculiar letargo, de manera que sus sueños abriesen la Puerta Definitiva para la que la Llave de Plata servía de salvoconducto. Carter sabía que, en las simas de aquel sueño profundo, aquellas criaturas contemplaban las insondables enormidades de la más absoluta y definitiva Exterioridad con las que la Tierra no tenía nada que ver, y que se disponían a conseguir lo que su presencia les había exigido.

El Guía no compartió su letargo, pues parecía seguir impartiendo instrucciones de algún modo sutil y sin sonido alguno. Era evidente que se dedicaba a implantar imágenes de aquello que deseaba que soñasen los Compañeros. Carter comprendió que, cuando cada uno de los Antiguos imaginase el pensamiento encomendado, entre ellos nacería el núcleo de una manifestación solo visible para sus ojos terrenales. Dicha manifestación tendría lugar cuando los sueños de todas las Formas se hubiesen hecho uno. Entonces todo lo que requería se haría materia por concentración. Había presenciado cosas parecidas en la Tierra: en la India, por ejemplo, donde la voluntad combinada y proyectada por un círculo de eruditos podía conseguir que un pensamiento adoptase sustancia tangible, o también en la ancestral Atlaanât, de la cual pocos se atreven siquiera a hablar.

Carter no tenía manera de saber qué era exactamente aquella Puerta Definitiva, ni cómo se suponía que había que cruzarla. Sin embargo, una sensación de tensa expectación se cernió sobre él. Era consciente de tener algún tipo de cuerpo, y de enarbolar la fatídica Llave de Plata en la mano. Las enormes masas de piedra frente a él parecían poseer la uniformidad de un muro, a cuyo centro se veía atraída sin remedio la vista de Carter. De pronto sintió que las corrientes mentales del Más Antiguo cesaban de fluir.

Por primera vez, Carter reparó en lo descomunal que aquel silencio absoluto, tanto mental como físico, podía llegar a ser. Hasta hacía pocos instantes aún era perceptible algún tipo de ritmo, aunque solo fuese el leve y críptico latido de la extensión dimensional de la Tierra. Sin embargo, ahora el susurro del abismo parecía haber caído sobre todas las cosas. A pesar de los indicios que le decían que tenía cuerpo, Carter carecía de respiración audible. El fulgor de la cuasi esfera de 'Umr at-Tawil se había quedado completamente fijo y sin latido alguno. Un potente halo, mucho más luminoso que aquellos que habían brillado alrededor de las cabezas de las Formas, se iluminó con una gélida llamarada sobre el cráneo cubierto del terrible Guía.

Carter se sintió mareado. La sensación de saberse desorientado se multiplicó por mil. Las extrañas luces parecían tener la cualidad de la más impenetrable negrura amontonada sobre más negrura, mientras que alrededor de los Antiguos, tan cercanos en sus tronos seudohexagonales, empezó a flotar un aire de la más asombrosa lejanía. Acto seguido, Carter sintió que flotaba hacia las inconmensurables profundidades entre olas de calor perfumado que empezaron a lamerle el rostro. Era como si flotase en un tórrido mar pintado de rosa; un mar de vino drogado cuyas olas rompían en estallidos de espuma contra orillas del más osado fuego. Un terrible miedo lo atenazó al entrever la enormidad de un mar embravecido cuyas olas estallaban contra una costa lejana. Sin embargo, el momento de silencio se rompió, pues aquellas olas le hablaron en un lenguaje que no constaba de sonido físico ni de palabras articuladas.

—El Hombre Veraz está más allá del bien y del mal —entonó una voz que no era una voz—. El Hombre Veraz es aquel que ha dominado el Todo-Es-Uno. El Hombre Veraz ha aprendido que la Ilusión es la única realidad, y que la sustancia siempre es impostura.

Y entonces, en aquella elevada construcción hacia la cual sus ojos no dejaban de escaparse sin control, se dibujó el contorno de un titánico arco no muy diferente de aquel que creyó haber entrevisto hacía tanto tiempo en una cueva dentro de una cueva, cuando aún se encontraba en la lejana e irreal superficie de la Tierra tridimensional. Se dio cuenta de que había estado usando la Llave de Plata, esto es, que la había movido siguiendo un ritual instintivo, jamás aprendido, muy similar al que había usado para abrir la Puerta Interior. Se dio cuenta asimismo de que aquel embriagador mar de tonos rosados que lamía sus mejillas no era ni más ni menos que la adamantina masa de sólida muralla que cedía ante su hechizo y el vórtice de pensamiento con el que los Antiguos lo habían impulsado. Aún guiado por el instinto y una ciega determinación, flotó hacia delante... y atravesó la Puerta Definitiva.

IV

Al atravesar aquella mole ciclópea de construcción aberrante, Randolph Carter sintió como si se precipitase en una vertiginosa caída a través de los abismos inconmensurables entre las estrellas. Desde una gran distancia percibió las ráfagas triunfantes y divinas de una dulzura letal, y justo a continuación un batir de enormes alas. Luego le llegaron impresiones de sonidos parecidos a canturreos y murmullos provenientes de entidades desconocidas para la Tierra y todo el sistema solar. Echó la mirada atrás y vio no solo una puerta, sino multitud de ellas; en algunas clamaban Formas que se esforzó por no recordar.

Y entonces, de repente, sintió un terror mucho más pronunciado del que habría podido inspirarle cualquiera de esas Formas, un terror del que no podía huir, porque estaba vinculado a sí mismo. Ya la Primera Puerta le había arrebatado algo de estabilidad y le había dejado una profunda inseguridad en cuanto a su forma corpórea y su relación con el contorno neblinoso de los objetos a su alrededor. Sin embargo, en su sentido de la unidad no se había producido perturbación alguna. En ese momento, al pasar la Puerta Definitiva, Carter se dio cuenta en un segundo de pavor incontenible que no era una persona, sino muchas.

Se hallaba en muchos lugares al mismo tiempo. En la Tierra, el 7 de octubre de 1883, un chico llamado Randolph Carter salía del Nido de Serpientes en medio de la susurrante luz del atardecer, bajaba corriendo por la rocosa ladera y atravesaba el huerto repleto de ramas entrecruzadas hacia la casa de su tío Christopher en las colinas más allá de Arkham... y, sin embargo, al mismo tiempo, aunque en realidad era el año terrestre de 1928, una leve sombra que no era menos Randolph Carter que el anterior se sentaba en un pedestal entre los Antiguos, en la extensión transdimensional de la Tierra. Aquí había también un tercer Randolph Carter, en el abismo cósmico, desconocido y carente de forma, que se abría tras la Puerta Definitiva. Y en otros lugares, en un caos de escenas cuya infinita multiplicidad y monstruosa diversidad lo arrastró hasta el mismísimo borde de la locura, existía una ilimitada confusión de seres que, bien lo sabía, eran tanto él mismo como la manifestación local que se hallaba ahora más allá de la Puerta Definitiva.

Había «Carters» en escenarios pertenecientes a cualquier edad conocida o sospechada de la historia de la Tierra, e incluso en eras más remotas de entidad terrestre que trascendían el conocimiento, la sospecha y la credibilidad. «Carters» de formas tanto humana como no humana, vertebrados e invertebrados, conscientes y carentes de mente, animales y vegetales. Y más aún, había «Carters» que nada tenían que ver con la vida terrestre y que transitaban de manera infame por otros planetas, sistemas y galaxias del continuo cósmico. Esporas de vida eterna que se desplazaban errantes de mundo a mundo, de universo a universo, y que sin embargo eran del mismo modo Carter. Algunos de los atisbos que entrevió conjuraron sueños pasados en su mente, débiles y vívidos al mismo tiempo, efímeros pero persistentes; sueños que había tenido durante los largos años transcurridos desde que empezó a soñar. Algunos de ellos poseían una embrujadora, fascinante y casi horrible familiaridad imposible de explicar por ninguna lógica terrestre.

Al enfrentarse a aquella verdad, Randolph Carter se tambaleó, atenazado por un horror supremo, un horror como jamás había llegado a atisbar siquiera durante el clímax de aquella horripilante noche en la que dos personas se adentraron en una antigua y abominable necrópolis bajo la luna menguante y solo una salió. No había muerte, condenación ni angustia capaces de superar la sobrecogedora desesperación que conlleva la pérdida de identidad. Unirse a la nada trae el más pacífico de los olvidos, pero ser consciente de la existencia y aun así saber que uno ya no es un ser definido y distinto de otros seres, que uno ya no es uno mismo: he ahí el culmen de la agonía y el pavor.

Sabía que había existido un Randolph Carter en Boston, aunque no podía estar seguro de si él, el fragmento o faceta de una entidad terrestre más allá de la Puerta Definitiva, había sido aquel Carter o algún otro. Su yo había sido aniquilado, y sin embargo él, suponiendo que aún existiera un concepto como «él» en vista de la absoluta nulidad de la existencia individual, comprendía igualmente que era de un modo inconcebible una legión entera de yoes. Parecía como si su cuerpo se hubiera transformado de pronto en una de esas efigies de muchas extremidades y cabezas que se esculpían en los templos indios, y contempló abrumado aquel conglomerado en un intento de discernir cuál era el original y cuáles eran las copias, en caso de que (idea monstruosa en extremo) existiera tal cosa como un original discernible de las demás encarnaciones.

Entonces, en medio de aquellas reflexiones devastadoras, el fragmento de Carter de más allá de la puerta se vio lanzado desde lo que parecía ser el nadir del horror a los pozos negros, asideros de un horror mucho más profundo. En esa ocasión fue un horror del todo externo, una fuerza o personalidad que lo confrontó, lo envolvió y lo penetró, todo a un tiempo. Además de una presencia local, también parecía formar parte de sí mismo, y por lo tanto coexistía con todos los tiempos y colindaba con todos los espacios. Carecía de imagen visual, aunque el sentido de entidad y la horrible combinación de conceptos de localismo, identidad e infinitud provocaron un terror paralizante más allá de todo lo que cualquier fragmento de Carter hubiese hasta ahora creído capaz de existir.

Frente a aquella horrible maravilla, el cuasi Carter olvidó el horror de la destrucción de la individualidad. Se trataba del Todo-En-Uno y el Uno-En-Todo del ilimitado ser y del yo... no era simplemente un ente perteneciente a un único continuo espaciotemporal, sino que se hallaba vinculado a la última esencia animada del discurrir desencadenado de toda la existencia. Aquel último y definitivo discurrir que carece de confines y que sobrepasa tanto la imaginación como la matemática. Quizá se trataba de aquello a lo que ciertos cultos secretos de la Tierra se han referido como YOG-SOTHOTH, y que ha sido una deidad conocida bajo muchos otros nombres. Aquello que los crustáceos de Yuggoth adoran como El-Que-Se-Encuentra-Más-Allá, y que los cerebros vaporosos de las nebulosas en espiral representan mediante un Signo intraducible…, aunque aquella faceta de Carter comprendiese en un único destello cuán débiles y fraccionarias eran aquellas concepciones.

Y ahora aquel SER se dirigía a la faceta de Carter mediante prodigiosas ondas que batían, quemaban y atronaban; una concentración de energía que chocaba contra su receptor con una violencia casi imposible de soportar, y que seguía, con ciertas variaciones definidas, el singular ritmo ultraterreno que había marcado también el cántico y los cimbreos de los Antiguos, y el parpadeo de las monstruosas luces de aquella pasmosa región más allá de la Primera Puerta. Era como si soles y mundos y universos hubieran convergido sobre un punto en una conspiración para aniquilar nada menos que su posición en el espacio con el impacto de una furia irresistible. Sin embargo, un pánico menor quedó descartado ante aquel pánico mayor, pues las ondas abrasadoras parecían aislar al Carter de más allá de la puerta de sus infinitos duplicados… hasta restaurar, por así decir, cierta cantidad de la ilusión de identidad. Al cabo, Carter empezó a traducir aquellas ondas en formas de discurso conocidas, y su sensación de horror y de opresión menguó. El terror pasó a ser puro asombro, y lo que había parecido anormal hasta lo blasfemo ahora parecía solo majestuoso hasta lo inefable.

—Randolph Carter —pareció decir el SER—, MIS manifestaciones en la extensión de tu planeta, los Antiguos, te han enviado en calidad de alguien que acaba de regresar hace poco a las pequeñas tierras del sueño que perdió en su día, y que, sin embargo, con una libertad mayor ha ascendido en pos de deseos e intereses mayores. Querías navegar corriente arriba por el dorado Ucranos; querías buscar ciudades olvidadas de marfil en Klen, esa tierra rica en orquídeas, y querías reinar en el trono de ópalo de Ilek-Vad, cuyas fabulosas torres e incontables cúpulas se alzan poderosas y señalan una única estrella roja en un firmamento ajeno a tu tierra y a toda la materia. Ahora, tras haber atravesado las dos Puertas, anhelas empresas aún más elevadas. Ante una escena desagradable no habrás de huir como un niño a un sueño querido, sino que te zambullirás como un hombre en el último y más íntimo de los secretos que yace tras todas las visiones y sueños.

»Me place eso que deseas; estoy listo para concederte lo mismo que ya he concedido once veces con anterioridad, solo a seres de tu planeta, cinco de las cuales tuvieron como beneficiarios a esos que tú denominas humanos, o que al menos tienen apariencia de humano. Estoy listo para mostrarte el Misterio Definitivo, cuya contemplación bastaría para hacer estallar un espíritu más débil. Sin embargo, antes de que contemples por completo ese secreto último y primero, aún puedes ejercer una vez más tu libre albedrío y volver, si así lo deseas, a través de las dos Puertas con el Velo ante tus ojos aún intacto.

V

Una repentina interrupción de las ondas dejó a Carter sumido en medio de un escalofriante y pasmoso silencio plagado por el espíritu de la desolación. A ambos flancos se extendía la infinita enormidad del vacío, aunque Carter supo que aquel SER seguía allí. Tras un pequeño lapso pensó unas palabras cuya sustancia mental lanzó al abismo:

—Acepto. No habré de retirarme.

Las ondas volvieron a fluir, y Carter supo que el SER lo había oído. Entonces empezó a manar de aquella MENTE ilimitada un caudal de conocimiento y explicación que abrió nuevos paisajes a la mente de Carter, y que lo preparó para enfrentarse al cosmos desde un enfoque que jamás habría podido albergar la esperanza de conseguir. Se le explicó lo pueril y limitada que era la idea de un mundo tridimensional, y que existe una infinidad de direcciones más allá de arriba-abajo, adelante-atrás, izquierda-derecha. Se le mostró la futilidad y el vacío artificial de los pequeños dioses de la Tierra, con sus insignificantes intereses y conexiones humanas, sus odios, rabias, amores y vanidades, con su antojo de adoración y sacrificios, con su exigencia de fe contraria a la razón y a la naturaleza.

Si bien la mayoría de aquellas impresiones llegaban a Carter en forma de palabras, había otras que eran interpretadas mediante otros de sus sentidos. Quizá con la vista o quizá con la imaginación, percibió que se encontraba en una región de dimensiones más allá de las concebibles para el ojo y el cerebro humanos. En ese momento vio, en medio de las sombras siniestras de aquello que en un principio fue un vórtice de poder y luego un ilimitable vacío, un brochazo de creación que le aturdió los sentidos. Desde alguna posición elevada consiguió atisbar prodigiosas formas cuyas múltiples extensiones trascendían cualquier idea de ser, tamaño y límites que su mente hubiese podido albergar hasta aquel punto, incluso a pesar de haber consagrado una vida entera al estudio de lo críptico. Empezó a entender vagamente por qué existían al mismo tiempo el pequeño y joven Randolph Carter en el caserío de Arkham de 1881, la neblinosa forma sobre el pilar ligeramente hexagonal situado más allá de la Primera Puerta, el fragmento que se encontraba ante la PRESENCIA en el abismo infinito y todos los demás «Carters» que su imaginación o percepción habían concebido.

Entonces las ondas aumentaron en fuerza y trataron de mejorar su comprensión, para reconciliarlo con la entidad multiforme de la cual el fragmento actual no era más que una parte infinitesimal. Le dijeron que cada figura del espacio no es sino el resultado de la intersección de un plano con otra figura correspondiente a una dimensión situada más allá, al igual que un cuadrado resulta del corte perpendicular de un cubo, o un círculo de una esfera. El cubo y la esfera, ambas figuras tridimensionales, son cortes correspondientes a formas de cuatro dimensiones que los humanos conocen solo mediante elucubraciones y sueños; y estas, por su parte, son cortes de formas de cinco dimensiones, y así sucesivamente hasta llegar a las vertiginosas e inalcanzables alturas de la infinitud arquetípica. El mundo de los hombres y de los dioses no es sino una fase infinitesimal de una realidad infinitesimal, la fase tridimensional de una pequeña completitud a la que se llega a través de la Primera Puerta, desde donde 'Umr at-Tawil dicta sueños a los Antiguos. Aunque los hombres lo saludan como la única realidad y tildan ideas sobre su original multidimensional como poco más que irrealidad, la realidad es justo la contraria. Aquello que llamamos sustancia y realidad es sombra e ilusión, y aquello que llamamos sombra e ilusión es sustancia y realidad.

El tiempo, prosiguieron las ondas, es tan inamovible como carente de principio o final. El hecho de que parezca desplazarse es una ilusión a la que le atribuimos la causa del cambio. De hecho, el tiempo es en sí mismo una ilusión, pues, excepto para la estrechez de miras de los seres de dimensiones limitadas, no existen conceptos como el pasado, el presente y el futuro. Los humanos piensan en términos temporales debido tan solo a lo que ellos denominan cambio, aunque también se trata de una ilusión. Todo lo que fue, todo lo que es y todo lo que será existen de manera simultánea.

Estas revelaciones lo alcanzaron con una divina solemnidad que le impidió a Carter albergar la menor duda. Aunque dichas revelaciones quedaban más allá de su comprensión, sintió que debían de ser ciertas a la luz de aquella definitiva realidad cósmica que oculta todas las perspectivas locales y las estrechas visiones parciales. A fin de cuentas, Carter estaba lo bastante familiarizado con aquellas especulaciones tan profundas como para verse libre de las ataduras de las concepciones locales y parciales. ¿Acaso toda su búsqueda no se había basado en una fe en la irrealidad de todo lo local y parcial?

Tras una impresionante pausa, las ondas prosiguieron; dijeron que aquello a lo que los habitantes de las zonas de pocas dimensiones se refieren como cambio es una mera función de sus propias conciencias, que observan el mundo externo desde varios ángulos cósmicos. Del mismo modo que las formas que produce el corte de un cono varían según el ángulo de corte —y genera círculos, elipses, parábolas o hipérbolas en función del ángulo, sin alteración alguna en el cono mismo—, también los aspectos locales de una realidad inalterable e infinita parecen cambiar según el ángulo cósmico de observación. Los débiles seres de los mundos interiores son esclavos de esta variedad de ángulos de conciencia, pues, si se exceptúan algunos raros casos, son incapaces de aprender a controlarlos. Solo unos pocos estudiosos de lo prohibido han obtenido alguna noción de dicho control, y la han usado para conquistar el tiempo y el cambio. Sin embargo, las entidades que se hallan fuera de las Puertas controlan todos los ángulos, y ven la miríada de partes del cosmos en términos de perspectiva fragmentaria y sujeta a cambios, o de la inmutable totalidad más allá de la perspectiva, según se les antoje.

Las ondas se detuvieron una vez más, y Carter empezó a comprender de forma vaga y aterradora cuál era el trasfondo último de aquel enigma de individualidad perdida que tanto lo había horrorizado en un primer momento. Su intuición ensambló todos los fragmentos de aquella revelación, lo cual lo acercó más y más a la posibilidad de aprehender el secreto. Comprendió que buena parte de la escalofriante revelación le habría llegado, rompiendo en el proceso su ego en miríadas de contrapartidas terrestres, dentro de la Primera Puerta, de no haber sido porque 'Umr at-Tawil le ocultó dicha revelación para que pudiese usar la Llave de Plata con precisión a la hora de abrir la Puerta Definitiva. Ansioso por amasar un conocimiento aún más claro, envió ondas de pensamiento en las que solicitó más información sobre la relación exacta que existía entre sus varias facetas: el fragmento que ahora se hallaba más allá de la Puerta Definitiva, el fragmento que seguía en el pedestal cuasi hexagonal situado tras la Primera Puerta, el niño de 1883, el hombre de 1928, los diversos seres ancestrales que habían formado su herencia y el baluarte de su ego, y los incontables habitantes de otros eones y mundos que aquella primera ráfaga de percepción última había identificado como versiones de sí mismo. Poco a poco, las ondas que emitía el SER le llegaron a modo de réplica e intentaron aclarar aquellos conceptos situados prácticamente más allá del alcance de una mente terrestre.

Todas las líneas descendientes de seres de las dimensiones infinitas, prosiguieron las ondas, y todos los estadios de crecimiento de cada uno de esos seres, no son más que meras manifestaciones de un ser arquetípico y eterno que habita el espacio fuera de todas las dimensiones. Los seres locales (hijo, padre, abuelo, etcétera) y los estadios que conforman al ser individual (bebé, niño, muchacho, joven, adulto, viejo) no son más que una de las infinitas fases de ese mismo ser arquetípico y eterno, y deben su razón de ser a la variación en el ángulo del plano de conciencia que lo corta. Randolph Carter en todas las edades; Randolph Carter y todos sus ancestros, tanto humanos como prehumanos, tanto terrestres como pre-terrestres... Ninguno de ellos era otra cosa que alguna de las fases de un «Carter» definitivo y eterno, ubicado fuera del tiempo y del espacio; proyecciones fantasmales diferenciadas solo por el ángulo en el que el plano de conciencia cortaba el arquetipo eterno en cada caso.

Un ligero cambio de ángulo podía convertir al estudioso del hoy en el niño del ayer; podría convertir a Randolph Carter en el mago Edmund Carter, que huyó de Salem a las colinas detrás de Arkham en 1692, o en el Pickman Carter que, en el año 2169, usaría extrañas artimañas para repeler las hordas mongoles que trataban de invadir Australia. El ángulo podía convertir un Carter humano en una de aquellas entidades pretéritas que habían poblado la primitiva Hiperbórea y adorado al negro y plástico Tsathoggua después de llegar volando desde Kythanil, el planeta doble que en su día orbitó alrededor de la estrella Arturo. Podía convertir al Carter terrestre en un remoto habitante ancestral e informe de la propia Kythanil, o en una criatura aún más remota de la transgaláctica Shonhi, o bien en una conciencia gaseosa tetradimensional en un continuo espacio-tiempo antiguo, o en un cerebro vegetal de un oscuro cometa futuro, radiactivo y de órbita inconcebible..., y así sucesivamente, en un círculo cósmico sin fin.

Los arquetipos, zumbaron las ondas, son los pobladores del abismo definitivo. Seres inefables carentes de forma y que solo escasos soñadores de los mundos de bajas dimensiones han conseguido atisbar. El señor de dichas criaturas era el mismo SER que informaba a Carter... y que en realidad era el propio arquetipo de Carter. El fervor ilimitado que Carter y todos sus antepasados profesaban hacia los secretos cósmicos prohibidos era la consecuencia natural del hecho de ser derivaciones del ARQUETIPO SUPREMO. En todos los mundos, los grandes magos, grandes pensadores y grandes artistas son facetas de este SER.

Casi paralizado por el asombro, así como por cierto deleite aterrador, la conciencia de Randolph Carter se postró ante aquella ENTIDAD trascendente de la que derivaba. Las ondas volvieron a detenerse una vez más. En medio del imponente silencio Carter empezó a reflexionar, a pensar en tributos extraños, preguntas extrañas y peticiones aún más extrañas.

Conceptos de lo más curioso fluyeron y chocaron en un cerebro aturdido a causa de paisajes desacostumbrados de revelaciones imprevistas. Se le ocurrió que, si aquellas revelaciones eran literalmente veraces, tal vez pudiera visitar de forma corpórea aquellas eras infinitamente lejanas, aquellas partes del universo que hasta el momento solo había conocido en sueños, en caso de que fuese capaz de controlar la magia que operaba el cambio del ángulo de su plano de conciencia. Además, ¿acaso la Llave de Plata no era lo que suministraba dicha magia? ¿No lo había ayudado a hacer la transición de un hombre de 1928 a un niño de 1883, y luego a otra entidad fuera del tiempo? Curiosamente, a pesar de su aparente ausencia de cuerpo presente, supo que la Llave seguía en su poder.

Mientras el silencio duraba, Randolph Carter emitió los pensamientos y preguntas que lo afligían. Sabía que en aquel abismo definitivo se encontraba equidistante de cada una de las facetas de su arquetipo, tanto humanas como no humanas, tanto terrestres como extraterrestres, tanto galácticas como transgalácticas. Su curiosidad respecto a otros estadios de su ser aumentó de manera desmesurada, en especial hacia aquellos estadios que se encontraban más alejados del Carter terrenal de 1928, tanto en tiempo como en espacio, o bien aquellos que con más persistencia se habían aparecido en sus sueños a lo largo de toda su vida. Sintió que su ENTIDAD arquetípica podía enviarle su corporeidad de manera arbitraria a cualquiera de aquellos estadios de vida pasada y lejana. Para ello bastaba con cambiar su plano de conciencia. A pesar de las maravillas que ya había experimentado, ardía en deseos de experimentar las nuevas maravillas que comportaría caminar en carne y hueso entre aquellas grotescas e increíbles escenas que las visiones nocturnas le habían enseñado de manera fragmentaria.

Sin ninguna intención definida, le pidió a la PRESENCIA que le otorgase acceso a un sombrío y fantástico mundo cuyos cinco soles multicolores, constelaciones alienígenas, vertiginosas grietas negras, habitantes con garras y hocico de tapir, estrambóticas torres de metal, túneles inexplicables y crípticos cilindros flotantes habían irrumpido una y otra vez en sus sueños. Tenía la vaga sensación de que aquel mundo era, entre todo el cosmos concebible, el que más libre contacto tenía con otros. Ansiaba explorar aquellos paisajes cuyos orígenes había vislumbrado, ansiaba embarcarse a través del espacio hasta aquellos mundos aún más lejanos con los que comerciaban los moradores de garras y hocico. El tiempo del miedo había pasado. Como en todas las demás crisis de la extraña vida que había vivido Carter, la pura curiosidad cósmica derrotó a todos los demás sentimientos posibles.

Cuando las ondas reanudaron sus asombrosas emanaciones, Carter comprendió que su terrible petición había sido concedida. El SER le hablaba de los abismos anochecidos que tendría que atravesar, de la desconocida estrella quíntuple en aquella galaxia insospechada alrededor de la cual orbitaba aquel mundo alienígena, y de los horrores subterráneos contra los que los habitantes de garras y hocico de aquel mundo mantenían una guerra perpetua. Además, el SER le dijo que el ángulo de su propio plano de conciencia y el ángulo del plano de conciencia que tenían los elementos espaciotemporales del mundo al que pretendía viajar debían inclinarse al mismo tiempo para que regresase a aquel mundo la faceta de Carter que allí había habitado.

La PRESENCIA le advirtió de que se asegurase de conocer los símbolos correctos si quería regresar de aquel mundo remoto y extraño que había elegido. Carter asintió con impaciencia. Estaba convencido de que la Llave de Plata, que aún sentía en su poder y que seguramente inclinase tanto su plano personal como el de destino al llevarlo a 1883, contenía los símbolos necesarios. En ese momento, el SER, que comprendió su impaciencia, hizo una seña para indicarle que se disponía a realizar aquella monstruosa traslación. Las ondas cesaron de forma abrupta, y sobrevino una quietud momentánea preñada de una tensión sin nombre y de una pavorosa expectación.

Entonces, sin previo aviso, se oyeron un zumbido y un repiqueteo que aumentaron hasta convertirse en un estruendo atronador. Una vez más, Carter se sintió el punto focal de una intensa concentración de energía que batía, quemaba y atronaba de manera insoportable en el ahora familiar ritmo extraño del espacio exterior, y que no era capaz de discernir si era el calor explosivo de una estrella llameante o el absoluto frío helador del abismo definitivo. Unas bandas y unos rayos de colores del todo ajenos a cualquier espectro conocido en nuestro universo se extendieron, se ondularon y se trenzaron ante él. Fue consciente de moverse a una velocidad escalofriante. Captó un fugaz atisbo de una figura solitaria sentada en un trono nuboso más bien hexagonal...

VI

El hindú hizo una pausa en su historia y vio que De Marigny y Phillips lo observaban, absortos por sus palabras. Aspinwall fingía no prestar atención a su relato, y clavaba de modo ostentoso la mirada en los documentos ante él. El tictac extraño del reloj con forma de ataúd adoptó un significado nuevo y portentoso, mientras que la humareda de las teas olvidadas y medio ahogadas tomó formas fantásticas e inexplicables y produjo combinaciones perturbadoras junto a las grotescas figuras de los tapices que mecía la corriente.

El viejo negro que estaba al cuidado de ellas había desaparecido. Acaso algún tipo de tensión en aumento lo hubiese asustado hasta el punto de hacerlo abandonar la casa. Una vacilación casi en tono en disculpa impregnó el relato del hindú al retomar su discurso con aquella voz trabajosa aunque conocedora de los modismos de la lengua:

—Resulta difícil creer la veracidad de estos hechos abismales —dijo—, pero aún más difíciles de creer resultan los aspectos tangibles y materiales de mi historia. Así funcionan nuestras mentes. Las maravillas son doblemente increíbles cuando se encarnan en tres dimensiones desde las vagas regiones de los sueños posibles. No añadiré gran cosa..., pues esa sería otra historia, una historia muy diferente. Solo les revelaré todo aquello que tienen que saber de manera inexcusable.

Después de transitar por aquel último vórtice polícromo de ritmo extraño, Carter se encontró en lo que por un instante pensó que era su viejo sueño recurrente. Como en muchas noches anteriores, caminaba entre una multitud de seres con garras y hocico a través de las calles de un laberinto de metal cuya factura le resultaba inexplicable, bajo una llamarada de diversas tonalidades solares. Al bajar la vista advirtió que su cuerpo era idéntico al de aquellos seres: rugoso, en parte escamoso y dotado de unas curiosas articulaciones cuya estructura era sobre todo insectoide, si bien guardaba cierta similitud caricaturesca con el contorno de un ser humano. Aún aferraba la Llave de Plata, sostenida por una garra de aspecto nauseabundo.

Un instante después, aquella sensación onírica se desvaneció y Carter se sintió como si acabase de despertar de un sueño. Aquel abismo definitivo, el SER, una entidad de una raza estrafalaria y absurda que recibía el nombre de Randolph Carter en un mundo del futuro que aún no había nacido... Algunas de aquellas cosas formaban parte de los sueños recurrentes del hechicero Zkauba, nativo del planeta Yaddith. Eran demasiado persistentes, pues interferían con su deber de realizar encantamientos para mantener a los escalofriantes bholes en sus madrigueras, y de hecho se mezclaban en ocasiones con sus recuerdos de la miríada de mundos reales que había visitado ataviado como un rayo de luz. Había experimentado unos sueños como nunca antes los había tenido, lo que había soñado era cuasi real. La pesada y sólida Llave de Plata que tenía en la garra superior, reflejo exacto del objeto con el que había soñado, no podía traerle nada bueno. Debía descansar y reflexionar, quizá consultar las Tablas de Nhing en busca de algún consejo sobre cómo actuar al respecto. Trepó por un muro de metal que se apartaba del vestíbulo principal y entró en su apartamento. Una vez allí, se acercó al anaquel donde descansaban las tablas.

Siete fracciones de día después, Zkauba estaba agachado sobre su prisma, presa del pasmo y de un principio de desesperación, pues la verdad había abierto una nueva y conflictiva serie de recuerdos. Ya nunca más conocería la paz de sentirse una única entidad aislada. En lo sucesivo, y para todo el tiempo y el espacio, sería dos entidades: Zkauba, el mago de Yaddith, asqueado ante la mera idea de Carter, el repelente mamífero terrestre que había sido y que volvería a ser, y Randolph Carter, de Boston, una ciudad de la Tierra, que se estremecía de terror ante el ser de garras y hocico que volvería a ser y que ya había sido.

Mención aparte merecían las unidades de tiempo que Carter pasó en Yaddith —explicó el swami trabajosamente en un tono de voz que empezaba a dar muestras de cansancio—, pero para referirlas no bastaban unas pocas palabras. Hubo viajes a Shonhi, a Mthura y a Kath, así como a otros mundos de las veintiocho galaxias accesibles a través de las envolturas de rayo de luz que usaban las criaturas de Yaddith. Hubo viajes de ida y vuelta a través de los eones con la ayuda de la Llave de Plata y otros símbolos que conocían los hechiceros de Yaddith. Hubo repugnantes escaramuzas con los blanquecinos y viscosos bholes en los túneles primitivos del planeta agujereado. Hubo periodos cuajados de sorpresas en bibliotecas, entre el masivo conocimiento de diez mil mundos vivos y muertos. Hubo tensas conferencias con otras mentes de Yaddith, entre ellas la del Archiantiguo Buo. Zkauba no le contó a nadie lo que le había ocurrido a su personalidad, pero, cuando la faceta de Randolph Carter ganaba protagonismo, estudiaba con furia todos los medios posibles de regresar a la Tierra y a su forma humana, al tiempo que efectuaba intentos desesperados de poner en práctica el habla humana con aquel extraño aparato fonador del que estaba dotado y que tan poco preparado estaba para ella.

La faceta de Carter no tardó en enterarse, horrorizada, de que la Llave de Plata no era capaz de culminar el ansiado regreso a su forma humana. Según dedujo demasiado tarde a raíz de recuerdos, sueños y conocimientos adquiridos en Yaddith, la Llave había sido hecha en Hiperbórea, en la Tierra, y solo tenía poder sobre los ángulos de conciencia personales de los seres humanos. Sin embargo, sí que era capaz de cambiar el ángulo planetario y enviar al usuario a voluntad a través del tiempo dentro del mismo cuerpo inalterado. Había otro hechizo añadido que le otorgaba poderes ilimitados de los que de otro modo habría carecido. Pero dicho hechizo también era un descubrimiento humano, en concreto de una región espacial inalcanzable, y los hechiceros de Yaddith no podían imitarlo. Lo habían escrito en el pergamino indescifrable que contenía la cajita de espeluznantes grabados junto a la Llave de Plata. Carter lamentó con amargura haberlo dejado en el coche. El ahora inaccesible SER del abismo le había advertido de la necesidad de estar seguro de conocer los símbolos correctos. En aquel momento

Carter estaba seguro de ello, y de que tenía todo lo necesario para emprender su viaje.

A medida que pasaba el tiempo, se esforzó más y más para aprovechar la inconmensurable sapiencia de Yaddith y encontrar por medio de ella una manera de regresar al abismo y a la ENTIDAD omnipotente. Con sus nuevos conocimientos, podría haber hecho grandes avances en la lectura del pergamino. Sin embargo, en las presentes condiciones, disponer de aquel poder resultaba de lo más irónico. No obstante, hubo momentos en los que la faceta de Zkauba era más prominente y se esforzaba por borrar los recuerdos conflictivos de Carter que tanto lo afligían.

De ese modo transcurrieron enormes lapsos de tiempo, eras más largas de lo que el cerebro humano podría llegar a entender, pues los seres de Yaddith solo mueren tras muchísimos ciclos. Después de muchos cientos de traslaciones, la faceta Carter pareció empezar a ganarle terreno a la faceta Zkauba. Pasaba largas temporadas calculando la distancia que había en términos de tiempo y de espacio entre Yaddith y la Tierra humana que aún estaba por formarse. Las cifras eran abrumadoras, muchos eones y gigaparsecs más allá de toda cuenta posible, pero la sapiencia inmemorial de Yaddith le proporcionó a Carter todo aquello que necesitaba para entender semejantes cantidades. Cultivó el poder de lanzarse por un momento a sí mismo en sueños hacia la Tierra, y aprendió sobre nuestro planeta mucho más de lo que había sabido hasta entonces. Sin embargo, no alcanzaba a soñar la fórmula necesaria del pergamino perdido.

Al cabo, consiguió urdir un osado plan para escapar de Yaddith. Todo comenzó cuando dio con una droga que podía mantener en perpetuo estado durmiente a la faceta Zkauba, pero sin llegar a disolver ni sus conocimientos ni sus recuerdos. Carter pensó que sus cálculos le permitirían utilizar una de aquellas envolturas de rayo de luz para realizar con ella un viaje que ningún habitante de Yaddith había culminado jamás. Sería un viaje corpóreo a través de innombrables eones, a través de increíbles extensiones galácticas, hasta llegar al sistema solar y al propio planeta Tierra. Una vez sobre la Tierra, aunque estaría dentro de aquella criatura dotada de garras y hocico, quizá pudiese encontrar de alguna manera aquel pergamino de extraños jeroglíficos que había dejado en el coche en Arkham. Una vez este obrase en su poder, esperaba ser capaz de descifrarlo y, con su ayuda y la de la Llave, recuperar la apariencia terrestre normal.

Los peligros de aquel intento no le eran ajenos. Sabía que cuando lograse inclinar el ángulo planetario hacia el eón correcto (algo imposible de hacer mientras se precipitaba a través del espacio), Yaddith sería un mundo muerto y dominado por los triunfantes bholes, y su huida en la envoltura de rayo de luz correría grave peligro. Asimismo, era consciente de la necesidad de someterse a un estado de animación suspendida, tal como haría un experto en la materia, para soportar aquel vuelo de eones de duración a través de abismos insondables. También sabía que, en caso de que su viaje tuviese éxito, debía inmunizarse contra las bacterias y otras condiciones terrestres, que resultarían hostiles para un cuerpo venido de Yaddith. Es más, debía encontrar la manera de adoptar algo parecido a una forma humana en la Tierra hasta que lograra recuperarse y descifrar el pergamino que le permitiría adoptar dicha forma de verdad. De lo contrario, lo más seguro sería que la gente, horrorizada ante la visión de una criatura que no debería existir, lo encontrara y luego lo destruyese. Si tenía algo de suerte, en Yaddith debería encontrar también algo de oro para capear el temporal por un tiempo.

Los planes de Carter avanzaron poco a poco. Se hizo con una envoltura de rayo de luz de una dureza extraordinaria, que sería capaz de aguantar tanto la prodigiosa transición temporal como aquel vuelo sin precedentes a través del espacio. Realizó innumerables pruebas de todos sus cálculos y envió sus sueños hacia la Tierra una y otra vez, hasta acercarlos lo más posible a 1928. Practicó la animación suspendida con éxito indiscutible. Descubrió el agente antibacteriano que necesitaba y descifró la variante gravitatoria a la que debía acostumbrarse. Con notable ingenio, diseñó una máscara de cera y unos ropajes holgados que le permitirían moverse entre los humanos como si fuera uno de ellos. Asimismo, elaboró un hechizo de doble potencia con el que contener a los bholes en el mismo momento en que partiese del oscuro y muerto Yaddith del futuro inconcebible. Además, se ocupó de almacenar un enorme suministro de aquellas sustancias, imposibles de obtener en la Tierra, que mantendrían la faceta Zkauba en suspensión hasta que fuese capaz de mudar la piel del cuerpo de Yaddith. Por último, se aseguró de hacerse con una pequeña reserva de oro para uso en la Tierra.

El día escogido para realizar el viaje empezó plagado de dudas e inquietudes. Carter subió a la plataforma de la envoltura con el pretexto de viajar a la triple estrella Nython. Se introdujo a rastras en la vaina de metal brillante. Tenía el tiempo justo para ejecutar el ritual de la Llave de Plata. Mientras lo hacía, empezó a elevar su envoltura con suma lentitud. El día se agitó y oscureció de forma terrorífica. Lo recorrió un dolor espantoso. El cosmos entero pareció tambalearse de manera insensata, y el resto de constelaciones empezó a bailar en el negro cielo.

De pronto, Carter sintió un nuevo equilibrio. El frío de los abismos interestelares mordisqueaba el exterior de su envoltura. Carter vio que en ese momento flotaba en el espacio. El tiempo había desgastado hacía eones el edificio de metal del que había despegado. A sus pies, todo el terreno estaba plagado de gigantescos bholes. Mientras los contemplaba, uno se alzó varios cientos de metros y lo señaló con uno de sus viscosos y blanquecinos extremos. Sin embargo, sus hechizos resultaron efectivos, y apenas un instante después se alejó de Yaddith, ileso.

VII

En aquella estrambótica habitación de Nueva Orleans de la cual había huido el criado de piel oscura siguiendo sus instintos, la extraña voz del swami Chandraputra adoptó un tono aún más ronco.

—Caballeros —prosiguió—, no les pediré que crean nada de esto hasta que les haya mostrado una prueba muy concreta. Así pues, acepten mi relato como una mera leyenda, si les digo que Randolph Carter avanzó durante miles de años de nuestro tiempo, a través de miles de años luz en el espacio bajo la forma de una entidad innombrable y extraterrestre dentro de una delgada envoltura de metal electroactivo. Planeó su periodo de animación suspendida de la manera más cuidadosa posible. Debía interrumpirse pocos años antes de su aterrizaje en la Tierra en 1928... o lo más cerca posible de dicho año.

»Carter no olvidará jamás aquel despertar. Recuerden, caballeros, que, antes de aquel sueño de eones, Carter había llevado una vida consciente durante miles de años terrestres entre las maravillas horribles y extrañas de Yaddith. Sintió el nauseabundo mordisco del frío, la interrupción de sueños por lo demás amenazadores, y miró a través de las ventanillas oculares de la envoltura. Estrellas, cúmulos, nebulosas por doquier..., aunque por fin su configuración guardaba cierto parentesco con las constelaciones terrestres que conocía.

»Algún día quizá pueda contarse su descenso hasta el sistema solar. Divisó Kynarth y Yuggoth más allá de sus bordes, pasó cerca de Neptuno y vislumbró los infernales hongos blancos que salpican su superficie. Descubrió un secreto inconfesable al contemplar de cerca las nieblas de Júpiter y vio el horror que habita en uno de sus satélites. Vio las ciclópeas ruinas que hay desparramadas por el rojizo globo de Marte. Cuando la Tierra se acercó, la vio como un gajo que empezó a crecer y crecer de tamaño de forma alarmante. Redujo la velocidad, aunque no tenía tiempo que perder, debido a la emoción del regreso a casa. No entraré en más detalles acerca de esas sensaciones de las que me hizo partícipe el propio Carter.

»Bien, por último, Carter flotó sobre las capas superiores de la atmósfera terrestre a la espera de que amaneciese en el hemisferio occidental. Quería aterrizar justo en el lugar del que había partido, cerca del Nido de Serpientes situado en las colinas de detrás de Arkham. Si alguno de ustedes ha pasado alguna vez una larga temporada fuera de casa, y sé bien que ese es el caso concreto de uno de ustedes, me ahorraré las explicaciones acerca de cómo debió de afectar a Carter la visión de las verdes colinas, los grandes olmos, los huertos nudosos y los viejos muros de piedra.

»Descendió al amanecer y se posó en el prado bajo el viejo caserón de los Carter. El silencio y la soledad de aquel paraje se le antojó una bendición que recibió agradecido. Era otoño, al igual que cuando se había marchado, y el olor de las colinas fue un bálsamo para su alma. Se las arregló para arrastrar la envoltura de metal ladera arriba hasta la arboleda, para meterla a continuación en el Nido de Serpientes. Sin embargo, no pasaba por aquella grieta cuajada de hierbajos que daba a la cueva interior. En aquel lugar cubrió su cuerpo extraterrestre con el atuendo humano que llevaba, y se colocó la máscara de cera que tan necesaria iba a serle. Mantuvo la envoltura allí durante un año entero, hasta que las circunstancias lo obligaron a esconderla en otro lugar.

»Caminó hasta Arkham, y aprovechó para practicar los movimientos de su cuerpo en postura humana y bajo la gravedad terrestre. Entró en un banco y cambió el oro que llevaba por dinero en efectivo. Asimismo, hizo ciertas averiguaciones bajo la identidad de un extranjero que no dominaba bien el idioma. Se enteró de que estaba en 1930, apenas dos años más tarde del objetivo al que había apuntado.

»Huelga decir que se hallaba en una posición lamentable: incapaz de certificar su identidad, obligado a vivir alerta en todo momento, pasando ciertas dificultades en cuanto a comida y con la necesidad de conservar la particular sustancia que mantenía su faceta Zkauba en estado durmiente. Sentía que debía actuar tan rápido como fuera posible. Se mudó a Boston y alquiló una habitación en el decadente barrio del West End, donde podía vivir sin grandes gastos y pasar desapercibido. Empezó a indagar sobre la herencia y las pertenencias de Randolph Carter. Entonces se enteró de lo ansioso que estaba el señor Aspinwall, aquí presente, por que se efectuase el reparto de la herencia. Asimismo, se enteró de los valientes esfuerzos del señor De Marigny y del señor Phillips por evitar dicho reparto.

El hindú hizo una reverencia, aunque no mostró expresión alguna en su rostro oscuro, calmado y de profusa barba.

—De forma indirecta —continuó—, Carter se hizo con una buena copia del pergamino perdido y empezó a intentar descifrarlo. Me alegra decir que pude ayudarlo en su empresa, pues se puso en contacto conmigo bastante pronto, y gracias a mi concurso trabó contacto con otros místicos de todo el mundo. Me mudé con él a Boston, en un desastrado apartamento en la calle Chambers. En cuanto al pergamino..., me alegro de poder disipar todas las dudas que siente el señor De Marigny en estos momentos, y que tanta perplejidad ocasionan en él. Déjeme decirle que el lenguaje de esos jeroglíficos no es el naacal, sino el r'lyehiano, idioma que las semillas estelares de Cthulhu trajeron a la Tierra hace incontables ciclos. Se trata, por supuesto, de una traducción. El original hiperbóreo se escribió hace millones de años en la primitiva lengua de Tsath-yo.

»Había muchísimo material que descifrar, y lo que Carter buscaba estaba en alguna de sus líneas. Sin embargo, no cejó en su empresa en ningún momento. A principio de este año efectuó grandes avances por medio de un libro que adquirió de importación desde Nepal. No cabe duda de que acabará por dar con lo que busca. No falta mucho para que llegue ese momento. Por desgracia, se ha presentado un nuevo problema: apenas le queda suministro de la sustancia extraterrestre que mantiene en estado durmiente a Zkauba. Sin embargo, esto no supone una calamidad tan grande como se temía. La personalidad de Carter se ha asentado en el cuerpo, y cuando Zkauba resurge, por periodos cada vez más cortos y en general a causa de algún estallido infrecuente de emoción, suele encontrarse tan aturdido que no es capaz de deshacer nada del trabajo de Carter. No ha podido encontrar la envoltura de metal que lo llevaría de vuelta a Yaddith, pues, aunque en una ocasión estuvo a punto de dar con ella, Carter la escondió de nuevo aprovechando un momento en que la faceta de Zkauba se encontraba en estado del todo latente. Su mayor logro hasta el momento ha sido asustar a unas cuantas personas y crear ciertos rumores truculentos entre los polacos y lituanos del barrio del West End de Boston. De momento, no ha conseguido dañar el cuidadoso disfraz bajo el que se oculta la faceta de Carter, aunque a veces se desprende de alguna u otra parte que más adelante hay que reemplazar. Yo he visto lo que hay debajo del disfraz... y no es una visión agradable.

»Hace un mes, Carter vio el anuncio de esta reunión y supo que debía actuar con celeridad para preservar su herencia. No podía aguardar hasta haber descifrado por completo el pergamino y poder asumir de nuevo su forma humana. Por ello, me pidió que actuase en su nombre. Y es en calidad de representante de Randolph Carter como me encuentro hoy aquí.

»Caballeros, les aseguro que Randolph Carter no está muerto, sino que se encuentra en una condición anómala temporal. Sin embargo, en cuestión

216

de dos o tres meses a lo sumo podrá volver a aparecer bajo la forma adecuada y reclamar la custodia de su propia herencia. He venido preparado para ofrecerles las pruebas necesarias de la veracidad de mis afirmaciones. Por lo tanto, les pido que den por concluida esta reunión por un periodo de tiempo indefinido.

VIII

De Marigny y Phillips contemplaron al hindú como si este los hubiera hipnotizado. Aspinwall, por su parte, emitió una serie de bufidos y gruñidos. La repugnancia del viejo abogado había dado paso a una rabia evidente. Propinó un puñetazo encima de la mesa con un iracundo puño en el que se marcaban las venas. Cuando habló, lo que salió de sus labios fue una especie de ladrido:

—¿Cuánto tiempo más tendremos que aguantar semejantes sandeces? Llevo una hora entera escuchando los desvaríos de este loco..., de este farsante..., ¡y ahora tiene la desfachatez de asegurar que Randolph Carter está vivo y que debemos posponer el reparto sin razón alguna! ¿Por qué no echa usted a patadas a este sinvergüenza, De Marigny? ¿Va a permitir que este tipo, ya sea un charlatán o un idiota, nos tome por el pito del sereno?

Despacio, De Marigny alzó las manos y habló en tono quedo:

—Vamos a pensar con calma y claridad. Este relato ha sido de lo más singular, y en él hay elementos que yo, como místico no del todo ignorante en estos temas, reconozco como del todo plausibles. Es más..., desde 1930 he estado manteniendo correspondencia con el swami, aquí presente, y lo que dice en sus cartas va acorde con su relato.

Hizo una pausa, que el señor Phillips aprovechó para tomar la palabra:

—El swami Chandraputra ha mencionado que tiene pruebas. Yo también reconozco muchos elementos significativos en su historia. Además, también he recibido varias cartas del swami en los últimos dos años cuyo contenido corrobora extrañamente su historia. Empero, algunas de sus afirmaciones son de lo más chocante. ¿No habría algo tangible que pudiese usted enseñarnos?

Por fin, el swami de rostro impasible replicó con voz pausada y bronca, al tiempo que sacaba un objeto de un bolsillo de su abrigo holgado:

—Aunque ninguno de ustedes ha llegado a ver la Llave de Plata, los señores De Marigny y Phillips han visto fotografías de la misma. ¿Les suena de algo este objeto?

Con cierta torpeza en sus manazas embutidas en manoplas blancas, dejó sobre la mesa una pesada llave de plata deslucida. Medía más de doce centímetros y era de factura desconocida y del todo exótica. Estaba cubierta de principio a fin con jeroglíficos cuya descripción sería de lo más estrambótica. De Marigny y Phillips contuvieron el aliento.

—¡Es la llave! —exclamó De Marigny—. La cámara no miente. ¡No hay error posible!

Aspinwall, en cambio, ya había lanzado una réplica:

—¡Necios! ¿Qué va a probar esta cosa? Si es de verdad la llave que perteneció a mi primo, entonces este maldito extranjero ¡tendrá que explicar de dónde la ha sacado! Randolph Carter desapareció junto a la llave hace cuatro años. ¿Cómo sabemos que no se la robaron y luego lo asesinaron? Mi primo ya estaba medio loco, y encima andaba en contacto con gente más loca que él.

»A ver, dime... ¿de dónde has sacado esa llave? ¿Has matado a Randolph Carter?

Las facciones del swami, por lo general plácidas, no sufrieron cambio alguno. Sin embargo, aquellos ojos remotos y carentes de iris que había en ellas ardieron con peligrosas llamaradas. Habló con gran dificultad:

—Por favor, señor Aspinwall, contrólese. Podría darles otra prueba aparte de esta, pero su efecto en todos los presentes no sería en absoluto agradable. Seamos razonables. Tengo aquí unos papeles a todas luces escritos después de 1930, y su contenido tiene el inconfundible estilo de Randolph Carter.

Con torpes gestos sacó un largo sobre del interior de su holgado abrigo y se lo tendió al abogado, que casi soltaba ya espumarajos. De Marigny y

Phillips observaban la escena sumidos en caóticos pensamientos, mientras a ambos los asaltaba una nueva sensación de maravilla celestial.

—Cierto es que la letra resulta casi ilegible..., pero recuerden que ahora Randolph Carter carece de manos adaptadas a los medios de escritura humana.

Aspinwall ojeó a toda prisa aquellos documentos y quedó a todas luces perplejo. Aun así, su conducta no se vio alterada. En la estancia reinaba la tensión, la emoción y un pavor sin nombre, todo bajo el particular ritmo de aquel reloj con forma de ataúd que, a juicio de De Marigny y Phillips, había alcanzado una cadencia del todo diabólica, aunque el abogado no acusaba sensación alguna. Aspinwall volvió a hablar:

—Estos documentos me parecen una ingeniosa falsificación. Y de no serlo, supondrían que Randolph Carter se halla bajo el control de gente que no tiene buenas intenciones. No queda más alternativa que arrestar a este farsante. De Marigny, hágame el favor de telefonear a la policía.

—Vamos a aguardar un momento —dijo su anfitrión—. No creo que este caso sea asunto de la policía. Tengo una idea: señor Aspinwall, este caballero es un místico que tiene en su haber logros muy reales. Afirma estar en contacto estrecho con Randolph Carter. ¿Quedaría usted satisfecho si es capaz de responder a ciertas preguntas que solo alguien con dicho contacto estrecho podría responder? Conozco bien a Carter y puedo formular preguntas de ese tipo. Permítanme ir a buscar un libro que servirá para la prueba.

Se volvió hacia la puerta de la biblioteca. Phillips lo siguió atolondrado y de un modo casi automático. Aspinwall se quedó plantado en el sitio mientras estudiaba con atención al hindú que se había enfrentado a su ira con aquel rostro anormalmente impasible. De pronto, mientras Chandraputra devolvía con torpeza la llave a su bolsillo, el abogado emitió un chillido gutural que detuvo en seco a De Marigny y a Phillips.

—¡Eh! ¡Por Dios, ya lo tengo! ¡Este sinvergüenza va disfrazado! No creo que sea indonesio en absoluto. Esa cara... ¡No es una cara, es una máscara! Creo que no me habría dado cuenta de no haber oído su historia, pero así es. No se mueve, y el turbante y la barba ocultan los bordes. ¡Este tipo es un ladrón de tres al cuarto! Ni siquiera es extranjero, me he dado cuenta de cómo habla. Es de algún estado del norte. Y fíjense en esas manoplas: sabe que podrían identificarse sus huellas dactilares. ¡Maldita sea, quítate ahora mismo esas...!

—¡Basta! —La bronca y extraña voz del swami surgió con un tono más allá de cualquier pavor terrestre—. Ya he dicho que podía presentar otra prueba de ser necesario, y te he advertido de que no me provocases. Este viejo entrometido de rostro colorado tiene razón: no soy indonesio. Este rostro es una máscara, y lo que cubre no es humano. Ustedes dos lo han adivinado, lo he percibido hace unos minutos. No resultaría en absoluto agradable que me la quitase, así que haz el favor de dejar el tema, Ernest. Será mejor que te lo diga: soy Randolph Carter.

Nadie se movió. Aspinwall soltó un bufido e hizo un gesto casi imperceptible. De Marigny y Phillips, al otro lado de la habitación, contemplaron la expresión de su rostro enrojecido y escrutaron la nuca de la figura con turbante sentada frente a él. El tictac anormal de aquel reloj era terrorífico; la humareda de las teas y los tapices de Arrás ejecutaban una danza de muerte. Medio asfixiado, Aspinwall rompió el silencio:

—No, ya lo creo que no lo eres, maldito ratero. ¡No me vas a asustar, por mucho empeño que pongas! Tus motivos tendrás para no querer desprenderte de la máscara. Quizás alguno de nosotros te conoce. Venga, quítatela.

El abogado alargó una mano y el swami la agarró con una de sus torpes extremidades embutidas en manoplas, con un chillido que osciló entre el dolor y la sorpresa. De Marigny, sobresaltado, empezó a acercarse a ambos, pero se detuvo confundido cuando el grito de protesta del falso indonesio se convirtió en un inexplicable sonido a medio camino entre un repiqueteo y un zumbido. La cara enrojecida de Aspinwall tenía una expresión furiosa. Con la mano libre, arremetió contra la barba poblada de su oponente. Esta vez consiguió agarrarla y, tras un brusco tirón, todo el rostro de cera se desprendió del turbante y quedó colgando del furioso puño del abogado.

En ese momento, Aspinwall profirió un grito escalofriante y gutural. Phillips y De Marigny vieron que su rostro se convulsionaba presa de una salvaje, profunda y nauseabunda epilepsia nacida del pánico más cerval que hubiesen visto en cualquier ser humano hasta aquel momento. El falso swami, por su parte, había liberado la otra mano y se acababa de poner de pie, como aturdido, mientras emitía unos zumbidos de una frecuencia en extremo anormal. Acto seguido, la figura del turbante adoptó una postura que en nada se asemejaba a la de un humano, y empezó a arrastrarse de forma curiosa y fascinada hacia el reloj con forma de ataúd que desgranaba aquel tictac con ritmo anormal y cósmico. Su rostro ahora descubierto estaba de espaldas a ellos, así que De Marigny y Phillips no alcanzaban a ver lo que había revelado la acción de Aspinwall. Entonces su atención se centró en el abogado, que se desplomaba pesadamente al suelo. El hechizo se había roto. Por desgracia, para cuando llegaron hasta el pobre hombre ya había muerto.

Se volvieron a toda prisa hacia la espalda del swami, que seguía arrastrándose hacia el reloj. En ese momento, De Marigny vio que una de las grandes manoplas blancas se caía, laxa, de un brazo colgante. La humareda de olíbano era densa, y lo único que se distinguía de la mano al descubierto era una forma alargada y negra. Antes de que el criollo pudiese llegar a la figura, que ya se batía en retirada, el viejo señor Phillips detuvo su avance con una mano en el hombro.

—¡No! —susurró—. No sabemos a qué nos enfrentamos... Podría ser esa otra faceta. Ya sabe..., Zkauba, el mago de Yaddith.

La figura del turbante llegó hasta donde se ubicaba aquel reloj anormal. Ambos espectadores vieron que una garra negra emborronada por la densa humareda toqueteaba el alto reloj lleno de jeroglíficos. Aquel toqueteo provocó una especie de clic. Acto seguido, la figura entró en el reloj con forma de ataúd y cerró la tapa tras ella.

No hubo manera de retener por más tiempo a De Marigny. Sin embargo, cuando el criollo llegó al reloj y abrió la tapa, encontró el interior vacío. Aquel tictac anormal continuaba con ese oscuro y cósmico ritmo que resuena en todos los portales místicos. En el suelo descansaba la gran manopla blanca, así como el cadáver que aún tenía una máscara con barba agarrada en una mano, aunque ya nada habría de revelar.

Ha pasado un año, y aún no se ha oído nada de Randolph Carter. Su herencia sigue sin repartirse. La dirección de Boston desde la que un tal «swami Chandraputra» envió consultas a varios místicos entre 1930 y 1932 estaba realmente a nombre de un extraño hindú, pero dicho inquilino dejó el apartamento poco antes de la fecha de la reunión en Nueva Orleans, y nadie lo ha vuelto a ver desde entonces. Se decía que era un hombre oscuro, con barba e inexpresivo. Su arrendador afirma que esa máscara de tez oscura, que ha sido debidamente expuesta a los interesados en el caso, se le parece mucho. Sin embargo, jamás se pensó que el inquilino tuviese la menor relación con las terroríficas apariciones que protagonizaban las habladurías de los eslavos del barrio. Se peinaron las colinas que hay detrás de Arkham en busca de una «envoltura de metal», pero jamás se encontró nada parecido. Sin embargo, un cajero del First National Bank de Arkham recuerda haber tratado con un extravagante hombre con turbante, que en octubre de 1930 depositó un extraño lingote de oro.

De Marigny y Phillips no tenían muy claro qué pensar de todo el asunto. A fin de cuentas, ¿qué habían podido demostrar? Habían oído un relato. Habían visto una llave que bien podría haber sido forjada a partir de las fotos que Carter distribuyó a voluntad en 1928. También había unos documentos, mas, en suma, nada era concluyente. Había un extraño con máscara, pero no quedaba nadie con vida que hubiese visto lo que había tras la máscara. En medio de la tensión, y de aquella humareda de olíbano, ese numerito de la desaparición dentro del reloj podría haber sido poco más que una alucinación dual. Los hindúes saben bastante de hipnotismo. La razón afirma que el tal «swami» no era más que un criminal con un plan para hacerse con la herencia de Randolph Carter. Sin embargo, la autopsia reveló que Aspinwall murió a causa de una conmoción. ¿Se debía solo a su estallido de furia? Había ciertos elementos en ese relato...

Etienne-Laurent de Marigny se suele sentar en una enorme habitación en la que cuelgan tapices de Arrás de extraños dibujos, una habitación llena de vapores de olíbano. Allí se sienta y escucha con vagas emociones el ritmo anormal de la máquina cubierta de jeroglíficos que es el reloj con forma de ataúd.

EL SER EN EL UMBRAL

I

Es cierto que le metí seis balas en la cabeza a mi mejor amigo; aun así, espero probar, mediante la siguiente declaración, que no soy su asesino. En un principio, me llamarán loco, aún más loco que el hombre a quien maté en su celda en el manicomio de Arkham. Pero, más tarde, algunos de los lectores podrán ponderar cada extremo, y lo cotejarán todo con los hechos conocidos, y se preguntarán cómo podría haber llegado a otra conclusión tras verme cara a cara con la evidencia de aquel horror..., aquel ser en el umbral.

Hasta ese momento, yo tampoco había visto otra cosa que locura en los extraños relatos con los que me había topado. Incluso ahora me pregunto si no me engañaría o si no estaré loco, después de todo. No sé, pero otros hay que pueden también contar cosas extrañas acerca de Edward y Asenath Derby, e incluso la obtusa policía se ve en un brete a la hora de achacarlo todo a una broma macabra o a la venganza de criados despedidos; pero ellos saben en sus adentros que la verdad es algo infinitamente más espantoso e increíble.

Por eso afirmo que no he matado a Edward Derby. Lo he vengado, más bien, y al hacerlo he librado a la Tierra de un mal cuya existencia podría haber desatado indescriptibles horrores contra la humanidad. Hay zonas de negra sombra, cercanas a nuestra vida cotidiana y, aquí y allá, algunas almas malignas logran abrir una vía de comunicación hasta ellas. Cuando eso sucede, el hombre avisado debe obrar sin pensarlo dos veces.

Conozco a Edward Pickman Derby desde que tengo recuerdo. Aunque era ocho años más joven que yo, era tan precoz que teníamos ya mucho en común cuando él contaba ocho años y yo dieciséis. Era el erudito infantil más asombroso que yo haya conocido y, a los siete, escribía versos de un talante sombrío, fantástico y casi morboso que dejaban atónitos a sus tutores. Quizá su educación privada y una mimada reclusión tuvieron algo que ver con su prematuro florecimiento. Siendo solo un niño, sufría de una debilidad orgánica que les quitaba el sueño a sus atribulados padres y que los llevaba a mantenerlo siempre a su lado. Jamás le dejaban salir sin su niñera, y apenas tenía oportunidad de jugar sin restricciones con otros chicos. Todo eso, sin duda, despertó una extraña y secreta vida interior en el muchacho, con la imaginación como único camino hacia la libertad.

De cualquier forma, sus estudios juveniles eran prodigiosos y estrafalarios, y su facilidad de escritura tal que bastó para cautivarme a pesar de mi mayor edad. Por esa época, yo me sentía inclinado hacia un arte de tipo grotesco y descubrí en aquel chico más joven una extraña alma gemela. Lo que había detrás de nuestro común amor por las sombras y los prodigios era, sin duda, la antigua, mohosa y en cierta forma temible ciudad en la que vivíamos: la embrujada y legendaria Arkham, cuyos techos picudos y combados y sus ruinosas balaustradas de tipo georgiano han visto pasar los siglos junto al oscuramente rumoroso Miskatonic.

Con el tiempo, me incliné por la arquitectura y dejé de lado el proyecto de ilustrar un libro de los demoníacos poemas de Edward, aunque no por eso sufrió merma nuestra camaradería. El genio del joven Derby se desarrolló de forma notable y, a los dieciocho años, su recopilación de lírica oscura causó sensación al ver la luz con el título de *Azatoth y otros horrores*. Mantuvo estrecha correspondencia con el notorio poeta baudelairiano Justin Geoffrey, que escribió *El pueblo del monolito* y murió gritando en un manicomio, en 1926, después de una visita a una siniestra y malhadada aldea de Hungría.

En lo que toca a la autosuficiencia y a los asuntos prácticos, sin embargo, Derby mostraba una enorme carencia, debido a su vida aislada. Su salud había mejorado, pero sus hábitos de dependencia infantil se veían fomentados por unos padres sobreprotectores, así que nunca había viajado solo, tomado una decisión por sí mismo o asumido responsabilidad alguna. Pronto se hizo patente que no podría lidiar en asuntos tales como los negocios o la vida profesional; pero la fortuna familiar era lo bastante holgada como para que tal cosa no constituyese una tragedia. Al alcanzar la edad adulta, mantuvo un engañoso aspecto infantil. Rubio y de ojos azules, tenía la lozana complexión de un chico y sus intentos de dejarse bigote apenas resultaron visibles. Tenía voz blanda y aguda, y su vida consentida y ociosa le dio más bien el aspecto regordete de un joven que la prematura panza propia de la mediana edad. Era bastante alto y su rostro agradable habría hecho de él un conquistador, de no haberlo empujado su timidez hacia el retiro y los libros.

Los padres de Derby se lo llevaban cada verano al extranjero, y pronto adoptó, superficialmente, expresiones e ideas propias de un europeo. Su talento, tan oscuro como el de Poe, no tardó en empujarlo más y más hacia el decadentismo, y otros anhelos y sentimientos artísticos se despertaron en parte dentro de él. Tuvimos conversaciones memorables por aquellos días. Tras pasar por Harvard, había practicado en el estudio de un arquitecto en Boston, me había casado y, por último, había vuelto a Arkham para practicar mi profesión, instalándome en la casa familiar de Saltonstall, ya que mi padre se había mudado a Florida por razones de salud. Edward solía venir casi cada tarde, por lo que llegué a considerarlo uno más de la familia. Tenía una forma característica de tocar el timbre o golpear la aldaba que se convirtió en una verdadera señal distintiva; así que, tras la cena, yo siempre me quedaba a esperar los familiares tres toques enérgicos, seguidos de otros dos, tras una pausa. Yo lo visitaba menos a menudo y, con envidia, me percataba de los oscuros volúmenes que atesoraba en su siempre creciente biblioteca.

Derby estudió en la Universidad de Miskatonic, en Arkham, ya que sus padres no querían separarse de él. Entró a los diecisiete años y acabó la carrera en tres años; se licenció en Literatura Inglesa y Francesa, y sacó buenas notas en todo, excepto en Matemáticas y Ciencias. Mantuvo poco trato con el resto de los estudiantes, aunque miraba con envidia a los «audaces» y los «bohemios», cuyo superficial lenguaje «elegante» y su pose absurdamente irónica imitó, y cuya dudosa conducta bien le habría gustado atreverse a adoptar.

Eso sí, se convirtió en un devoto casi fanático del oculto saber mágico, por el que la biblioteca de la Miskatonic era y es famosa. Siempre asentado en la superficie de lo fantástico y lo extraño, se sumergió profundamente en las runas y los enigmas dejados por un fabuloso pasado, para guía y pasmo de la posteridad. Leía obras tales como el espantoso *Libro de Eibon*, el *Unaussprechlichen Kulten* de Von Junzt o el prohibido *Necronomicón* del árabe loco Abdul Alhazred, aunque no les habló a sus padres sobre nada de todo eso. Tenía veinte años cuando nació mi único hijo y pareció contento de que llamase al recién venido al mundo Edward Derby Upton, en su honor.

A los veinticinco años, Edward Derby era hombre prodigiosamente leído, así como un reputado y conocido poeta y fabulador, aunque su falta de contactos y responsabilidades había menguado su desarrollo literario, haciendo su producción poco original y artificiosa. Yo era quizá su más íntimo amigo y encontraba en él una mina inagotable de asuntos teóricos vitales, en tanto que él descargaba en mí cualquier materia que no se atreviera a mencionar a sus padres. Permaneció soltero (más debido a la timidez, inercia y protección paterna que por sus inclinaciones) y se relacionaba en sociedad solo de manera ligera y superficial. Cuando estalló la guerra, tanto su salud como su arraigada timidez hicieron que se quedase en casa. Me destinaron a Plattsburg, pero no fui a ultramar.

Pasaron los años. La madre de Edward murió cuando este tenía treinta y cuatro y, durante meses, quedó incapacitado por una extraña dolencia de tipo psicosomático. Su padre se lo llevó a Europa, no obstante, y consiguió sobreponerse sin secuelas visibles. De ahí en adelante pareció sentir una especie de júbilo grotesco, como si se hubiera liberado, en parte, de alguna invisible atadura. Comenzó a mezclarse con los más «avanzados» de sus colegas, pese a su mediana edad, y estuvo presente en algunos sucesos sumamente estrafalarios. En cierta ocasión, tuvo que pagar un oneroso soborno (cuyo importe le presté) para mantener a su padre en la ignorancia sobre la participación en cierto asunto. Algunos de los rumores sobre la gente más oscura de la Miskatonic eran de lo más singular. Hubo incluso habladurías acerca de magia negra y sucesos completamente increíbles.

II

Edward tenía treinta y ocho años cuando conoció a Asenath Waite. Ella tendría, creo, unos veintiocho años entonces y estaba haciendo un curso especial sobre metafísica medieval en la Universidad de Miskatonic. La hija de un amigo mío la había conocido antes (en la escuela Hall de Kingsport) y solía rehuirla debido a su extraña reputación. Era morena, pequeña y de muy buen ver, excepto por sus ojos saltones; pero algo en su expresión ahuyentaba de inmediato a la gente sensible. Sin embargo, si la gente se apartaba en su presencia era sobre todo por su origen y por su conversación. Era una de los Waite de Innsmouth, y muchas oscuras leyendas habían manchado durante generaciones a esa decadente y medio abandonada Innsmouth y a sus habitantes. Circularon historias sobre horribles tumultos en el año 1850, así como sobre gente «no lo bastante humana» en las antiguas familias del arruinado puerto pesquero... Eran historias como solo un yanqui de viejo cuño puede concebir y propalar con el apropiado tono de espanto.

El caso de Asenath se veía agravado por el hecho de ser la hija de Ephraim Waite, fruto de su vejez y de una desconocida esposa que siempre se mantenía oculta. Ephraim había vivido en una mansión casi ruinosa de Washington Street, en Innsmouth, y aquellos que habían visto el lugar (la gente de Arkham se mantenía alejada del lugar mientras podía) referían que las ventanas del ático estaban siempre cerradas y que, en ocasiones, unos extraños sonidos salían de su interior al caer la tarde. El viejo tenía reputación de haber sido, en su día, un portentoso estudioso de lo mágico, y las historias decían que era capaz de desatar o aplacar tormentas marinas a su antojo. En su juventud se le había visto una o dos veces, cuando fue a Arkham a consultar prohibidos tomos de la biblioteca universitaria, y se había granjeado la antipatía de todos por su rostro lobuno y saturnino, con su enmarañada barba de color gris acero. Había muerto loco (en circunstancias bastante extrañas) justo antes de que su hija (que se encontraba bajo una tutoría puramente nominal) entrase en la escuela Hall, pero esta había sido una pupila llena de morbosa avidez, y a veces su mirada era tan diabólica como la de su padre.

El amigo cuya hija había ido a la escuela con Asenath Waite repitió muchas historias curiosas cuando comenzaron a difundirse las noticias de su relación con Edward. Al parecer, Asenath había adoptado la pose de una especie de maga en la escuela y había parecido en verdad capaz de obrar prodigios desconcertantes. Afirmaba ser capaz de convocar tormentas, aunque su principal habilidad, según se decía, era una portentosa capacidad de predicción. Ciertos animales la aborrecían abiertamente, y era capaz de hacer aullar a cualquier perro con solo efectuar ciertos movimientos con la mano derecha. Había veces en que ella mostraba un despliegue de conocimientos e idiomas muy singular (y estremecedor) para una joven. En ocasiones espantaba a sus compañeras con miradas y guiños de una clase inexplicable, y parecía encontrar una obscena y jocosa ironía en tal situación.

Lo más insólito, sin embargo, eran los casos, bien atestiguados, de su influencia sobre otras personas. Resultaba incuestionable que era una verdadera hipnotizadora. Solo con mirar de una forma especial a las compañeras, podía causar en estas un marcado sentimiento de cambio de personalidad, como si el sujeto se viera, por un momento, en el cuerpo de la maga, y fuese a medias capaz de ver, a través de la habitación, su cuerpo real, cuyos ojos resplandecían y protruían con expresión extraña. Asenath solía hacer extrañas afirmaciones acerca de la naturaleza de la conciencia y de su independencia del soporte físico, o al menos de los procesos vitales de este último. Su mayor frustración, empero, era la de no ser un hombre, ya que creía que un cerebro masculino gozaba de poderes únicos y de alcance cósmico. Si le dieran un cerebro masculino, decía, no solo igualaría, sino que superaría a su padre en cuanto al dominio de las fuerzas ocultas.

Edward conoció a Asenath en una reunión de la *intelligentsia,* en uno de los cuartos de los estudiantes, y no era capaz de hablar de otra cosa al día siguiente, cuando vino a verme. La había encontrado pletórica de los intereses y la erudición que más le absorbían, y, además, había quedado extrañamente prendado de su apariencia. Yo nunca había visto a la joven y solo recordaba, débilmente, referencias casuales a ella, pero enseguida supe de quién se trataba. Era bastante desagradable que Derby se mostrase tan trastornado a su respecto, pero no hice nada por desanimarlo, ya que actos así suelen ser contraproducentes. Según me dijo, no se la había mencionado a su padre.

En el plazo de pocas semanas no escuché al joven Derby hablar de otra cosa que no fuera Asenath. Otros daban cuenta ahora de la otoñal galantería de Edward, aunque coincidían en que no parecía aún tener su verdadera edad y que no desentonaba en absoluto con su extraña amada. Tenía tan solo un poco de tripa, pese a su indolencia y abandono, y no había arrugas en su rostro. Asenath, por su parte, lucía las prematuras patas de gallo propias del ejercicio de una fuerte voluntad.

Por esa época, Edward me presentó a la chica y enseguida me percaté de que el interés era mutuo. Ella lo miraba continuamente, con aire casi de rapacidad, y noté que su intimidad era intensa. Poco después, recibí la visita del viejo señor Derby, al que siempre había admirado y respetado. Había oído las historias que corrían sobre la nueva amistad de su hijo y había recabado la verdad completa al margen «del chico». Edward planeaba casarse con Asenath, e incluso había estado buscando casa en las afueras. Conociendo la usual gran influencia que yo ejercía sobre su hijo, el padre se preguntaba si no podría yo ayudarlo a deshacer todo aquel enredo, pero yo le expresé, contrito, mis dudas al respecto. Esta vez no se trataba de la habitual voluntad débil de Edward, sino del fuerte carácter de la mujer. El eterno infante había trasferido su dependencia de la imagen paternal a una figura nueva y más fuerte, y nada podía hacerse al respecto.

La boda tuvo lugar un mes más tarde, en un juzgado de paz, por deseo expreso de la novia. El señor Derby, atendiendo a mis sugerencias, no puso traba alguna, y tanto él como mi esposa, mi hijo y yo mismo asistimos a la ceremonia. El resto de invitados eran jóvenes universitarios. Asenath había comprado la vieja casa Crowninshield, en el condado, al final de High Street, y se proponían establecerse allí después de un corto viaje a Innsmouth, de donde tenían que venir tres criados, así como algunos libros y enseres. No debió de ser tanto por consideración a Edward y a su padre como por el deseo íntimo de estar cerca de la universidad y su biblioteca, lo que llevó a Asenath a establecerse en Arkham en vez de volver definitivamente a casa.

Cuando Edward me visitó después de la luna de miel, pensé que lo notaba algo cambiado. Asenath le había hecho librarse del ralo bigote, pero había algo más. Se le veía más sensato y pensativo, y había trocado su habitual aire de rebeldía infantil por algo que casi parecía verdadera tristeza. Tuve dudas a la hora de decidir si tal cambio me gustaba o disgustaba. Desde luego, por el momento, parecía más adulto que antes. Quizás ese matrimonio había sido algo bueno y... ¿no podría ser que aquel cambio de dependencia fuese el comienzo de una verdadera neutralización, que llevase por último a una independencia responsable? Vino solo, puesto que Asenath estaba muy ocupada. Había traído consigo un enorme montón de libros y aparatos de Innsmouth (Derby se estremecía al pronunciar ese nombre) y estaba terminando de acondicionar la casa Crowninshield y los terrenos.

Su hogar natal (esa ciudad) era un lugar bastante inquietante, pero ciertos objetos de allí le habían enseñado cosas sorprendentes. Progresaba con rapidez en el campo de lo esotérico, ahora que estaba bajo la tutela de Asenath. Algunos de los experimentos que ella se proponía eran sumamente osados y radicales (aunque él no se sintió en libertad para entrar en pormenores), pero tenía confianza en sus poderes e intenciones. Los tres criados eran muy extraños: una pareja de increíble edad que había estado con el viejo Ephraim y que se refería, a veces, a él y a la madre muerta de Asenath de forma críptica, así como una moza morena, con marcadas anormalidades en las facciones, que parecía exudar un perpetuo olor a pescado.

III

Durante los dos años siguientes vi cada vez menos a Derby. Podía irme a dormir durante una quincena entera sin oír el familiar golpeteo de tres más dos en la puerta principal y, cuando me visitaba (o cuando yo lo visitaba a él, cosa que cada vez hacía menos), se mostraba poco dispuesto a tratar sobre temas trascendentes. Se había vuelto muy reservado sobre aquellos estudios ocultos que antes solía describir y relatar de manera tan minuciosa, y prefería no hablar de su esposa. Esta había envejecido terriblemente desde la boda, hasta el punto de que, cosa bien extraña, ahora parecía ser ella la más vieja de los dos. Su rostro mostraba el más concentrado gesto de determinación que yo haya visto nunca, y todo su aspecto parecía adquirir, cada vez más, un algo repulsivo, vago e indefinible. Mi esposa y mi hijo lo notaban también, y fuimos cesando poco a poco de visitarlo…, cosa de la que, como admitió Edward en uno de sus momentos de infantil falta de tacto, ella se congratuló sobremanera. De manera ocasional, los Derby emprendían largos viajes, al parecer a Europa, aunque Edward a veces dejaba entrever destinos más oscuros.

Pasado el primer año, la gente comenzó a hablar acerca del cambio obrado en Edward Derby. Eran habladurías casuales, ya que el cambio era meramente psicológico, pero incidían en puntos de lo más significativo. De vez en cuando, al parecer, se había observado a Edward mostrando una expresión y realizando actos del todo incompatibles con su abúlica naturaleza. Por ejemplo, pese a que antaño no conducía ningún coche, lo habían visto entrando o saliendo por el viejo acceso de Crowninshield al volante del potente Packard de Asenath, conduciendo como un experto y lidiando con las complicaciones del tráfico con una habilidad y determinación que eran por completo ajenas a su naturaleza habitual. En tales casos, siempre parecía de vuelta o a punto de emprender un viaje. Ahora bien, qué clase de viaje, eso es algo que nadie podía conjeturar, aunque, sobre todo, se le había visto en la carretera de Innsmouth.

Cosa extraña, la metamorfosis no era para bien. La gente decía que en tales momentos se parecía mucho a su esposa o al viejo Ephraim Waite;

o quizá tales momentos resultaban tan antinaturales por lo escasos que eran. A veces, horas después de haber salido en esa forma, regresaba tumbado apáticamente en el asiento de atrás del coche, que conducían o bien un chófer o bien un mecánico, y que obviamente era de alquiler. Además, el aspecto que solía presentar durante su menguante vida social (lo que incluía, he de decirlo, las visitas a mi casa) era el del indeciso de antaño, con su irresponsable infantilismo aún más marcado que en el pasado. Mientras el rostro de Asenath envejecía, el de Edward (aparte de aquellas ocasiones excepcionales) se relajaba hasta adoptar una antinatural inmadurez, excepto cuando la nueva tristeza o sabiduría asomaban por un momento. Era algo verdaderamente desconcertante. Entretanto, los Derby prácticamente se habían descolgado del círculo de diletantes universitarios..., no por propia voluntad, según oímos, sino porque algo en los estudios que realizaban resultaba estremecedor hasta para el más curtido de los demás decadentes.

Fue durante el tercer año de matrimonio cuando Edward comenzó a insinuarme, abiertamente, cierto miedo e insatisfacción. Dejaba caer frases como que las cosas estaban «yendo demasiado lejos» y hablaba crípticamente sobre la necesidad de «proteger su identidad». Al principio pasé por alto tales referencias, pero, con el tiempo, comencé a preguntarle con precaución, recordando lo que la hija de mi amigo había dicho sobre la influencia hipnótica de Asenath sobre las demás chicas del colegio, así como los casos en los que las estudiantes habían pensado estar en el cuerpo de su compañera, mirando a través de la habitación hacia sí mismas. Ese interrogatorio pareció alarmarlo y agradarle a un tiempo, y una vez musitó algo acerca de mantener, en su momento, una charla en serio conmigo.

Por esa época, murió el viejo señor Derby; algo de lo que, más tarde, me congratulé. Edward sufrió un duro golpe, aunque no se hundió. Había mantenido un contacto asombrosamente escaso con su padre desde el matrimonio, ya que Asenath había concentrado en ella todo su sentimiento vital de atadura familiar. Alguien dijo que se había mostrado indiferente a la pérdida..., sobre todo porque aquellas despreocupadas y sigilosas escapatorias en coche aumentaron en frecuencia. Deseaba regresar a la vieja mansión

Derby, pero Asenath insistió en permanecer en la casa Crowninshield, a la que se había acomodado.

No mucho después, mi esposa escuchó una curiosa historia de labios de una amiga, una de las pocas que no había dado de lado a los Derby. Había ido al extremo de High Street con la intención de visitar a la pareja y había visto como un coche salía a todo gas, con el rostro de Edward, extrañamente confiado y casi burlón, inclinado sobre el volante. Al llamar a la campanilla, la había recibido la repulsiva moza, que le comunicó que Asenath había salido; sin embargo, tuvo oportunidad de echar un vistazo a la casa al marcharse. Allí, en una de las ventanas de la biblioteca de Edward, había vislumbrado un rostro que se apresuró a ocultarse; un rostro cuya expresión de pena, derrota y lamentable indefensión se hallaba más allá de cualquier descripción posible. Era la cara de Asenath (algo increíble, en vista de su papel normalmente dominante), pero la visitante habría jurado que, en ese instante, eran los ojos tristes y desvalidos del pobre Edward los que la miraban.

Las visitas de Edward fueron espaciándose aún más, y sus ocasionales insinuaciones fueron tornándose más concretas. Lo que decía era increíble, aun para la secular y plagada de leyendas Arkham, pero él descargaba su oscura sabiduría con una sinceridad y convicción que le hacían a uno temer por su cordura. Hablaba acerca de terribles reuniones en solitarios lugares; de ruinas ciclópeas en el corazón de los bosques de Maine, bajo los que inmensas escaleras se hundían en abismos de negros secretos; de ángulos complejos que llevaban, a través de invisibles muros, a otras regiones del espacio y el tiempo, y de odiosos cambios de personalidad que permitían explorar lugares remotos y prohibidos, u otros mundos, o diferentes continuos espaciotemporales.

A menudo, respaldaba sus locas insinuaciones mostrándome objetos que me dejaban por completo anonadado; objetos de colores elusivos y texturas desconcertantes que jamás habían sido conocidas en la Tierra, con curvas y superficies malsanas que no respondían a ningún propósito concebible ni seguían ninguna geometría imaginable. Tales cosas, decía, procedían «del exterior», y su esposa sabía cómo conseguirlas. A veces (aunque siempre en susurros espantados y ambiguos) sugería cosas acerca de Ephraim Waite, a quien había visto antaño de manera ocasional en la biblioteca de la universidad. Tales murmuraciones no eran nunca claras, pero parecían guardar relación con alguna duda, especialmente horrible, que tenía de que el viejo brujo hubiera en verdad muerto..., tanto en un sentido espiritual como corporal.

A veces Derby se interrumpía de golpe en sus revelaciones y yo me preguntaba si Asenath podría haber adivinado sus parloteos a distancia y si no lo habría interrumpido merced a alguna especie desconocida de mesmerismo telepático..., algún poder del mismo tipo que había mostrado en la escuela. Desde luego, ella sospechaba que me contaba algo, ya que, en el transcurso de las semanas, trató de hacer que cesara en sus visitas mediante palabras y miradas de una potencia inexplicable. Tan solo con dificultades conseguía él venir a verme, ya que, aunque pretendiera ir a alguna parte, una fuerza invisible bloqueaba por lo general sus movimientos o le hacía olvidar a dónde pretendía dirigirse. Solía visitarme cuando Asenath estaba lejos; «lejos con su propio cuerpo», dijo una vez de forma extraña. Ella siempre acababa por enterarse (los criados acechaban sus idas y venidas), pero, al parecer, ella no veía procedente tomar medidas drásticas.

IV

Hacía menos de tres años que Derby se había casado cuando, un día de agosto, llegó aquel telegrama desde Maine. No lo había visto desde hacía dos meses, pero había oído decir que estaba fuera, en viaje de negocios. Se suponía que Asenath estaba con él, aunque chismosos avisados afirmaban que se encontraba en el piso superior de la casa, detrás de las ventanas de doble cortina. Habían observado las compras que hacían los criados. Fue entonces cuando el alguacil de la ciudad de Chesuncook telegrafió acerca del lastimoso demente que había salido tambaleándose de los bosques, barbotando fantasías delirantes y pidiendo protección. Se trataba de Edward, y apenas había sido capaz de recordar su propio nombre, así como el mío y mi dirección.

Chesuncook se encuentra cerca del cinturón selvático más salvaje, profundo e inexplorado de Maine, y me llevó todo un día de febril traqueteo, a través de paisajes fantásticos y prohibidos, llegar hasta allí en coche. Encontré a Derby en el sótano de una granja lugareña, oscilando entre el frenesí y la apatía. Me reconoció enseguida y comenzó a soltar un torrente de palabras sin sentido y apenas coherentes.

—¡Dan, por el amor de Dios! ¡El pozo de los shoggoths! Bajando los seis mil escalones... La abominación de las abominaciones... No quería que ella se apoderase de mí, pero luego me encontré allí... *¡Iä! ¡Shub-Niggurath!*... La forma se alzó desde el altar y había otros quinientos que aullaban... El Ser Encapuchado balaba «¡Kamog! ¡Kamog!»... Ese era el nombre secreto de Ephraim en el aquelarre... Yo estaba allí, aunque ella me había prometido que no se apoderaría de mí... Un minuto antes yo estaba encerrado en la biblioteca y luego estaba allí, en el lugar al que ella había ido con mi cuerpo... En el asiento de la suprema blasfemia, el pozo impío donde comienza el país oscuro y el guardián protege la puerta... vi un shoggoth, cambiaba de forma... Yo no podía estar allí... No debía estar allí... La mataré si vuelve a enviarme alguna vez... Mataré a ese ser... Ella, él, eso... ¡Lo mataré! ¡Lo mataré con mis propias manos!

Me costó una hora apaciguarlo, aunque al final se aquietó. Al día siguiente compré ropas decentes en el pueblo y nos volvimos a Arkham. Había desaparecido aquel frenesí histérico, y estaba más bien inclinado a callar; aunque comenzó a musitar, de forma críptica, cuando el coche cruzó Augusta, ya que la visión de aquella ciudad despertó en él desagradables recuerdos. Estaba claro que no quería volver a casa y, habida cuenta de los fantásticos delirios que parecía tener acerca de su mujer (delirios debidos, sin duda, a una ordalía hipnótica real a la que había sido sometido), pensé que sería mejor que no lo hiciese. Decidí que lo más oportuno sería que se quedase conmigo durante un tiempo, y no me importó lo que eso pudiera desagradar a Asenath. Más tarde le ayudaría con los trámites de divorcio, ya que estaba claro que había factores mentales que hacían suicida, para él, tal matrimonio. Cuando llegamos a campo abierto, Derby dejó de musitar y lo dejé dando cabezadas y dormitando en su asiento, mientras yo conducía.

Durante nuestro pasaje, al crepúsculo, por Portland, retomó su musitar, más inteligible esta vez; y, al prestarle atención, capté un flujo de completas locuras acerca de Asenath. Era patente lo mucho que ella había afectado a los nervios de Edward, ya que había urdido una trama completa de alucinaciones acerca de ella. Lo que acababa de sucederle, murmuró de manera furtiva, era solo el último eslabón de una larga serie. Se estaba apoderando de él y sabía que, algún día, no lo dejaría ya. Incluso en aquellos momentos, tal vez solo abandonaba su cuerpo cuando no le quedaba más remedio, ya que aún no podía poseerlo de manera indefinida. Se apoderaba una y otra vez de su envoltura carnal e iba a indescriptibles lugares para ejecutar ritos inenarrables, y lo dejaba a él en el cuerpo de ella, encerrado en el piso de arriba... Pero, a veces, no era capaz de mantener esa situación y él se descubría, de repente, dentro de su cuerpo de nuevo, en algún lugar remoto, horrible y quizá desconocido. Con frecuencia se veía abandonado dondequiera que se despertase... En ocasiones tenía que volver a casa desde tremendas distancias, buscándose alguien que condujese el coche.

Lo peor de todo era que, cada vez, ella se quedaba más y más tiempo en su cuerpo. Deseaba ser un hombre (ser completamente humana) y por eso se apoderaba de él. Se había percatado de la mezcla entre cerebro privilegiado y débil voluntad que había en él. Algún día se haría por completo con el control y desaparecería con su cuerpo, y lo dejaría abandonado en esa carcasa femenina que no era siquiera humana por completo. Sí, él sabía ahora lo que pasaba con la sangre de Innsmouth. Habían tenido tratos con seres procedentes del mar... Era algo horrible... Y el viejo Ephraim... Él había conocido el secreto y, al hacerse viejo, hizo algo odioso para mantenerse vivo... Quería ser inmortal... Asenath quería también lograrlo, y una demostración palpable había tenido ya lugar.

Mientras Derby murmuraba, me volví a mirarlo con mayor detenimiento, verificando esa impresión de cambio que ya me había dado un anterior escrutinio. Paradójicamente, parecía en mejor forma de lo habitual; más duro, más desarrollado y sin esa traza de enfermiza blandura, causada por sus hábitos indolentes. Era como si, realmente, hubiera estado activo y en ejercicio por primera vez en su regalada vida, y supuse que la fuerza de voluntad de Asenath debía de haberlo empujado hacia una actividad y alerta indeseadas. Pero, al mismo tiempo, su mente estaba en un estado lamentable, ya que farfullaba absurdas extravagancias sobre su esposa, sobre la magia negra, sobre el viejo Ephraim y sobre ciertas revelaciones que me convencían incluso a mí. Repetía nombres que reconocí gracias a antiguas ojeadas que les había dado a sus volúmenes prohibidos, y, alguna vez, me hizo estremecer con cierta fibra de mitológica consistencia (de convincente coherencia) que corría a través de sus desvaríos. Una y otra vez se detenía, como acumulando coraje para hacer alguna revelación final y terrible.

—Dan, Dan. ¿No te acuerdas de él? ¿Esos ojos salvajes y la barba desordenada que nunca encanecía? Me miró una vez y nunca pude olvidarlo. Ahora es ella la que tiene esa mirada. ¡Y yo sé por qué! Él encontró la fórmula en el *Necronomicón*. No me atrevo aún a decirte cuál es la página, pero cuando lo haga podrás leerla y lo entenderás. Entonces sabrás qué es lo que me atenaza. Adentro, adentro, adentro, adentro... de un cuerpo a otro cuerpo y a otro cuerpo... Quiere vivir para siempre. La chispa de la vida... Él sabe cómo romper los lazos... Puede lucir aunque el cuerpo esté muerto. Te daré atisbos del asunto y puede que tú saques tus propias conclusiones. Escúchame, Dan... ¿Sabes por qué mi esposa se toma siempre tantas molestias para escribir de esa estúpida forma, con las letras inclinadas hacia la izquierda? ¿Has visto alguna vez un manuscrito del viejo Ephraim? ¿Quieres saber por qué me estremezco cuando veo algunas de las apresuradas notas que Asenath le ha añadido?

»Asenath..., ¿es realmente ella? ¿Por qué los hubo que dieron a entender que había veneno en el estómago del viejo Ephraim? ¿Por qué los Gilman murmuran sobre la forma en que gritaba, como un niño aterrorizado, cuando se volvió loco y Asenath le encerró en el ático de ventanas clausuradas, ahí donde aquella otra estuvo oculta? ¿Era de verdad el espíritu del viejo Ephraim el que estaba encerrado? ¿Quién encerró a quién? ¿Por qué estuvo buscando, durante meses, a alguien de buen intelecto y débil voluntad? ¿Por qué maldecía el hecho de que su hija no hubiera sido varón? Dime, Daniel

Upton, ¿qué infernal cambio se perpetró en esa casa de horror, donde aquel monstruo de blasfemia tuvo a su confiada, débil y semihumana hija a su merced? ¿No fue el cambio permanente..., tal y como lo hará ella conmigo al final? Dime por qué esa cosa que se llama a sí misma Asenath escribe de forma diferente cuando se despista, por qué no puedes distinguir entonces su escritura de la de...

Entonces sucedió. La voz de Derby se estaba convirtiendo en un grito débil, llevado del delirio, cuando, de golpe, se cortó casi con un clic mecánico. Pensé en aquellas otras ocasiones en mi casa, cuando sus confidencias se habían detenido de manera tan abrupta... y cómo entonces yo fantaseaba con que alguna oscura onda telepática, producto de la fuerza mental de Asenath, estaba obrando para obligarlo a guardar silencio. Esto, empero, era algo por completo diferente... y, sentí, infinitamente más terrible. El rostro, a mi lado, se retorcía hasta convertirse en casi irreconocible por un momento, al tiempo que todo el cuerpo se veía estremecido..., como si todos los huesos, órganos, músculos, nervios y glándulas se estuvieran reajustando para un cambio general de postura, tensiones y completa personalidad.

No sabría decir, aunque quisiera, dónde residía el supremo horror, aunque me veía sumergido por una avasalladora oleada de repugnancia y repulsión, como una sensación, congelante y petrificadora, ajena y anormal, por lo que mi apretón sobre el volante se hizo débil e incierto. La figura sentada a mi lado se parecía menos a un amigo de toda la vida que a una monstruosa intrusión del espacio exterior... Se trataba de alguna condenable y por completo maldita concreción de desconocidas y malignas fuerzas cósmicas.

Me había desconcertado por un momento, pero al instante siguiente mi compañero había aferrado el volante y trataba de obligarme a cambiar los asientos. Se había hecho ya muy oscuro y las luces de Portland habían quedado muy atrás, por lo que no pude ver mucho de su rostro. El resplandor de sus ojos, empero, era fenomenal, y comprendí que debía de hallarse ahora en aquel estado extrañamente enérgico (tan discordante con su habitual forma de ser), del que mucha gente se había percatado. Parecía extraño e increíble que el apático Edward Derby (que nunca fue capaz de imponerse y que jamás aprendió a conducir) tratara de apabullarme y hacerse con el volante de mi propio coche; pero era eso precisamente lo que estaba sucediendo. No habló durante algún tiempo y, sumido en aquel inexplicable horror, me alegré de que así fuese.

Al resplandor de las luces de Biddeford y Saco, vi cómo apretaba con firmeza la boca, y me estremecí ante el fulgor de sus ojos. La gente tenía razón...: se parecía condenadamente a su esposa y al viejo Ephraim cuando se hallaba en ese estado. No me asombré de que tal cosa desagradase a la gente... Había, desde luego, algo antinatural y diabólico en todo ello, y sentí sobremanera un siniestro elemento, debido a los estrambóticos desvaríos que había estado escuchando. Este hombre, al que toda la vida había conocido como Edward Pickman Derby, era un extraño, una intrusión, de alguna especie, procedente del negro abismo.

No habló hasta que nos vimos en un oscuro tramo de carretera, y, cuando lo hizo, su voz me resultó por completo desconocida. Era más profunda, firme y decidida que la que yo le conocía, y su acento y pronunciación estaban totalmente cambiados..., aunque recordaban de forma vaga, remota y bastante perturbadora a algo que no fui capaz de ubicar. Había, pensé, una traza de una ironía profunda y genuina en su timbre. No era la ironía ostentosa, desenvuelta y sin sentido propia de los jóvenes «sofisticados» que solía afectar a Derby, sino algo enervante, básico, penetrante y potencialmente maligno. Me pregunté cómo habría recuperado el control tan pronto, después de aquel ataque de balbuceos colmados de pánico.

—Espero que no tengas en cuenta el ataque que acabo de sufrir, Upton —me dijo—. Ya sabes cómo están mis nervios y confío en que puedas perdonarme cosas así. Te estoy enormemente agradecido, por supuesto, por venir a traerme a casa.

»Y también espero que seas capaz de olvidar cualquier loco desatino que haya podido estar diciéndote sobre mi mujer... y sobre cualquier otra cosa en general. Esto es lo que pasa por absorberme en un campo como el mío. Mi filosofía está llena de conceptos extraños y, cuando la mente está agotada, cuece toda clase de espejismos. Me tomaré un descanso. Es muy probable que no nos veamos durante algún tiempo, y no necesitas echar la culpa a Asenath por ello.

»Este viaje ha sido un poco extraño, pero todo tiene una explicación muy sencilla. Hay ciertos restos indios en los bosques del norte, monolitos de piedra y cosas así, que tienen su importancia en el folclore, y Asenath y yo los hemos estudiado a fondo. La búsqueda ha sido dura y creo que he perdido la cabeza. En cuanto esté en casa, enviaré a alguien a buscar el coche. Un mes de reposo me pondrá de nuevo a punto.

No recuerdo con exactitud qué parte tuve en la conversación, ya que la anonadadora lejanía de mi compañero de viaje colmaba toda mi conciencia. Mi sentimiento de elusivo horror cósmico crecía por momentos, así que, al cabo de un rato, estaba en un estado casi de delirio, en mi ansia por acabar el viaje. Derby no se ofreció a devolver el volante y yo me congratulé de la velocidad con que dejamos atrás Portsmouth y Newburyport.

En la bifurcación, allá donde la ruta principal se dirige tierra adentro y sortea Innsmouth, casi temí que el conductor tomase la desolada carretera costera que lleva a ese lugar maldito. No lo hizo, sin embargo, y se lanzó con rapidez, pasando Rowley e Ipswich, hacia nuestro destino. Llegamos a Arkham antes de la medianoche y encontramos las luces aún encendidas en la vieja casa Crowninshield. Derby dejó el coche con una apresurada repetición de gratitud, y yo conduje solo hacia casa, lleno de un curioso sentimiento de alivio. Había sido un viaje terrible (y tanto más cuanto que yo no sabría decir por qué había sido terrible), y no me lamenté por la advertencia de Derby de que no frecuentaría mi compañía durante largo tiempo.

V

Los dos meses siguientes estuvieron plagados de rumores. La gente decía haber visto, cada vez en más ocasiones, a Derby en su estado enérgico, y Asenath apenas atendía a las escasas visitas. Tuve tan solo una visita de Edward, cuando vino brevemente en el coche de Asenath (ya devuelto de dondequiera que lo hubiese dejado en Maine) para llevarse algunos libros que me había prestado. Se hallaba en ese nuevo estado y se detuvo solo lo suficiente como para decir algunas frases de cortesía. Estaba claro que no quería discutir conmigo cuando se hallaba en tal condición y me percaté de que ni siquiera se molestaba en hacer la vieja llamada de tres y dos al tocar la aldaba de la puerta. Lo mismo que aquella noche en el coche, sentí un horror débil e infinitamente profundo, que no podía explicar, así que su rápida partida fue para mí un prodigioso alivio.

A mediados de septiembre, Derby se ausentó durante una semana, y algunos del grupo decadentista de la universidad hablaban, con conocimiento de causa, acerca del tema. Daban a entender que iba a reunirse con un conocido líder de una secta, expulsado de Inglaterra, que había establecido su cuartel general en Nueva York. Por mi parte, no podía quitarme de la cabeza aquel extraño viaje desde Maine. La transformación que había presenciado me había afectado profundamente, y me descubría, una y otra vez, volviendo sobre el asunto, así como sobre el extremo horror que me había inspirado.

Pero los más extraños de los rumores eran los que hablaban sobre los gimoteos en la vieja casa Crowninshield. La voz parecía ser la de una mujer, y algunos de los testigos más jóvenes afirmaban que era como la de Asenath. Se escuchaban solo a raros intervalos y a veces se detenían como si los hubieran acallado. Se habló de una investigación, pero todo quedó en nada cuando Asenath apareció públicamente y habló largo y tendido con gran número de conocidos, disculpándose por la reciente ausencia y hablando, de pasada, acerca del colapso nervioso y la histeria sufridos por un invitado de Boston. Nadie vio nunca al invitado, pero la aparición de Asenath acalló cualquier rumor. Luego, todo se complicó cuando las habladurías afirmaron que, una o dos veces, los lamentos habían tenido la voz de un hombre.

Una tarde de octubre escuché la familiar llamada de tres y dos en la puerta delantera. Al abrir yo mismo, encontré a Edward en el umbral y enseguida constaté que su personalidad era la antigua, la que no había visto desde el día en que se lanzó a delirar, en ese terrible viaje desde Chesuncook. Su rostro estaba crispado con una mezcla de extrañas emociones, en las que el miedo y el triunfo parecían disputarse el puesto, y miró furtivamente, por encima del hombro, cuando cerré la puerta a sus espaldas.

Me siguió desmañadamente hacia el estudio y me pidió un whisky para templar los nervios. No le pregunté, sino que esperé a que quisiera contarme lo que había venido a decirme. Al cabo, aventuró alguna información con tono estremecedor.

—Asenath se ha marchado, Dan. Mantuvimos una larga conversación anoche, sin la presencia de los criados, y me dio su palabra de que dejaría de apoderarse de mí. Por supuesto que he tomado mis medidas... Tengo ciertas defensas ocultas de las que nunca te he hablado. No le quedó más remedio que aceptar, aunque estaba hecha una auténtica furia. Hizo las maletas y se largó para Nueva York, con el tiempo justo para tomar el tren de las 8:20 en Boston. Supongo que la gente hablará, pero no puedo hacer nada al respecto. No necesitas mencionar que haya habido problema alguno. Tan solo di que ha salido para realizar un largo viaje.

»Lo más probable es que se instale con una de esas horribles sectas. Espero que se vaya al oeste y pida el divorcio; de cualquier forma, tengo su palabra de que se irá lejos y me dejará en paz. Ha sido horrible, Dan... Estaba hurtándome mi cuerpo..., expulsándome..., haciendo de mí un prisionero. Yo fingía dejarle hacer, pero me mantenía en guardia. Pude planearlo con sumo cuidado, porque ella no podía leerme la mente, ni de manera literal, ni en detalle. Todo lo que podía captar en mí era una especie de sentimiento generalizado de rebeldía... y siempre supuso que me tenía inerme. Nunca creyó que pudiera ser la horma de su zapato..., pero guardo uno o dos hechizos en la manga.

Derby miró hacia atrás y se sirvió un poco más de whisky.

—Liquidé cuentas con esos malditos criados esta misma mañana, en cuanto ella se fue. Se mostraron reacios e hicieron preguntas, pero se marcharon. Son de su misma clase, gente de Innsmouth, y eran uña y carne con ella. Espero que me dejen en paz. No me gustó la forma en que se reían al marcharse. Tengo que buscar a cuantos pueda de los antiguos criados de papá. Me los traeré de nuevo a casa.

»Supongo que piensas que estoy loco, Dan..., pero la historia de Arkham da pistas de cosas que respaldan lo que te he contado... y lo que voy a contarte. Has presenciado uno de los cambios, también... en tu coche, después de que te hablase de Asenath aquel día, volviendo a casa desde Maine. Fue entonces cuando se apoderó de mí... y me echó de mi cuerpo. Lo último del viaje que recuerdo fue que estaba tratando de contarte qué es exactamente esa diablesa. En ese momento se apoderó de mí y, en un instante, estuve de vuelta en casa..., en la biblioteca donde me habían encerrado esos malditos sirvientes... y en ese maldito cuerpo diabólico. No es ni siquiera humano... Has de entender que fue con ella con quien volviste a casa... Ese lobo famélico en el interior de mi cuerpo... ¡Tuviste que percatarte de la diferencia!

Me estremecí cuando Derby hizo una pausa; yo me había percatado de la diferencia..., aunque ¿cómo aceptar una explicación tan desquiciada como esa? Pero el discurso de mi alterado visitante se hacía cada vez más extraño.

—Tengo que ponerme a salvo... ¡He de hacerlo, Dan! Ella quería apoderarse definitivamente de mí el día de Todos los Santos... Iban a realizar un aquelarre más allá de Chesuncook, y el sacrificio lo habría sellado todo. Se habría hecho conmigo para siempre... Ella habría sido yo y yo, ella... por siempre..., demasiado tarde... Mi cuerpo habría sido suyo de manera definitiva... Ella habría sido hombre, completamente humano, tal y como deseaba... Supongo que se me habría quitado de encima..., dado muerte a su propio cuerpo antiguo, conmigo dentro, tal como ya hizo antes..., tal como ella, él o ello ha hecho ya...

»Has de saber lo que ya te insinué en el interior del coche: que ella no es Asenath, sino que, en realidad, es el mismísimo viejo Ephraim. Lo sospechaba desde hace año y medio, y ahora lo sé de cierto. Su caligrafía lo delata cuando no está en guardia... A veces garabatea una nota con una escritura que es exactamente igual a la de los manuscritos de su padre, punto por punto... Y a veces dice cosas que nadie, excepto un viejo como Ephraim, puede decir. Él cambió de cuerpo con ella cuando sintió la inminencia de la muerte... Ella era la única que pudo encontrar con el cerebro apropiado y la voluntad lo suficientemente débil... Tomó de manera permanente su cuerpo, tal como ella casi hizo con el mío, y luego envenenó a la vieja carcasa en la que la había confinado. ¿No has visto el alma del viejo Ephraim resplandecer en esos ojos diabólicos decenas de veces..., y en los míos cuando ella controlaba mi cuerpo?

Mi susurrante interlocutor estaba resollando y se detuvo a tomar aire. No dije nada y, cuando volvió a hablar, su voz era casi normal. Aquello, me vino a la cabeza, era un caso claro de manicomio, pero no sería yo quien lo mandase allí. Quizás el tiempo y el estar libre de Asenath lo curasen. Desde luego, estaba claro que no le iban a quedar, nunca más, ganas de tontear con el ocultismo morboso.

—Te contaré más después... Necesito un buen descanso ahora. Te diré algo de los prohibidos horrores en los que me introdujo..., algo de los horrores inmemoriales que incluso ahora se incuban en apartados rincones, merced a unos pocos y monstruosos sacerdotes que se mantienen con vida. Hay gente que sabe cosas sobre el universo que nadie debiera saber y puede hacer cosas que tampoco nadie debiera. He estado metido en ello hasta el cuello, pero se acabó. Hoy mismo quemaría ese condenado *Necronomicón* y todos los demás libros si fuese bibliotecario de la Universidad de Miskatonic.

»Pero ella ya no puede apoderarse de mí ahora. Tengo que abandonar esa maldita casa, tan pronto como me sea posible, y volver al hogar. Me ayudarás, espero, porque necesito ayuda. Ya sabes, esos diabólicos criados... y si la gente se vuelve demasiado curiosa acerca de Asenath. Entiende que no puedo darles su dirección... Y hay ciertos grupos místicos, ciertos cultos, comprende, que pueden malinterpretar nuestra ruptura... Algunos de ellos tienen ideas y métodos condenadamente curiosos. Sé que puedo contar contigo por si algo sucede; aun si tengo que confesarte un montón de cosas que te harán estremecer...

Dejé que Edward se quedase esa noche y durmiera en uno de los cuartos de invitados y, a la mañana siguiente, parecía más tranquilo. Discutimos ciertas posibles disposiciones para su mudanza a la mansión Derby, y confiaba en que no demorase mucho el traslado. No me visitó la tarde siguiente, pero lo vi con frecuencia durante las semanas posteriores. Hablamos tan poco como nos fue posible sobre cosas extrañas y desagradables, pero discutimos sobre la reforma de la vieja casa Derby y sobre el viaje que Edward había prometido hacer con mi hijo y conmigo mismo, al verano siguiente.

No hablamos apenas de Asenath, consciente como era de que el asunto lo turbaba de forma notable. Hubo abundantes rumores, desde luego, pero no se produjeron novedades en lo que respecta a la extraña servidumbre de la vieja casa Crowninshield. Lo único que no me gustó fue lo que dejó caer, en un arrebato de expansión, el banquero de Derby en el club Miskatonic acerca de los cheques que Edward enviaba regularmente a Moses y Abigail Sargent, así como a Eunice Babson, en Innsmouth. Aquello tenía todo el aspecto de un chantaje de algún tipo, ejercido por aquellos sirvientes malencarados..., y él no me había mencionado para nada el asunto.

Yo estaba deseando que llegasen el verano y las vacaciones de Harvard de mi hijo para poder así llevarme a Edward a Europa, ya que enseguida descubrí que no mejoraba tan rápido como yo había esperado. A veces había un punto de histeria en sus ocasionales muestras de alegría desmedida, al tiempo que sus arrebatos de miedo y desesperación eran además aún demasiado frecuentes. La vieja casa Derby quedó acondicionada en diciembre, pero Edward retrasaba la mudanza una y otra vez. Aunque aborrecía y parecía odiar la casa Crowninshield, estaba al mismo tiempo extrañamente atado a ella. No daba muestras de comenzar a empacar y se inventaba cualquier tipo de excusas para retrasar la marcha. Cuando yo se lo indicaba, parecía indescriptiblemente espantado. El mayordomo de su padre (que había vuelto a su lado, junto con otros criados de la familia, contratados de nuevo) me dijo un día que sus ocasionales merodeos por la casa, y sobre todo por el sótano, le parecían extraños y malsanos. Me pregunté si Asenath no le habría estado escribiendo cartas turbadoras, pero el mayordomo me respondió que no había llegado ninguna en el correo.

VI

Fue en Navidades cuando Derby se colapsó, una noche, estando de visita en mi casa. Yo estaba comentando acerca de nuestros proyectados viajes del verano, cuando él, de repente, soltó un grito y saltó de su silla, con una cara de miedo estremecedor e incontrolable..., un pánico y espanto cósmico tal como solo las más profundas simas de pesadilla pueden provocar en un cerebro cuerdo.

—¡Mi cerebro! ¡Mi cerebro! Por Dios, Dan... Está tirando de mí... desde el más allá..., golpeando..., arañando... Esa diablesa... aún ahora... Ephraim... ¡Kamog! ¡Kamog!... El pozo de los shoggoths... *¡Iä! ¡Shub-Niggurath!* ¡La Cabra del Centenar de Retoños!...

»La llama..., la llama..., más allá del cuerpo, más allá de la vida... En la Tierra... ¡Dios mío...!

Lo hice volver a su silla y lo obligué a trasegar un poco de vino, apenas su frenesí decayó hasta una lerda apatía. No se resistió, pero sus labios seguían moviéndose como si hablase consigo mismo. Entonces comprendí que estaba intentando decirme algo, y acerqué mi oído a su boca, tratando de captar sus débiles palabras.

—Una y otra vez... Está tratando de volver a hacerlo... Tendría que haberlo sabido... Nada puede detener esa fuerza; ni la distancia, ni la magia, ni la muerte... Se abalanza una y otra vez, sobre todo por la noche... No puedo librarme... Es horrible... Por Dios, Dan, ¡si tan solo pudieras saber cuán horrible es...!

Cuando se hundió en el estupor, lo acomodé entre almohadones y dejé que se deslizase en el sueño normal. No llamé a un médico, ya que sabía lo que se decía de su estado mental y deseaba dar, a ser posible, una oportunidad al curso natural de las cosas. Se despertó a medianoche y lo llevé a una cama de arriba; pero, a la mañana siguiente, se había ido. Había salido de la casa con sigilo, y su mayordomo, cuando telefoneé, me dijo que estaba en la suya, paseando inquieto por la biblioteca.

Edward se desmoronó a partir de entonces con rapidez. No volvió a visitarme, pero yo iba todos los días a su casa. Estaba siempre sentado en su biblioteca, mirando al infinito y con un aire de anormal escucha. A veces hablaba racionalmente, pero siempre sobre asuntos triviales. Cualquier mención a su problema, o planes de futuro, o Asenath, le provocaba de nuevo el frenesí. Su mayordomo me contó que sufría espantosos ataques por la noche, en el transcurso de los cuales podía llegar a lacerarse.

Tuve una larga conversación con su médico, su banquero y su abogado, y por último el doctor lo visitó acompañado de dos especialistas. El ataque causado por las primeras preguntas fue violento y lastimoso..., y esa misma tarde un coche cerrado se llevó aquel pobre cuerpo convulso al manicomio de Arkham. Me nombraron albacea suyo y, cada semana, lo visitaba dos veces... al borde de las lágrimas al oír sus gritos salvajes, sus espantosos susurros y aquellas repeticiones temibles e incansables de frases como: «Tuve que hacerlo, tuve que hacerlo... Se apoderará de mí... Se apoderará de mí... Abajo... Abajo en la oscuridad... ¡Madre! ¡Madre! ¡Dan! Sálvame..., sálvame...».

No podía saber qué esperanzas de curación tenía, aunque trataba de ser optimista. Edward tenía que disponer de una casa, por si salía de aquel trance, así que envié a sus criados a la mansión Derby, que, de haber estado cuerdo, habría sido sin duda su deseo. De momento, no tomé decisión alguna respecto a la casa Crowninshield, con sus complicados artefactos y sus colecciones de objetos por completo inexplicables; lo único que hice fue enviar a la criada de Derby a quitar el polvo de las habitaciones principales una vez por semana y ordenarle al encargado de la calefacción que encendiese el fuego en esos días.

La pesadilla final se produjo en la Candelaria, precedida, como en cruel ironía, por un falso destello de esperanza. Una mañana, a últimos de enero, me llamaron del manicomio para informarme de que Edward había recobrado la razón de manera repentina. Su memoria estaba dañada, según me dijeron, pero su cordura estaba fuera de toda cuestión. Por supuesto, habría de quedarse algún tiempo en observación, pero podría salir, más allá de toda duda. De no surgir contratiempos, quedaría en libertad en el plazo de una semana.

Me precipité hacia allí sumido en una marea de felicidad, pero me detuve atónito cuando una enfermera me llevó a la habitación de Edward. El paciente se levantó a saludarme, tendiendo la mano con sonrisa cortés, pero, en un instante, vi que su personalidad ahora era esa enérgica que había parecido desplazar a su verdadera naturaleza..., aquella personalidad resoluta que había encontrado tan vagamente horrible y de la que el propio

Edward me había una vez jurado que era la del alma intrusa de su esposa. Tenía los mismos ojos llameantes (como los de Asenath y el viejo Ephraim) y la misma boca decidida, y, cuando habló, pude sentir aquella misma ironía, espantosa y sutil, en su voz; la profunda ironía tan preñada de potencial malignidad. Esa era la misma persona que había conducido mi coche, en mitad de la noche, hacía cinco meses; la persona a la que no había visto desde aquella fugaz visita, cuando olvidó la llamada que siempre hacía y que provocó tales miedos nebulosos en mí. Y ahora me colmaba con el mismo sentimiento brumoso de blasfemo alejamiento e inefable rechazo cósmico.

Me habló afablemente acerca de las disposiciones para su salida, y no me quedó sino asentir, pese a algunos notables huecos que había en su memoria reciente. Aun así, noté que en todo aquello había algo terrible e inexplicablemente equivocado y anormal. Había horrores en todo aquel asunto que yo no llegaba a alcanzar. Aquella era una persona cuerda... Pero ¿era de veras el Edward Derby a quien yo había conocido? Y en caso contrario, ¿quién o qué era... y dónde estaba Edward? ¿Debía ser libre o quedar confinado..., o debía ser extirpado de la superficie de la Tierra? Había un atisbo de burla abismal en cuanto decía esa criatura... y los ojos, iguales que los de Asenath, relampagueaban con una burla atípica y desconcertante cuando decía algo sobre la «reciente liberación de un confinamiento especialmente estrecho». No supe cómo comportarme y me alegré de marcharme.

Todo aquel día y el siguiente me devané los sesos pensando en ese asunto. ¿Qué había ocurrido? ¿Qué clase de cerebro miraba al exterior, a través de esos ojos extraños, en el rostro de Edward? No podía pensar en nada, aparte de en ese enigma brumosamente horrible, y resultaron infructuosos mis esfuerzos para concentrarme en mi trabajo habitual. A la segunda mañana me llamaron del hospital para decir que no se habían producido cambios en el recuperado paciente y, al llegar la noche, yo estaba al borde del colapso nervioso..., un estado que admito, aunque otros dirán que eso tiñó todo cuanto vi después. No tengo nada que comentar a tal respecto, con la salvedad de que ninguna locura por mi parte podría explicar toda la evidencia.

VII

Fue de noche (luego de la segunda) cuando me vi atrapado por un horror tremendo y completo, que lanzó mi espíritu a un pánico negro y atenazador del que nunca ya me libraré. Comenzó con una llamada telefónica, justo antes de la medianoche. Yo era el único que estaba levantado y descolgué, somnoliento, el receptor de la biblioteca. No parecía haber nadie al otro lado y estaba a punto de colgar e irme a la cama, cuando mis oídos captaron un débil atisbo de sonido al otro lado. ¿Estaba alguien tratando de hablar con grandes dificultades? Mientras escuchaba, creí oír una especie de borboteo semilíquido (glub..., glub..., glub) que transmitía una extraña sugerencia de palabras y división de sílabas, inarticuladas e ininteligibles. Dije: «¿Quién es?». Pero la única respuesta fue: «glub..., glub..., glub-glub». Lo único que pude pensar es que aquel sonido era mecánico e, imaginando que podía deberse a un teléfono roto, capaz de recibir pero no de emitir, añadí: «No puedo oírle, mejor cuelgue y llame a Información». De inmediato, oí cómo colgaban en el otro lado.

Esto, como he dicho, sucedió justo antes de la medianoche. Cuando rastrearon la llamada, se descubrió que procedía de la vieja casa Crowninshield, aunque hacía su buena media semana desde que le tocara a la criada ir allí. Solo puedo dar indicios de lo que se encontró en la casa: el desorden en una remota despensa del sótano, las huellas, la suciedad, el armario saqueado con premura, las desconcertantes manchas en el teléfono, el desmañado uso del papel de escritorio y el detestable olor que lo impregnaba todo. La policía, pobres necios, tiene sus pequeñas teorías engreídas y está aún buscando a aquellos siniestros criados despedidos... que se largaron en mitad de tanto alboroto. Hablan de una infernal venganza por lo que había pasado, y de que me habían incluido a mí debido a que era el mejor amigo y consejero de Edward.

¡Idiotas! ¿Se imaginan que esos bufones embrutecidos podrían haber pergeñado ese manuscrito? ¿Creen que podrían habérmelo traído más tarde? ¿Estaban ciegos a los cambios que se habían operado en ese cuerpo que fue Edward? En lo que a mí respecta, ahora estoy seguro de que todo lo que Edward Derby me contó era cierto. Hay horrores más allá del confín de la vida sobre los que nada sospechamos y, a veces, las súplicas de un malvado los atraen a nuestra esfera. Ephraim... Asenath... Ese demonio los convocó y atraparon también a Edward, como hicieron conmigo.

¿Puedo tener la certeza de estar a salvo? Esos poderes sobreviven a su forma física. Al día siguiente (por la tarde, cuando salí de mi postración y fui capaz de caminar y hablar con cierta coherencia), fui al manicomio y lo maté a tiros, por el bien de Edward y del mundo, pero ¿cómo puedo estar seguro en tanto no haya sido incinerado? Están guardándose el cuerpo para que distintos doctores le hagan estúpidas autopsias..., pero soy de la opinión de que hay que quemarlo. Hay que quemarlo..., a ese que no era ya Edward Derby cuando lo tiroteé. Me volveré loco si no se hace, puesto que yo seré el siguiente. Pero mi voluntad no es débil y no me dejaré carcomer por los terrores que bullen en torno. Primero, Ephraim; luego, Asenath, y después, Edward... ¿Y quién ahora? No me expulsarán de mi cuerpo... ¡No me cambiaré por ese cadáver tiroteado del manicomio!

Pero permítanme explicarles de una manera coherente algo de aquel horror final. No hablaré de lo que la policía insiste en desdeñar: las historias sobre ese ser encogido, grotesco y hediondo con el que se cruzaron al menos tres transeúntes en High Street, justo antes de las dos, y la naturaleza tan singular de las pisadas en ciertos lugares. Solo diré que, justo hacia las dos, sonaron tanto el timbre como el pomo del llamador, ambos con un repique alternado e incierto, con una especie de débil desesperación. Todos los toques eran los de la vieja llamada de tres y dos de Edward.

Sacado de un sueño profundo, mi mente se precipitó en un torbellino. Derby en mi puerta... ¡y recordando el viejo código! ¡La nueva personalidad no lo recordaba! ¿Habría vuelto de repente Edward a su antiguo estado? ¿Por qué aparecía ahora a mi puerta con tales muestras de tensión y prisas? ¿Lo habían liberado antes de tiempo o se había escapado? Quizá, pensé mientras me echaba un albornoz encima y me lanzaba abajo, su regreso al viejo carácter había tenido lugar entre frenesí y violencia, revocando el veredicto de cordura y llevándolo a una desesperada fuga en busca de la libertad. ¡Fuera lo que fuese que había sucedido, era mi viejo amigo Edward y mi obligación era ayudarlo!

Cuando abrí la puerta, sumida en la negrura por los olmos, un golpe de aire insufriblemente fétido estuvo a punto de hacerme caer. Me debatí presa de la náusea y, en el primer instante, apenas llegué a distinguir la encogida y jorobada forma de los peldaños. Los toques habían sido los de Edward, pero ¿qué era esa parodia extraña y empequeñecida? ¿Adónde podía haberse ido Edward? Su llamada había sonado solo un segundo antes de que abriera la puerta.

El visitante portaba uno de los abrigos de Edward; los bajos casi tocaban el suelo, y las mangas, aunque enrolladas, cubrían las manos. Llevaba la cabeza cubierta por un sombrero encasquetado y ocultaba el rostro tras una bufanda de seda negra. Mientras yo me adelantaba inseguro, la figura dejó escapar un sonido semilíquido, como el que había escuchado por el teléfono (glub..., glub), y me tendió un papel grande, cubierto de escritura, pinchado al extremo de un largo lápiz. Aún tambaleándome por el efecto de aquel hedor morboso e insoportable, así el papel y traté de leerlo a la luz del umbral.

Sin duda alguna, era la letra de Edward, pero ¿por qué lo había escrito cuando estaba lo bastante cerca como para llamar a mi casa... y por qué el manuscrito era tan torpe, tosco y tembloroso? No pude sacar nada en claro en la débil penumbra y regresé al vestíbulo, seguido mecánicamente por la encanijada figura, aunque esta se detuvo en la puerta interior. El olor de ese singular mensajero era en verdad horripilante, y confié (como así sucedió, ¡a Dios gracias!) en que mi esposa no se despertara y se encontrase con él.

Entonces, al leer el papel, sentí que me flaqueaban las piernas y que todo se ponía negro. Cuando recobré el conocimiento, estaba en el suelo, con esa maldita hoja aún en mi mano, rígido de miedo. Esto es lo que decía:

> Dan, ve al manicomio y mátalo. Extermínalo. No es ya Edward Derby. Se apoderó de mí, es Asenath, y ella lleva muerta ya tres meses y medio... Te mentí al decir que se había marchado. Yo la maté. Tuve que hacerlo. Fue de repente, pero estábamos solos y yo me encontraba en mi

cuerpo. Con un candelabro le hundí el cráneo. Se habría apoderado de mí, para siempre, la noche de Todos los Santos.

La enterré en la más profunda despensa del sótano, bajo viejas cajas, y lo limpié todo. Los criados sospecharon a la mañana siguiente, pero tenían a su vez secretos que guardar y no se atrevieron a acudir a la policía. Los alejé de mí, pero Dios sabe lo que ellos (y otros de su culto) son capaces de hacer.

Durante un tiempo pensé que todo estaba arreglado, pero luego sentí esa tracción en mi mente. Sabía lo que era, debiera haberlo recordado. Un alma como la suya, o como la de Asenath, es medio independiente y perdura, tras la muerte, tanto como dura el cuerpo. Se está apoderando de mí, haciendo el cambio de cuerpos conmigo, usurpando el mío y poniéndome en ese cadáver enterrado en el sótano.

Yo sabía lo que iba a pasar, por eso tuve un colapso y tuvieron que encerrarme en el manicomio. Entonces sucedió: me encontré atrapado en la oscuridad, en la podrida carcasa de Asenath, en el sótano, bajo las cajas, allí donde la dejé. Y supe que ella debía de estar en mi cuerpo, en el manicomio, de manera permanente, ya que había pasado la fiesta de Todos los Santos y el sacrificio habría tenido lugar aun sin su presencia... cuerdo y dispuesto a salir, convertido en una amenaza para el mundo. Yo estaba desesperado y, aun así, logré abrirme paso al exterior.

Estoy demasiado consumido para hablar, no puedo usar el teléfono, pero aún puedo escribir. Lo fijaré a algo y te daré estas últimas palabras de aviso. Mata a ese diablo, si es que aprecias la paz y la seguridad del mundo. Hay que incinerarla. Si no lo haces, seguirá viviendo, de un cuerpo a otro, para siempre, y no puedo decir qué hará. Aniquila la magia negra, Dan, es un asunto diabólico. Adiós, has sido un gran amigo. Cuéntaselo a la policía, no importa lo que crean... Siento mucho haberte mezclado en todo esto. Descansaré en paz dentro de poco, esta cosa no puede albergarme ya mucho más. Espero que leas esto. Y mata a ese ser... Mátalo.

Tuyo, Ed.

Pero solo más tarde llegué a leer la segunda mitad de ese texto, ya que me desmayé al final del tercer párrafo. Me desvanecí de nuevo cuando vi y olí lo que había en el umbral, allá donde el aire cálido lo había alcanzado. El mensajero no se movería ni tendría conciencia ya nunca más.

El mayordomo, más resistente que yo, no se desmayó ante lo que encontró en el vestíbulo por la mañana. En vez de eso, llamó a la policía. Cuando llegaron ya me habían llevado arriba, a la cama, pero la... la otra masa... yacía allí donde se había derrumbado por la noche. Los agentes tuvieron que taparse la nariz con pañuelos.

Lo que al fin encontraron dentro de las ropas de Edward, extrañamente abigarradas, era, en su mayor parte, un horror licuado. Había también huesos y un cráneo aplastado. La identificación dental dejó claro, sin lugar a dudas, que esa calavera era la de Asenath.

LA SOMBRA QUE SURGIÓ DEL TIEMPO

I

Tras veintidós años de pura pesadilla y terror, de los que solo me salvó la desesperada creencia en el origen mitológico de algunas de mis impresiones, no estoy dispuesto a garantizar la autenticidad de lo que creo haber encontrado en Australia Occidental la noche del 17 al 18 de julio de 1935. Tengo razones para albergar la esperanza de que todo cuanto he experimentado haya sido una alucinación, ya sea en parte o en su totalidad. Son varias las evidencias que apoyan esta tesis y, sin embargo, su realismo es tan espeluznante que a veces me enfrento a la imposibilidad de dicha esperanza. Si todo sucedió realmente, entonces la humanidad debe estar preparada para aceptar ciertas ideas sobre el cosmos y sobre el lugar que ocupa en el furioso vórtice del tiempo, un lugar cuya sola mención bastaría para petrificar a cualquiera. Asimismo, tenemos que estar alerta frente a un peligro acechante de lo más concreto, el cual, aunque incapaz de abatirse sobre la raza humana en su totalidad, sí es capaz de imponer horrores monstruosos e inimaginables a algunos de sus miembros más audaces. Por este motivo, imploro con toda la fuerza de mi ser que se abandonen todos los intentos de desenterrar los fragmentos de construcción desconocida y primordial que mi expedición se proponía investigar.

Si partimos de la base de que estaba cuerdo y despierto, mi experiencia de aquella noche fue de un rango que ningún otro ser humano ha vivido antes. Además, supuso la escalofriante confirmación de todo lo que yo había intentado descartar como meros mitos o sueños. Demos gracias de que no queda ninguna prueba, pues en medio de mi terror extravié el asombroso objeto que, de haber sido real y haber podido traerlo de regreso de aquel nauseabundo abismo, habría supuesto una prueba irrefutable. Cuando me enfrenté a aquel horror, estaba solo, y hasta este momento no le he contado a nadie lo que aconteció. No he logrado convencer a otras personas de que dejen de excavar en su dirección, pero la suerte y las siempre cambiantes arenas han conseguido que nadie hasta ahora lo haya encontrado. Ha llegado el momento de formular un testimonio definitivo, no solo en aras de mi propio equilibrio mental, sino también para prevenir a otras personas que lo lean y se lo tomen en serio.

Escribo estas páginas, cuyos capítulos iniciales resultarán familiares a lectores asiduos a la prensa general y científica, en el camarote del barco que me lleva a casa en estos momentos. Se las entregaré a mi hijo, el profesor Wingate Peaslee, de la Universidad de Miskatonic. Wingate es el único miembro de mi familia que ha permanecido a mi lado después del curioso episodio de amnesia que sufrí hace mucho, amén de ser la persona que mejor conoce todos los detalles consustanciales a mi caso. De todas las personas que habitan sobre la faz de la tierra, Wingate es el último que pondría en duda lo que voy a contar sobre aquella noche funesta. Preferí no contarle nada de viva voz antes de zarpar, pues consideré que sería mejor comunicarle la revelación por escrito. Leer y releer a placer mi testimonio le proporcionará una visión más convincente que la que podría derivarse de mi confusa lengua. Puede hacer lo que le plazca con mi relato; si quiere, puede enseñarlo, con los comentarios pertinentes, allá donde crea que podrá ser de utilidad. Como deferencia a posibles lectores que no estén familiarizados con las primeras etapas de mi caso, haré un resumen bastante extenso de su trasfondo antes de llegar a la revelación en sí.

Me llamo Nathaniel Wingate Peaslee. Aquellos que recuerden lo que se contaba en los periódicos hace una generación, o al menos las cartas y artículos de las revistas psicológicas de hace seis o siete años, sabrán quién y qué soy. Los detalles de la extraña amnesia que sufrí entre 1908 y 1913 coparon los titulares de prensa de aquel entonces. Se habló mucho de ciertas tradiciones de horror, locura y brujería que anidan en la antigua ciudad de Massachusetts que tanto por aquel entonces como ahora conforma mi lugar de residencia. Sin embargo, me gustaría que se supiera que no hay nada demencial ni siniestro en mi linaje ni en mis años mozos. Este hecho es de vital importancia, en vista de la sombra que cayó tan de repente sobre mí desde fuentes exteriores. Acaso tantos siglos de leyenda negra hayan dotado a la decadente y chismosa Arkham de una peculiar vulnerabilidad en lo tocante a dichas sombras, aunque a la luz de otros casos que estudié con posterioridad, debo poner esta explicación en cuarentena. En cualquier caso, lo que intento transmitir es que mi linaje y mi educación son de lo más normal. Lo que sucedió, lo hizo por otra razón distinta..., aunque ni siquiera ahora soy capaz de expresarla con palabras.

Mis padres, Jonathan y Hannah (Wingate) Peaslee, provienen de familias de rancio abolengo de Haverhill. Fue en Haverhill donde nací y me crie, en el viejo caserón de Boardman Street, cerca de Golden Hill. Me mudé a Arkham después de matricularme en la Universidad de Miskatonic a la edad de dieciocho años. Corría el año 1889. Una vez me hube graduado, estudié Ciencias Económicas en Harvard y en 1885 regresé a Miskatonic para impartir clases de Economía Política. Durante los siguientes trece años, mi vida transcurrió muy feliz y sin el menor incidente. Contraje matrimonio con Alice Keezar, de Haverhill, en 1896. Mis tres hijos, Robert K., Wingate y Hannah, nacieron en 1898, 1900 y 1903 respectivamente. En 1898 me nombraron profesor adjunto, y conseguí la cátedra en 1902. Nunca había manifestado el menor interés por el ocultismo o la psicología anormal.

El curioso ataque de amnesia me asaltó el martes 14 de mayo de 1908. Todo ocurrió de repente, aunque más tarde recordé ciertas visiones breves, como destellos, que experimenté varias horas antes, visiones de lo más perturbador, pues carecían de precedente, y que sin duda eran síntomas premonitorios.

Sufrí el colapso a eso de las diez y veinte de la mañana, mientras impartía una clase de Economía Política VI: historia y presente de las tendencias económicas, para estudiantes de primero y algunos de segundo. Empecé a ver extrañas formas ante mis ojos, y a sentir que me encontraba en una grotesca habitación muy diferente al aula. Mis pensamientos y mi discurso se apartaron del tema que tratábamos, y los estudiantes percibieron que algo andaba terriblemente mal. Acto seguido me derrumbé inconsciente sobre mi silla, sumido en un estupor del que nadie fue capaz de despertarme. No volví a estar en mis cabales del todo hasta cinco años, cuatro meses y trece días después.

Por supuesto, me enteré a través de terceros de todo lo que sucedió a continuación. Tardé dieciséis horas y media en mostrar signos de consciencia, a pesar de que me llevaron a mi casa en el número 27 de Crane Street, y que me dispensaron las mejores atenciones médicas. A las tres de la madrugada del 15 de mayo, abrí los ojos y empecé a hablar, aunque mi modo de expresarme y mi lenguaje no tardaron en atemorizar por completo tanto a los doctores como a mi familia. Estaba claro que no albergaba recuerdo alguno sobre mi identidad y mi pasado, aunque por alguna razón me mostré nervioso por ocultar este hecho. Mis ojos contemplaban de modo extraño a las personas que me rodeaban, y las flexiones de mis músculos faciales eran por completo ajenas a las habituales.

Hasta mi modo de hablar era incómodo y extraño. Empleaba el aparato fonador con suma torpeza, como si estuviera probando suerte, y mi dicción tenía cierta cualidad forzada, como si me hubiera esforzado por aprender el idioma por medio de los libros. La pronunciación era extraña hasta extremos bárbaros, mientras que mis dejes y giros parecían incluir tanto restos de curiosos arcaísmos como expresiones cuya factura era por completo incomprensible. Uno de los médicos recordaría en particular una de aquellas expresiones incomprensibles incluso veinte años después, que fue cuando se popularizó, primero en Inglaterra y luego en Estados Unidos. Aunque su complejidad y su carácter novedoso eran indiscutibles, la frase reproducía palabra por palabra aquella otra que había proferido el extraño paciente de Arkham de 1908.

Recuperé enseguida la fuerza física, si bien necesité una descabellada cantidad de horas de rehabilitación para aprender a usar manos, piernas y cuerpo en general. Debido a esto y a otras dificultades inherentes a mis lagunas mentales, durante un tiempo me sometieron a estrictos cuidados médicos. Cuando comprendí que mis intentos de ocultar la amnesia habían fracasado, me vi obligado a admitirla sin tapujos y empecé a mostrarme ansioso por recibir todo tipo de información. De hecho, a los doctores les pareció que perdí el interés en mi personalidad propiamente dicha en cuanto me enteré de que la amnesia se consideraba una enfermedad natural. Repararon entonces en que mis esfuerzos prioritarios iban encaminados a dominar ciertos puntos clave de la historia, la ciencia, las artes, el lenguaje y el folclore que, en muchos casos de forma extraña, habían quedado excluidos de mi conciencia, ya fuesen datos tremendamente incomprensibles o sencillos hasta extremos pueriles.

Al mismo tiempo, se dieron cuenta de que ahora yo dominaba de forma inexplicable mucha información casi desconocida por completo. Yo prefería ocultar ese dominio, del que no quise alardear en ningún momento. Sin ser consciente de ello, y con segura displicencia, me refería a acontecimientos concretos de eras remotas situadas más allá del rango comúnmente aceptado por la historia. Cuando advertía la sorpresa que causaban mis comentarios, los hacía pasar por meras chanzas. Tenía un modo de referirme al futuro que en un par de ocasiones causó auténtico temor entre mis interlocutores. Sin embargo, estos episodios imposibles no tardaron en remitir, aunque algunas personas que me observaban de cerca achacaban su desaparición a ciertas precauciones furtivas por mi parte, y no a que ese extraño conocimiento que los provocaba hubiese menguado en absoluto. De hecho, yo parecía ávido hasta extremos anómalos por absorber todo el lenguaje, costumbres y puntos de vista de la era en la que me hallaba, como si fuese un estudioso viajero venido de una tierra extraña y lejana.

Tan pronto como me lo permitieron, me consagré a pasar horas y más horas en la biblioteca de la universidad. Pronto empecé a hacer preparativos para realizar todo tipo de estrambóticos viajes que me llevarían a varias universidades tanto americanas como europeas. Mis actividades fueron motivo de habladurías durante los años siguientes. En ningún momento escasearon entre mis contactos los estudiosos, pues mi caso se había granjeado cierta notoriedad entre los psicólogos de la época. Solían citarme como el típico ejemplo de personalidad secundaria, aunque mi caso desconcertaba a los conferenciantes o bien con los estrambóticos síntomas que surgían de cuando en cuando, o bien con alguna extravagante prueba de que se burlaba de ellos de una manera demasiado sutil como para que la percibieran.

Sin embargo, debo decir que hice pocas amistades verdaderas. Había algo en mi aspecto y en mi modo de hablar que parecía despertar ciertos miedos y aversiones entre la gente con la que coincidía, como si fuera un ser completamente al margen de todos los aspectos que se consideran normales y saludables. La impresión de un horror negro y oculto en incalculables abismos sitos a algún tipo de distancia era tan común como persistente. Ni siquiera mi familia era la excepción. Desde el extraño momento en que recuperé la consciencia, mi esposa empezó a contemplarme con un horror y un asco extremos. Juraba y perjuraba que era una especie de alienígena que había suplantado el cuerpo de su marido. En 1910 obtuvo el divorcio legal, y se ha negado a verme de nuevo incluso después de haber vuelto a la normalidad, en 1913. Otro tanto cabe decir de mi hijo mayor y de mi hija pequeña. Tampoco he vuelto a verlos.

Solo mi segundo hijo, Wingate, pareció ser capaz de dominar el terror y la repulsión que le había causado mi cambio. Él también sentía que ahora yo era un extraño, pero a pesar de su corta edad, ocho años, se aferró a la esperanza de que recuperaría mi verdadera personalidad. Cuando ello sucedió, mi hijo acudió en mi busca, y los tribunales me concedieron su custodia. En los años posteriores me ha ayudado con los estudios a los que me empujó mi caso. Hoy en día tiene treinta y cinco años e imparte clases de Psicología en la Universidad de Miskatonic. No me extraña, sin embargo, el horror que causé, pues en verdad que la mente, la voz y la expresión facial del ser que despertó el 15 de mayo de 1908 no pertenecían a Nathaniel Wingate Peaslee.

No tengo por qué referir gran cosa de lo que fue mi vida de 1908 a 1913, pues los lectores pueden averiguar algunos pormenores relevantes de la misma manera en que lo he hecho yo mismo, a partir de periódicos antiguos y revistas científicas. Cuando me permitieron recuperar el control de mis finanzas, las gasté poco a poco, y casi siempre con prudencia, en su mayor parte en viajes y estudios en varios centros de enseñanza. Sin embargo, mis viajes fueron en extremo singulares y a veces implicaban largas visitas a lugares remotos y desolados. En 1909 pasé un mes en el Himalaya y en 1911 realicé un viaje en camello a través de los desiertos de Arabia que dio mucho que hablar. Jamás he llegado a saber qué sucedió durante aquellos viajes. En el verano de 1912, fleté un barco y me dirigí hacia las latitudes árticas de Spitzbergen. Cuando regresé, fue con manifiesta decepción. Ese mismo año pasé algunas semanas en soledad más allá de los límites de ciertas exploraciones, ya fueran anteriores o posteriores, en los enormes sistemas cavernarios de piedra caliza de Virginia Occidental. Aquellos laberintos negros eran tan complejos que la mera idea de volver por donde había llegado resultaba ridícula.

En mis estancias en las universidades destacaba por mi capacidad para asimilar conceptos a velocidades anormales, como si aquella personalidad secundaria estuviese dotada de una inteligencia muy superior a la mía. Asimismo, he averiguado que la rapidez con que leía y desarrollaba mis estudios en solitario era poco menos que digna de admiración. Me bastaba con hojear un libro a toda velocidad para interiorizar cada detalle de su contenido. Asimismo, mostraba una habilidad verdaderamente asombrosa a la hora de interpretar figuras complejas con solo mirarlas. Surgieron algunos comentarios con arreglo a los cuales yo influía en los pensamientos y actos de los demás, aunque al parecer me cuidé mucho de alardear de dicha capacidad.

Otras habladurías que no me dejaban en muy buen lugar incidían en la estrecha relación que mantenía con varios cabecillas de grupos ocultistas, así como con sabios que, se sospechaba, estaban en contacto con grupos innominados de abominables hierofantes de mundos arcaicos. Estos rumores, que no llegaron a demostrarse en su día, guardaban una relación innegable con la naturaleza de algunas de mis lecturas, pues en las bibliotecas siempre son un secreto a voces los títulos que uno consulta. Hay pruebas materiales, en forma de notas al margen, de que repasé de manera metódica volúmenes como el *Cultes des Goules* del conde d'Erlette, el *De Vermis Mysteriis* de Ludvig Prinn, el *Unaussprechlichen Kulten* de Von Junzt, los fragmentos que aún se conservan del desconcertante *Libro de Eibon,* así como el temible *Necronomicón,* del árabe loco Abdul Alhazred. Resulta asimismo innegable que una nueva oleada de actividad ocultista soterrada empezó a surgir más o menos coincidiendo con mi extraña mutación.

En el verano de 1913, empecé a mostrar signos de tedio y creciente apatía. Dejé caer ante varios contactos que no tardaría en experimentar un cambio. Mencioné recuerdos de mi vida anterior que empezaban a regresar a mí..., aunque la mayoría de mis interlocutores pensó que mentía, pues todos los recuerdos que mencionaba eran casuales e incluso podría haberlos leído en mis documentos privados de aquella época. A mediados de agosto regresé a Arkham y reabrí la casa de Crane Street que tanto tiempo llevaba cerrada. Allí instalé un mecanismo de apariencia sumamente curiosa, construido en diferentes partes por distintos ingenieros de los ambientes científicos europeo y americano, y oculto a la vista de cualquiera lo bastante inteligente como para analizar su naturaleza. Quienes consiguieron ver dicho aparato (un operario, un sirviente y el nuevo guardés) afirman que se trataba de una estrambótica mezcolanza de barras, ruedas y espejos, de no más de sesenta centímetros de alto, treinta de ancho y otros treinta de largo. El espejo central era circular y convexo. Esto lo han confirmado todos los fabricantes de las piezas del aparato que he sido capaz de localizar.

El viernes 26 de septiembre les di la tarde libre tanto al guardés como a la criada, y les dije que no hacía falta que volvieran hasta el mediodía siguiente. Las luces de la casa estuvieron encendidas hasta entrada la noche, y llegó en automóvil un hombre esbelto, oscuro y de curioso aspecto extranjero. A eso de la una de la madrugada se apagaron las luces. A las dos y cuarto de la mañana, un policía observó la casa en medio de la oscuridad; el automóvil del extranjero seguía aparcado enfrente. A las cuatro ya se había marchado.

No fue hasta las seis cuando una voz vacilante y con acento extranjero se oyó en el teléfono del doctor Wilson y le pidió que acudiese a sacarme de un peculiar estado de inconsciencia. Aquella llamada, de larga distancia, pudo localizarse más tarde. Se averiguó que había sido hecha desde una cabina pública en la Estación Norte de Boston. Sin embargo, jamás se halló huella alguna del extranjero.

Al llegar a mi casa, el doctor me encontró inconsciente en la salita de estar, desplomado sobre un sillón frente a una mesa. Sobre la superficie de la mesa había arañazos que indicaban que algún tipo de objeto pesado había sido depositado en ella. No había rastro de tan estrambótico aparato, y tampoco se supo más de él. Sin duda alguna, aquel extranjero oscuro y esbelto se lo había llevado. En la chimenea de la biblioteca se hallaron abundantes cenizas, evidencia palmaria de que allí se había quemado hasta el último trozo de papel escrito por mi mano desde que sufrí el ataque de amnesia. Al doctor Wilson le pareció que mi respiración era muy peculiar, aunque tras una inyección hipodérmica recuperó su cadencia normal.

A las once y cuarto del 27 de septiembre me sacudí con violencia, y en el semblante inmóvil que había tenido hasta el momento empezaron a aparecer signos de expresión facial. El doctor Wilson señaló que la expresión en mi rostro no era la propia de mi personalidad secundaria, sino que se parecía bastante a mi yo normal. A eso de las once y media murmuré algunas sílabas de lo más curioso, sílabas que no parecían guardar relación alguna con el habla de los seres humanos. Asimismo, parecía debatirme contra algo invisible. Luego, justo después del mediodía, cuando ya habían regresado el guardés y la criada, empecé a murmurar en mi idioma.

—... de los economistas ortodoxos de aquel periodo, Jevons tipifica la tendencia eminente hacia la correlación científica. Su intento de vincular el ciclo de prosperidad y depresión comercial con el ciclo físico de las manchas solares podría alcanzar la cúspide de...

Nathaniel Wingate Peaslee había regresado, una personalidad en cuya escala temporal seguía siendo aquella mañana de jueves de 1908 y hablaba ante la clase de Económicas desde el desgastado pupitre en su tarima de la universidad.

II

Mi retorno a la vida normal implicó un proceso tan doloroso como difícil. La pérdida de más de cinco años acarrea más complicaciones de las que cabría imaginar. En mi caso, había incontables detalles que ajustar. Quedé pasmado y turbado ante lo que me contaron sobre mis actos desde 1908, aunque traté de contemplar aquel asunto bajo una tamiz tan filosófico como fui capaz. Al menos, al obtener la custodia de Wingate, mi segundo hijo, pude instalarme con él en la casa de Crane Street. Me propuse retomar las clases, pues la facultad tuvo a bien ofrecerme que regresara a mi cátedra.

Me reincorporé en el semestre que se iniciaba en febrero de 1914, pero solo duré un año. Para entonces comprendí hasta qué punto me había alterado toda aquella experiencia. Aunque ahora estaba perfectamente cuerdo, o al menos eso creo, y sin mácula alguna en mi personalidad original, me faltaba la vivacidad de los viejos tiempos. Continuamente me rondaban vagos sueños y pensamientos estrambóticos, y cuando empecé a aficionarme a la historia a raíz del estallido de la Gran Guerra, me encontré pensando en periodos y acontecimientos de la naturaleza más variopinta. Mi concepción del tiempo, en cuanto a mi habilidad para distinguir entre acontecimientos consecutivos y simultáneos, había quedado afectada de una manera sutil. Empecé a fantasear sobre la posibilidad de vivir en una era concreta y al mismo tiempo ser capaz de enviar la propia conciencia a través de toda la eternidad en busca del conocimiento de eras pasadas y futuras.

Durante la guerra tuve la extraña impresión de recordar algunas de sus últimas consecuencias antes de que estas tuvieran lugar, como si estuviera al tanto de su progresión y pudiera contemplarla a la luz de futuras informaciones. Todos esos casi recuerdos me causaban gran dolor, lo cual me hacía sentir que se había alzado alguna especie de barrera psicológica artificial para prevenirlos. Cuando empecé a hacer tímidas sugerencias sobre estas impresiones a algunas personas, me encontré con todo tipo de reacciones. Había quien me contemplaba con incomodidad, aunque ciertos miembros del Departamento de Matemáticas mencionaron nuevos avances en las teorías de la relatividad —que por aquel entonces solo se discutía en círculos de expertos— que más tarde cobrarían tanta notoriedad. El trabajo del doctor Albert Einstein, decían, avanzaba a toda velocidad hacia el objetivo de reducir el tiempo a una mera dimensión.

Sin embargo, aquellos sueños y sensaciones perturbadoras me asaltaban cada vez más, hasta el punto de que en 1915 me vi obligado a abandonar mi ocupación regular. Estaba seguro de que aquellas impresiones empezaban a tomar un cariz de lo más inquietante. No podía librarme de la persistente idea de que mi amnesia había formado parte de algún tipo de intercambio impío y que mi personalidad secundaria había sido más bien una fuerza intrusa procedente de regiones desconocidas. También pensaba que mi propia personalidad había sufrido a su vez un desplazamiento. Por todo ello, me vi atenazado por vagas y escalofriantes especulaciones sobre el paradero de mi auténtico yo durante los años en que ese otro ser dominó mi cuerpo. Los curiosos conocimientos y la extraña conducta del antiguo inquilino de mi cuerpo me inquietaban cada vez más, a medida que recababa detalles a través de testigos, periódicos y revistas. Aquel comportamiento extravagante que parecía dejar pasmada a tanta gente se me antojaba en terrible armonía con algún tipo de trasfondo de conocimientos oscuros que se enquistaban en las simas de mi subconsciente. Empecé a investigar con ansia cada ápice de información relativo a los estudios y viajes que esa otra entidad había realizado durante aquellos años oscuros.

Sin embargo, no todas mis tribulaciones eran tan abstractas. También estaban los sueños, que parecían cada vez más concretos y vívidos. Consciente de cómo reaccionarían los demás si se los contase, rara vez los mencioné ante nadie que no fuera mi hijo o algún psicólogo de confianza. Al cabo, emprendí un estudio científico de otros casos similares, para comprobar si dichas visiones podían considerarse típicas o atípicas entre víctimas de amnesia. Conté con la ayuda de psicólogos, historiadores, antropólogos y especialistas mentales de dilatada experiencia, así como de un estudio previo que incluía todo tipo de informes sobre personalidades múltiples que abarcaban desde la época de las posesiones demoníacas al presente más realista en términos médicos. En un primer momento, los resultados de mi estudio me inquietaron más que consolarme.

Pronto me di cuenta de que entre la abrumadora panoplia de casos de amnesia no había ninguno en que el paciente hubiera sufrido sueños análogos a los míos. Sin embargo, sí que había una pequeña cantidad residual de relatos que durante años me impresionaron y me dejaron perplejo ante los evidentes paralelismos que mostraban con mi propia experiencia. Algunos eran fragmentos del folclore antiguo, mientras que otros eran historias clínicas de los anales de la medicina. Apenas un par no pasaban de ser anécdotas bien enterradas en historiales corrientes. Por lo tanto, parecía que, a pesar de que el tipo de dolencia que me había afligido tenía un carácter prodigioso, habían acontecido casos similares en largos intervalos desde los anales mismos de la humanidad. Había siglos en los que aparecían uno, dos o hasta tres posibles casos; pero en otros no se citaba ninguno... o, en cualquier caso, no quedaba registro alguno.

En esencia, siempre era lo mismo: una persona de cierta consideración sufría un ataque tras el cual emprendía una extraña vida secundaria durante un periodo más o menos prolongado en el que su vida cobraba aspectos del todo ajenos, tipificados en un primer momento por un estrambótico comportamiento verbal y corporal, y a continuación por la adquisición indiscriminada de conocimiento científico, histórico, artístico y antropológico. Dicha adquisición se llevaba a cabo con febril compulsión, caracterizada por absorber conocimientos del todo fuera de lo común. Seguía un regreso repentino de la conciencia original, que se veía acosada durante el resto de sus días con vagos sueños imposibles de ubicar, sueños que sugerían fragmentos de algún tipo de horripilante recuerdo que alguien o algo se había encargado hábilmente de borrar. La estrecha similitud entre dichas pesadillas con las que yo había sufrido, incluso en los detalles más nimios, me hizo ver con claridad que respondían a un patrón característico. Un par de casos tenían un aura de familiaridad tan vaga como blasfema, como si ya hubiese leído sobre ellos a través de algún canal cósmico demasiado mórbido y escalofriante como para ser contemplado. Otros tres casos contenían alusiones concretas a un aparato desconocido idéntico al que había estado en mi casa justo antes de mi segunda traslación.

Otro aspecto que teñía de preocupación mis investigaciones era la frecuencia algo mayor de casos en los que un destello breve e incluso esquivo de esas típicas pesadillas alcanzaba a personas que no habían llegado a sufrir una amnesia propiamente dicha. Estas personas solían ser de mente mediocre o inferior, tan primitivas que nadie las creería capaces de adquirir algún tipo de sapiencia anormal y conocimiento preternatural. Durante un segundo las poseía la llamarada de una fuerza ajena... y luego revertían a su estado normal con apenas un débil y pasajero recuerdo de horrores inhumanos.

Durante el último medio siglo se habían producido al menos tres casos similares, el último de ellos tan solo quince años antes. ¿Acaso había algo que tanteaba a ciegas a través del tiempo desde algún insospechado abismo de la naturaleza? ¿Podrían aquellos leves casos ser experimentos monstruosos y siniestros de algún tipo de autoridad más allá de cualquier creencia ajena a la locura? En mis horas menos afortunadas me entregaba a especulaciones inconcretas de este tenor, ideas jaleadas por mi imaginación e instigadas por los mitos que descubrían mis investigaciones. Sin duda había ciertas leyendas que se repetían desde tiempos inmemoriales, desconocidas al parecer para las víctimas y los médicos relacionados con los recientes casos de amnesia, que reelaboraban casos como el mío de forma asombrosa y extraordinaria.

Aún temo hablar con libertad de la naturaleza de aquellos sueños e impresiones cada vez más clamorosos. Parecían paladear la locura, hasta el punto de que en ocasiones creía enloquecer. ¿Había algún tipo de ilusión que afectase a aquellos que habían sufrido lapsos de memoria? Se entiende que los esfuerzos de la mente subconsciente pueden llenar un pasmoso hueco en la memoria con seudorrecuerdos que podrían provocar imágenes de lo más extraño y caprichoso. Muchos de los alienistas que me ayudaron a buscar casos similares sostenían esta teoría, aunque yo juzgaba más plausible otra teoría alternativa basada en el folclore. Compartían mi perplejidad ante las pasmosas coincidencias que a veces descubríamos. Ninguno llegó a tildar mi dolencia de genuina locura, pero evidentemente la consideraban un trastorno neurótico. Asimismo, y con arreglo a los principios de la psicología aceptados comúnmente, los profesionales me trasladaron con toda sinceridad que, en su opinión, yo hacía lo correcto al tratar de encontrar su rastro en la historia para analizarlo, en lugar de entregarme al vano intento de desdeñar mis sufrimientos o de olvidarlos. Di especial crédito a los consejos de los médicos que estudiaron mi caso durante los años en que me poseyó aquella otra entidad.

Las primeras perturbaciones que sufrí ni siquiera eran visuales, sino que comprendían los elementos de naturaleza más abstracta que ya he mencionado. Asimismo, me asolaba una profunda e inexplicable sensación de horror hacia mí mismo. Desarrollé un curioso pánico a contemplar mi propio cuerpo, como si mis ojos lo encontrasen ajeno por completo y aberrante hasta extremos inconcebibles. Cuando bajaba la vista y contemplaba mi familiar forma humana ataviada con algún traje gris o azul, siempre sentía un curioso alivio, aunque para alcanzarlo me veía obligado a domeñar un pavor infinito. Evitaba los espejos en la medida de lo posible, y siempre me afeitaba en barbería.

Aún tardé un tiempo en relacionar todas estas sensaciones inconexas con las efímeras impresiones visuales que me atenazaban. La primera de dichas relaciones se derivaba de la impresión de que mi memoria estaba dominada por algo externo y artificial. Sentía que aquellos atisbos de visiones tenían un significado profundo y terrible, así como una escalofriante conexión conmigo mismo. Sin embargo, alguna influencia dotada de un propósito consciente me impedía comprender todas las implicaciones de aquel significado y de aquella conexión. Acto seguido sobrevino aquel extrañamiento sobre el paso del tiempo, y mis desesperados esfuerzos por ubicar aquellos indicios oníricos y fragmentarios con arreglo a un patrón espaciotemporal.

Los atisbos propiamente dichos fueron en un principio más extraños que horribles. A veces parecía encontrarme en una enorme cámara abovedada cuyos altos lunetos de piedra se perdían en las sombras de las alturas. Sean cuales fueren el lugar y la época en que se ubicaba aquella escena, ya dominaban la elaboración de los arcos, generalizados entre pueblos como los romanos. Había colosales ventanas redondas y altas puertas arquea-das. Había pedestales o mesas que se alzaban hasta la misma altura que alcanzaría una habitación humana ordinaria. Unas enormes estanterías de madera oscura se sucedían en las paredes, y contenían lo que parecían ser volúmenes de enormes dimensiones con extraños jeroglíficos en los lomos. La cantería visible presentaba tallas de curiosa factura, figuras que seguían siempre diseños matemáticos curvilíneos. Había inscripciones grabadas con los mismos caracteres que se veían en aquellos enormes libros. La mampostería de oscuro granito tenía unas monstruosas dimensiones me-galíticas, con hileras de bloques convexos en la parte superior y cóncavos en la parte inferior para encajar unos con otros. No había sillas, aunque el alto de aquellos vastos pedestales estaba cubierto de libros, papeles y lo que parecía ser material de escritura: jarras de extraña forma hechas de metal purpúreo y varas con puntas manchadas. Aunque aquellos pedestales eran altísimos, me parecía que en ocasiones los podía contemplar desde arriba. Sobre alguno de ellos había grandes globos de cristal luminoso que hacían las veces de lámparas, así como inexplicables máquinas formadas por tu-bos vítreos y varas de metal. Las ventanas eran vidriadas y las cubrían re-jillas de apariencia robusta. Aunque yo no me atrevía a acercarme a ellas y asomarme, desde mi ubicación podía ver bambolearse la parte superior de un arbusto parecido al helecho. El suelo constaba de enormes losas octogo-nales, si bien las alfombras y los cortinajes brillaban por su ausencia.

Tiempo después sufrí otras visiones en las que me encontraba en cicló-peos corredores de piedra, o en las que subía o bajaba planos inclinados y gigantescos de aquella misma monstruosa construcción. No había esca-leras por ningún lado, como tampoco había pasadizo alguno cuya anchu-ra fuese menor de diez metros. Algunas de las estructuras a través de las cuales flotaba debían de elevarse miles de metros hacia el cielo. También había numerosos pisos de bóvedas negras que se adentraban varios metros bajo la superficie, y trampillas que nadie había abierto jamás, selladas con bandas metálicas y envueltas en el lúgubre halo de algún tipo de amenaza especial. Parecía estar preso, y el horror más siniestro empañaba todo cuan-to contemplaba. Me daba la impresión de que aquellos burlones jeroglíficos curvilíneos de las paredes podrían hacer añicos mi alma, aunque una misericordiosa ignorancia me impedía entender lo que decían.

Muchas visiones posteriores incluían paisajes vistos desde aquellas enormes ventanas redondas, así como desde el titánico tejado plano, cuajado de curiosos jardines y, más allá, un extenso páramo desolado y un parapeto de piedra, tan alto como festoneado, hacia el que conducían casi todas las rampas inclinadas. Había leguas casi infinitas de edificios gigantescos, cada uno con su jardín, dispuestos en carreteras asfaltadas de al menos sesenta metros de ancho. Los edificios tenían aspectos diversos, aunque casi todos ellos medían más de cincuenta metros cuadrados y trescientos metros de altura. Por otro lado, algunos se perdían como montañas en aquellos cielos grises y vaporosos. Parecían hechos sobre todo de piedra o cemento, y la mayoría encarnaba aquella extravagante estructura curvilínea que también tenía el edificio donde yo me hallaba prisionero. Los tejados eran siempre planos y cubiertos por jardines, y todos tendían a albergar aquellos parapetos festoneados. En ocasiones había terrazas en niveles superiores, así como amplios espacios vacíos entre los jardines. En aquellas grandes calzadas se apreciaban indicios de elementos en movimiento, pero al menos en mis primeras visiones no pude apreciar qué era lo que las atravesaba.

En ciertos lugares contemplé enormes torres cilíndricas que se alzaban a más altura que ninguna de las demás estructuras. Parecían dotadas de un propósito singular, y mostraban signos de una antigüedad prodigiosa y de deterioro. Estaban construidas con arreglo a una extravagante estructura de bloques cuadrados de basalto que se estrechaban ligeramente en sus últimos niveles, redondeados. En ninguna de ellas se apreciaba la menor señal de ventanas o apertura alguna, con la salvedad de sus enormes puertas. Me percaté de que la estructura de algunos de los edificios más bajos, casi todos ellos erosionados y casi derruidos por el paso de los eones, era similar a la de aquellas oscuras torres cilíndricas. Alrededor de aquellas aberrantes estructuras de bloques cuadrados flotaba una inexplicable aura de amenaza y miedo concentrado, la misma que rodeaba aquellas trampillas selladas.

Los omnipresentes jardines resultaban de una extrañeza casi aterradora, con extravagantes y desacostumbradas formas de vegetación que asomaban por entre amplios caminos flanqueados por monolitos curiosamente tallados. Predominaba aquella vegetación semejante a helechos, que se extendía casi hasta el infinito. Algunas plantas eran verdes, y otras, de una palidez preternatural y fungosa. Entre ellas se alzaban grandes árboles espectrales que recordaban a calamites, con troncos semejantes al bambú que se elevaban hasta alturas fabulosas. Había formas nudosas parecidas a fantásticas cícadas, así como grotescos matorrales de tono verde oscuro y árboles de aspecto conífero. Las flores eran pequeñas, incoloras e irreconocibles. Crecían en patrones geométricos y se extendían por todo el verdor. En algunas de aquellas otras terrazas y jardines se veían flores más vívidas y grandes de contornos casi ofensivos que parecían sugerir un cuidado artificial. Hongos de tamaño, forma y colores inconcebibles salpicaban la escena con patrones que evidenciaban algún tipo de tradición horticultural desconocida, aunque ya asentada. En los jardines de mayor tamaño, a ras de suelo, se apreciaba algún intento de preservar las irregularidades de la naturaleza, pero en los tejados la disposición era más selectiva y había más muestras del arte de la poda.

Los cielos eran casi siempre húmedos y nublados. A veces me parecía presenciar lluvias torrenciales. Sin embargo, de vez en cuando se apreciaban atisbos de un sol cuyo tamaño parecía anormalmente grande, y de la luna, cuyas marcas tenían un aire diferente de la luna normal, aunque me consideraba incapaz de precisar en qué radicaba aquella diferencia. En las raras ocasiones en que el cielo nocturno estaba despejado, podía contemplar constelaciones que apenas reconocía. Los contornos a veces se acercaban a lo conocido, pero casi nunca eran idénticos. A juzgar por la posición de los pocos grupos que alcanzaba a reconocer, aventuré que debía de encontrarme en el hemisferio sur de la Tierra, cerca del trópico de Capricornio. El lejano horizonte siempre aparecía vaporoso e indistinguible, pero al menos alcanzaba a atisbar enormes junglas de aquellos desconocidos árboles parecidos a helechos, calamites, lepidodendros y sigilarias en el exterior de la ciudad. Sus frondosas profundidades se agitaban burlonas entre vapores cambiantes. De vez en cuando se atisbaba algo parecido al movimiento en el cielo, aunque mis primeras visiones no llegaron a aclarar de qué se trataba. En otoño de 1914 empecé a tener sueños esporádicos en los que flotaba extrañamente sobre la ciudad y por todos sus alrededores. Vi caminos interminables a través de bosques de temible vegetación, con troncos moteados, acanalados y rayados, más allá de otras ciudades tan extrañas como la que embrujaba mis sueños de manera tan persistente. Vi monstruosas construcciones de piedra negra o iridiscente en calveros y claros en los que reinaba un perpetuo crepúsculo, y atravesé largas calzadas que recorrían pantanos tan oscuros que poco puedo decir de su húmeda y gigantesca vegetación. En cierta ocasión vi una extensísima superficie recubierta de ruinas de basalto desperdigadas por el paso del tiempo, y cuya arquitectura se había asemejado a la de las pocas torres de punta redonda y sin ventanas de la ciudad maldita. Otra vez llegué a ver el mar, una extensión inabarcable y vaporosa más allá de los colosales muelles de piedra de una enorme aldea llena de cúpulas y arcadas. Unas grandes sombras medio insinuadas se movían por aquel mar, y de vez en cuando su superficie se sacudía con corrientes anómalas.

III

Como ya he dicho, aquellas demenciales visiones no empezaron a adquirir aquel cariz aterrador de inmediato. A buen seguro muchas personas han soñado cosas intrínsecamente más extrañas, cosas compuestas de fragmentos inconexos de la vida ordinaria, de cuadros o lecturas dispuestos en formas nuevas y fantásticas según los ingobernables caprichos del sueño. Durante algún tiempo acepté que aquellas visiones correspondían a algo natural, aunque mis sueños jamás habían adoptado un cariz tan extravagante como el de aquellos. Con arreglo a mi razonamiento, seguramente muchas de las anomalías más vagas se derivaban de fuentes de lo más trivial y demasiado numerosas como para localizarlas, pero otras parecían reflejar conocimientos propios de los libros de texto sobre la vegetación y las condiciones ambientales que imperaban hace ciento cincuenta millones de años: el mundo de la Edad Pérmica o Triásica. Sin embargo, con el transcurso de los meses el elemento de terror empezó a ganar en solidez y fuerza. Los sueños empezaron entonces, y de manera indefectible, a adoptar el aspecto de recuerdos, cuando mi mente empezó a relacionarlos con mis cada vez mayores perturbaciones abstractas, como la sensación de control mnemónico, aquella curiosa impresión en cuanto al paso del tiempo, la impresión de haber sufrido un repugnante intercambio con mi personalidad secundaria entre 1908 y 1913 y, bastante después, la inexplicable repulsión que me provocaba mi propio cuerpo.

A medida que ciertos detalles muy concretos empezaban a irrumpir en mis sueños, el horror que suponían se vio multiplicado por mil..., hasta que, en octubre de 1915, resolví hacer algo al respecto. Por aquel entonces comenzaron mis intensas investigaciones de otros casos de amnesia y visiones, pues creí que de ese modo podría objetivar mis tribulaciones y librarme de las connotaciones emocionales que las acompañaban y que tanto me inquietaban. Sin embargo, tal como ya he mencionado, en un primer momento el resultado fue casi contraproducente. Descubrir que mis sueños habían sido duplicados con tanta exactitud me perturbó hasta lo indecible, en especial si se tenía en cuenta que algunos de los testimonios eran demasiado antiguos como para que el sujeto en cuestión tuviese en su época el menor conocimiento geológico, y por lo tanto ninguna idea de qué aspecto tenían los paisajes primitivos. Y más aún, muchos de aquellos testimonios incluían horribles detalles y explicaciones en relación con las visiones de aquellos enormes edificios y jardines selváticos, y con otras cosas. Aquellas visiones y vagas impresiones ya eran lo bastante malas de por sí, pero lo que sugerían o incluso llegaban a afirmar algunos de los soñadores lindaba con la locura y la blasfemia. Y lo peor de todo: mis propios seudorrecuerdos se vieron propulsados hacia sueños aún más demenciales que sugerían la llegada de nuevas revelaciones. A pesar de todo ello, los doctores consideraron que mis investigaciones, en general, eran aconsejables.

Estudié psicología de manera sistemática, y en vista de los estímulos predominantes en nuestro hogar, mi hijo Wingate también se embarcó en esos estudios. Su carrera desembocó en la cátedra que ocupa actualmente. Por mi parte, yo seguí cursos especiales en Miskatonic en 1917 y 1918. Mientras tanto, me embarqué en una investigación infatigable sobre registros médicos, históricos y antropológicos. Viajé a lejanas bibliotecas e incluso leí algunos de los libros de saber prohibido y ancestral hacia los que mi personalidad secundaria había mostrado un interés tan inquietante. Algunos de esos libros eran las mismas copias que yo mismo había consultado en mi estado alterado. Me perturbaron en gran medida ciertas anotaciones al margen y las ostensibles correcciones de aquellos textos repulsivos escritas en un alfabeto o en un idioma que poca relación parecían guardar con la escritura humana.

Aquellas marcas estaban hechas en su mayoría en los respectivos idiomas de los diferentes libros. Mi otro yo parecía conocerlos todos con la misma facilidad, si bien obviamente por medio de fuentes académicas. Sin embargo, una nota adjunta al *Unaussprechlichen Kulten* de Von Junzt me dio una impresión totalmente distinta. En la nota se veían ciertos jeroglíficos curvilíneos escritos con la misma tinta que el resto de correcciones en alemán. Esos jeroglíficos, sin embargo, no seguían patrón humano reconocible. Además, no cabía la menor duda de su parentesco con los caracteres que me encontraba una y otra vez en mis sueños. A veces creía imaginar su significado, o estaba a punto de recordarlo. Para completar el nebuloso panorama, los bibliotecarios me aseguraron que, si se tenían en cuenta mis visitas previas y los registros de mis consultas de aquellos volúmenes en cuestión, quedaba claro que aquellas anotaciones las había hecho mi yo secundario, pese a que yo no conocía y sigo sin conocer tres de los idiomas en los que estaban hechas esas anotaciones...

Al reunir todos los testimonios, ya fueran antiguos o modernos, antropológicos o médicos, encontré una mezcla bastante consistente de mito y alucinación cuyo alcance y extremos demenciales me aturdieron por completo. El único magro consuelo que obtuve fue la antigüedad de aquellos mitos. No alcanzo a imaginar qué tipo de conocimiento perdido permitía que en aquellas fábulas primitivas se mencionasen paisajes del Paleolítico o del Mesozoico, pero las imágenes eran claras. Por lo tanto, existía una base para la formación de aquel determinado tipo de ilusión. Sin duda, los casos de amnesia se ajustaban a un patrón mitológico general, pero las adiciones fantasiosas de los mitos debía de haber tenido influencia en aquellos que sufrían de amnesia hasta colorear sus seudorrecuerdos. Yo mismo había leído y oído aquellas fábulas primitivas durante mi lapso de memoria. Mi búsqueda así lo demostraba. Por lo tanto, ¿acaso no era natural que mis sueños posteriores y los cambios posteriores en mi temperamento se viesen coloreados y moldeados por todo aquello que mi memoria retenía de forma sutil de la época de mi yo secundario? Algunos de aquellos mitos tenían conexiones significativas con otras leyendas nebulosas del mundo prehumano, en especial los relatos del hinduismo que hablan de increíbles abismos de tiempo, y que forman parte del saber general de los teósofos modernos.

Tanto los mitos primitivos como las ilusiones modernas compartían la idea de que la humanidad es solo una (acaso la menor) de las razas evolucionadas y dominantes de la larga historia de este planeta, en su mayor parte desconocida. Según ambos, unos seres de forma inconcebible habían alzado torres hacia el cielo y escarbado en cada uno de los secretos de la naturaleza antes de que el primer ancestro anfibio del ser humano saliese a rastras de un mar caliente hace trescientos millones de años. Algunas de esas razas habían venido de las estrellas; otras pocas eran tan viejas como el mismísimo cosmos, y otras habían evolucionado con celeridad a partir de gérmenes terrestres tan alejados de los primeros gérmenes como los seres humanos lo están de sus propios gérmenes. Se mencionaban sin pestañear periodos de miles de millones de años y vínculos con otras galaxias y universos. De hecho, el tiempo tal como lo entendemos los humanos ni siquiera existía.

En cualquier caso, la mayor parte de relatos e impresiones hacían alusión a una raza relativamente tardía de perfiles extravagantes e intrincados que no se asemejaban a ninguna forma de vida conocida por la ciencia. Esa raza había vivido hasta solo cincuenta millones de años antes de la llegada del hombre. Esta, indicaban, era la raza más grande de todas las razas, pues era la única que había conquistado el secreto del tiempo. Había acumulado el saber conocido o por conocer en el futuro de la Tierra por medio del poder de sus agudas mentes que les permitía proyectarse tanto hacia el pasado como hacia el futuro, incluso a través de abismos de millones de años. De ese modo podían estudiar el saber de cada una de las eras de la Tierra. De los logros de esta raza surgían todas las leyendas de los profetas, incluyendo las de la mitología humana.

En sus vastas bibliotecas había volúmenes de textos e imágenes que contenían todos los anales de la Tierra; historias y descripciones de cada una de las especies que jamás han existido o que llegarían a existir, así como registros completos de su arte, sus logros, sus idiomas y su psicología. Con semejante conocimiento extendido a lo largo de los eones, la Gran Raza seleccionó de entre cada era los pensamientos, artes y procesos más adecuados para su propia naturaleza y situación. El conocimiento del pasado, que se alcanzaba mediante una suerte de proyección mental que traspasaba los sentidos reconocibles, era más difícil de recoger que el conocimiento del futuro.

En este último caso, el curso de acción resultaba más sencillo, más material. Con el equipo mecánico adecuado, una mente podía proyectarse hacia delante en el tiempo y abrirse camino entre sombras extrasensoriales hasta acercarse al periodo deseado. Luego, tras unas pruebas preliminares, se abatiría sobre el mejor representante de las formas de vida más elevadas del periodo en cuestión que pudiese encontrar. Entraría en el cerebro del organismo e instalaría en él sus propias vibraciones. Al mismo tiempo, la mente desplazada se retrotraería al periodo del usurpador y ocuparía su cuerpo hasta que se ejecutase el proceso de reversión. La mente proyectada en el cuerpo del organismo del futuro se haría pasar por un miembro de la raza, cuyo aspecto ahora encarnaba, y aprendería tan rápido como fuera posible todo cuanto se pudiese aprender sobre el periodo elegido, sus técnicas y toda la información que se pudiera recopilar.

Mientras tanto, la mente desplazada hacia la era y el cuerpo del usurpador se mantendría bajo atenta custodia. Se evitaría que dañase el cuerpo que ahora ocupaba, al tiempo que un grupo de interrogadores expertos se encargaría de extraer todo el conocimiento que albergase. Si los viajes previos habían traído ya del futuro el conocimiento asociado a su lenguaje, podría ser interrogada en ese mismo lenguaje. En caso de que la mente viniese de un cuerpo cuyo lenguaje la Gran Raza no fuera capaz de reproducir físicamente, se crearían las más ingeniosas máquinas para reproducir aquella lengua extraña como si de un instrumento musical se tratase. Los miembros de la Gran Raza eran inmensos conos rugosos de unos tres metros, con la cabeza y demás órganos pegados a cuatro extremidades prensiles de un palmo de grosor que brotaban de su vértice superior. Se comunicaban a través de ciertos chasquidos y repiqueteos que producían con enormes garras que remataban dos de aquellas extremidades tentaculares. Caminaban mediante la expansión y contracción de una capa viscosa situada en la parte inferior de su enorme base de tres metros.

Cuando el asombro y el resentimiento de la mente cautiva se extinguía, y cuando (suponiendo que viniese de un cuerpo que difiriese mucho del de la Gran Raza) se sobreponía al horror que pudiera causarle aquella forma desacostumbrada aunque temporal, se le permitía estudiar el nuevo entorno que lo rodeaba y experimentar una maravilla y sabiduría análoga a la de su usurpador. Con las precauciones adecuadas, y a cambio de los servicios convenientes, se le permitía vagar por el mundo habitable bien a lomos de titánicas naves aéreas, o bien en los enormes vehículos similares a barcos de motor atómico que atravesaban las grandes vías del mundo, así como deambular con total libertad por las bibliotecas que contenían los registros del pasado y el futuro del planeta. Aquel gesto reconciliaba a muchos cautivos con la Gran Raza, pues todas aquellas mentes no pertenecían sino a apasionados del conocimiento, y por lo tanto descubrir los misterios ocultos de la Tierra, capítulos cerrados de pasados inconcebibles y vórtices vertiginosos de tiempos futuros que incluían los años posteriores a las eras que les eran naturales, siempre suponía para ellos, a pesar de los horrores abismales que solía albergar dicho conocimiento, una suprema experiencia vital.

De vez en cuando se permitía a ciertos prisioneros encontrarse entre sí y conocer a otras mentes cautivas venidas del futuro, de modo que pudieran intercambiar ideas con conciencias que vivían un centenar o incluso un millón de años antes o después de su propia época. A todos ellos se los instaba a escribir sin descanso en su propio idioma todo cuanto quisieran comunicar sobre sí mismos y sus respectivas eras. Los documentos que producían se almacenaban en los grandes archivos centrales.

Hay que añadir que, por desgracia, existía un tipo especial de prisionero cuyos privilegios eran mucho mayores que los de los demás: se trataba de los exiliados permanentes, que habían sido traídos por agudos miembros de la Gran Raza que, ante la inminencia de la muerte, habían tratado de escapar a su propia extinción mental viajando a otra época. Esos exilios melancólicos no eran tan comunes como cabría esperar, pues la longevidad de la Gran Raza menguaba su amor por toda la vida, incluyendo la humana, en especial entre aquellas mentes superiores capaces de proyectarse. Los casos de proyección permanente de mentes ancianas entre la Gran Raza constituían muchos de los cambios de personalidad permanente recogidos en la historia reciente.

En cuanto a los casos normales de mera exploración, cuando la mente desplazada ya había aprendido todo lo que deseaba aprender sobre el futuro, construía un ingenio semejante al que había dado comienzo a su viaje para revertir el proceso de proyección. Regresaría a su propio cuerpo en su propia época, mientras que la mente cautiva volvería al cuerpo del futuro al que pertenecía por derecho. El proceso solo era imposible si uno de los dos cuerpos moría durante el periodo de intercambio. Ni que decir tiene que, en esos casos, la mente exploradora se veía obligada, al igual que los prófugos de la muerte ya mencionados, a vivir en un cuerpo ajeno en el futuro. También podía suceder que la mente cautiva, como la de los prisioneros permanentes exiliados, acabara el resto de sus días en la forma de la Gran Raza y en una época pasada.

Este destino era menos horrible cuando la mente cautiva también pertenecía a la Gran Raza, cosa no del todo infrecuente, pues la Gran Raza se preocupaba mucho por su propio futuro en todos sus periodos de existencia. Eran pocos los exiliados permanentes de la Gran Raza, habida cuenta de las tremendas sanciones que se imponían a los moribundos que desplazaban sus mentes hacia el futuro de la Gran Raza. Mediante proyecciones, se disponía que las sanciones se aplicasen a las mentes que cometieran dichos excesos en sus cuerpos futuros. A veces se obligaba incluso a revertir el desplazamiento. Se habían dado casos complejos de desplazamientos de mentes exploradoras o ya cautivas en varias regiones del pasado. En todos ellos, el proceso se había identificado y corregido con sumo cuidado. En cada era desde el descubrimiento de la proyección mental, un mínimo pero bien conocido segmento de la población consistía en mentes de la Gran Raza venidas de épocas pasadas, que se desplazaban para disfrutar del futuro durante periodos más o menos largos.

Cuando una mente foránea se devolvía a su propio cuerpo en el futuro, se la purgaba, mediante un intrincado proceso de hipnosis, de todo conocimiento que hubiese aprendido en la era de la Gran Raza. Se obraba así debido a ciertas consecuencias problemáticas inherentes a la gestión de conocimientos en cantidades tan ingentes. Los pocos ejemplos de transmisión límpida habían causado grandes catástrofes, y seguramente volverían a causarlas en el futuro. Los mitos más antiguos mencionaban dos casos de ese tipo a consecuencia de los cuales la humanidad había descubierto lo poco que sabía sobre la Gran Raza. De esos mundos de eones de antigüedad, todo lo que sobrevivía física y directamente eran apenas las ruinas de grandes piedras en emplazamientos lejanos o bajo el mar, así como fragmentos de texto de los escalofriantes *Manuscritos Pnakóticos*.

De este modo, la mente regresaba a su propia época con apenas unas visiones débiles y del todo fragmentarias de lo que había experimentado durante su cautiverio. Se erradicaban todos los recuerdos susceptibles de erradicación. Lo único que albergaba la mente desde el momento del primer intercambio era una suerte de tenebroso vacío onírico. Algunas mentes recordaban más que otras, y en raras ocasiones recuerdos vinculados de modo aleatorio resultaban en pequeñas pistas sobre épocas pasadas y futuras del todo prohibidas. Probablemente no haya existido ni una sola época en la que algún grupo o culto secreto no haya atesorado algunas de dichas pistas. En el *Necronomicón* se sugiere la existencia de un culto semejante entre los seres humanos; una secta que a veces ayudaba a ciertas mentes a viajar a través de los eones hasta los días de la Gran Raza.

Y mientras tanto, los conocimientos de la Gran Raza crecían hasta niveles casi omniscientes y se centraban en realizar intercambios con mentes de otros planetas para explorar sus pasados y sus futuros. Asimismo, intentaron comprender los años pasados y el origen de ese orbe negro muerto desde hace eones en el rincón más alejado del espacio del que había surgido su propio linaje mental..., pues la mente de la Gran Raza era mucho más antigua que su forma corpórea. Aquellos seres de un mundo ancestral y moribundo, conocedores de los secretos supremos, habían tratado de lanzar sus mentes al futuro, hacia un nuevo mundo y una nueva especie a través de la cual pudiesen alargar la vida. Habían trasladado sus conciencias en masa hacia la raza futura más adecuada para albergarlos: los seres de forma cónica que poblaban nuestra tierra hace mil millones de años. Así nació la Gran Raza, al tiempo que una miríada de mentes fue desplazada hacia otro planeta para morir a manos de un horror de extrañas formas. Más adelante, la raza volvería a verse amenazada por la muerte, aunque sobreviviría mediante el mismo método: lanzaría sus mentes más agudas en una migración al futuro hasta ocupar otros cuerpos que contaban con una mayor esperanza de vida.

Ese era su trasfondo entreverado de leyenda y alucinación. Cuando, más o menos hacia 1920, consideré que mis investigaciones habían adoptado una forma coherente, sentí que disminuía la tensión que había aumentado a lo largo de las etapas anteriores de mis estudios. A fin de cuentas, a pesar de todas las ilusiones que suscitaban mis emociones más ciegas, ¿acaso no había encontrado el modo de explicar todos los fenómenos por los que había pasado? El hecho de que mi mente se centrara en el estudio de lo oculto durante mi amnesia podía deberse a la más pura casualidad, que me llevó a leer ciertas leyendas prohibidas y a cruzarme con miembros de ciertas sectas antiguas y mal consideradas. Sin duda, de ahí vinieron el material que surtió mis sueños y las perturbadoras sensaciones que experimenté después de recobrar la memoria. En cuanto a esas notas al margen y esos lenguajes desconocidos que escribí en los libros que me proporcionaron los bibliotecarios..., no es descabellado suponer que yo hubiese adquirido nociones superficiales de dichas lenguas durante mi periodo de amnesia. Del mismo modo, los jeroglíficos no eran sino productos de mi imaginación procedentes de descripciones en leyendas antiguas que acabaron entretejiéndose en mis sueños. Traté de discutir varios de estos puntos con los líderes conocidos de esas sectas, pero jamás conseguí establecer las conexiones adecuadas.

A veces el paralelismo con tantos casos de épocas tan distantes me vuelve a preocupar como al principio, aunque por otro lado he llegado a reflexionar en el sentido de que un folclore capaz de avivar tanto la imaginación era sin duda más universal en el pasado que en el presente. Es probable que los afectados cuyo caso era tan similar al mío albergasen un conocimiento mayor y más cercano de aquellas leyendas con las que yo había entrado en contacto durante mi amnesia. Cuando esas víctimas perdieron la memoria, se asociaron a sí mismas con las criaturas de sus propias leyendas locales, los fabulosos invasores que el mito suponía capaz de intercambiar su mente con la de los humanos, y se habían embarcado en búsquedas de conocimiento por medio del cual pensaron que podían trasladarse a un pasado imaginario y no humano. Una vez recuperaban la memoria, revertían aquel proceso asociativo e imaginaban que habían sido hechos prisioneros de las mentes usurpadoras. De ahí los sueños y los seudorrecuerdos que se ajustaban a aquel patrón mítico convencional.

Por alambicadas que resultasen estas explicaciones, mi mente acabó por adoptarlas como la respuesta real a todo mi caso, sobre todo porque cualquier otra teoría resultaba pobre en comparación. Una cantidad significativa de eminentes psicólogos y antropólogos acabó por darme la razón. Cuanto más reflexionaba, más convincente me parecía mi razonamiento, hasta que llegó un punto en que me construí una auténtica barrera mental contra aquellas visiones y sensaciones que aún me asaltaban. Por ejemplo, cuando veía cosas extrañas por la noche, me decía que las causaban elementos sobre los que había leído u oído hablar. O bien, cuando experimentaba rechazos extraños, o bien extravagantes perspectivas o seudorrecuerdos, me decía que solo eran ecos de mitos sobre los que había leído durante mi amnesia. Nada de lo que yo hubiera soñado o sentido parecía tener un significado real.

Me reforcé en esta filosofía particular, y debo decir que mi equilibrio mental mejoró bastante, aunque las visiones se volvieron más frecuentes, perturbadoras y detalladas; mucho más que aquellas impresiones abstractas. En 1922 sentí que estaba listo para volver al trabajo, así que empleé todo aquel conocimiento adquirido en un puesto de profesor de Psicología en la universidad. Mi antigua cátedra de Economía Política llevaba tiempo ocupada por otra persona y, además, los métodos de enseñanza de la economía habían experimentado cambios notables desde mis tiempos. Por aquel entonces, mi hijo comenzaba los estudios de posgrado que lo llevarían a ocupar su propia plaza, así que establecimos un sólido vínculo laboral.

IV

En cualquier caso, mantuve un registro pormenorizado de los extravagantes sueños que poblaban mis noches de forma tan punzante y vívida. A mi entender, dicho registro tenía un valor genuino como documento psicológico. Aquellos atisbos aún parecían siniestros recuerdos, aunque me esforzaba por descartar dicha impresión, a veces con éxito. En aquellos escritos, trataba mis fantasmagorías como si hubiese visto todo aquello en realidad, aunque el resto del tiempo las descartaba como meras ilusiones etéreas creadas por la noche. Jamás mencioné estos asuntos en mis conversaciones cotidianas, aunque empezaron a correr ciertos rumores, como suele suceder con estas cosas, que avivaron todo tipo de sospechas sobre mi salud mental. Resulta gracioso pensar que dichos rumores corrían sobre todo entre profanos en la materia, y que ni un solo médico o psicólogo les daba pábulo.

Mencionaré tan solo unas pocas de las visiones que experimenté a partir de 1914, pues el relato pormenorizado de todas ellas está disponible para que lo consulten los estudiosos que manifiesten su interés. Es evidente que esas curiosas inhibiciones menguaron con el paso del tiempo, pues el alcance de mis visiones creció hasta extremos inconcebibles. Sin embargo, jamás han llegado a ser más que fragmentos inconexos y carentes de motivo claro. En mis sueños parece que cada vez tengo más libertad para deambular por ese mundo. Floto a través de diversas extrañas construcciones de piedra, o bien me desplazo entre ellas a través de gigantescos pasadizos subterráneos que parecen constituir las avenidas de uso común. En ocasiones me encuentro en los niveles inferiores con más de esas enormes trampillas cerradas; siempre las rodea la misma aura de miedo y prohibición. Veo tremendos mosaicos de estanques adyacentes y estancias llenas de curiosos e inexplicables utensilios de todo tipo. También hay colosales cavernas repletas de intrincada maquinaria cuyos diseño y propósito me son del todo ajenos, y cuyo sonido solo conseguí captar después de soñar lo mismo durante muchos años. En este punto, debo mencionar que la vista y el oído son los únicos sentidos de los que me he valido en el mundo de mis visiones.

El auténtico horror empezó en mayo de 1915, cuando comencé a ver criaturas vivientes. Sucedió antes de que mis investigaciones sobre mitos y casos anteriores me indicasen qué podía esperar de este tipo de visiones. A medida que desaparecían mis barreras mentales, contemplé grandes masas de fino vapor en varias partes del edificio y en las calles de abajo. Dichas masas de vapor se volvieron más sólidas y definidas, hasta que por fin fui capaz de vislumbrar su contorno con inquietante facilidad. Parecían ser enormes conos iridiscentes, de unos tres metros de alto y otros tres de ancho en su base, hechos de algún tipo de materia rugosa y semielástica. De su cúspide surgían cuatro miembros tentaculares cilíndricos y flexibles, cada uno de un palmo de grosor, también de una sustancia rugosa parecida a la de los conos en sí. En ocasiones, estos miembros se contraían hasta casi desaparecer, y otras veces podían estirarse hasta tres metros. Dos de ellos terminaban en enormes pinzas o garras. Otro de ellos estaba rematado por cuatro apéndices rojos parecidos a embudos. En el cuarto se apreciaba un globo de un irregular tono amarillento de unos sesenta centímetros de diámetros en el que se abrían tres grandes ojos oscuros dispuestos alrededor de la circunferencia central. En lo alto de aquella suerte de cabeza había cuatro tallos esbeltos y grises que contaban con apéndices parecidos a flores, mientras que de su parte inferior colgaban ocho antenas tentaculares de color verdoso. La base del cono central estaba ribeteada con una sustancia gomosa y gris que el ser usaba para desplazarse mediante expansiones y contracciones.

Sus movimientos, aunque inocuos, me horrorizaron mucho más que su apariencia, pues resulta perjudicial para la cordura contemplar objetos monstruosos haciendo lo que cabría esperar de los seres humanos. Aquellas criaturas se movían con inteligencia por las grandes estancias, tomaban libros de las estanterías y los llevaban hasta las enormes mesas, o al revés. En ocasiones escribían con diligencia valiéndose de una peculiar vara que sostenían con los tentáculos verdosos de la cabeza. Usaban las enormes pinzas tanto para sujetar los libros como para conversar, pues su habla consistía en una sucesión de chasquidos y repiqueteos. No vestían ropaje alguno, aunque a veces llevaban bolsos o alforjas colgados del tronco cónico. Solían mantener la cabeza y el tentáculo que la soportaba al mismo nivel de la cúspide del cono, aunque con frecuencia se elevaba o descendía. Los otros tres grandes miembros tendían a descansar laxos a los lados del cono, contraídos hasta un metro y medio cada uno en estado de reposo. A juzgar por la velocidad con que leían, escribían y manejaban las máquinas (las que descansaban sobre las mesas parecían conectadas de alguna manera con el pensamiento), llegué a la conclusión de que su inteligencia era mucho mayor que la del ser humano.

A partir de entonces empecé a verlos por todas partes. Poblaban tanto las enormes estancias como los corredores, se ocupaban de las monstruosas máquinas en las criptas abovedadas o recorrían las grandes vías subidos en gigantescos vehículos con forma de barco. Al cabo dejaron de inspirarme temor, pues parecían ser parte natural y preeminente de su entorno. Empecé a percatarme de diferencias individuales entre ellos, y me di cuenta de que algunos parecían estar sujetos por algún tipo de ataduras. Estos últimos, aunque no presentaban ninguna variante física, sí que evidenciaban una diversidad de gestos y costumbres que los distinguía no solo de la mayoría, sino entre ellos. Escribían bastante en lo que, bajo mi visión nublada, parecía una enorme variedad de caracteres, mas nunca en aquellos típicos jeroglíficos curvilíneos que usaba la mayoría. Supuse que

algunos empleaban nuestro alfabeto conocido y tradicional. La mayor parte de ellos se desplazaba de una manera mucho más lenta que la masa general del resto de las criaturas.

Durante todo aquel tiempo, mi propio papel en los sueños parecía reducirse a una conciencia externa que gozaba de un rango de visión más amplio del normal. Yo flotaba a mi antojo, aunque me veía confinado a las avenidas ordinarias y a las velocidades de sus viajes. En agosto de 1915 me empezaron a asaltar ciertas nociones de una existencia corpórea en aquel mundo. Y digo asaltar, porque la primera fase fue la puramente abstracta aunque infinitamente terrible asociación entre las escenas de mis visiones y aquella repulsión hacia mi propio cuerpo. Durante un tiempo, mi mayor preocupación en sueños era evitar verme a mí mismo, y recuerdo lo mucho que agradecí la total falta de grandes espejos en aquellas extrañas salas. Me inquietaba sobremanera el hecho de que yo siempre veía aquellas enormes mesas, cuya altura no podía ser menor de tres metros, desde el mismo nivel de su parte superior.

Entonces, la tentación de bajar la vista y contemplar mi propio cuerpo se volvió más y más poderosa, hasta que una noche me vi incapaz de resistirla. En un primer momento, la mirada hacia abajo que lancé no reveló nada en absoluto. Un momento después me di cuenta de que ello se debía a que mi cabeza descansaba al final de un cuello flexible de enorme longitud. Contraje dicho cuello y volví a mirar hacia abajo. Entonces contemplé la masa escamosa, rugosa e iridiscente de uno de aquellos grandes conos de tres metros de alto y otros tres metros de base. En aquel momento desperté a medio Arkham con mis gritos al salir de repente de los abismos del sueño.

Solo tras algunas semanas de repugnantes repeticiones me reconcilié a medias con aquellas visiones de mí mismo bajo tan monstruosa forma. En mis sueños desplazaba el cuerpo entre otras entidades desconocidas, leía terribles libros de los infinitos anaqueles y escribía durante horas en las grandes mesas mediante un pluma que manejaba con los tentáculos verdes que pendían de mi cabeza. Algunos fragmentos de lo que leía o escribía brotaban de vez en cuando entre mis recuerdos. Había horribles anales de otros mundos y de otros universos, así como indicios de vidas sin forma más allá de todos los universos. Había registros de extrañas clasificaciones de seres que habían poblado el mundo en pasados sumidos ya en el olvido, así como escalofriantes crónicas de inteligencias que habitaban cuerpos grotescos en un mundo millones de años después de la extinción de la humanidad. Supe de la existencia de capítulos de la historia humana que ningún estudioso de hoy en día podía siquiera sospechar. Casi todos esos relatos estaban escritos en el lenguaje de los jeroglíficos, que pude estudiar con la ayuda de las estrambóticas máquinas zumbantes. Se trataba de una lengua aglutinante con sistemas raíces del todo diferentes a los que se encuentran entre los idiomas humanos. Había otros volúmenes escritos en lenguas desconocidas, que pude consultar de ese modo tan estrambótico. Había pocos en idiomas que yo conociese. Me fueron de gran ayuda varias imágenes ingeniosas en extremo, tanto insertadas en los registros como recogidas en colecciones separadas. Y mientras tanto, yo parecía estar recogiendo la historia de mi propia época, escrita en mi idioma. Al despertar, apenas recordaba fragmentos mínimos o absurdos de aquellos idiomas desconocidos que mi yo soñado dominaba a la perfección, si bien pude conservar ciertas frases de aquellas historias.

Supe, incluso antes de que mi yo vigil tuviese la oportunidad de estudiar los casos paralelos de los viejos mitos de los que sin duda desembocaban aquellos sueños, que las entidades que me rodeaban pertenecían a la raza más grande del mundo, que había conquistado el tiempo y había enviado mentes exploradoras por todas las eras. Asimismo, supe que me habían sacado de mi propia época temporal mientras otra entidad usaba mi cuerpo en ella y que algunas de aquellas extrañas formas albergaban mentes capturadas de modo similar a mí. Al parecer conseguí hablar, mediante aquel raro idioma de repiqueteos de pinzas, con intelectos exiliados de cada uno de los rincones del sistema solar.

Había una mente venida del planeta que conocemos como Venus, que aún viviría durante incalculables épocas, y otra proveniente de una luna exterior de Júpiter hacía seis millones de años. Entre las mentes terrestres, había algunas de la raza alada, medio vegetal y de cabeza estrellada que había habitado la península antártica en tiempos paleógenos, así como un miembro del pueblo reptil de la fabulosa Valusia, tres peludos adoradores de Tsathoggua venidos de la Hiperbórea prehumana y un tcho-tcho del todo abominable. Había dos pobladores arácnidos de la última edad de la Tierra y cinco ejemplares de la especie coleóptera que sobrevendría justo después de la humanidad, a la que la Gran Raza transferiría sus mentes más agudas en masa ante un horrible peligro al que acabarían por enfrentarse. También había varias ramas del árbol genealógico humano.

Hablé con la mente de Yiang-Li, un filósofo del cruel imperio de Tsan-Chan que se instauraría en el año 5000 d. C.; con un general de los humanos morenos de enorme cabeza que imperaron en Sudáfrica en el 50000 a. C.; con un monje florentino llamado Bartolomeo Corsi; con un rey de Lomar que había gobernado las terribles tierras polares cien mil años antes de que los chaparros y amarillos inutos llegasen desde el oeste para invadirla; con Nug-Soth, un mago de los oscuros conquistadores del siglo CLX d. C.; con un romano llamado Titus Sempronius Blaesus que había sido cuestor en tiempos de Lucio Cornelio Sila; con Jefnes, un egipcio de la XIV dinastía que me contó el repugnante secreto de Nyarlathotep; con un sacerdote del reino medio de Atlantis; con James Woodville, un caballero de Suffolk de la época de Cromwell; con un astrónomo de la corte del Perú preincaico; con el médico australiano Nevil Kingston-Brown, que morirá en 2518 d. C.; con un archimago de la desaparecida Yhe en medio del Pacífico; con Theodotides, un oficial griego-bactriano del 200 a. C.; con un anciano francés de la época de Luis XIII llamado Pierre-Louis Montmagny; con Crom-Ya, un caudillo cimerio del año 15000 a. C., y con tantos otros que mi cerebro no alcanza a preservar los impresionantes secretos y vertiginosas maravillas de las que me hicieron partícipe.

Todas las mañanas me despertaba en estado febril. A veces, frenético, intentaba verificar o descartar la información que traía conmigo entre lo que abarcaba el conocimiento humano moderno. Los hechos tradicionales adoptaban aspectos nuevos y dudosos. Me maravillaba aquella imaginación onírica que era capaz de inventar unos apéndices tan sorprendentes a la historia y a la ciencia. Me estremecía al pensar en los misterios que podía ocultar el pasado, y temblaba ante las amenazas que podría traer el futuro. Lo que sugerían los relatos de las entidades posthumanas acerca del destino de la humanidad me provocaba un efecto tan demoledor que no habré de recogerlo aquí. Después de la humanidad llegaría una poderosa civilización escarabajo, cuyos cuerpos acabarían siendo habitados por los mejores miembros de la Gran Raza cuando una condenación monstruosa se cerniese sobre el mundo antiguo. Más adelante, a medida que se acababa el tiempo de la Tierra, las mentes transferidas volverían a migrar a través del tiempo y del espacio hasta otra parada que constituirían los cuerpos de las bulbosas entidades vegetales de Mercurio. Habría otras razas tras ellos, que se aferrarían de forma patética al frío planeta y abrirían surcos hasta su núcleo plagado de horrores antes del final absoluto.

Mientras tanto, en mis sueños, escribía sin cesar aquella historia de mi propio tiempo a cuya elaboración me había entregado para los archivos centrales de la Gran Raza. Lo hacía en parte de forma voluntaria y en parte por la promesa de que me permitirían realizar nuevos viajes y visitas a otras bibliotecas. Los archivos se hallaban en una colosal estructura subterránea cerca del centro de la ciudad, un lugar que llegué a conocer bien dadas mis frecuentas visitas. Estaba diseñado para durar más tiempo que la propia raza, y para resistir las convulsiones terrestres más fieras. La masiva y montañosa firmeza de aquella construcción sobrepasaba con creces la de cualquiera de los otros edificios.

Los archivos, escritos o impresos en grandes hojas de una tela celulosa curiosamente resistente, se encuadernaban en libros que se abrían por la parte superior y se almacenaban en contenedores de un extraño metal inoxidable extremadamente ligero y de un tono grisáceo, decorados con signos matemáticos y con el título de cada uno escrito en los jeroglíficos curvilíneos de la Gran Raza. Aquellos contenedores se guardaban en hileras de cámaras rectangulares, a modo de anaqueles cerrados bajo llave, hechas del mismo metal inoxidable y selladas con un complejo sistema de cerraduras. Mi propio relato ocupaba su lugar en las cámaras del nivel más bajo, el de los vertebrados, en la sección dedicada a la cultura de la humanidad y a las razas peluda y reptiliana que la precedían en el dominio de la Tierra.

En cualquier caso, ninguno de mis sueños me permitió tener una visión completa de la vida diaria de aquel lugar. Todo cuanto tenía eran los ínfimos fragmentos neblinosos y desconectados, que además no me llegaban en una secuencia cronológica correcta. Por ejemplo, tengo una idea muy difusa de cómo debía de ser mi propia vida en aquel mundo onírico, aunque creo que poseía una estancia de piedra para mí solo. Mis restricciones como prisionero desaparecieron poco a poco, hasta el punto de que algunas de las visiones incluían vívidas excursiones sobre aquellas imponentes junglas, estancias en ciudades de lo más extraño o exploraciones de algunas de las ruinas sin ventanas a las que la Gran Raza no se acercaba a causa de algún curioso miedo. También había largas travesías marinas en enormes barcos velocísimos y con varias cubiertas, o viajes a regiones más salvajes dentro de aeronaves parecidas a proyectiles que se movían mediante el principio de la repulsión electrónica. Más allá del amplio y cálido océano se alzaban otras ciudades de la Gran Raza, y en un continente lejano llegué a ver las toscas aldeas de criaturas aladas de hocico negro que evolucionarían hasta dominar el planeta una vez la Gran Raza hubiese enviado a sus mejores mentes hacia el futuro para escapar de algún insidioso horror. Aquellas escenas siempre pertenecían a llanuras de exuberante verdor. Las pocas colinas que había allí eran de escasa altura, y por lo general mostraban indicios de actividad volcánica.

Podría escribir libros enteros sobre los animales que llegué a contemplar. Todos ellos eran salvajes, pues la cultura mecanizada de la Gran Raza había abandonado el uso de bestias domésticas mucho tiempo atrás, puesto que su nutrición se basaba en alimentos sintéticos o vegetales. Unos torpes reptiles de cuerpos enormes o bien se arrastraban por ciénagas vaporosas, o bien revoloteaban por el pesado aire, o bien plagaban los mares y los lagos. Entre esos reptiles creí reconocer vagos prototipos menores y arcaicos de formas conocidas: dinosaurios, pterodáctilos, ictiosauros, laberintodontes, *rhamphorhynchus,* plesiosauros y demás especies que yo conocía a través de la paleontología. No había pájaros ni mamíferos; al menos, que yo alcanzase a discernir.

Tanto el terreno seco como el pantanoso estaban plagados de serpientes, lagartos y cocodrilos. Entre la exuberante vegetación reinaba siempre el incesante zumbido de los insectos. Y en alta mar, unos monstruos desconocidos e insospechados escupían montañosas columnas de espuma hacia el cielo vaporoso. En una ocasión, me llevaron al fondo del océano en una vaina submarina dotada con focos reflectores. Allí pude atisbar algunos horrores vivientes de asombrosa magnitud. También vi las ruinas de increíbles ciudades sumergidas, así como la exuberante vida crinoidea, braquiópoda, coral e íctica que abundaba por doquier.

Las visiones me proporcionaban escasa información sobre la fisiología, psicología, tradiciones o historia detallada de la Gran Raza. La mayoría de los puntos que he conseguido recopilar sin orden ni concierto provienen de mi estudio de antiguas leyendas y otros casos más que de mis propios sueños. Con el tiempo, por supuesto, mis investigaciones sobre las leyendas antiguas sobrepasaron todo lo que sabía a raíz de mis sueños en sus diferentes fases. De hecho, ciertos fragmentos soñados hallaron su explicación antes de que los soñase, y de hecho corroboraban todo aquello que averigüé en mis estudios. Me consolé con la convicción de que mi yo secundario había llevado a cabo investigaciones y lecturas similares a las mías, las cuales habían supuesto la fuente del terrible material del que estaban hechos mis seudorrecuerdos.

Al parecer, el periodo en el que se ubicaban mis sueños databa de hace más o menos ciento cincuenta millones de años, cuando la era paleozoica empezaba a dar paso a la mesozoica. Los cuerpos que ocupaba la Gran Raza no representaban ninguna de las líneas de evolución terrestre que han sobrevivido hasta nuestros días, o siquiera que se conozca. Sin embargo, era de un peculiar tipo orgánico muy similar y homogéneo tan altamente especializado que cabría pensar tanto en naturaleza vegetal como animal. Sus procesos celulares eran tan particulares que casi se diría que prevenían el cansancio y eliminaban por completo la necesidad de sueño. La nutrición, llevada a cabo por medio de aquellos apéndices rojos con forma de embudo que remataban uno de los apéndices flexibles, siempre se hacía con alimentos en estado semilíquido y en muchos aspectos del todo diferentes a la comida que consumían los animales existentes en la época. Aquellas criaturas solo contaban con dos sentidos reconocibles por humanos: la vista y el oído. Este último funcionaba mediante los apéndices parecidos a flores que remataban los tallos grises sobre sus cabezas. En cualquier caso, poseían muchos otros sentidos incomprensibles, que por desgracia las mentes cautivas que habitaban sus cuerpos eran incapaces de emplear. La ubicación de sus tres ojos les otorgaba un rango de visión más amplio del normal. Su sangre era una suerte de icor muy espeso de tono verde oscuro. Carecían de sexo, aunque se reproducían mediante semillas o esporas que almacenaban en su base y que únicamente se desarrollaban bajo el agua. Usaban tanques poco profundos para el crecimiento de sus crías, que sin embargo no solían ser muy numerosas debido a la longevidad de aquellos individuos, cuya esperanza de vida oscilaba entre los cuatro mil y los cinco mil años.

A los individuos con defectos evidentes los desechaban sin mucho alboroto en cuanto se percibían sus taras. Dada la ausencia de sentido del tacto o de dolor físico, las enfermedades y la inminencia de la muerte solo se podían identificar mediante síntomas visuales. A los muertos los incineraban en ceremonias para honrar su memoria. De vez en cuando, tal como se ha mencionado antes, alguna mente de sobresaliente agudeza se proyectaba hacia el futuro para burlar a la muerte, aunque estos casos no eran muy numerosos. Cuando ello sucedía, a la mente exiliada del futuro la trataban con la mayor de las gentilezas hasta la disolución de su desacostumbrado habitáculo corpóreo.

La Gran Raza parecía formar una única nación o liga de lazos no muy estrechos. Tenían instituciones principales comunes a todos los emplazamientos, aunque había cuatro divisiones definidas. El sistema económico y político de cada unidad se asemejaba a una especie de socialismo fascista, en el que se racionaban los principales recursos y se delegaba el poder a un pequeño consejo de gobierno elegido mediante el voto de todos aquellos que eran capaces de pasar ciertos exámenes educacionales y psicológicos. No se hacía mucho hincapié en la organización familiar, aunque se reconocían los vínculos entre individuos de descendencia común, y a las crías solían educarlas los progenitores.

Por supuesto, había muchos puntos en común con actitudes o instituciones humanas en todos los aspectos relacionados con elementos abstractos y también en aquellos en los que imperaban las necesidades básicas y poco especializadas comunes a toda vida orgánica. Otras similitudes provenían de la adopción consciente por parte de la Gran Raza de tendencias que se habían visto en el futuro y se consideraban adecuadas. La industria, altamente mecanizada, requería poca atención por parte de los ciudadanos y el abundante tiempo de ocio se dedicaba a actividades intelectuales o estéticas de toda clase. La ciencia se había desarrollado hasta cotas increíbles y el arte constituía una parte vital de la vida, aunque en el periodo en que se ubicaban mis sueños las técnicas artísticas ya habían rebasado su cenit y empezaban a emprender una suerte de decadencia. El estímulo principal de la tecnología era la constante lucha por la supervivencia, por mantener en existencia la materia física de las grandes ciudades, en contra de los prodigiosos trastornos geológicos que la Tierra sufría en aquellos días primitivos.

Había una tasa de criminalidad sorprendentemente baja, y se gestionaba por medio de una política de vigilancia de lo más eficiente. Los castigos variaban desde la cancelación de privilegios al encarcelamiento hasta la muerte o torturas emocionales considerables. En cualquier caso, dichos castigos jamás se aplicaban sin un meticuloso estudio de las motivaciones del criminal. Las guerras habían sido en su mayoría civiles durante los últimos milenios, pero a veces tenían lugar por la llegada de reptiles u octópodos invasores, o bien contra los Antiguos alados y de cabeza de estrella que se habían establecido en la Antártida. Dichas guerras eran infrecuentes, y sus resultados, del todo devastadores. Por razones que pocas veces se mencionaban, se mantenía un ejército enorme provisto de armas parecidas a cámaras capaces de producir efectos eléctricos tremendos. En cualquier caso, era obvio que esas razones algo tenían que ver con aquellas ancestrales ruinas carentes de ventanas y con las grandes trampillas selladas en los niveles subterráneos más profundos.

Aquel miedo hacia las ruinas de basalto y las trampillas suscitaba muchas teorías rara vez discutidas o, a lo sumo, cuchicheadas de manera furtiva. Era significativo que todo detalle específico al respecto hubiera desaparecido de los libros presentes en los anaqueles de uso común. Aquel era el único asunto que podía considerarse tabú entre la Gran Raza. Al parecer estaba relacionado tanto con terribles luchas pasadas como con la futura amenaza que algún día obligaría a la raza a enviar sus mentes más agudas en masa al futuro. Por imperfectos y fragmentarios que fuesen los demás aspectos de aquel mundo presentes en mis sueños o en las leyendas de mis investigaciones, el secretismo que envolvía aquella cuestión era mucho más pasmoso. Los mitos antiguos y vagos obviaban referirse a ella, o quizás era que todas las alusiones habían sido borradas por alguna razón. Por otro lado, tanto en mis sueños como en los de otros, las pistas sobre aquella cuestión casi brillaban por su ausencia. Los miembros de la Gran Raza jamás se referían a aquello de forma intencionada, y lo poco que podía colegirse al respecto solo se sabía a partir de deducciones de las mentes cautivas más brillantes.

Según aquellos fragmentos de información, la causa de aquel miedo debía de ser una horrible y ancestral raza de entidades extraterrestres en cierto modo pulposas, que habían venido a través del espacio desde universos inconmensurablemente lejanos y habían dominado la Tierra y otros tres planetas del sistema solar hacía unos seiscientos millones de años. Solo tenían entidad física en parte, al menos como nosotros entendemos la materia física, y sus sistemas de conciencia y medios de percepción eran radicalmente diferentes de los de los organismos terrestres. Por ejemplo, entre sus sentidos no se contaba la vista, y su horizonte mental se reducía a un extraño patrón de impresiones no visuales. Sin embargo, eran lo bastante físicos como para emplear elementos de materia normal en áreas cósmicas que los contuvieran. Por este motivo, requerían algún tipo de alojamiento, si bien de lo más peculiar. Aunque sus sentidos eran capaces de penetrar todas las barreras materiales, no sucedía lo mismo con su sustancia, de modo que ciertas formas de energía eléctrica eran capaces de destruirlos. Tenían el poder de desplazarse por el aire, a pesar de la ausencia de alas o de cualquier otro tipo visible de levitación. Sus mentes eran de una textura tal que resultaba imposible cualquier tipo de intercambio entre ellos y la Gran Raza.

Cuando esos seres llegaron a la Tierra, construyeron imponentes ciudades de basalto formadas por torres sin ventanas, y dieron caza horriblemente a todas las criaturas que encontraron. En este momento, las mentes de la Gran Raza atravesaron a toda velocidad el vacío desde el mundo transgaláctico que las perturbadoras y discutibles Arcillas de Eltdown denominan Yith. Los instrumentos que los recién llegados diseñaron a continuación les permitieron subyugar con facilidad a aquellos seres depredadores y los forzaron a retirarse a las cavernas del interior de la tierra que ya habían usado como anexos a sus hogares y empezado a habitar. A continuación, sellaron las entradas y los abandonaron a su suerte tras ocupar la mayor parte de las grandes ciudades y conservar ciertos edificios importantes por razones que tenían más que ver con la superstición que con la indiferencia, la osadía o el rigor histórico-científico.

Sin embargo, a medida que transcurrían los eones, empezaron a darse insidiosas señales de que aquellos Antiguos empezaban a aumentar tanto en número como en fuerza dentro del mundo subterráneo. Se produjeron ciertas irrupciones esporádicas de carácter particularmente desagradable en algunas ciudades pequeñas y remotas ahora pertenecientes a la Gran Raza, así como en otras ciudades de los Antiguos abandonadas que la Gran Raza había decidido no habitar; lugares en los que las vías hasta los abismos inferiores no se habían sellado ni vigilado en condiciones. A partir de entonces, se tomaron muchas más precauciones y muchos de los caminos quedaron bloqueados para siempre, aunque se dejaron unos cuantos cerrados solo con trampillas selladas para uso estratégico en una hipotética lucha contra los Antiguos, en caso de que estos apareciesen en lugares inesperados, como por ejemplo fallas recién abiertas por los propios cambios geológicos, que habían bastado para bloquear de forma natural algunas de las vías al inframundo, y que poco a poco habían disminuido el número de estructuras supervivientes de aquellas criaturas conquistadas en la superficie.

Las irrupciones de los Antiguos en la superficie debieron de suponer una conmoción más allá de cualquier descripción posible, pues habían manchado para siempre la psicología de la Gran Raza. El horror que causaban aquellas criaturas alcanzaba unas cotas tales que ni siquiera llegaba a mencionarse su aspecto; tanto es así que jamás llegué a tener una idea clara de cómo eran. Había referencias veladas a una monstruosa plasticidad y a lapsos temporales de visibilidad, mientras que otros susurros fragmentarios mencionaban que eran capaces de controlar los grandes vientos y darles uso militar. Al parecer, también se asociaba con ellos una serie de sonidos parecidos a silbidos y unas colosales huellas de cinco dedos.

Era evidente que la condenación en ciernes que la Gran Raza temía de manera tan desesperada, y que algún día obligaría a enviar a millones de agudas mentes a través del abismo del tiempo hasta cuerpos extraños en un futuro más seguro, estaba relacionada en cierta medida con la irrupción definitiva y victoriosa de los Antiguos. Las proyecciones mentales a lo largo de las eras habían predicho sin la menor duda que semejante horror iba a suceder. Como consecuencia, la Gran Raza había resuelto que nadie que pudiese escapar a dicho horror debía verse obligado a vivirlo. Sabían, por el transcurso de la historia subsiguiente en el planeta, que aquella incursión sería más una venganza que un intento de reocupar el mundo exterior, pues sus proyecciones mentales mostraban que sobrevendrían nuevas razas a las que las monstruosas entidades no molestarían jamás. Acaso aquellas entidades prefiriesen los abismos interiores de la Tierra antes que su tempestuosa superficie, puesto que la existencia de luz no marcaba para ellos diferencia alguna. Además, cabe la posibilidad de que sufriesen un proceso de debilitamiento conforme pasaban los eones. De hecho, se sabía que ya estarían extintos para cuando gobernase la Tierra la raza de escarabajos que vendría después de los humanos, la misma a la que se trasladarían las mentes viajeras de la Gran Raza en su huida. Mientras tanto, la Gran Raza mantenía una vigilancia cautelosa, con potentes armas siempre listas a pesar del horrorizado destierro que había sufrido el tema de los Antiguos de las conversaciones normales y de los registros visibles. La sombra de un miedo sin nombre merodeaba siempre alrededor de las trampillas selladas y de aquellas torres ancestrales, oscuras y carentes de ventanas.

V

Aquel era el mundo del que mis sueños me traían sombríos y dispersos ecos cada noche. No espero poder expresar del todo el horror y el pánico que contenían esos ecos, pues dependían por completo de una cualidad del todo intangible: la aguda sensación del seudorrecuerdo. Tal como he dicho, poco a poco mis estudios me dotaron de cierta defensa contra dichas impresiones, en concreto un conjunto de explicaciones racionales psicológicas. Esa influencia salvadora se vio potenciada por el proceso de asentamiento de las costumbres que conlleva el paso del tiempo. Y, sin embargo, a pesar de todo, en ocasiones me volvía a asaltar aquel horror acechante e indefinible. Sin embargo, no consiguió dominarme como había sucedido con anterioridad. Después de 1922, ya vivía una vida normal de trabajo y ocio.

Con el trascurso de los años he empezado a sentir que mi experiencia, junto con esos casos análogos y las leyendas con las que se relaciona, debía ser resumida y publicada en beneficio de estudiosos serios. Por ello me decidí a preparar una serie de artículos que apenas cubrían el trasfondo de mi caso e ilustraban con bastos esbozos algunas de las formas, escenas, motivos decorativos y jeroglíficos que recordaba de mis sueños. Dichos artículos aparecieron entre 1928 y 1929 en varios números de la *Revista de la Sociedad Psicológica Americana,* si bien pasaron bastante desapercibidos. Mientras tanto, yo seguí manteniendo un registro meticuloso de todos mis sueños, aunque la pila de registros que ya llevaba escrita amenazaba con alcanzar dimensiones preocupantes.

El 10 de julio de 1934 me llegó una carta de la Sociedad Psicológica que supuso el inicio de la fase última y más horrible de todo el suplicio por el que había pasado. Tenía matasellos de Pilbarra, en Australia Occidental, y llevaba la firma de una persona que, según me enteré después, era un ingeniero de minas de considerable reputación. Junto a la carta venían ciertas instantáneas de lo más curioso. Reproduciré aquí el texto en su totalidad, para que todos los lectores puedan comprender el tremendo efecto que tanto la carta como las fotografías me causaron.

Tardé un poco en reponerme del aturdimiento y la incredulidad, pues, aunque había pensado a menudo que debía de subyacer alguna base de realidad en ciertas fases de las leyendas que habían coloreado mis sueños, no estaba preparado para nada como un objeto tangible rescatado de un mundo perdido y lejano más allá de la imaginación. Lo más devastador de todo fueron las fotografías, pues en ellas, con frío e incontrovertible realismo, se apreciaba contra un trasfondo arenoso una serie de bloques de piedra erosionados por los elementos y medio derruidos, bloques de piedra cuya parte superior, ligeramente convexa, y parte inferior, ligeramente cóncava, bastaban para despejar las dudas sobre su origen. Tras estudiarlos con una lupa, lo vi del todo claro. Entre las depresiones y erosiones se distinguían restos de aquellos dibujos curvilíneos y ocasionales jeroglíficos cuya significancia se me antojaba tan repulsiva. En cualquier caso, aquí está la carta, acerca de la cual sobran las explicaciones:

49, Dampier Str.,
Pilbarra, Australia Oc.
18 de mayo, 1934

A/A Prof. N. W. Peaslee,
Sociedad Psicológica Americana
30, E. 41st Str.,
Ciudad de Nueva York, EE. UU.

Muy señor mío:

A raíz de una conversación con el doctor E. M. Boyle, de Perth, y de ciertas revistas en las que aparecen sus artículos, que el buen doctor ha tenido la amabilidad de enviarme, me he decidido a contarle parte de lo que he visto en el Gran Desierto Arenoso al este de nuestros yacimientos de oro. En vista de las peculiares leyendas que usted describe sobre ciudades antiguas de enormes construcciones y extraños dibujos y jeroglíficos, me da la impresión de que me he topado con algo muy importante.

De todos es sabido que los aborígenes suelen hablar de «grandes piedras con marcas», y que al parecer dichas piedras les inspiran un miedo terrible. De alguna manera las relacionan con sus leyendas raciales comunes sobre Buddai, el gigantesco anciano que yace dormido desde hace eras bajo la superficie, con la cabeza apoyada en el brazo, y que algún día habrá de despertar y devorará el mundo. Existen numerosas historias antiguas y medio olvidadas que mencionan una suerte de enormes cabañas subterráneas hechas con grandes piedras, con pasadizos que conducen a las entrañas de la tierra, y en las que han sucedido cosas de lo más horrible. Claman los aborígenes que, en cierta ocasión, unos guerreros que huían de una batalla descendieron por uno de esos pasadizos para no volver jamás, pero que empezaron a soplar escalofriantes vientos de aquel sitio poco después de que los guerreros entrasen. En cualquier caso, tampoco hay que hacerles mucho caso a las habladurías de los nativos.

De todos modos, lo que he de contarle va por otros derroteros. Hace dos años, cuando excavaba a unos ochocientos kilómetros al este en el desierto, me encontré con un montón de sillares bastante estrambóticos de quizá tres por dos por dos palmos, si bien erosionados y agujereados casi hasta lo irreconocible. En un primer momento no pude encontrar ninguna de las marcas de las que hablaban los aborígenes, pero cuando me fijé con atención alcancé a distinguir algunas líneas talladas con la suficiente profundidad como para sobrevivir a la erosión. Eran curvas un tanto peculiares que respondían a lo que los aborígenes habían tratado de describir. Creo que había unos treinta o cuarenta bloques, algunos enterrados y casi ocultos por la arena, todo ello en un círculo de quizá cuatrocientos metros de diámetro.

Cuando vi algunos de ellos, empecé a buscar más con atención, y repasé con mis instrumentos todo el lugar con el mayor de los cuidados. También tomé fotos de una docena de los bloques más característicos; se las adjunto para que las pueda ver. Entregué toda la información que había recabado, amén de las fotografías, en la sede gubernamental en Perth, aunque no han hecho nada con ellas. Más tarde conocí al doctor Boyle, quien había leído sus artículos en la *Revista de la Sociedad Psicológica Americana*. En algún momento de nuestra conversación mencioné los sillares. El doctor Boyle mostró un gran interés, que dio paso a la agitación en cuanto le enseñé las instantáneas. Dijo que aquellos sillares y marcas eran idénticos al tipo de mampostería con la que usted había soñado y que había recogido de ciertas leyendas escritas. Quiso escribirle, pero sufrió ciertas complicaciones que lo retrasaron. Mientras tanto, me envió la mayor parte de las revistas en las que aparecían artículos suyos. A partir de sus esbozos y de sus descripciones, supe ver enseguida que mis sillares se corresponden a todas luces con el tipo de mampostería a que usted se refiere. Se aprecia a la perfección de las fotografías adjuntas. Más adelante, el doctor Boyle le escribirá y profundizará en este aspecto.

Comprendo lo importante que será esto para usted. No cabe duda de que nos encontramos con los restos de una civilización desconocida y más antigua que ninguna que se haya soñado jamás, y que forma la base de sus leyendas. Por mi profesión de ingeniero de minas, tengo ciertas nociones de geología, y puedo afirmarle que estos bloques de piedra son tan antiguos que me asustan. En su mayor parte están hechos de piedra y granito, aunque hay uno que está hecho con toda seguridad de algún extraño tipo de cemento u hormigón. En ellos se aprecia la acción del agua, pues esta parte del mundo ha estado sumergida y ha resurgido a lo largo de las eras geológicas... y durante ese tiempo, estos sillares ya estaban fabricados y se les había dado uso. Hablamos de cientos de miles de años... o, sabrá el cielo, quizá incluso mucho más. No quiero ni pensarlo.

En vista de su diligente investigación previa a la hora de localizar las leyendas y toda la información vinculada a ellas, no dudo de que querrá liderar una expedición al desierto y realizar algunas excavaciones arqueológicas. Tanto el doctor Boyle como yo estamos listos para cooperar en semejante trabajo si usted, o alguna organización que usted conozca, puede aportar los fondos necesarios. Yo podría colaborar con una docena de mineros para realizar las excavaciones pesadas... aunque los negros no nos serán de ayuda, pues por lo que he sabido sienten un miedo casi delirante hacia el emplazamiento en cuestión. Boyle y yo no les hemos contado nada a terceros, pues es evidente que cualquier crédito o descubrimiento que hagamos le corresponde a usted.

Desde Pilbarra se llega al emplazamiento en unos cuatro días en los tractores motorizados que necesitaremos para nuestros equipos. Se halla algo al oeste y al sur del camino que siguió Warburton en 1873, a unos 160 kilómetros al sudeste de Joanna Spring. Podemos cargar con el equipo río arriba por el De Grey hasta un punto a unos 22° 3' 14" latitud sur, 125° 0' 39" longitud este. El clima es tropical, aunque las condiciones desérticas nos pondrán a prueba. Sería mejor realizar cualquier expedición en nuestro invierno: junio, julio y agosto. Me encantará intercambiar más correspondencia con usted sobre este asunto. Ardo en deseos de ayudarle a elaborar cualquier plan que se le ocurra. Tras estudiar sus artículos, me ha impactado la profunda importancia de todo este asunto. El doctor Boyle también le escribirá pronto. En caso de que sea necesario un medio de comunicación más rápido, se puede poner un telegrama por radio a Perth.

Espero con ansia prontas noticias suyas.

Le ruego que crea en mis palabras.

Reciba un cordial saludo,

Robert B. F. Mackenzie

Se puede averiguar por la prensa mucho de lo que tuvo lugar después de esta carta. Tuve la grandísima fortuna de conseguir que la Universidad de Miskatonic apoyase el proyecto, y tanto el señor Mackenzie como el doctor Boyle demostraron ser de incalculable valía a la hora de realizar los preparativos desde Australia. Preferimos no ser muy específicos con la opinión pública al respecto de nuestras metas, pues todo aquel asunto podría haber sido tratado de forma poco respetuosa o desagradable por parte de la prensa más sensacionalista. Por ello, los informes impresos sobre la expedición no son sino parcos. Aun así, la prensa reflejó lo suficiente como para informar de nuestra búsqueda de supuestas ruinas en Australia y cubrir nuestros numerosos pasos preparatorios.

Me acompañaron los profesores William Dyer, del Departamento de Geología de la universidad (y líder de la Expedición Antártica de Miskatonic de 1930-1931); Ferdinand C. Ashley, del Departamento de Historia Antigua, y Tyler M. Freeborn, del Departamento de Antropología, así como mi hijo Wingate. Mackenzie vino a Arkham a principios de 1935 y nos asistió en los preparativos finales. Resultó ser un hombre de unos cincuenta años, tremendamente competente y afable, muy leído y versado en todas las condiciones ambientales que se dan en los viajes por Australia. Había preparado una serie de tractores, que nos esperaba en Pilbarra. Fletamos un barco a vapor de calado suficientemente bajo como para remontar el río hasta aquel punto. Estábamos preparados para excavar de la manera más cuidadosa y científica, para cribar cada partícula de arena y no perturbar ningún elemento o desplazarlo de su ubicación original.

Zarpamos de Boston sobre el jadeante Lexington el 28 de marzo de 1935. Hicimos una placentera travesía por el Atlántico y el Mediterráneo, atravesamos el canal de Suez, descendimos por el mar Rojo y cruzamos el océano Índico hasta nuestro destino. No hace falta que diga lo mucho que me deprimió la visión de la baja y arenosa costa de Australia Occidental, ni hasta qué punto me pareció detestable aquella basta ciudad minera con sus sombríos yacimientos de oro en los que los tractores soltaban sus últimas cargas. El doctor Boyle, que vino a recibirnos, resultó ser un señor mayor, de trato agradable y muy inteligente. Sus conocimientos en psicología le valieron largas conversaciones tanto con mi hijo como conmigo mismo.

La incomodidad y la anticipación viajaban entre nosotros cuando al cabo nuestro equipo de dieciocho miembros salió entre traqueteos hacia las áridas leguas de arena y roca. El viernes 31 de mayo vadeamos un afluente del río De Grey y entramos en un reino de absoluta desolación. Un terror claro y concreto empezó a crecer en mi interior a medida que avanzábamos hacia el emplazamiento real de aquel mundo antiguo del que provenían todas las leyendas... Un terror avivado además por el hecho de que mis perturbadores sueños y seudorrecuerdos seguían abatiéndose sobre mí sin cesar.

El lunes 3 de junio vimos el primero de los sillares medio enterrados. No soy capaz de describir las emociones que experimenté al tocar, en la realidad objetiva, un fragmento de aquellas estructuras ciclópeas idéntico en todos los aspectos a los bloques de los muros de mis edificios soñados. Había evidentes restos de líneas talladas. Mis manos temblaron al reconocer parte de un patrón decorativo curvilíneo al que los años de tormentos, pesadillas y pasmosas investigaciones otorgaban para mí un cariz infernal.

Tras un mes de excavaciones, extrajimos un total de 1250 bloques en diversos estados de erosión y desintegración. La mayoría eran megalitos tallados con la parte superior e inferior curvada. Una minoría respondía a un tipo más pequeño, aplanado, de caras llanas y corte cuadrado u octogonal, al igual que los de los suelos y pavimentos de mis sueños. Por otro lado, unos pocos tenían unas dimensiones singulares, y presentaban lados cóncavos o abombados de un modo que sugería que se empleaban para la construcción de bóvedas o lunetos, o bien como parte de arcos o revestimientos de ventanas circulares. Encontramos más y más bloques a medida que avanzábamos en las perforaciones y nos desplazábamos a norte y al este. Sin embargo, aún no habíamos conseguido descubrir cómo se disponían entre ellos. El profesor Dyer había quedado asombrado por la antigüedad más allá de toda medición de aquellos fragmentos, mientras que Freeborn encontró rastros de símbolos en tenebrosa consonancia con ciertas leyendas de Papúa y Polinesia de infinita antigüedad. Tanto el estado de aquellos bloques como el hecho de que estuviesen dispersos por doquier evidenciaban en silencio los vertiginosos ciclos de tiempo y las turbulentas eras geológicas de salvajismo cósmico que habían atravesado.

Nuestro equipo contaba con un aeroplano, que mi hijo Wingate usaba con frecuencia para ascender a diferentes alturas y explorar el yermo de arena y roca en busca de señales que sugiriesen contornos de estructuras a gran escala; ya fuese saltos de nivel o más bloques dispersos. Sin embargo, sus resultados eran virtualmente negativos, pues si un día pensaba que había captado algún tipo de contorno significativo, al día siguiente descubría que dicho contorno había sido reemplazado por otro igual de inconsistente como resultado de los vaivenes de la arena movida por el viento. En cualquier caso, uno o dos de aquellos efímeros contornos me impresionaron de un modo extraño y amargo. En cierto modo, parecían encajar de forma horrible con algo que había soñado o leído, pero que no conseguía ubicar. Tenían una cierta y terrible seudofamiliaridad, lo cual me hizo contemplar el abominable y estéril terreno al norte y al nordeste con una furtiva aprensión.

En torno a la primera semana de julio, empecé a experimentar una incomprensible mezcla de emociones suscitadas por aquella región hacia el nordeste. Sentía horror, mas también curiosidad... y, por encima de todo, la desconcertante y persistente ilusión del recuerdo. Eché mano de todos los recursos psicológicos que conocía para expulsar dichas impresiones de mi cabeza, pero no lo conseguí. También empezó a asaltarme el insomnio, aunque casi me parecía misericordioso, dado que reducía mis periodos de sueño. Adopté el hábito de dar largos y solitarios paseos por el desierto a altas horas de la noche. Solía caminar hacia el norte o el nordeste, hacia donde la suma de mis extraños y nuevos impulsos parecía tirar de mí de modo sutil.

En ocasiones, durante aquellos paseos, me tropezaba con fragmentos semienterrados de antigua mampostería. Aunque por aquí había menos rocas visibles que en el emplazamiento donde habíamos comenzado, tenía la certeza de que debían de abundar bajo la superficie. El suelo era menos liso que en nuestro campamento, y los vientos imperantes que soplaban de vez en cuando amontonaban la arena en fantásticas lomas provisionales, y descubrían rastros de rocas ancestrales al tiempo que ocultaban otros. Sentía un inconcebible anhelo por desplazar las excavaciones hacia aquella zona, aunque al mismo tiempo temía lo que pudiéramos descubrir. Era evidente que mi estado empeoraba por momentos..., sobre todo porque no hallaba explicación a dicho cambio.

Un indicio del pobre estado en que se encontraban mis nervios puede verse en mi respuesta a un descubrimiento que hice durante uno de mis paseos nocturnos. Fue en la noche del 11 de julio. Una luna gibosa teñía aquellas misteriosas lomas de una curiosa palidez. En mi deambular, me alejé un poco de los límites hasta los que solía llegar y me topé con una gran roca que parecía diferir notablemente de todas las que habíamos encontrado hasta el momento. La arena la cubría casi por completo, pero me agaché y empecé a despejar la arena con las manos hasta poder estudiar aquel objeto con atención bajo el haz de mi linterna eléctrica. A diferencia de otras rocas de buen tamaño, aquella estaba cortada en una forma cuadrada perfecta, sin superficies cóncavas ni convexas. Asimismo, parecía estar hecha de una sustancia basáltica del todo distinta al granito y la arenisca u ocasional cemento que formaba los ahora familiares fragmentos que habíamos visto.

De pronto me puse de pie, giré sobre mis talones y eché a correr hacia el campamento tan rápido como pude. Fue una carrera del todo inconsciente e irracional, y de hecho solo me di cuenta de que había estado corriendo cuando me encontré de nuevo en el interior de mi tienda ya cerrada. Entonces lo comprendí. Aquella singular piedra oscura había formado parte de mis sueños y de mis investigaciones, y estaba relacionada con los horrores absolutos de aquellas leyendas de eones de antigüedad. Era uno de los bloques de las estructuras ancestrales que la fabulosa Gran Raza tanto temía; las enormes ruinas sin ventanas de aquellos siniestros y semimateriales Antiguos que infestaban los abismos inferiores de la tierra y contra cuyos poderes invisibles y borrascosos se habían sellado las trampillas y apostado centinelas incansables.

Me quedé despierto toda la noche, pero al amanecer comprendí qué idiota había sido por permitir que la sombra de un mito me afectase tanto. En lugar de haberme asustado, lo que tendría que haber sentido era el entusiasmo del descubrimiento. A lo largo de aquella mañana les conté mi descubrimiento a los demás. Dyer, Freeborn, Boyle, mi hijo y yo mismo emprendimos la marcha en pos de aquel anómalo bloque de piedra. Por desgracia, no fuimos capaces de encontrarlo. No me había hecho una idea clara del emplazamiento de la piedra, y los vientos más recientes habían alterado la disposición de las cambiantes dunas.

VI

Ahora llego a la parte más crucial y peliaguda de mi relato, tanto más peliaguda porque no puedo estar del todo seguro de su autenticidad. A veces siento la incómoda certeza de que no estaba soñando ni era víctima de ninguna ilusión; y es esa sensación, en vista de las tremendas implicaciones que tendría la verdad objetiva de mi experiencia, lo que me empuja a dejarlo todo por escrito. Mi hijo, un psicólogo formado y con toda la disposición empática hacia mi caso amén de la información pertinente, será quien mejor pueda juzgar lo que me dispongo a contar.

En primer lugar, permítanme referir de manera pormenorizada los elementos externos del asunto, tal como los conocieron todos los miembros del campamento. La noche del 17 al 18 de julio, tras un día de bastante viento, me fui pronto a la cama, mas no fui capaz de conciliar el sueño. Me volví a levantar poco después de las once, embargado como siempre por aquella extraña sensación que me provocaba el terreno al nordeste. Empecé a dar uno de mis típicos paseos nocturnos. En esta ocasión solo vi y saludé a una persona, un minero australiano llamado Tupper, al salir del perímetro del campamento. La luna, que empezaba a menguar después de alcanzar su plenitud, brillaba en un cielo claro y empapaba las antiguas arenas con un resplandor blanco y leproso que se me antojaba preñado de una maldad infinita. El viento había cesado y no volvió a soplar durante casi cinco horas, como corroboran Tupper y otros miembros del equipo que tampoco fueron capaces de dormir aquella noche. El australiano me vio caminando a buen ritmo hacia las pálidas y reservadas lomas que se alzaban al nordeste.

Hacia las tres y media de la madrugada estalló un violento vendaval que despertó a todo el mundo en el campamento y derribó tres de las tiendas. El cielo seguía despejado y el desierto aún llameaba con aquella luz de luna de tintes leprosos. El equipo se percató de mi ausencia en cuanto empezó a restituir las tiendas, pero, en vista de mis previos paseos nocturnos, nadie se alarmó. Sin embargo, tres de los miembros, todos australianos, parecieron notar algo siniestro en el aire. Mackenzie le explicó al profesor Freeborn que se trataba de un miedo que habían adquirido de los aborígenes, que habían tejido un curioso entramado de mitos malignos en torno a los vientos salvajes que de cuando en cuando barrían las arenas bajo un cielo raso. Se dice que esos vientos soplan desde grandes cabañas de piedra subterráneas en las que han sucedido acontecimientos terribles, y que solo llegan hasta allí donde se encuentran desperdigadas las grandes rocas. A eso de las cuatro, el vendaval cesó de forma tan súbita como había empezado, y dejó tras de sí una nueva configuración de las dunas, ahora del todo irreconocibles.

Apenas pasaban de las cinco cuando regresé al campamento, mientras la luna henchida y fungosa se hundía por el oeste. Venía sin sombrero, con las ropas hechas jirones, el rostro arañado y ensangrentado, sin la linterna eléctrica. La mayoría de los hombres había vuelto a la cama, pero el profesor Dyer aún estaba despierto, fumando en pipa delante de su tienda. Al verme tan aturdido y al borde del delirio, llamó al doctor Boyle, y ambos hombres me recostaron en mi catre para que pudiese calmarme en un entorno cómodo. Mi hijo, que se había despertado a causa del revuelo, llegó enseguida. Entre los tres intentaron obligarme a que me acostase y guardase reposo.

Sin embargo, no había fuerza capaz de hacerme conciliar el sueño. Mi estado psicológico era de lo más extraordinario, muy diferente de todo lo que había sufrido hasta entonces. Al cabo, insistí en que me dejaran hablar y les di una alambicada y nerviosa explicación sobre el estado en que me encontraba. Les conté que me había notado cansado durante el paseo y que me había recostado en la arena a echar un sueñecito. Los sueños ahí, les dije, habían sido mucho más escalofriantes de lo habitual, y cuando el fuerte viento me despertó de pronto, perdí del todo los nervios, ya de por sí agitados. Empecé a correr, presa de puro pánico, y me caí en varias ocasiones al tropezar con rocas medio enterradas, de ahí aquel aspecto desastrado y descompuesto. Debí de dormir mucho rato, por eso había estado ausente tantas horas.

No les hice partícipes de las cosas extrañas que había visto ni experimentado, en un alarde del mayor autocontrol que fui capaz de reunir. Lo que sí les dije fue que había cambiado de idea en cuanto al conjunto de la expedición, y les pedí con toda sinceridad que dejásemos de dirigir las excavaciones hacia el nordeste. Mis razones eran a todas luces muy exiguas, pues apenas aduje la escasez de bloques de piedra, el deseo de no ofender a los supersticiosos mineros, un posible recorte de los fondos de la universidad y otros motivos que o bien eran falsos o bien resultaban del todo irrelevantes. Como es natural, nadie hizo caso a mis nuevos deseos, ni siquiera mi hijo, cuya preocupación por mi salud era patente.

Al día siguiente me dediqué a deambular por el campamento, sin llegar a tomar parte en las excavaciones. Al verme incapaz de detener los avances del equipo, decidí volver a casa tan pronto como me fuera posible por el bien de mis nervios. Conseguí que mi hijo me prometiese que me llevaría en el avión hasta Perth, a mil seiscientos kilómetros al sudoeste, en cuanto hubiese explorado esa región que yo les había pedido que dejasen en paz. Consideré que, si aquello que yo había contemplado aún era visible, quizá me atrevería a realizar advertencias más específicas incluso a costa de hacer el ridículo. No resultaba descabellado que los mineros, conocedores del folclore local, me apoyasen en mis admoniciones. Mi hijo me siguió el juego y esa misma tarde dio una pasada con el avión por toda esa región, una exploración mucho más amplia de lo que podría haber cubierto uno de mis paseos. Sin embargo, ninguno de mis descubrimientos estaba ahora a la vista. Se repetía la historia que había vivido con aquel bloque de basalto: las arenas cambiantes habían erradicado todo rastro. Por un instante estuve a punto de arrepentirme de haber perdido cierto objeto de asombrosa naturaleza durante mi frenética huida, aunque ahora sé que dicha pérdida fue de lo más misericordiosa. Aun ahora me resisto a creer que toda mi experiencia fuese una ilusión, sobre todo si, como espero de todo corazón, ese infernal abismo no llega a encontrarse jamás.

Wingate me llevó a Perth el 20 de julio, aunque declinó mi petición de abandonar la expedición y regresar a casa. Estuvo conmigo hasta el día 25, fecha en que zarpó el barco con destino a Liverpool. Ahora me hallo en mi camarote en el Empress, y me dedico a reflexionar casi con frenesí sobre todo el asunto. He decidido que debo informar al menos a mi hijo. Que decida él si ha de darle crédito a mi relato o no. He elaborado todo el trasfondo de mi caso, tal y como lo conocen ya varias personas, para estar preparado frente a cualquier eventualidad. A continuación relataré sucintamente lo que sucedió durante mi ausencia del campamento en aquella terrorífica noche.

Con los nervios a flor de piel, y arrastrado por algún tipo de anhelo perverso causado por un ansia inexplicable, temible y seudomnemónica que me obligaba a desplazarme al nordeste, eché a caminar bajo aquella luna llameante y maléfica. Por doquier veía, medio enterrados por la arena, los primitivos bloques ciclópeos que allí descansaban desde hacía eones innombrables y olvidados. La incalculable antigüedad y el horror siniestro de aquel monstruoso yermo empezaron a pesar sobre mí como nunca antes lo habían hecho. No podía evitar que mi mente evocase mis demenciales sueños ni las escalofriantes leyendas que yacían tras ellos, como tampoco podía obviar los miedos que atenazaban a nativos y mineros con relación a aquel desierto y aquellas piedras talladas.

Y, sin embargo, continué avanzando como si me dirigiese a algún tipo ancestral de encuentro, cada vez más asaltado por confusas fantasías, compulsiones y seudorrecuerdos. Pensé en algunos de los posibles contornos que formaban las piedras que mi hijo había visto desde el aire, y me volví a preguntar por qué me parecían tan ominosos y a la vez tan familiares. Algo chasqueaba y repiqueteaba justo al borde de mi memoria, mientras otra fuerza desconocida trataba de mantener levantada la barrera que bloqueaba el recuerdo.

El viento nocturno estaba en calma, y la pálida arena se alzaba y descendía en lomas y fosas que daban la impresión de ser olas marinas congeladas. Yo no tenía destino alguno, pero de algún modo avanzaba como si me arrastrase algún tipo de seguridad causada por el destino. Mis sueños resurgieron hasta la vigilia, y cada megalito incrustado en la arena empezó a parecerme parte de un sinfín de estancias y corredores pertenecientes a una estructura prehumana, tallada y cubierta de jeroglíficos con símbolos que yo conocía muy bien después de años de cautiverio entre la Gran Raza. Por momentos me pareció atisbar aquellos horrores cónicos omniscientes desplazándose entre sus habituales tareas, y temí bajar la mirada y encontrar que volvía a tener su mismo aspecto. Y, sin embargo, veía los bloques cubiertos de arena, tan bien como veía las estancias y corredores. Veía aquella luna llameante y malvada tan bien como veía las lámparas de luminoso cristal. Veía el desierto infinito tan bien como veía los ondulantes helechos y cícadas más allá de las ventanas. Estaba despierto y soñaba, todo a la vez.

No sabría decir durante cuánto tiempo, ni en qué dirección, había caminado, pero de pronto atisbé un montículo de bloques que el viento del día había dejado al descubierto. Era el grupo más numeroso que había visto en un solo lugar hasta aquel momento, y me impresionó de tal manera que las visiones de fabulosos eones desaparecieron de repente. Una vez más veía solo el desierto, la luna maléfica y los restos de un pasado ignoto. Me acerqué un poco y me detuve. Iluminé con el haz de mi linterna aquel montículo apilado. El viento había desplazado la duna y había dejado al descubierto una masa circular de megalitos y fragmentos más pequeños. Toda la estructura tendría un diámetro de unos doce metros, con bloques que iban desde los sesenta centímetros a los dos metros de altura.

Desde el primer momento me di cuenta de que aquellas rocas tenían alguna cualidad distinta de todas las que habíamos encontrado hasta entonces. No solo se trataba de que fueran superiores en número, sino que, además, al examinarlas bajo los resplandores conjuntos de la luna y de mi linterna, capté algo distinto en los restos de signos erosionados por la arena. No es que presentasen una radical diferencia de los otros ejemplares que ya habíamos encontrado, se trataba de algo más sutil. La impresión no se debía al examen de cada bloque por separado, sino a la contemplación de todos a la vez. Entonces, por fin, comprendí la realidad de lo que contemplaba. Los patrones curvilíneos de muchos de aquellos bloques se asemejaban muchísimo; eran partes de un motivo decorativo enorme. Por primera vez en aquel yermo asolado por los eones me había topado con una estructura ubicada en su posición original; derrumbada y fragmentada, es cierto, pero aun así real y con un sentido muy definido.

Empecé a trepar por un lugar no muy elevado y ascendí hasta la cima de la estructura. Por aquí y por allá iba despejando la arena con los dedos mientras me esforzaba por interpretar las variaciones de tamaño, forma y estilo, así como las relaciones del dibujo. Tras un rato pude elucubrar de forma vaga cuál sería la naturaleza de la estructura extinta, así como de los diseños que en su día habían cubierto la enorme superficie de aquella mampostería primitiva. La perfecta identidad del conjunto reflejada en algunos de mis atisbos oníricos me dejó pasmado e inquieto. Aquello había sido en su día un ciclópeo corredor de nueve metros de alto, pavimentado con bloques octogonales y con una sólida bóveda subterránea por techo. Debía de haber salas que se abrían a mano derecha, y aquellos extraños suelos inclinados debían de conducir a niveles más profundos.

Al darme cuenta de aquello sufrí un violento sobresalto, pues había captado mucha más información de la que los bloques en sí mismos proporcionaban. ¿Cómo había sabido que aquel nivel se encontraba bajo tierra? ¿Cómo sabía que la pendiente que llevaba a la superficie se encontraba a mi espalda? ¿Cómo sabía que el pasadizo que llevaba a la plaza de los Pilares debía de estar situado a un nivel por encima de mi cabeza? ¿Cómo sabía que la sala de máquinas y el túnel que conducía a los archivos centrales descansaban dos niveles por debajo de mi emplazamiento actual? ¿Cómo sabía que, cuatro niveles más abajo, descansaría una de aquellas horribles trampillas selladas con bandas metálicas? Desconcertado por aquella intrusión de mi mundo soñado en mis pensamientos conscientes, me estremecí y un sudor frío inundó mi cuerpo.

Luego, como último e intolerable colofón, noté una traicionera y débil corriente de aire frío que soplaba desde un lugar algo más hundido cerca del centro del enorme montículo de rocas. De inmediato, al igual que antes, mis visiones se esfumaron y no vi más que aquella malvada luna, el siniestro desierto y la extensión tumularia de aquella mampostería paleógena. Frente a mí había algo real y tangible, aunque cargado de infinitos matices de misterio nocturno. Aquella corriente de aire solo podía significar una cosa: había un abismo de grandes dimensiones debajo de aquellos bloques de piedra desperdigados por la superficie.

Mi primer pensamiento fue para las siniestras leyendas aborígenes que hablaban de enormes cabañas subterráneas entre los megalitos, lugares que eran cuna de horrores y de los que brotaban grandes vendavales. Luego vinieron a mí fragmentos de mis propios sueños, y sentí que aquellos seudorrecuerdos asaltaban mi mente. ¿Qué tipo de lugar descansaría bajo mis pies? ¿Qué fuente primitiva e inconcebible de mitos de eones de antigüedad y pesadillas embrujadas estaba a punto de descubrir? Vacilé poco más de un instante, pues lo que me impulsaba a vencer mis miedos, cada vez mayores, iba mucho más allá de la curiosidad y el fervor científico.

Me movía casi de forma automática, como si me viese arrastrado por algún destino inevitable. Me metí la linterna en el bolsillo y, con una fuerza de la que no me creía capaz, aparté el primero de los titánicos fragmentos de roca. Luego otro, y otro, hasta que del hueco empezó a manar una fuerte corriente de aire que arrastraba una humedad en intenso contraste con el aire seco del desierto. Atisbé el bostezo negro de un abismo, y al cabo, cuando hube despejado todos los fragmentos lo bastante pequeños como para poder moverlos, la leprosa luz de luna resplandeció sobre una abertura por la que podría caber mi cuerpo.

Volví a sacar la linterna e iluminé la abertura con el brillante haz de luz. A mis pies se abría un caos de mamposterías derrumbadas que formaban una rampa que descendía hacia el norte en un ángulo de unos cuarenta y cinco grados. Era evidente que se trataba del resultado de algún colapso pretérito de la estructura que se alzaba desde allí a las alturas. Entre su superficie y el nivel del suelo se abría un abismo de impenetrable negrura en cuyo borde superior se apreciaban restos de bóvedas gigantescas que soportaban con esfuerzo el peso del nivel superior. Al parecer, ahora mismo las arenas del desierto reposaban sobre el suelo de una titánica estructura venida de la edad temprana de la Tierra, preservada a través de eones de convulsiones geológicas de las que yo, ni entonces ni ahora, tenía el menor conocimiento.

Vista en perspectiva, la mera idea de realizar un descenso repentino y solitario hacia aquel dudoso abismo, en un momento donde mi paradero era desconocido para todo el mundo, parece el culmen absoluto de la locura. Quizá fuera así, mas aquella noche me lancé sin vacilación alguna a dicho descenso. Una vez más, estaba claro que algún tipo de incitante fatalidad había dirigido mis pasos todo aquel tiempo. Con ayuda intermitente de la antorcha, para ahorrar batería, empecé a descender por aquella pendiente siniestra y ciclópea bajo la abertura. A veces me desplazaba a cuatro patas, sobre manos y pies, para facilitar el descenso. Otras me giraba de cara a los montículos megalíticos mientras me aferraba y tanteaba de forma bastante más precaria. El haz de mi linterna iluminaba de forma lúgubre lejanos muros de mampostería medio derruida y tallada en dos direcciones distintas. Más allá, sin embargo, no divisaba sino una negrura compacta.

Perdí la noción del tiempo mientras me arrastraba hacia las profundidades. Mi mente bullía con tantas impresiones e imágenes desconcertantes, de modo que todo hecho objetivo parecía alejado a distancias incalculables. Las sensaciones físicas yacían muertas, e incluso el miedo adquirió un cariz espectral, como una gárgola inmóvil que se cerniese impotente sobre mí. Al cabo llegué al siguiente nivel, repleto de bloques desparramados, fragmentos de roca sin forma definida, arena y detritos de todo tipo. A cada lado, quizás a unos nueve metros de distancia, se alzaban enormes muros rematados por gigantescos lunetos. Apenas pude discernir que habían sido tallados en piedra, aunque la naturaleza de dichas tallas quedaba lejos de mi percepción. Lo que me paralizó en extremo fueron las bóvedas sobre mi cabeza. El haz de mi linterna no alcanzaba el techo, pero sí pude iluminar la parte inferior de varios arcos monstruosos. Se ajustaban de forma tan perfecta a lo que yo había presenciado en incontables sueños del mundo antiguo que por primera vez el temblor sacudió mi cuerpo.

A mi espalda, en las alturas, el mundo exterior había quedado reducido a un borrón luminoso de lejana luz de luna. Un débil retazo de pura precaución me indicó que no debía perderlo de vista, o de lo contrario carecería de punto de referencia para regresar. Empecé a avanzar por el muro situado a mi izquierda, donde se apreciaban mejor los grabados. Aquel suelo lleno de escombros era casi tan difícil de atravesar como la rampa descendente que ya había recorrido, aunque me las arreglé para abrirme camino. En cierto punto aparté algunos bloques y eché a un lado de una patada los restos para comprobar qué aspecto tenía el suelo pavimentado. Me estremecí ante la absoluta y fatídica impresión de familiaridad que me causaron las piedras octogonales cuya superficie hendida aún se conservaba en buen estado.

Me aparté del muro a una distancia conveniente y, con todo el cuidado y la lentitud de que fui capaz, iluminé con el haz de la linterna los erosionados restos de los grabados. La superficie de arenisca parecía haber sufrido las inclemencias de algún tipo de flujo de agua pretérito. Por otro lado, había unas curiosas incrustaciones cuyo origen no fui capaz de explicar. En ciertos lugares la mampostería parecía bastante suelta y deforme, y me pregunté cuántos eones más aguantaría aquel edificio primitivo y oculto antes de que los movimientos terrestres acabasen con todo.

Sin embargo, lo que más me impresionó fueron los grabados en sí. A pesar de su patente estado de ruina, vistos de cerca eran relativamente fáciles de seguir. La completa e íntima familiaridad de cada detalle en mi cabeza casi consiguió aturdir mi imaginación. No era imposible que los detalles más prominentes de aquella ancestral mampostería me resultasen familiares, pues habían quedado insertos en el caudal de críptico saber que, tras haber llegado a mí durante mi periodo de amnesia, había evocado vívidas imágenes en mi mente subconsciente. Sin embargo, ¿cómo podía explicar el modo exacto y detallado en que cada línea y cada espiral de aquellos extraños diseños se ajustaba a lo que yo llevaba años soñando? ¿Qué oscura y olvidada iconografía podía haber reproducido cada sombra sutil y cada detalle que asaltaba de forma tan exacta, persistente e invariable mis visiones nocturnas noche tras noche?

Lo que allí había no respondía a una azarosa o remota similitud. De forma definitiva y absoluta, aquel corredor de milenios de antigüedad y oculto de la superficie durante eones en el que me encontraba era el original de algo que en mis sueños yo ya conocía de forma tan íntima como conocía mi propia casa en Crane Street de Arkham. Cierto es que mis sueños mostraban aquel lugar en todo su esplendor ajeno a la decadencia, pero aun así la exactitud no era menos real. Me encontraba orientado de forma tan horrible como completa. Aquella estructura en particular ante la que me encontraba me era conocida. También lo era su ubicación en la terrible ciudad ancestral de mis sueños. Comprendí, con una certeza horripilante e instintiva, que desde allí podría visitar sin error alguno cualquier punto de la estructura o de la ciudad, al menos aquellos puntos que hubiesen escapado a los cambios y devastaciones ocurridos durante el transcurso de incontables eras. En el nombre del Señor, ¿qué significaba todo aquello? ¿Cómo había yo llegado a saber todo lo que sabía? ¿Y qué horrible realidad yacía tras aquellas antiguas leyendas de seres que habían habitado aquel laberinto de piedras primitivas?

Las palabras solo pueden expresar una fracción de la ráfaga de miedo y trastorno que consumió mi espíritu en aquel instante. Yo conocía aquel lugar. Sabía lo que se alzaba ante mí, y lo que había habido en la miríada de niveles superiores antes de que estos se redujeran a escombros y se convirtieran en parte del desierto. Con un estremecimiento, pensé que ya no necesitaba mantener aquel borrón de luz de luna a la vista. Me debatía entre el ansia de huir y una febril mezcla de curiosidad ardiente y violenta fatalidad. ¿Qué le había sucedido a aquella monstruosa megalópolis de antaño en los millones de años transcurridos desde la época de mis sueños? ¿Qué había pasado con los laberintos subterráneos que recorrían la ciudad y conectaban todas sus titánicas torres? ¿Cuánto de todo aquello había sobrevivido a las convulsiones de la corteza terrestre?

¿Había irrumpido yo en medio de un mundo enterrado de impío arcaísmo? ¿Sería aún capaz de encontrar la casa del maestro de escritura, o la torre en la que S'gg'ha, una mente cautiva de la raza de seres vegetales carnívoros de cabeza de estrella de la Antártida, había tallado ciertas imágenes en los huecos libres de las paredes? ¿Seguiría abierto y practicable el pasadizo que llevaba al segundo nivel inferior, a la enorme estancia donde solíamos reunirnos las mentes foráneas? Una de las mentes cautivas, perteneciente a una increíble entidad medio plástica que habitaba el interior de un desconocido planeta transplutoniano ubicado dieciocho millones de años en el futuro, había escondido en aquella estancia cierto objeto que había modelado con arcilla.

Cerré los ojos y me llevé en vano las manos a la cabeza, en un lastimero intento de apartar aquellos demenciales fragmentos soñados de mi conciencia. Entonces, por primera vez, sentí la fría corriente de aire húmedo en movimiento. Me estremecí de nuevo, al darme cuenta de que una enorme cadena de abismos negros desde hacía eones debían de abrirse en algún lugar no muy lejano de mi ubicación. Pensé en las escalofriantes cámaras, corredores y pendientes que recordaba de mis sueños. ¿Seguiría abierto el camino hasta los archivos centrales? De nuevo aquel fatal impulso empezó a tirar con insistencia de mi cerebro recordando los asombrosos registros que en su día descansaron en los contenedores de aquellas criptas rectangulares de metal inoxidable.

Allí, según afirmaban los sueños y las leyendas, yacía toda la historia, pasada y futura, del continuo espaciotemporal, escrita por mentes cautivas de cada orbe y cada era del sistema solar. La mera idea era demencial, por supuesto, pero ¿acaso no me había internado en un mundo anochecido igual de demente que yo mismo? Pensé en aquellos anaqueles metálicos guardados bajo llave, y en los curiosos movimientos giratorios que había que realizar para abrir cada uno de ellos. Los míos regresaron de forma vívida a mi cabeza. ¿Cuántas veces había seguido yo aquella intrincada rutina de presiones y giros en la sección de vertebrados terrestres del nivel inferior? Cada detalle se me antojaba reciente y familiar. Si de verdad existía esa cripta tal y como yo la había soñado, era capaz de abrirla en cuestión de segundos. Entonces la locura se apoderó de mí por completo. Un instante después, empecé a abrirme camino a trompicones y saltos entre los detritos de roca en dirección a la rampa que tan bien recordaba y que llevaba a las profundidades inferiores.

VII

A partir de ese punto, poco se puede confiar en mis impresiones. De hecho, aún albergo la esperanza última y desesperada de que todo forme parte de algún sueño demoníaco o de una ilusión nacida del delirio. Una suerte de fiebre rugía en mi cerebro; lo percibía todo a través de una especie de neblina, a veces de forma intermitente. El haz de mi linterna iluminaba débilmente aquella negrura abismal y me proporcionaba destellos fantasmales de muros y grabados de una familiaridad espeluznante, aunque erosionados por la decadencia del tiempo. En cierto lugar, el tremendo y macizo techo abovedado se había derrumbado por completo, así que tuve que trepar sobre un imponente montículo de piedra que llegaba casi hasta el escarpado techo de grotescas estalactitas. Todo aquello era el culmen absoluto de una pesadilla, que empeoraba aún más debido al blasfemo azote de los seudorrecuerdos. Solo había una cosa que no me resultase familiar: mi propio tamaño en relación con la monstruosa mampostería. Me oprimía una sensación de desacostumbrada pequeñez, como si la vista de aquellos enormes muros desde un simple cuerpo humano me fuese del todo nueva y ajena. Una y otra vez bajaba la vista para contemplar mi cuerpo, presa de una vaga inquietud causada por mi forma humana.

Avancé precipitadamente por la negrura del abismo a saltos y tropezones... a veces caía de bruces y me hacía cortes o moratones. En una caída casi hice añicos la linterna. Cada piedra y cada rincón de aquel demoníaco abismo me eran conocidos, en muchos puntos me detuve para iluminar con el haz de luz unas arcadas familiares, aunque ahora bloqueadas y medio derruidas. Algunas estancias se habían derrumbado del todo, mientras que otras estaban despejadas o llenas de escombros. En unas pocas de ellas distinguí masas de metal, algunas más o menos intactas, otras rotas y otras aplastadas o maltrechas. En ellas reconocí las colosales mesas y pedestales de mis sueños. Sin embargo, su verdadera naturaleza se me escapaba.

Encontré la rampa descendente y empecé a bajarla, aunque al cabo tuve que detenerme debido a un hoyo abierto y escarpado cuyo punto más estrecho no mediría menos de metro y medio. En aquel lugar, la mampostería se había hundido, y por el hueco solo se atisbaban unas profundidades de negrura incalculable. Yo sabía que había dos niveles inferiores más en aquel titánico edificio, y temblé con pánico renovado al recordar la trampilla sellada con metal que descansaba en el último nivel. Ahora no habría guardianes, pues lo que acechaba ahí abajo había cumplido su nefando cometido y perecido tras una larga decadencia. Para cuando llegase la era de la raza de escarabajos posthumanos, ya estaría del todo extinto. Y, sin embargo, al pensar en las leyendas nativas, volví a temblar.

Me costó un terrible esfuerzo salvar aquel abismo abierto, pues el suelo cubierto de escombros me impedía tomar carrerilla. Sin embargo, a esas alturas lo que me guiaba era ya la locura. Escogí un punto cercano al muro de la izquierda, donde la grieta era menos ancha y el lugar donde debía aterrizar al otro lado estaba razonablemente libre de escombros. Salté y, tras un momento de pánico, llegué sano y salvo al otro lado. Descendí por fin y recorrí a trompicones el pasadizo más allá de la arcada que daba a la sala de máquinas, en cuyo interior se alzaban fantásticas ruinas de metal medio enterradas bajo una bóveda derruida. Todo estaba donde yo sabía que iba a estar, así que trepé con seguridad sobre los restos apilados que bloqueaban la entrada al enorme corredor transversal. Comprendí que dicho corredor me llevaría hasta los archivos ubicados bajo la ciudad.

Parecieron transcurrir infinitas eras mientras yo avanzaba saltando, a trompicones o gateando por entre el corredor cuajado de escombros. De vez en cuando, captaba grabados en los muros manchados de tiempo; algunos, familiares; otros, al parecer añadidos en épocas posteriores a la de mis sueños. Puesto que aquello era una vía que conectaba varias casas, no encontré arcadas excepto cuando el camino atravesaba los niveles inferiores de según qué edificios. En algunas de esas intersecciones me aparté lo suficiente como para contemplar corredores que recordaba a la perfección, y que se internaban en salas que también residían perfectamente en mi memoria. Solo en dos ocasiones encontré cambios radicales con respecto a mis sueños, y en uno de esos casos conseguí captar los contornos sellados de una arcada que recordaba.

Viré y pasé a toda prisa junto a una senda que discurría cerca de una de aquellas torres ruinosas sin ventanas cuya particular mampostería de basalto evidenciaba un horrible origen, sin poder evitar un fuerte estremecimiento y una oleada de debilidad largo tiempo pospuesta. La cripta primitiva a la que llegué era circular, de unos sesenta metros de diámetro, sin grabado alguno en la estructura oscurecida. Aquí el suelo estaba despejado excepto por el polvo y la arena. Pude atisbar aberturas hacia niveles superiores e inferiores. No había escaleras ni rampas. De hecho, en mis sueños quedaba claro que aquellas torres ancestrales jamás habían sido tocadas siquiera por la fabulosa Gran Raza. Aquellos que las habían construido no tenían necesidad alguna de escaleras o rampas. En mis sueños, la apertura hacia niveles inferiores había estado bien sellada y custodiada por nerviosos guardianes. Ahora, sin embargo, estaba abierta… Se trataba de un agujero amplio y negro del que surgía una corriente de aire frío y húmedo. Me prohibí a mí mismo pensar en qué tipo de cavernas infinitas de eterna noche podían yacer ahí abajo.

Proseguí mi camino a gatas a través de una sección bastante irregular de aquel pasadizo, y llegué a un lugar en el que el techo había cedido por completo. Los escombros se alzaban como si de una montaña se tratasen, una montaña a la que tuve que trepar para dejar atrás un enorme espacio hueco en el que el haz de mi linterna no bastaba para iluminar ni techo ni paredes. Llegué a la conclusión de que aquel lugar debía de ser el sótano de la casa de los proveedores de metal, frente a la tercera plaza cercana a los archivos. No alcancé a conjeturar qué destino había sufrido aquella casa.

Tras la montaña de escombros y piedras se abría de nuevo el corredor, pero a poca distancia volví a encontrar un lugar completamente bloqueado por los escombros de la bóveda caída, que casi rozaban el techo hundido, que amenazaba con caer en cualquier momento. No sé cómo me las arreglé para apartar suficientes bloques como para poder pasar, ni cómo me atreví a alterar aquel conjunto apretadísimo de fragmentos a sabiendas de que el menor cambio de equilibrio podría haber derrumbado todas aquellas toneladas de mampostería, que me habrían aplastado hasta reducirme a la nada más absoluta. Lo que me impulsaba y me guiaba era la locura más absoluta, suponiendo que toda mi aventura subterránea no fuese, tal y como espero, una ilusión o una fase del sueño. En cualquier caso, conseguí abrir, o soñé que conseguía abrir, un hueco por el que pude pasar a rastras. Mientras reptaba entre la montaña de escombros con la linterna, que encendía y apagaba sin cesar, sujeta en la boca, me sentí arrebatado por la visión de las fantásticas estalactitas del escarpado techo que se desplegaba sobre mi cabeza.

Me encontraba en las inmediaciones de la estructura archivística subterránea que parecía ser mi objetivo. Trepé y me arrastré por el lado más alejado de la barrera, y me abrí paso por lo que quedaba del corredor blandiendo la linterna, que encendía y apagaba intermitentemente. Por fin llegué a una cripta baja y circular, con arcos en un maravilloso estado de conservación que se abrían a cada lado. Los muros, al menos las partes al alcance de la luz de mi linterna, estaban completamente cubiertos de jeroglíficos y aquellos típicos símbolos curvilíneos tallados, algunos de los cuales se habían añadido después de la época correspondiente a mis sueños.

Me di cuenta de que aquel era el objetivo al que el destino me había conducido. Me interné por una arcada familiar que se abría a mi derecha. Por alguna extraña razón, estaba seguro de que podría encontrar un camino libre que descendiese por una de aquellas pendientes hasta los niveles que habían sobrevivido a los derrumbes. Aquella estructura enorme y protegida por la misma tierra, que albergaba los anales de todo el sistema solar, se había construido con una pericia sobrenatural y con la suficiente robustez como para durar tanto como el propio sistema solar. Unos bloques de dimensiones sobresalientes, colocados con genio matemático y aglutinados con cementos de increíble dureza, se combinaban para formar una masa tan firme como el núcleo rocoso del planeta. Aquí, tras eras más prodigiosas que las que mi cordura podía abarcar, se mantenía enterrada toda su esencia. En aquellos gigantescos suelos cubiertos de polvo apenas se repartían unos pocos escombros, tan abundantes en el resto del complejo.

La relativa facilidad del camino a partir de aquel momento me afectó de una manera curiosa. Toda el ansia frenética que hasta entonces había chocado de frente con diferentes obstáculos ahora se convirtió en una suerte de celeridad febril, tanto es así que casi me lancé en una carrera literal por aquellos corredores bajos que tan bien recordaba y que se abrían más allá de la arcada que acababa de cruzar. Había superado todo el pasmo que me causaba la familiaridad de todo cuanto contemplaban mis ojos. A lado y lado se alzaban monstruosas puertas de metal cubiertas de jeroglíficos que daban a aquellos contenedores. Algunas seguían en su sitio, otras habían saltado por los aires, mientras que otras estaban dobladas y maltrechas a causa de pasadas presiones geológicas terrestres que no habían sido lo bastante fuertes como para destrozar aquella titánica mampostería. Por doquier se atisbaban montículos de polvo bajo enormes estantes vacíos, que indicaban los lugares donde los contenedores habían caído por las sacudidas de la tierra. En algunas columnas se dibujaban símbolos o letras que anunciaban categorías o subcategorías de los volúmenes allí almacenados.

En un momento dado me detuve junto a una cámara abierta en la que vi algunos de aquellos contenedores metálicos, aún en su sitio, entre el polvo y la mugre omnipresentes. Me acerqué y saqué uno de ellos con cierta dificultad. Lo deposité en el suelo para poder inspeccionarlo. El título estaba escrito con los preeminentes jeroglíficos curvilíneos, aunque algo en la disposición de los caracteres se me antojó sutilmente inusual. El extraño mecanismo de la cerradura me era del todo conocido, así que abrí el broche aún sin oxidar y perfectamente operable y saqué el libro que contenía la caja. Dicho libro, como era de esperar, medía unos cincuenta por cuarenta centímetros, y cinco de grosor. La cubierta metálica se abría por la parte superior. Sus duras páginas de celulosa no parecían haberse visto afectadas por la miríada de ciclos temporales que habían atravesado. Estudié las letras de aquel texto curiosamente pigmentadas y escritas a pincel, símbolos del todo distintos a los acostumbrados jeroglíficos curvos o a cualquier tipo de alfabeto que la sapiencia humana conociese. Despertaron en mí una suerte de recuerdo embrujado. Comprendí que aquel era el idioma que usaba una mente cautiva que había conocido con brevedad en mis sueños, una mente venida de un gran asteroide en el cual había sobrevivido buena parte de la arcaica vida y saber de un planeta primitivo del que ahora constituía un fragmento. Al mismo tiempo, recordé que aquel nivel de los archivos estaba dedicado a volúmenes que versaban sobre planetas no terrestres.

Dejé de lado aquel increíble documento y vi que la luz de mi linterna empezaba a fallar. Me apresuré a meter la pila extra que siempre llevaba conmigo. A continuación, armado con un resplandor de renovada potencia, reemprendí mi febril carrera a través de la infinita maraña de pasillos y corredores. De vez en cuando reconocía algún anaquel familiar. Me inquietaban en cierto modo las condiciones acústicas de aquellas catacumbas sumidas en muerte y silencio de eones, pues mis pasos despertaban ecos incongruentes en ellas. Las meras huellas de mis propios zapatos tras de mí en medio de aquel polvo inexplorado desde hacía milenios bastaron para hacerme estremecer. Nunca antes, si es que mis demenciales sueños albergaban algo de verdad, habían recorrido aquellos inmemoriales suelos unos pasos humanos. Mi mente consciente no tenía la menor pista de cuál era la naturaleza del objetivo que perseguía mi irracional carrera. Sin embargo, había algún tipo de fuerza maligna que tironeaba de mi aturdida voluntad y de mis recuerdos enterrados, hasta el punto de tener la impresión de que no corría de forma aleatoria.

Llegué a una rampa que descendía y la seguí hasta profundidades inferiores. En mi carrera pasé por diferentes niveles, pero no me detuve a explorarlos. En el remolino que era mi cerebro empezó a latir cierto ritmo que arrancó espasmos al unísono en mi mano derecha, espasmos que se correspondían con los movimientos que debería hacer para abrir cierta cerradura. Quería abrirla y sentía que conocía a la perfección todos los intrincados giros y presiones necesarios para ello. Era similar a una caja fuerte moderna con cierre de combinación. Fuese o no parte de mi sueño, en su día conocí ese mecanismo, y aún lo conocía. No traté de explicarme a mí mismo cómo un sueño, o bien un fragmento de una leyenda absorbida por el inconsciente, podía haberme enseñado un proceso tan complejo, inextricable y meticuloso. Había dejado atrás cualquier tipo de pensamiento coherente. ¿Acaso no constituía un horror que iba más allá de todo raciocinio aquella experiencia, aquella impresionante familiaridad con respecto al conjunto de ruinas desconocidas y aquella exactitud de todo lo que encontraba no solo con mis sueños sino con lo que sugerían los fragmentos de leyendas? Bien podría ser que en aquel entonces estuviera convencido, tal y como ahora lo estoy en mis momentos más cuerdos, de que en realidad no estaba despierto en absoluto, y que toda aquella ciudad enterrada no era sino otro fragmento de febriles alucinaciones.

Al cabo llegué al nivel inferior y giré a la derecha de la rampa. Por alguna oscura razón, intenté caminar sin hacer ruido, a pesar de que así no podía ir tan rápido. En aquel último nivel enterrado en las profundidades había una zona que temía cruzar, y al acercarme a ella recordé qué era lo que despertaba mi miedo. Se trataba de una de las trampillas selladas con metal y vigiladas siempre de cerca. Ahora ya no habría guardias, cosa que me hizo temblar y caminar de puntillas tal como había hecho al pasar cerca de aquella cámara de basalto negra en la que había visto la trampilla abierta de par en par. Sentí una corriente de aire frío y húmedo, igual que antes, y bien que deseé que mi camino hubiese podido discurrir por otra dirección. Lo que ignoro es por qué me veía obligado a pasar precisamente por allí.

Cuando llegué a la zona en cuestión, vi que la trampilla también estaba abierta de par en par. Un poco más adelante volvían a extenderse los anaqueles. Desde donde me encontraba atisbé ante una de aquellas puertas, y apenas cubierta por el polvo, una montaña de contenedores que habían caído al suelo hacía no mucho. En aquel mismo momento se abatió sobre mí una nueva ráfaga de pánico, aunque ignoraba la razón. Los montículos de contenedores en el suelo eran comunes allí abajo, pues los movimientos terrestres habían sacudido aquel laberinto oscuro durante eones y habían echo caer ciertos objetos con estruendos ensordecedores. Solo cuando ya casi había cruzado aquella zona descubrí la razón de mi violento estremecimiento.

Lo que me perturbaba no era el montículo, sino algo que había en el propio suelo. Bajo la luz de la linterna se me antojó que la capa de polvo no era tan regular como debería. Vi ciertos lugares donde parecía más fina, como si se hubiese visto alterada hacía relativamente poco tiempo. Yo no podía estar seguro, pues incluso las capas más finas de polvo parecían cubrir por completo la superficie. Sin embargo, una sospecha de regularidad en aquellas desigualdades imaginarias me inquietaba. Cuando acerqué el haz de luz a uno de aquellos estrambóticos lugares, lo que vi no me gustó en absoluto, pues la impresión de regularidad aumentaba sobremanera. Parecía como si en medio del polvo se dibujasen líneas regulares de impresiones compuestas, impresiones dispuestas en grupos de tres, cada una de ellas de unos treinta centímetros de superficie y compuestas de cinco huellas circulares de casi ocho centímetros, una al frente y cuatro detrás.

Aquellas posibles líneas marcadas de treinta centímetros parecían repartirse en dos direcciones, como si algo se hubiese encaminado hacia algún lugar y después hubiera regresado. Por supuesto, eran muy leves, y quizá no eran más que ilusiones o pura casualidad. Sin embargo, albergaban un elemento de sombrío y torpe horror, sobre todo en el modo en que se repartían por el suelo, porque terminaban en el lugar donde al parecer algunos contenedores habían caído no hacía mucho tiempo, y comenzaban en aquella ominosa trampilla de la que surgía un viento frío y húmedo: la trampilla abierta y sin vigilancia que llevaba a abismos más allá de la imaginación.

VIII

Aquella extraña compulsión era tan profunda y abrumadora que al final acabó por domeñar mi miedo. Ningún motivo racional podría haberme obligado a seguir sospechando que aquellas marcas eran en realidad huellas y las acechantes memorias oníricas que suscitaban. Y, sin embargo, mi mano derecha, aunque se sacudía de pavor, siguió ejecutando aquellos espasmódicos movimientos anhelantes que habrían de abrir la cerradura que ansiaba encontrar. Antes de que pudiera darme cuenta, ya había dejado atrás aquel montículo de contenedores caídos y recorría de puntillas los corredores cubiertos de un polvo intacto en dirección a un punto que parecía conocer de un modo macabro, aunque horriblemente claro. Mi mente se hacía preguntas cuyo origen y relevancia yo solo empezaba a vislumbrar. ¿Sería el anaquel deseado alcanzable desde la altura de un cuerpo humano? ¿Podría mi mano humana reproducir los movimientos para abrir la cerradura que mi cerebro conocía tan bien desde hacía eones? ¿Seguiría intacta y servible dicha cerradura? ¿Y qué podría yo hacer, qué me atrevería a hacer, con aquello que —ahora empezaba a percatarme— esperaba y a la vez temía encontrar? ¿Resultaría ser la asombrosa e impactante certeza algo más allá de toda concepción normal, o quizá demostraría que todo aquello no era más que un sueño?

Acto seguido me di cuenta de que había dejado de desplazarme de puntillas y estaba de pie, quieto, contemplando una hilera de anaqueles de jeroglíficos cuya familiaridad resultaba demencial. Se hallaban en un estado de conservación casi perfecta; solo tres de las puertas cercanas se habían descolgado de sus goznes. Imposible describir los sentimientos que experimenté hacia aquellos anaqueles, aunque la sensación de vieja familiaridad era total e insistente. Miraba hacia arriba, a una hilera de contenedores cerca del techo, fuera por completo de mi alcance y protegidos por cerradura. Me preguntaba cuál sería la mejor manera de trepar hasta allí. Quizá podría valerme de otra puerta abierta a cuatro hileras de distancia; las cerraduras de las puertas cerradas también suponían agarraderos para manos y pies de los que podía servirme. Podía sujetar la linterna entre los dientes, como ya había hecho en otros lugares donde era necesario usar las dos manos. Sobre todo, debía tratar de no hacer el menor ruido. Sería difícil bajar desde allí aquel objeto que anhelaba, aunque tal vez pudiera enganchar el broche móvil que lo cerraba al cuello de mi abrigo y llevarlo como si fuese un petate. Volvía a preguntarme si la cerradura estaría intacta. No albergaba la menor duda de que sería capaz de repetir cada uno de los movimientos necesarios para abrirla, pero esperaba que no estuviese maltrecha ni agrietada... y que mi mano sirviese para ejecutar dichos movimientos en condiciones.

Mientras me deshacía en esos pensamientos, me puse la linterna entre los dientes y empecé a trepar. Las cerraduras protuberantes demostraron no ser muy buenos asideros, pero tal como ya había esperado, el anaquel abierto sí que fue de gran ayuda. Me valí tanto del dificultoso vaivén de la puerta como del borde mismo de la apertura para auparme sin emitir el menor chirrido. Gané equilibrio en el borde superior de la puerta. Si me inclinaba hacia mi derecha, podía alcanzar la cerradura deseada. Mis dedos, casi insensibles a causa del ascenso, se mostraron torpes en un primer momento, pero pronto vi que eran adecuados en términos anatómicos y recordaban la cadencia necesaria. Aquellos movimientos secretos e intrincados habían atravesado los abismos del tiempo hasta llegar a mi cerebro con todo detalle. Al cabo de unos cinco minutos oí un clic cuya familiaridad me sobresaltó tanto más porque no lo había esperado de forma consciente. Un instante después, la puerta de metal se abrió con lentitud y apenas un débil chirrido.

Me encontré contemplando, aturdido, la hilera de contenedores grisáceos detrás de la cerradura, y sentí la tremenda oleada de una emoción inexplicable. Justo al alcance de mi mano derecha había un contenedor cuyos jeroglíficos curvos me hicieron temblar con un espasmo mucho más complejo del que provoca el simple miedo. Sin dejar de temblar, me las arreglé para sacarlo en medio de una lluvia de fragmentos de ruina. Lo traje hasta mí sin hacer ningún ruido brusco. Al igual que el otro contenedor que había manipulado, este medía algo más de cincuenta por cuarenta centímetros, y tenía diseños matemáticos curvos en bajorrelieve. Su grosor apenas sobrepasaba los cinco centímetros. Lo sostuve con torpeza entre mi cuerpo y la superficie en la que me apoyaba y me las arreglé para abrir el broche. Alcé la tapa y me lo coloqué en la espalda, sujetando el gancho del broche al cuello de mi abrigo. Con las manos ahora libres, descendí con torpeza hasta el polvoriento suelo y me preparé para inspeccionar aquel tesoro.

Me arrodillé en medio del polvo y la mugre y le di la vuelta al contenedor para dejarlo frente a mí. Me temblaban las manos. Temía sacar aquel libro tanto como anhelaba verlo, tanto como me sentía impulsado a sacarlo. Poco a poco me había quedado claro qué me iba a encontrar, y la certeza de tenerlo a mano estuvo a punto de paralizar todas mis facultades. Si de verdad se encontraba allí, si no era un sueño, aquello tendría demasiadas implicaciones como para que el espíritu humano pudiese soportarlas. Lo que más me mortificaba era mi momentánea incapacidad para discernir si lo que me rodeaba era un sueño o no. La sensación de realidad era tan escalofriante como lo es ahora que rememoro la escena.

Al cabo, saqué el libro de su contenedor sin dejar de temblar y contemplé fascinado los jeroglíficos de sobra conocidos de la cubierta. Parecía encontrarse en condiciones perfectas, y los caracteres curvilíneos del título me cautivaron de un modo casi hipnótico, como si fuese capaz de leerlos. Lo cierto es que no puedo afirmar que no los leyese en medio del algún acceso pasajero de anormal recuerdo. No sé cuánto tiempo transcurrió antes de que me atreviese a levantar aquella fina cubierta de metal. Gané tiempo, me puse excusas a mí mismo. Me saqué la linterna de entre los dientes y la apagué para ahorrar batería. Entonces, en medio de la oscuridad, hice acopio de valor y abrí la tapa sin encender la luz. Lo último que hice fue encender la linterna para iluminar la página recién abierta, aunque antes intenté acorazarme por dentro para evitar proferir cualquier sonido de resultas de los posibles hallazgos.

Lo contemplé por un instante y casi pierdo la razón. Sin embargo, apreté los dientes y conseguí mantenerme en silencio. Me dejé caer sobre el suelo y me llevé la mano a la frente en medio de aquel abismo de negrura. Lo que había temido encontrar era justo lo que había allí. O bien yo estaba soñando, o bien el tiempo y el espacio se habían convertido en poco más que una burla. Debía de ser un sueño, pero pondría a prueba aquel horror llevando conmigo aquel objeto a la superficie y enseñándoselo a mi hijo como si se tratase de algo real. El pavor inundaba mi mente, pese a que no había objeto alguno visible en medio de las tinieblas que me rodeaban por completo. Unas ideas e imágenes del más puro horror, suscitadas por aquel escueto vistazo al volumen, se cernieron sobre mí y nublaron mis sentidos.

Pensé en aquellas posibles huellas en el polvo, y me asusté ante el sonido de mi propia respiración. Una vez más, iluminé aquella página con la linterna y volví a mirarla como la víctima del ataque de una serpiente contempla los ojos y colmillos de la bestia asesina. Entonces, con dedos torpes en medio de la oscuridad, cerré el libro y lo devolví a su contenedor. Cerré la tapa con aquel curioso broche de gancho. Aquello era lo que debía llevar conmigo al mundo exterior, si es que de verdad existía, si todo aquel abismo era real, si yo mismo y el mundo que me rodeaba lo era.

No sé a ciencia cierta cuándo conseguí ponerme en pie y emprendí el camino de regreso. Se me ocurre ahora, curiosamente, como muestra de hasta qué punto me había sentido separado del mundo normal, que en ningún momento llegué a mirar el reloj durante aquellas horripilantes horas en el subterráneo. Con la linterna en una mano y el ominoso contenedor bajo el brazo, me sorprendí caminando de puntillas en una suerte de pánico silencioso a través de aquel abismo recorrido por el viento y aquellas acechantes huellas sugeridas. Guardé pocas precauciones mientras ascendía por las infinitas rampas, aunque no era capaz de librarme de la sombra de una nueva aprensión que no había sentido en todo el descenso.

Temía tener que volver a atravesar aquella negra cripta de basalto mucho más antigua que la propia ciudad, por la que soplaban vientos fríos que provenían de las profundidades desguarnecidas. Pensé en aquello que tanto temía la Gran Raza, y en lo que podría seguir acechando, por más débil y moribundo que ahora fuese, allí abajo. Pensé en esas posibles huellas de cinco círculos, en lo que mis sueños me decían de dichas huellas y de los extraños vientos y silbidos asociados a ellas. Y luego pensé en las leyendas de los negros australianos de hoy en día, en las que vivía el horror de esos grandes vientos y las innominadas ruinas subterráneas.

Gracias a cierto símbolo grabado en un muro, reconocí el nivel al que tenía que salir. Por fin, tras pasar junto a aquel otro libro que había examinado, llegué al gran espacio circular ribeteado de arcadas. A mi derecha, reconocible al instante, estaba el arco por el que había accedido. Me interné por él, consciente de que el resto del camino sería mucho más difícil debido al estado ruinoso de la mampostería fuera del edificio de archivos. Además, ahora soportaba la pesada carga del contenedor, y me fue mucho más difícil hacer el camino en silencio: no dejaba de tropezar con escombros y fragmentos de piedra de todo tipo.

Entonces llegué a aquel montículo de escombros que llegaba hasta el techo en el que había abierto un pasadizo exiguo. El pavor que me inspiraba la idea de arrastrarme de nuevo por aquel lugar era ilimitado, pues al ir en esa dirección ya había hecho algo de ruido, y ahora, después de contemplar aquellas posibles pisadas, temía hacer ruido por encima de todo. Además,

el contenedor complicaba mucho la tarea de atravesar la estrecha fisura. En cualquier caso, trepé por aquella barrera lo mejor que pude e introduje el contenedor en la abertura antes de entrar yo mismo. A continuación, con la linterna en la boca, me metí allí. Las estalactitas volvieron a arañarme la espalda. Al intentar agarrar el contenedor una vez más, se me escapó de entre las manos y cayó por el montículo de escombros con un perturbador repiqueteo cuyos ecos hicieron que me recorriese un sudor frío. Me lancé a por él y lo recuperé sin más sonido... aunque un momento después unos bloques sueltos resbalaron bajo mis pies y provocaron un repentino e inesperado estrépito.

Ese estrépito fue mi perdición, pues, fuese o no cierta mi impresión, me pareció percibir un sonido en respuesta proveniente de los espacios a mi espalda. Creí oír un agudo silbido que en nada se parecía a ningún sonido terrestre en una nota imposible de describir con palabras. Quizá fueron solo imaginaciones mías. Si así fue, lo que siguió está manchado de una lúgubre pátina de ironía, pues quizá lo único real fue el pánico que me provocó.

Tal como iban las cosas, un absoluto y constante frenesí se apoderó de mis actos. Sujeté la linterna en la mano y tanteé débilmente hasta aferrar el contenedor. Di un salto adelante y avancé a trompicones sin idea alguna en mi cerebro más allá del demencial deseo de salir a la carrera de aquellas ruinas pesadillescas y llegar al mundo real de la superficie del desierto iluminada por la luna que tan lejos de mí estaba ahora, en las alturas. Apenas me di cuenta cuando llegué a la montaña de escombros que se alzaba hacia la enorme negrura más allá del techo cavernoso. En repetidas ocasiones me golpeé y me arañé al subir casi a gatas su empinada pendiente de bloques y fragmentos aserrados. Luego sucedió lo más desastroso. Traspasé a ciegas la cumbre de aquella elevación y, poco preparado para el descenso al otro lado, mis pies resbalaron del todo y me vi envuelto en una avalancha devastadora de mampostería deslizante cuyo estruendo sonó como un cañonazo que rasgó el aire de la negra caverna en una serie de ensordecedoras reverberaciones telúricas.

No albergo recuerdo alguno de cómo salí de aquel caos, pero un momentáneo fragmento de consciencia me indica que me lancé entre tropezones y medio a gatas por el corredor entre todo aquel clamor, con el contenedor y la linterna aún agarrados. Luego, mientras me acercaba a la primitiva cripta de basalto que tanto había temido, se desató la más absoluta de las locuras. A medida que los ecos de la avalancha se apagaron, solo se oyó la repetición de aquellos extraños silbidos escalofriantes que me parecía haber oído con anterioridad. Ya no cabía la menor duda... y, lo que era peor, el sonido no venía de detrás de mí, sino de delante.

Cabe la posibilidad de que chillase. Tengo un vago recuerdo de mí mismo mientras corría a través de la infernal cripta abovedada de los Antiguos y oía aquel condenado sonido, surgido de la trampilla abierta y desguarnecida de ilimitada negrura inferior. También soplaba el viento, aunque ya no se trataba solo de una brisa fría y húmeda, sino también de una racha violenta y cargada de propósito que brotaba de forma salvaje y gélida de aquel abominable abismo del que procedían también los obscenos silbidos.

Recuerdo saltar o trepar para salvar obstáculos de todo tipo, mientras ese torrente de viento y esos chillidos sibilantes aumentaban por momentos y parecían enroscarse a mi alrededor como si los moviese una voluntad consciente desde las profundidades que había dejado atrás. Pese a que soplaba desde mi espalda, aquel viento tenía la extraña cualidad de frenar mi avance en lugar de acelerarlo, como si se tratase en realidad de un lazo o de una cuerda que alguien me hubiese tirado para sujetarme. Inconsciente de los sonidos que yo mismo emitía, trepé a gatas por una gran barrera de bloques y volví a encontrarme en la estructura que conducía a la superficie. Recuerdo cómo eché un vistazo hacia la arcada que llevaba a la sala de las máquinas y estuve a punto de proferir un nuevo chillido al ver que la pendiente allí conducía a una de aquellas blasfemas trampillas, sita dos niveles más abajo y seguramente igual de abierta de par en par. Sin embargo, en lugar de chillar lo que hice fue murmurar una y otra vez para mí mismo que todo aquello no era sino un sueño del que tenía que despertar pronto. Quizá me encontraba en el campamento, o acaso en mi casa de Arkham. Aquella esperanza le dio alas a mi cordura y empecé a subir la rampa que llevaba a los niveles superiores.

Por supuesto, sabía que aún debía salvar el socavón de metro y medio, aunque estaba ocupado con otros miedos para preocuparme de aquel horror en toda su expresión, al menos hasta que lo tuve delante. Al descender, el salto había sido sencillo, pero, ¿podría salvar aquel abismo yendo hacia arriba y mermado por el miedo, el cansancio, el peso del contenedor metálico y el tirón de aquel viento demoníaco? Consideré todo aquello en el último momento, y luego pensé en las entidades innominadas que quizás acechaban en los abismos negros debajo de aquella abertura.

El resplandor de mi bamboleante linterna empezaba a menguar, aunque algún tipo de oscuro recuerdo me indicó que me acercaba al socavón. Las heladas ráfagas de viento y los escalofriantes silbidos a mi espalda actuaron por un instante como un misericordioso opiáceo, pues aturdieron mi imaginación ante el horror del abismo abierto frente a mí. Entonces me di cuenta de que más adelante también soplaba el viento y se oían más silbidos, como un oleaje abominable que surgiese del propio agujero desde profundidades insospechadas e inimaginables.

De hecho, la esencia de aquella pura pesadilla se presentó entonces ante mí. La cordura me abandonó y, haciendo caso omiso de todo excepto del impulso animal de huir, no hice más que lanzarme adelante y saltar sobre los escombros de la pendiente como si el hoyo no estuviese allí. Vi el borde de la abertura y me impulsé frenético adelante con cada gramo de fuerza que poseía. Al instante me envolvió el pandemonio de un vórtice de asquerosos sonidos y una completa oscuridad materialmente tangible.

Aquí concluye mi experiencia; al menos, lo que recuerdo de ella. El resto de mis remembranzas pertenece por completo al reino de los delirios fantasmagóricos. Sueño, locura y memoria mezclados de manera demencial en una serie de ilusiones fantásticas y fragmentarias que no pueden guardar relación alguna con nada real. Hubo una caída a través de incalculables leguas de oscuridad viscosa y sintiente, una babel de sonidos por completo ajenos a todo lo que conocemos en la Tierra como vida orgánica. Unos sentidos durmientes y rudimentarios parecieron despertar a la vida en mi interior, y me hablaron de pozos y vacíos poblados por horrores flotantes que conducían a riscos jamás tocados por el sol, a océanos y ciudades ahítas de torres de basalto sin ventanas sobre las que jamás brilló luz alguna.

Los secretos primitivos del planeta y sus inmemoriales eones destellaron en mi cerebro sin necesidad alguna de vista o sonido, y me fueron reveladas cosas que ni siquiera mis sueños más demenciales habían alcanzado a insinuar. Mientras tanto, los dedos gélidos de un vapor húmedo me aferraron y me golpearon, y aquel silbido ancestral y maldito chirrió sobre la alternancia de estrépito y silencio en los remolinos de oscuridad que me rodeaban.

Después sufrí visiones de la ciclópea ciudad de mis sueños, no en estado ruinoso, sino como siempre la había soñado. Volvía a ocupar mi cuerpo cónico e inhumano, y me mezclaba con la multitud de individuos de la Gran Raza y con las mentes cautivas que llevaban de acá para allá de los espaciosos corredores y enormes rampas. Luego, superpuestos a estas imágenes, tuve destellos de una conciencia no visual que hablaba de desesperados esfuerzos, de algo que se retorcía para librarse de tentáculos de viento aullante que lo sujetaban, un demencial vuelo de murciélago a través de un aire medio sólido y un terrible avance a través de la oscuridad azotada por los vientos. Por fin, una escapada a trompicones y tropiezos sobre mampostería caída.

En una ocasión capté el curioso e intrusivo destello de una visión a medias, la débil sospecha de un resplandor azulado sobre mi cabeza. Acto seguido llegó ese sueño de trepar y gatear para escapar del viento, de arrastrarme bajo una llamarada de luz de aquella luna sardónica a través de un batiburrillo de escombros que resbalaban y se desmoronaban en medio de aquel macabro huracán. Fue el malvado y monótono resplandor de aquella enloquecedora luna lo que me indicó que había vuelto por fin a lo que en su día pensé que era el mundo objetivo de la superficie más allá de mis sueños.

Avanzaba a gatas por las arenas del desierto australiano. A mi alrededor aullaba el viento más tumultuoso que jamás he conocido sobre la superficie de nuestro planeta. Mis ropas eran harapos, y todo mi cuerpo era una masa de moratones y cortes. La plena consciencia volvió a mí poco a poco, aunque en ningún momento fui capaz de discernir dónde acababa el recuerdo y empezaban los delirantes sueños. Al parecer había habido una pila de bloques titánicos, un abismo debajo de esta y una monstruosa revelación del pasado, seguida de un horror pesadillesco justo al final de todo. Sin embargo, ¿cuánto de todo aquello era real? Mi linterna había desaparecido, al igual que el contenedor de metal que quizás había descubierto. ¿Había existido dicho contenedor? ¿O el abismo? ¿O siquiera la montaña de bloques? Alcé la cabeza y miré detrás de mí. No vi más que las estériles y ondulantes arenas del yermo.

El viento demoníaco se desvaneció, y aquella luna henchida y fungosa se hundió rojiza en el oeste. Me puse en pie como pude y empecé a avanzar a trompicones hacia el sudoeste, en dirección al campamento. ¿Qué me había sucedido en realidad? ¿Acaso me había desmayado en el desierto y arrastrado un cuerpo asolado por los sueños por kilómetros de arena y rocas enterradas? De lo contrario, ¿me sería posible seguir viviendo? Ante aquella nueva incertidumbre toda mi fe en la irrealidad surgida del mito que asociaba a mis visiones desaparecía una vez más en aquella vieja e infernal duda. Si aquel abismo era real, entonces la Gran Raza también lo era, así como sus blasfemos alcances y sus raptos en el vórtice cósmico del tiempo en el que no hay mitos ni pesadilla, sino una terrible realidad capaz de hacer pedazos un alma.

¿Había sido arrastrado en realidad —en una realidad espeluznante— hasta un mundo prehumano de ciento cincuenta millones de años de antigüedad en esos oscuros y pasmosos días de amnesia? ¿Había sido mi cuerpo actual el vehículo de una escalofriante conciencia ajena venida de los abismos paleógenos del tiempo? ¿Había yo, en calidad de mente cautiva de aquellos horrores, llegado a conocer una ciudad maldita de piedra en su época primitiva? ¿Había recorrido aquellos familiares pasillos bajo la repulsiva forma de mi captor? ¿Eran aquellos tormentos a modo de sueños que sufría desde hacía más de veinte años el resultado de duros y monstruosos recuerdos? ¿Había yo llegado a hablar con mentes de los más inalcanzables rincones del tiempo y del espacio? ¿Había aprendido los secretos del universo pasado y futuro? ¿Había escrito los anales de mi propio mundo para los contenedores metálicos de aquellos titánicos archivos? ¿Existían esos otros seres, los impresionantes Antiguos, con sus demenciales vientos y silbidos demoníacos? ¿Suponían una amenaza real, oculta y acechante, a la espera en sus negros abismos mientras el tiempo los iba debilitando y diversas formas de vida prosperaban en sus progresos milenarios sobre la superficie ajada del planeta?

No tengo respuesta para ninguna de estas preguntas. Si ese abismo y lo que contenía era real, no existe esperanza alguna. En ese caso, en verdad, sobre el mundo de los hombres se cierne una sombra burlona surgida de otro tiempo. Sin embargo, la misericordia quiere que las únicas pruebas de todo esto residan en las últimas fases de mis sueños alimentados por los mitos. No conseguí llevar conmigo el contenedor de metal que habría sido la prueba definitiva. A fecha de hoy, esos corredores subterráneos siguen sin encontrarse. Si las leyes del universo se apiadan de nosotros, jamás los encontrarán. Sin embargo, debo decirle a mi hijo lo que vi, o lo que creí ver, y que sea él quien emplee su propio juicio como psicólogo para evaluar la realidad que se oculta tras mi experiencia y comunicar mi relato a los demás, si lo considerase pertinente.

He dicho que la horrenda verdad que yace tras mis años de tortura en sueños depende por completo de la realidad de lo que creí ver en aquellas ciclópeas ruinas enterradas. Me ha resultado difícil poner en palabras la revelación crucial, aunque dudo que haya lector que a estas alturas no haya entendido de qué se trata. Por supuesto, dicha revelación descansaba en el libro dentro del contenedor de metal, el contenedor que saqué de su guarida olvidada entre el polvo intacto de un millón de siglos. Ningún ojo lo había visto, ninguna mano lo había tocado desde el nacimiento del ser humano en este planeta. Y, sin embargo, cuando lo iluminé con la linterna en aquel escalofriante abismo megalítico, vi que los extraños caracteres de color sobre las páginas de celulosa quebradiza y renegrida por el tiempo no correspondían a esos jeroglíficos sin nombre de los albores de la Tierra. En lugar de eso, eran caracteres de nuestro alfabeto común, caracteres que componían palabras de nuestro idioma... escritas de mi puño y letra.

EL QUE ACECHA EN LAS TINIEBLAS

(Dedicado a Robert Bloch)

━━━◆━━━

He visto abrirse el oscuro universo
donde los planetas negros giran sin rumbo,
donde giran en su horror ignorado
sin conciencia, sin brillo, sin nombre.

NÉMESIS

Hasta los investigadores más concienzudos vacilarán a la hora de poner en duda la creencia generalizada de que la muerte de Robert Blake sobrevino después de que lo alcanzase un rayo, o bien por el profundo colapso nervioso derivado de la descarga eléctrica en sí. Cierto es que la ventana frente a la que se encontraba no estaba rota, pero ya se sabe que la naturaleza es capaz de obrar de muy curiosas formas. La expresión de su rostro bien podría deberse a algún oscuro espasmo muscular en absoluto relacionado con lo que pudiera haber visto. Asimismo, es evidente que las últimas entradas de su diario no son más que el resultado de una imaginación fantasiosa avivada por ciertas supersticiones locales y por ciertos asuntos de antaño que Blake había descubierto. En cuanto a las anómalas condiciones de la iglesia abandonada de Federal Hill, ningún investigador lo bastante avispado tardará mucho en atribuirlas a algún tipo de charlatanería, consciente o inconsciente, con la que Blake mantenía alguna conexión secreta.

A fin de cuentas, la víctima era un escritor y pintor entregado por completo al campo de los mitos, los sueños, el terror y la superstición; un ávido buscador de escenas y efectos que potenciasen lo grotesco y lo espectral. Su primera estancia en la ciudad, una visita a un extraño anciano tan entregado al ocultismo y al saber prohibido como el propio Blake, se había saldado entre llamas y muerte. Solo algún tipo de macabro instinto debió de sacarlo de nuevo de su casa en Milwaukee. Quizá conocía las viejas historias, a pesar de que su diario afirmaba lo contrario, y puede que su muerte haya cortado de raíz algún tipo de espectacular fraude destinado a adoptar forma literaria.

En cualquier caso, algunos de los que han examinado y relacionado todas las pruebas se aferran a ciertas teorías menos racionales y ordinarias. Dichas personas se inclinan a tomar al pie de la letra lo escrito en el diario de Blake, y conceden un carácter significativo a ciertos hechos, como por ejemplo la indudable autenticidad de los registros de la vieja iglesia, la existencia verificada de la odiada y poco ortodoxa secta del Saber Estelar anterior a 1877, la desaparición constatada de cierto reportero demasiado curioso llamado Edwin M. Lillibridge en 1893 y, sobre todo, la expresión transfigurada de monstruoso horror que lucía la cara del joven escritor en el momento de su muerte. Fue una de estas personas quien, a causa de algún impulso fanático, lanzó a las aguas del puerto una piedra de curiosos ángulos que descansaba en una caja metálica de extraños adornos encontrada en el campanario de la vieja iglesia. Nos referimos a ese campanario negro y carente de ventanas, no a la torre en la que el diario de Blake sostenía que se encontraban tanto la piedra como la caja que la contenía. Aunque las fuentes, tanto oficiales como extraoficiales, se han encargado de desacreditar a dicha persona, a la sazón un médico reputado con cierto gusto por el folclore más extraño, él mismo ha aseverado que su acción salvó a todo el planeta de algo demasiado peligroso como para dejarlo descansar sobre su superficie.

Juzgue el lector por sí mismo cuál de estas dos corrientes de pensamiento le parece la más creíble. La prensa ha cubierto todos los detalles tangibles del asunto desde un enfoque más bien escéptico. Corresponde al público la tarea de imaginar qué es lo que vio Robert Blake, o lo que creyó ver... o lo que fingió ver, quién sabe. Ahora bien, si estudiamos el diario con atención, desprovistos de toda connotación emocional y por el mero placer de hacerlo, estaremos en condiciones de realizar un resumen de la oscura concatenación de acontecimientos desde el punto de vista de su principal protagonista.

El joven Blake regresó a Providence en el invierno de 1934 a 1935. Alquiló el ático de un venerable edificio junto a un verde jardín cerca de

College Street; en la cima de la gran colina que se alza al este, cerca del campus de la Universidad Brown y justo detrás de la biblioteca John Hay, toda ella de mármol. Era un lugar tan agradable como fascinante, en medio del oasis de un jardincito antiguo como una aldea en el que montones de enormes gatos amigables tomaban el sol a placer. Aquel caserón de estilo georgiano tenía un tejado con terraza, una entrada clásica con escalinatas dobles que se abrían en abanico, pequeñas ventanas de rejilla y todos los demás detalles de las típicas construcciones de principios del siglo XIX. En el interior había puertas de seis paneles, anchos suelos de tarima, una escalera colonial curva, blancas repisas de chimenea de estilo adamesco y varias habitaciones traseras situadas tres escalones por debajo del nivel del suelo.

Desde el estudio de Blake, ubicado en la habitación orientada al sudoeste, se veía un lateral del jardín principal, mientras que sus ventanas occidentales, frente a una de las cuales estaba situado su escritorio, daban a la ladera de la colina y dominaban una espléndida vista de los tejados desperdigados de la parte baja de la ciudad. Desde allí se veían los fuegos místicos con los que el ocaso prendía el cielo sobre la ciudad. En la lejanía se atisbaban la campiña abierta y sus laderas purpúreas. Tras ellas, a unos tres kilómetros de distancia, se alzaba el espectral contorno de Federal Hill, con sus tejados apiñados y chapiteles cuyos contornos lejanos parecían temblar con tintes misteriosos en la lejanía y adoptar fantásticas formas entre el humo de la ciudad que se arremolinaba y enmarañaba entre ellos. Al mirarlos, Blake experimentaba la curiosa sensación de que contemplaba un mundo etéreo y desconocido que podría o no desvanecerse en medio de un sueño si intentaba alcanzarlo o adentrarse en él en persona.

Puesto que se había hecho enviar desde casa la mayor parte de su biblioteca personal, Blake compró muebles antiguos para decorar sus dependencias. Empezó a escribir y a pintar. Vivía solo y se ocupaba en persona de las tareas domésticas. Su estudio estaba en un ático al norte, con una linterna de techo cuyos ventanales proporcionaban una iluminación admirable. Durante aquel primer invierno en Providence escribió cinco de sus relatos más conocidos: «El que excava en las profundidades», «Las escaleras de la cripta», «Shaggai», «En el valle de Pnath» y «El devorador venido de las estrellas». Asimismo, pintó siete lienzos; estudios para innombrables monstruos que nada tenían de humanos, así como paisajes de un profundo aire alienígena y extraterrestre.

Al anochecer solía sentarse en su escritorio y contemplar con aire soñador el paisaje que se extendía al oeste: las oscuras torres del Memorial Hall justo debajo de su casa, el campanario del juzgado de estilo georgiano, los altos pináculos del centro y aquel resplandeciente montículo tocado con un capitel que se alzaba en la distancia, y cuyas desconocidas callejuelas y laberínticos gabletes tanto estimulaban su imaginación. Sus pocos conocidos locales le comentaron que aquella ladera lejana era el enorme barrio italiano, aunque la mayoría de las casas que en él se alzaban provenían de los viejos tiempos de los inmigrantes irlandeses y los yanquis del norte. De vez en cuando sacaba los binoculares para contemplar aquel mundo inalcanzable y espectral más allá de volutas arremolinadas de humo. Llegaba a distinguir tejados, chimeneas y torres. Entonces se dedicaba a especular sobre los curiosos misterios que podrían albergar. Incluso con aquella ayuda visual, Federal Hill se le antojaba ajena en cierta manera, un terreno casi fabuloso, vinculado a las irreales e intangibles maravillas de sus propios relatos y cuadros. Aquella sensación persistía mucho después de que la colina desapareciese tras el crepúsculo violeta iluminado por las farolas, los focos reflectores del ayuntamiento y la roja luz del faro del Industrial Trust, cuyos resplandores se aliaban para dotar a la noche de un cariz grotesco.

De todos los lejanos objetos de Federal Hill, había una iglesia enorme y oscura que fascinaba en particular a Blake. Se alzaba con una suerte de entidad distintiva y especial apreciable a ciertas horas del día, mientras que al anochecer se tornaba siniestra con su estrecho campanario contra el cielo llameante. Parecía descansar en un terreno especialmente elevado, pues su lúgubre fachada y su lado norte, del que Blake solo veía parte del tejado empinado y lo alto de las ventanas puntiagudas, se alzaba con osadía sobre la maraña de parhileras y cañones de chimenea. Tenía un peculiar aire austero y lúgubre, y parecía estar construida en piedra, manchada y erosionada por el humo y las tormentas de todo un siglo, o quizá más. El estilo, a juzgar por lo que podía apreciar con los binoculares, pertenecía a las fases

340

más tempranas y experimentales del neogótico que precedió al periodo dominado por la arquitectura de Richard Upjohn, y mostraba algunas de las líneas y proporciones típicas de la época georgiana. Quizá la erigiesen hacia 1810 o 1815.

A medida que pasaban los meses, Blake contemplaba aquella intimidante estructura con inopinado interés creciente. Puesto que tras aquellas enormes ventanas jamás brillaba luz alguna, llegó a la conclusión de que estaba desocupada. Cuando más la contemplaba, más elaboraba su imaginación, hasta que al fin empezó a fantasear con todo tipo de curiosas ideas. Creía que sobre el lugar pendía un aura de vaga y singular desolación, y que incluso las palomas y golondrinas evitaban posarse en sus ennegrecidas cornisas. En otras torres adyacentes o cercanas, los binoculares revelaron la presencia de grandes bandadas de aves, pero en la iglesia nunca vio descansar a ninguna. Al menos, esa fue su impresión, y así la recogió en su diario. Mencionó aquel lugar a varios amigos, pero ninguno de ellos había estado jamás en Federal Hill, ni tenía la menor idea de qué era o había sido aquella iglesia.

Durante la primavera, una profunda inquietud se apoderó de Blake. Había empezado a elaborar la novela que tanto tiempo llevaba planificando, una historia basada en las supuestas pervivencias de una secta de brujas de Maine, mas, por extraño que parezca, no fue capaz de realizar grandes avances. Pasaba cada vez más tiempo sentado frente a la ventana occidental, desde la que contemplaba la lejana colina y aquel campanario negro y solemne que hasta los pájaros evitaban. Cuando las delicadas hojas florecieron en las ramas del jardín, el mundo se llenó de una belleza renovada. Sin embargo, la inquietud de Blake no hizo sino acrecentarse. Aquella fue la primera vez que se le ocurrió cruzar la ciudad y subir personalmente aquella fabulosa ladera hasta adentrarse en ese mundo onírico de humaredas arremolinadas.

A finales de abril, justo antes de la antediluviana noche de Walpurgis, Blake realizó su primera incursión en lo desconocido. Se internó en las infinitas calles del centro y las lúgubres y decadentes plazas que se abrían más allá de ellas, hasta que por fin empezó a ascender una vía de escalones desgastados por el paso de los siglos, ribeteada de porches combados de estilo dórico y cúpulas de paneles opacos. Pensó que aquella senda debía de conducir hasta aquel mundo viejo e inalcanzable más allá de las nieblas. Había lóbregos carteles indicadores de color blanco y azul, pero Blake no les encontraba el menor significado. Se percató en el acto de las extrañas y oscuras caras de la multitud de viandantes, así como los carteles extranjeros en curiosas tiendas abiertas en edificios marrones y avejentados por el paso de las décadas. Por ningún lado alcanzaba a encontrar todos aquellos edificios que había avistado en la lejanía; de hecho, en más de una ocasión se imaginó que el distante paisaje de Federal Hill no era más que un mundo onírico que ningún ser humano podría pisar jamás.

De vez en cuando atisbaba la maltrecha fachada de una iglesia o algún capitel medio derruido, pero no pertenecían a la masa ennegrecida que buscaba. Le preguntó a un tendero dónde podía localizar la gran iglesia de piedra, y el hombre sonrió y negó con la cabeza, aunque dominaba el idioma. Cuanto más ascendía Blake, más y más extraña se le hacía aquella zona y sus asombrosos laberintos de siniestros callejones parduscos que se extendían hasta el infinito en dirección sur. Cruzó dos o tres amplias avenidas y en una ocasión creyó atisbar una torre familiar. Una vez más, le preguntó a un comerciante por el paradero de la enorme iglesia de piedra, y en aquella ocasión habría jurado que el tipo fingió no saberlo. El rostro de aquel hombrecillo oscuro tenía un aire asustadizo que había intentado ocultar. Blake vio cómo hacía un gesto curioso con la mano derecha.

De pronto, un capitel negro se recortó contra el cielo nublado a su izquierda, por encima de las gradas de tejados marrones que ribeteaban la maraña de callejones al sur. Blake lo reconoció al instante y se lanzó en aquella dirección a través de las miserables callejuelas sin pavimentar que ascendían desde la avenida en la que se encontraba. Se perdió en dos ocasiones, pero por algún motivo no se atrevió a preguntar a los ancianos y las amas de casa que vio sentados a la puerta de las casas, ni a ninguno de los niños que jugueteaba entre gritos en el barro de aquellas calles sombrías.

Por fin atisbó de manera inequívoca la torre en el sudoeste. Era una enorme masa de piedra que se alzaba entre las tinieblas del final de una callejuela. Al instante se encontró en medio de una plazuela ventosa, de extravagante adoquinado y un alto muro en el extremo opuesto. Así concluía su búsqueda, pues sobre la plataforma rodeada de barandillas y preñada de vegetación a la que se accedía al otro lado de ese muro, un mundo separado e inferior a casi dos metros de altura sobre las calles adyacentes, se alzaba una lúgubre y titánica masa cuya identidad, pese a la nueva perspectiva desde la que la contemplaba Blake, era imposible de confundir.

La iglesia abandonada se encontraba en un estado de total decrepitud. Algunos de los altos contrafuertes se habían derrumbado, y algunos delicados remates yacían perdidos entre las matas de hierba marchitas y desatendidas. Las tiznadas ventanas góticas estaban en su mayor parte intactas, aunque muchos de los maineles habían desaparecido. Blake se preguntó cómo habían sobrevivido en tan buen estado muchas de aquellas vidrieras oscuras, máxime sabiendo cómo se las gastaban los chavales que frecuentaban las inmediaciones. Las enormes puertas estaban intactas y cerradas a cal y canto. Alrededor del muro que daba a la plataforma, rodeaba el recinto una verja de hierro cuya puerta, frente a la escalinata que ascendía desde la plaza, ostentaba un candado. Los hierbajos habían conquistado el camino que unía la puerta de la verja y el edificio en sí. La desolación y la decadencia pesaban sobre aquel lugar como un sudario. Las cornisas desprovistas de pájaros y los muros sin hiedras le trasmitieron a Blake una sensación siniestra y lúgubre que no acertaba a definir.

Había poca gente en la plaza, pero Blake distinguió a un policía en el extremo norte. Se le acercó para hacerle algunas preguntas sobre la iglesia. Era un fornido irlandés. A Blake le pareció raro que apenas hiciera la señal de la cruz y murmurase que nadie hablaba de la iglesia. Blake insistió, y el policía le respondió en tono apresurado que los sacerdotes italianos prevenían a todos los vecinos de que no se acercasen a la iglesia, pues juraban que un mal monstruoso había habitado en ella en el pasado y había dejado su marca en el interior. Él mismo refería las funestas habladurías que su padre compartía acerca de ciertos sonidos y rumores oídos en su infancia.

En tiempos había morado allí una secta maligna, un culto criminal que invocaba seres horribles desde algún abismo desconocido de la noche. Un buen sacerdote había conseguido exorcizar lo que habían despertado, aunque, según algunos, lo único que hacía temblar a dicho ser era la luz. El padre O'Malley podría contar más de una y más de dos cosas al respecto... si siguiera con vida. Sin embargo, ahora lo mejor era dejar aquel edificio en paz. Ya no podía hacerle daño a nadie, y sus propietarios o bien estaban muertos o bien vivían lejos. Todos habían huido como ratas tras recibir varias amenazas en el 77, cuando la gente empezó a preocuparse por la manera en que ciertas personas desaparecían en el barrio. El Ayuntamiento no tardaría en tomar cartas en el asunto y expropiar aquel lugar por falta de herederos, aunque mejor sería que nadie volviera a rondar por allí. Habría que dejar aquel lugar en paz hasta que se desmoronase por el paso del tiempo, so pena de que se despertasen ciertas cosas que deberían descansar por toda la eternidad en sus negros abismos.

Al marcharse el policía, Blake contempló aquel campanario taciturno y descomunal. Podría decirse que se emocionó al comprender que no era el único a quien aquella estructura le parecía tan siniestra. Se preguntó qué parte de verdad habría en todas aquellas historias que repetía el polizonte. Tal vez fuesen meras leyendas inspiradas en el aspecto maligno del lugar. Aun así, parecía como si algunas de sus historias cobrasen vida.

Aquella tarde el sol asomó tras las nubes dispersas, aunque no fue capaz de alegrar la estampa de aquellos muros manchados y negruzcos que se alzaban desde la elevada plataforma. Parecía extraño que el verdor de la primavera no hubiese alcanzado aquella vegetación pardusca y marchita del interior de la verja de hierro. Blake se acercó a la parte más elevada. Examinó el muro y la verja oxidada en busca de alguna entrada. Cierto influjo terrible y difícil de resistir se enseñoreaba de la estructura ennegrecida. La verja carecía de abertura visible cerca de los escalones, pero en la parte norte faltaban algunos barrotes. Tal vez Blake pudiera subir aquellos escalones y rodear el estrecho saliente exterior de la verja hasta llegar al hueco. Seguramente no se interpondría nadie, debido al miedo irracional que despertaba aquel lugar entre la gente.

Antes de que nadie se diese cuenta, ya había trepado por el saliente y se disponía a entrar en el recinto. Entonces bajó la vista y vio que las pocas personas que había en la plaza le daban la espalda y volvían a hacer aquel extraño signo con la mano derecha, el mismo que había hecho el tendero en la avenida. Varias ventanas se cerraron de golpe. Una mujer rechoncha salió a la carrera de una casa desvencijada y sin pintar, y metió a tirones a varios niños pequeños que había en la calle. El hueco de la verja era muy fácil de atravesar. Casi de inmediato, Blake se encontró deambulando entre la maraña de hierbajos podridos de aquel patio abandonado. Por doquier se atisbaban trozos erosionados de piedra que le indicaron que aquello había sido un camposanto, si bien era consciente de que debía de haber pasado mucho tiempo desde el último entierro celebrado allí. La iglesia imponía sus formas rotundas ahora que la tenía cerca, pero consiguió dominar los nervios y acercarse. Trató de abrir los tres grandes portones de la fachada, pero todos se hallaban bien cerrados, así que empezó a rodear el ciclópeo edificio en busca de alguna abertura menor que fuera practicable. No estaba seguro de querer entrar en aquel lugar embrujado donde se respiraban el abandono y las sombras, pero su extrañeza ejercía en él un poderoso atractivo.

Encontró la tan ansiada entrada en forma de ventana abierta y sin vigilancia que daba a un sótano en la parte trasera. Blake se asomó y vio un abismo subterráneo de telarañas y polvo que apenas alcanzaban a iluminar los pocos rayos de sol procedentes del oeste. Sus ojos contemplaron escombros, toneles antiguos, cajas en estado ruinoso y muebles de todo tipo. Sobre todo ello, descansaba un velo de polvo que suavizaba de alguna manera todos sus afilados contornos. Los restos herrumbrosos de una caldera mostraban a las claras que el edificio era perfectamente operativo durante la época victoriana.

Movido por un impulso casi inconsciente, Blake se introdujo a gatas por la ventana y se dejó caer al suelo de cemento alfombrado de polvo y escombros. Aquel sótano abovedado era enorme, y formaba un solo espacio diáfano. En un rincón alejado a la derecha, entre densas sombras, vio una arcada negra que sin duda conducía a unas escaleras hacia el piso superior.

Ahora que se encontraba de verdad dentro de aquel enorme y espectral edificio, Blake experimentó una peculiar sensación de opresión. Sin embargo, consiguió dominarla y explorar a su alrededor. Encontró un tonel aún intacto en medio del polvo, y lo hizo rodar hasta colocarlo bajo la ventana que sería su puerta de salida. Acto seguido, hizo acopio de fuerzas y cruzó aquel amplio espacio festoneado de telarañas hasta la arcada. Medio ahogado por el omnipresente polvo y cubierto de fantasmales hilos blancuzcos, llegó a las escaleras y empezó a subir los desgastados escalones de piedra que conducían a la oscuridad. No llevaba ninguna fuente de luz consigo, pero tanteó con cuidado, las manos al frente. Tras un brusco recodo, palpó la superficie de una puerta ante sí. Tras manotear un poco encontró el antiguo cerrojo. La puerta se abría hacia dentro, y al otro lado Blake se encontró con un pasillo mal iluminado y revestido de paneles de madera carcomidos.

Una vez en la planta baja, Blake empezó a explorar lo más deprisa que pudo. Todas las puertas interiores podían abrirse, así que fue pasando de habitación en habitación. La colosal nave era un lugar casi arcano cubierto de montículos de polvo sobre los bancos, el altar, el púlpito y el órgano. Había titánicas telas de araña que se alargaban entre los arcos puntiagudos de la galería y se entremezclaban con las columnas góticas adosadas. Por encima de toda aquella silenciosa desolación pendía una horrenda luz plomiza, pues el sol de la tarde ya decaía y lanzaba sus rayos a través de los extraños vitrales medio ennegrecidos de los grandes ventanales sobre el ábside.

Las vidrieras estaban tan sucias de tizne que Blake apenas distinguió qué representaban, aunque lo poco que fue capaz de reconocer le repugnó en extremo. Los dibujos eran en su mayoría convencionales, pero lo que sabía de oscuros simbolismos arrojó algunas pistas sobre aquellos antiguos diseños. Las expresiones de los pocos santos representados eran poco menos que criticables, mientras que otra de las vidrieras parecía mostrar solo un espacio oscuro con espirales de curiosa luminosidad aquí y allá. Blake se apartó de aquellas ventanas y se percató de que el crucero cuajado de telarañas que había sobre el altar no respondía a un diseño ordinario, sino que se asemejaba al primitivo *anj* o *crux ansata* del Egipto sombrío.

En una sacristía adyacente al ábside, Blake encontró una escribanía medio podrida y varias estanterías que se alzaban hasta el techo, repletas de libros mohosos y casi desintegrados. Allí, por primera vez, le azotó el más puro horror, dado lo elocuentes que eran los títulos de aquellos libros. Se trataba de los volúmenes oscuros y prohibidos de los que la mayoría de las personas cuerdas no han oído hablar jamás, o acaso en cuchicheos furtivos y timoratos; los temidos y condenados repositorios de equívocos secretos y fórmulas inmemoriales que han goteado del caudal del tiempo desde las mocedades de la humanidad, y desde los oscuros y fabulosos días anteriores al hombre. El propio Blake había leído muchos de ellos: la versión latina del aberrante *Necronomicón,* el siniestro *Liber Ivonis,* el infame *Cultes des Goules* del conde d'Erlette, el *Unaussprechlichen Kulten* de Von Junzt, así como el viejo e infernal *De Vermis Mysteriis* de Ludvig Prinn. Sin embargo, también había otros que apenas conocía por reputación, o ni siquiera eso: los *Manuscritos Pnakóticos,* el *Libro de Dzyan* o un volumen desastrado escrito en caracteres inidentificables, aunque con ciertos símbolos y diagramas que bastaban para que cualquier estudioso de lo oculto que los reconociese se echase a temblar. Estaba claro que los rumores locales no iban desencaminados. Allí había morado un mal mucho más viejo que la humanidad y mucho más amplio que el universo conocido.

Sobre la escribanía podrida descansaba un libro de registros de encuadernación de cuero lleno de entradas escritas en algún código criptográfico. El manuscrito recurría a los símbolos tradicionales de uso frecuente en la astronomía actual y en la alquimia, la astrología y otras dudosas artes en el pasado. Las representaciones del Sol, la Luna, los planetas, aspectos astrales y signos del zodiaco se acumulaban en textos apretados cuyas divisiones y párrafos sugerían que cada símbolo correspondía a una letra del alfabeto.

Blake se metió aquel libro en el bolsillo del abrigo, dispuesto a resolver el criptograma en cuanto tuviera ocasión. Muchos de los grandes tomos de los anaqueles despertaban en él una fascinación inconfesable. Casi cede a la tentación de llevárselos más adelante. Se preguntó cómo era posible que hubiesen permanecido allí inalterados todo aquel tiempo. ¿Acaso era él el primero en dominar el miedo paralizante que había protegido de las visitas aquel lugar abandonado durante casi sesenta años?

Una vez hubo cubierto la planta baja, Blake se internó de nuevo a través del polvo de la espectral nave de la iglesia hasta el vestíbulo frontal, donde había visto otra puerta y una escalera que, supuso, ascendería por la ennegrecida torre hasta aquel campanario con el que ya estaba familiarizado de tanto contemplarlo a lo lejos. El ascenso fue una experiencia asfixiante, pues la capa de polvo era espesísima y las arañas se habían adueñado de aquel estrecho espacio. Las escaleras ascendían en espiral con estrechos escalones de madera. De vez en cuando, Blake pasaba junto a una ventana empañada desde la que se atisbaba parte de la ciudad. Aunque en la parte inferior no había visto cuerda alguna, esperaba encontrar una o varias campanas en aquella torre cuyas estrechas ventanas de lancetas con listones había estudiado con tanta frecuencia. Sin embargo, le aguardaba una gran decepción, pues una vez en lo alto de las escaleras vio que en la cámara superior de la torre no había campana alguna. Saltaba a la vista que la habían dedicado a algún propósito bien diferente.

La estancia cuadrada, de unos cinco metros de lado, gozaba de la pobre iluminación que se filtraba entre los listones podridos de las contraventanas que cubrían las cuatro ventanas de lanceta. Las contraventanas se habían reforzado con pantallas opacas que a la sazón estaban completamente deterioradas. En el centro de aquel suelo cubierto de polvo se alzaba una columna de piedra de curiosos ángulos de algo más de un metro de alto y sesenta centímetros de diámetro, cubierta a cada lado por extravagantes jeroglíficos tallados de forma basta, del todo irreconocibles. Sobre aquella columna descansaba una caja de metal de peculiar forma asimétrica. Tenía la tapa abierta y, bajo una capa de polvo aposentado durante décadas, su interior albergaba lo que parecía ser un objeto ovoide o de forma esférica irregular de unos diez centímetros de largo. Alrededor de la columna, en un círculo irregular, descansaban siete sillas góticas de respaldo alto, intactas en su mayor parte. Tras ellas, repartidas por los oscuros muros panelados, había siete colosales imágenes de escayola pintada de negro y ahora maltrecha, que se asemejaban más que nada a los crípticos moáis de la misteriosa isla de Pascua. En un rincón de aquella cámara cuajada de telarañas había una escalinata excavada en el muro, que ascendía hasta la trampilla que daba al campanario sin ventanas del nivel superior.

A medida que Blake se acostumbraba a la tenue iluminación, se percató de los raros bajorrelieves que adornaban aquella extraña caja de metal amarillento abierta. Se acercó y trató de apartar el polvo con las manos y con ayuda de un pañuelo. Vio que los grabados eran monstruosos y del todo impropios. Mostraban entidades que, aunque parecían vivas, no se asemejaban a ninguna forma de vida que hubiese evolucionado jamás en nuestro planeta. Aquel objeto que parecía a primera vista una esfera de diez centímetros resultó ser un poliedro casi negro atravesado de vetas rojizas y con muchas caras planas, aunque irregulares. O bien estaba hecho de algún tipo de notable cristal, o bien era un objeto tallado de forma artificial a partir de un material mineral extremadamente pulido. No alcanzaba el fondo de la caja, sino que permanecía suspendido mediante una banda metálica en el centro, con siete extravagantes engarces que se extendían en horizontal a ciertos ángulos del interior de la caja, casi a la altura de la parte superior. Una vez fuera de la caja, aquella piedra ejerció sobre Blake una fascinación casi alarmante. Apenas podía apartar los ojos de ella, y al contemplar sus resplandecientes caras casi le pareció que era transparente, y que en su interior albergaba mundos maravillosos a medio formar. En su imaginación, flotaron imágenes de extraños orbes con grandes torres de piedra, así como otros orbes con montañas titánicas y carentes de cualquier signo de vida, e incluso espacios aún más remotos en los que apenas una vaga alteración de la negrura evidenciaba la presencia de una conciencia y de una voluntad.

Cuando consiguió apartar la vista, se fijó en un singular montículo de polvo en el rincón más alejado, junto a la escalera que daba al campanario. No supo decir qué le llamó la atención de él, pero algo a su alrededor le envió un mensaje directo al inconsciente. Se abalanzó sobre él, apartando las telarañas que se interponían en el camino, y empezó a discernir al punto aquella cualidad lúgubre. La acción de sus manos y el pañuelo no tardaron en revelar la verdad. Blake soltó una exhalación que contenía una mezcla pasmosa de emociones. Se trataba de un esqueleto humano. Debía de llevar allí bastante tiempo. Vestía poco más que harapos, aunque los botones y restos de tela evidenciaban que aquello había sido un traje gris de hombre. Había otras pruebas: zapatos, hebillas metálicas, dos enormes gemelos, un alfiler de diseño pretérito, un carné de prensa con el nombre del viejo periódico *Providence Telegram* y un cuaderno de cuero desmenuzado. Blake examinó el cuaderno con atención. En su interior encontró varios billetes ya retirados de circulación, un calendario comercial de 1893, algunas tarjetas de visita con el nombre «Edwin M. Lillibridge» y un papel cubierto de notas a lápiz.

El papel resultaba de lo más desconcertante. Blake lo leyó con atención bajo la menguante luz de la ventana oeste. El texto deslavazado incluía frases como las siguientes:

Prof. Enoch Bowen vuelve de Egipto en mayo de 1844. Compra vieja iglesia de Free Will en julio. Conocido por trabajos arqueológicos y estudios ocultismo.

Dr. Drowne, 4.ª iglesia baptista, carga contra Saber Estelar en el sermón del 29 diciembre, 1844.

Congregación de 97 finales del 45.

1846, 3 desapariciones. 1.ª mención de Trapezoedro Resplandeciente.

7 desapariciones en 1848. Empiezan rumores de sacrificios de sangre.

Investigación en 1853 sin resultado, solo rumores sobre ruidos.

Padre O'Malley se refiere a adoradores del diablo con caja encontrada en ruinas egipcias. Dice que invocan algo que no puede existir bajo luz. Huye ante un poco de luz, luz fuerte lo expulsa y ha de ser invocado de nuevo. Fuente probable: confesión lecho de muerte de Francis X. Feeney, miembro de Saber Estelar desde 1849. Esta gente dice que el Trapezoedro Resplandeciente les muestra el cielo y otros mundos, y que el que acecha en las tinieblas les cuenta secretos de algún modo.

Relato de Orrin B. Eddy, 1857. Lo invocan mirando el cristal y tienen un lenguaje secreto propio.

Congregación de 200 o + en 1863, solo dirigentes masculinos.

Chicos irlandeses asaltan la iglesia en 1869 tras la desaparición de Patrick Regan.

Artículo velado en J. el 14 marzo de 1872, la gente no lo comenta.

6 desapariciones en 1876. Comité secreto presiona al alcalde Doyle.

Se promete acción en febrero de 1877. La iglesia cierra en abril.

Banda: Federal Hill Boys. Amenazan al Dr. ... y a los miembros de la junta parroquial en mayo.

181 personas abandonan ciudad antes de acabar 1877. No se mencionan nombres.

Cuentos de fantasmas empiezan hacia 1880. Verificar rumor de que ningún ser humano ha entrado en la iglesia desde 1877.

Pedir a Lanigan fotografía del sitio en 1851. [...]

Blake volvió a colocar el papel en el cuaderno de bolsillo y lo guardó en su abrigo. A continuación, contempló el esqueleto en el polvo. Las implicaciones de aquellas notas estaban claras, y no cabía la menor duda de que aquel hombre había entrado en el edificio abandonado hacía cuarenta y dos años en busca de una exclusiva periodística que nadie más se había atrevido a conseguir. Quizá nadie más sabía lo que se proponía hacer, aunque ¿cómo saberlo? En cualquier caso, no había regresado al periódico. ¿Quizás algún temor reprimido a fuerza de valentía había acabado por dominarlo y lo había matado de un súbito fallo cardíaco? Blake se encorvó sobre los huesos relucientes y reparó en el peculiar estado en que se encontraban. Algunos estaban esparcidos de cualquier manera, y unos pocos parecían tener los extremos extrañamente disueltos. Otros mostraban un particular tono amarillento, con ciertos indicios de haber sido chamuscados. Las quemaduras también se apreciaban en algunos de los fragmentos de ropa. El cráneo se hallaba en un estado de lo más peculiar: manchado de amarillo y con una abertura abrasada en lo alto como si algún tipo de potente ácido hubiese corroído la solidez del hueso. Blake no alcanzaba a imaginar qué le había sucedido a aquel esqueleto en aquellas cuatro décadas de silenciosa sepultura.

Antes siquiera de darse cuenta, se hallaba contemplando la piedra de nuevo. Su curiosa influencia empezó a despertar una imaginería nebulosa en su mente. Vio procesiones de figuras encapuchadas cubiertas con túnicas cuyos contornos no eran humanos, y contempló infinitas leguas de desierto ribeteadas de monolitos tallados tan altos como el propio cielo. Vio torres y muros en las profundidades nocturnas bajo el mar, y vórtices espaciales en los que flotaban remolinos de niebla negra sobre débiles y resplandecientes marasmos purpúreos. Y por encima de todo llegó a atisbar un infinito abismo de oscuridad en el que unas formas sólidas y semisólidas se apreciaban solo por sus remolinos de viento, y abstractos patrones de energía parecían imponer el orden sobre el caos, y albergaban la clave de todas las paradojas y saberes arcanos de los mundos conocidos.

Entonces, el hechizo quedó roto por un repentino espasmo de horror inconcreto y punzante. Blake soltó una tos ahogada y se alejó de la piedra, consciente de alguna presencia informe y desconocida que se acercaba y lo vigilaba con las peores intenciones. Se sintió atado a algo, algo que no estaba en la piedra, pero que lo había contemplado a través de ella…, algo que ahora lo seguiría sin cesar con una capacidad cognitiva más allá del sentido de la vista físico. Estaba claro que aquel sitio conseguiría acabar con sus nervios…, cosa normal, en vista de aquel horrible descubrimiento. Además, la luz menguaba ya hasta extremos preocupantes, y puesto que no había llevado iluminación alguna consigo, supo que pronto llegaría el momento de marcharse.

Fue entonces, en el crepúsculo cada vez más presente, cuando creyó ver un débil rastro luminoso entre los demenciales ángulos de aquella piedra. Había tratado de apartar la vista de ella, pero algún impulso enigmático lo obligó a contemplarla de nuevo. ¿Había en aquel momento una sutil fosforescencia radiactiva en torno a aquel objeto? ¿Qué decían las notas del difunto sobre algo llamado Trapezoedro Resplandeciente? Y, en todo caso, ¿cuál era la naturaleza de aquella guarida de maldad cósmica? ¿Qué había sucedido allí, y qué podría acechar todavía entre aquellas sombras que hasta los pájaros lo evitaban? Entonces le pareció que una fetidez esquiva empezaba a extenderse desde algún lugar cercano, aunque no fue capaz de concretar su fuente. Blake echó mano a la tapa de aquella caja abierta desde hacía tanto tiempo y la cerró de golpe. Se movió sin dificultad sobre aquellos peculiares goznes y se cerró por completo sobre aquella piedra cuyo brillo ahora era innegable.

Tras el brusco chasquido de la tapa al cerrarse, pareció oírse cierta agitación proveniente de la eterna negrura del campanario sobre su cabeza, al otro lado de la trampilla. Sin duda se trataba de ratas, pues eran los únicos seres vivos que habían revelado su presencia en aquel maldito edificio desde que él estaba dentro. Y, sin embargo, aquella agitación en el campanario lo asustó hasta el paroxismo, y echó a correr casi como un poseso por las escaleras de caracol. Atravesó a la carrera la malsana nave de la iglesia, descendió hasta el sótano abovedado y salió en medio del crepúsculo que comenzaba a enseñorearse de la plaza desierta. Luego bajó por los callejones impregnados de un miedo acechante y recorrió las avenidas de Federal Hill hacia la cordura de las calles centrales y las familiares aceras de ladrillo del distrito universitario.

Durante los días siguientes, Blake no le reveló a nadie el menor detalle acerca de su expedición. En cambio, se entregó a la lectura de ciertos libros, examinó los archivos de algunos periódicos del centro y se dio al estudio febril de aquel criptograma en el cuaderno de cuero que había encontrado en la sacristía preñada de telarañas. No tardó en darse cuenta de que el código en que estaba escrito no tenía nada de sencillo, y tras muchos esfuerzos llegó a la conclusión de que el lenguaje que escondía no era inglés, latín, griego, francés, español, italiano ni alemán. No le quedaba más remedio que echar mano de las últimas reservas de los pozos más profundos de su erudición.

Todos los días al atardecer regresaba el impulso de asomarse por la ventana que daba al oeste. Contemplaba aquel antiguo campanario negro entre la maraña de tejados de ese mundo lejano y medio fabuloso. Sin embargo, una nota de horror entorpecía aquella visión. Era consciente de la herencia de saberes malignos que enmascaraba, y ese conocimiento hacía que la visión se agitase de las formas más estrambóticas e inesperadas. Los pájaros de la primavera regresaban, y al contemplarlos en sus vuelos al ocaso se le antojó que cada vez evitaban más volar por las inmediaciones de aquel capitel demacrado y solitario. En cierta ocasión una bandada de pájaros se acercó al campanario, y le pareció que viraban y se desperdigaban de puro pánico y confusión. Casi le pareció oír los chirridos de terror que, en los kilómetros que mediaban entre él y aquellas aves, en realidad no pudo percibir.

Una entrada del diario de Blake fechada en junio anunciaba su victoria sobre el criptograma. Había descubierto que el texto estaba escrito en el oscuro lenguaje aklo que usaban ciertos cultos de maligna antigüedad, y que él mismo chapurreaba desde que lo descubriera en el curso de investigaciones pasadas. Extraña la reticencia con que Blake menciona en el diario el contenido de lo que descifró, aunque no cabe duda del asombro y desconcierto que suscitaron en él los resultados. Hay referencias a cierto ser que acecha en las tinieblas y que despierta cuando se contempla el interior del Trapezoedro Resplandeciente, así como conjeturas demenciales sobre los negros abismos de caos puro desde los que proviene dicha entidad. Se lo considera un ser que posee todo el conocimiento, pero que exige monstruosos sacrificios. Algunas de las entradas del diario de Blake muestran cierto temor a que la criatura, a la que da por invocada, acuda en su busca. Sin embargo, añade, las farolas forman una barrera que no será capaz de cruzar.

Blake se refiere con frecuencia al Trapezoedro Resplandeciente, al que describe como una ventana al tiempo y el espacio. Traza su historia hasta los días en que lo crearon en el oscuro Yuggoth, antes siquiera de que los Antiguos lo trajeran a la Tierra. Esos seres crinoideos de la Antártida lo atesoraban dentro de esa curiosa caja, aunque andando el tiempo los hombres-serpiente de Valusia lo rescataron de las ruinas de su civilización y, eones más tarde, los primeros seres humanos lo expusieron en Lemuria. Atravesó extrañas tierras y mares aún más extraños, se hundió junto con Atlantis y lo rescató la red de un pescador minoico para vendérselo a unos mercaderes de piel morena de la anochecida Khem. El faraón Nefrén-Ka construyó una cripta sin ventanas a su alrededor, y un templo alrededor de

354

la cripta, y a continuación cometió un acto a raíz del cual se borró su nombre de todos los documentos y registros. Después de eso, la piedra durmió en las ruinas de aquella maligna estructura que los sacerdotes y el nuevo faraón destruyeron, hasta que la pala de un excavador la rescató una vez más, para desgracia de toda la humanidad.

A principios de julio, los periódicos confirman en cierta manera las entradas del diario de Blake, aunque de un modo tan breve y casual que solo Blake fue capaz de interpretar su importancia. Al parecer, un nuevo terror se propagaba por Federal Hill desde que un extraño había penetrado en la temible iglesia. Los italianos comentaban entre cuchicheos la desacostumbrada agitación y los ruidos de golpes y arañazos procedentes de aquel campanario sin ventanas. Llegaron incluso a pedirles a sus sacerdotes que exorcizaran a aquella entidad que los acechaba en sueños. Afirmaban que había algo que vigilaba a todas horas cierta puerta para comprobar si estaba lo suficientemente oscuro como para poder cruzarla. La prensa mencionó aquellas supersticiones centenarias, aunque no consiguió arrojar mucha luz sobre el trasfondo original de aquel horror. Era obvio que los jóvenes reporteros de hoy en día no eran anticuarios. Al escribir todo aquello en su diario, Blake expresa un curioso remordimiento, y menciona que tiene el deber de enterrar el Trapezoedro Resplandeciente y de expulsar aquello que ha invocado. Pretende hacer pasar la luz del día al interior de ese protuberante y nefando capitel. Sin embargo, también expresa hasta qué peligroso extremo pervive en él cierta fascinación, y admite sentir un macabro anhelo, que incluso permea en sus sueños, de visitar la condenada torre y volver a contemplar los secretos cósmicos del interior de aquella resplandeciente piedra.

Más adelante, en la mañana del 17 de julio aparece algo en la prensa que empuja al autor del diario a un auténtico terror febril. No es más que una nueva noticia que incide otra vez en las excéntricas inquietudes de Federal Hill, pero Blake encuentra algo verdaderamente terrible en dicha noticia. La noche anterior, una tormenta había dejado la red eléctrica de la ciudad fuera de combate durante una hora completa. La mayoría de los italianos de la zona se llevaron tal sobresalto durante esa noche que a punto estuvieron de perder la razón debido al miedo. Los que residían cerca de la temible iglesia habían jurado que el ser del campanario había aprovechado la ausencia de luz de las farolas para descender desde su morada en las alturas a la planta baja de la iglesia entre golpes y derramamientos cuya viscosidad era motivo de horror. Al final había regresado a la torre, donde se oyeron ruidos que hacían pensar en cristales rotos. Aquella criatura podía campar a sus anchas en la oscuridad, mas la luz siempre la hacía huir.

Cuando volvió la corriente eléctrica, se percibió una sorprendente conmoción dentro de la torre, pues se decía que incluso el débil resplandor de la luz a través de aquellas ventanas entabladas y tintadas era demasiado potente para aquella criatura. Regresó de nuevo reptando, entre golpes, hasta su tenebroso campanario, justo a tiempo, pues una larga exposición a la luz la habría obligado a regresar al abismo del que aquel extraño loco la había invocado. Durante aquella oscura hora, se agrupó una numerosa multitud en torno a la iglesia; personas que se deshacían en plegarias en medio de la lluvia, provistas de velas y lámparas que protegían como buenamente podían del chaparrón con papeles doblados y paraguas..., una guardia de luz que salvó a la ciudad de esa pesadilla que acecha en las tinieblas. Quienes se encontraban más cerca de la iglesia declararon que en una ocasión la puerta se sacudió de un modo espeluznante.

Y, sin embargo, aquello ni siquiera fue lo peor. Esa misma noche, Blake leyó el boletín informativo que daba cuenta de los descubrimientos de los reporteros. Alertados al fin de que aquel miedo caprichoso podía ser noticia, un par de ellos desafió a la muchedumbre de italianos y se introdujo en la iglesia a través de la ventana del sótano, tras haber intentado abrir los portones principales en vano. Encontraron el polvo del vestíbulo y de la espectral nave alterado de forma singular, junto con trozos de cojines podridos y fundas de satén para los bancos desperdigados. Por doquier imperaba un hedor horrible, y en algunas partes se apreciaban manchas amarillas y pequeñas zonas aparentemente chamuscadas. Al abrir la puerta que daba a la torre y, tras detenerse un momento por la sospecha de haber oído ruido de arañazos sobre sus cabezas, encontraron que algo había arrastrado todo el polvo de los escalones.

La torre propiamente dicha también parecía medio barrida quién sabía por qué. Los periodistas mencionaron aquel pilar heptagonal de piedra, las sillas góticas volcadas y las extrañas imágenes de yeso, aunque, por raro que parezca, no hubo mención alguna de la caja de metal ni del viejo esqueleto mutilado. Lo que perturbó por encima de todo a Blake, con la salvedad de aquellas alusiones a manchas amarillas, abrasiones y hedor, fue el detalle final que se refería a los cristales hechos añicos. Todas y cada una de las ventanas de lanceta de la torre estaban rotas, y dos de ellas oscurecidas apresuradamente y de manera rudimentaria rellenando el espacio entre los listones de las contraventanas con las fundas de satén de los bancos y el relleno de cojines. Había más jirones de satén y restos de relleno por aquel suelo recién barrido, como si alguien o algo hubiese sido interrumpido mientras trataba de devolverle a la torre su estado de absoluta oscuridad en los días en que las ventanas estaban tapadas.

Se encontraron más manchas amarillentas y abrasiones en la escalera que ascendía al campanario sin ventanas. Uno de los reporteros subió, abrió la trampilla y alumbró con el débil resplandor de su linterna aquel espacio negro y extrañamente fétido. Sin embargo, no vio nada más que oscuridad y un curioso conjunto de residuos sin forma definida en las inmediaciones de la abertura. El veredicto final de la prensa, por supuesto, fue que todo aquello no eran más que chismorreos. Alguien les había gastado una broma a los supersticiosos habitantes de la colina, o bien algún fanático se había esforzado en avivar sus miedos por alguna razón que quizá le reportaría un beneficio. O quizás, algunos de los habitantes de la colina más jóvenes o sofisticados habían orquestado todo aquel espectáculo fraudulento para el mundo exterior. Curiosamente, tras toda aquella conmoción, la policía quiso enviar a un agente para verificar la información recogida aquella noche. Tres agentes se las arreglaron de manera consecutiva para escaquearse de la misión. El cuarto aceptó a regañadientes y no tardó en regresar, incapaz de añadir mucho más a las pesquisas de los reporteros.

A partir de este momento, en el diario de Blake se aprecia una creciente marea de insidioso horror y aprensión nerviosa. Se reprende a sí mismo por no haber actuado, y se entrega a las más demenciales especulaciones sobre las consecuencias que podría tener un segundo apagón eléctrico. Se ha verificado que, en tres ocasiones, durante fuertes tormentas, Blake telefoneó a la compañía eléctrica para rogar en tono desesperado que se tomasen precauciones urgentes para evitar un apagón general. De vez en cuando, las entradas del diario manifiestan la preocupación por el hecho de que los reporteros no llegasen a encontrar la caja de metal con la piedra ni aquel esqueleto extrañamente mermado al explorar la sombría habitación de la torre. Blake asume que ambos fueron apartados de la habitación, pero no se atreve a explicitar adónde fueron llevados, ni quién o qué se los llevó. Sin embargo, sus mayores miedos se refieren a sí mismo, al tipo de relación impía que estaba convencido de que existía entre su mente y la de aquel acechante horror del lejano campanario, aquel monstruoso ser de la noche que su impetuosidad había invocado de entre la negrura más absoluta. Blake parecía sentir como si constantemente tirasen de su voluntad. Ciertas amistades recuerdan que en aquella época solía sentarse frente a su escritorio y contemplar de forma abstraída el panorama que se ofrecía a través de la ventana que daba al oeste, hacia aquella lejana colina preñada de tejados picudos más allá del humo arremolinado de la ciudad. Las entradas del diario se recrean de forma macabra en ciertos sueños terribles, y en el hecho de que Blake siente que el vínculo impío se hace más fuerte en sus sueños. Se menciona una noche en que se despierta de madrugada, completamente vestido, caminando por la calle en dirección oeste desde College Hill. Una y otra vez insiste en la idea de que el ser del campanario sabe dónde encontrarlo.

Se recuerda la semana del 30 de julio como el momento del colapso parcial de Blake. No se quitó la ropa de cama en ningún momento, y pedía por teléfono la comida. Los visitantes de aquellos días recuerdan las sogas que tenía junto a su cama, y que les dijo que había empezado a caminar en sueños y que se había visto obligado a atarse los tobillos con nudos que o bien lo detendrían o quizá requerirían para ser desatados un esfuerzo suficiente como para despertarlo.

En su diario menciona la horripilante experiencia que dio pie al colapso. Tras irse a dormir la noche del 30, de pronto se encontró a sí mismo encorvado en un espacio casi negro. Lo único que podía ver eran pequeñas y débiles franjas de luz azulada, aunque sí que captaba una fetidez sobrecogedora, al tiempo que oía ciertos sonidos furtivos sobre su cabeza. Al moverse, tropezó con algo, y cada uno de sus movimientos se vio respondido por un nuevo sonido sobre su cabeza, una vaga agitación mezclada con el sonido cauteloso de madera deslizándose sobre madera.

Al tantear, sus manos encontraron una columna de piedra cuya parte superior estaba vacía, y un momento después se encontró agarrado a una escalera tallada en la pared, ascendiendo hacia un lugar donde el hedor era aún más intenso y lo alcanzó una ráfaga de calor abrasador. Ante sus ojos desfiló una procesión caleidoscópica de imágenes fantasmales que a intervalos se disolvían en la visión de un abismo nocturno jamás atravesado en el que se arremolinaban soles y mundos de una oscuridad aún más profunda. Vinieron a su mente las antiguas leyendas del Caos Definitivo, en cuyo centro se arremolina el dios idiota y ciego, Azathoth, Señor de Toda la Creación, rodeado de su revoloteante horda de bailarines amorfos y arrullado por el débil y monótono sonido de flautas demoníacas sostenidas por garras inefables.

A continuación, sucedió algo en el mundo exterior que lo sacó de su estupor y se dio cuenta del horror inenarrable en el que se hallaba. Jamás llegaría a saber qué sucedió fuera de allí, quizás el estruendo tardío de los fuegos artificiales que se oían durante todo el verano por Federal Hill en las celebraciones de los numerosos santos patrones de los habitantes, o de los santos patrones de sus pueblos nativos en Italia. Fuera aquello lo que fuese, Blake soltó un agudo chillido y echó a correr presa del frenesí escaleras abajo. Recorrió medio a ciegas y a trompicones el suelo lleno de obstáculos de la estancia casi a oscuras que lo rodeaba.

Reparó al instante en dónde se encontraba. Siguió bajando precipitadamente aquella angosta escalera en espiral, tropezando y golpeándose en cada recodo. Una huida de pesadilla a través de la enorme nave preñada de telarañas cuyos espectrales arcos ascendían hasta reinos de incitantes sombras, una carrera a ciegas por el sótano lleno de escombros, un ascenso hasta el aire y las farolas del exterior y una nueva y demencial carrera por aquella colina espectral de gibosos gabletes, a través de una ciudad silenciosa y lúgubre de altas y negras torres, hasta subir la ladera hacia el este que llevaba a su propia puerta.

Al recuperar la consciencia por la mañana, se encontró tirado en el suelo de su estudio, vestido por completo. Estaba cubierto de mugre y telarañas, y cada centímetro de su cuerpo parecía magullado y dolorido. Cuando se miró en el espejo, vio que tenía todo el pelo abrasado y que una suerte de pestilencia maligna se aferraba aún a la ropa de la parte superior de su cuerpo. Fue entonces cuando sufrió el colapso nervioso. Más tarde, tirado e inmóvil con la ropa de cama puesta, se dedicó a poco más que mirar por la ventana del oeste y a estremecerse ante la amenaza de una nueva tormenta en ciernes mientras escribía entradas cada vez más demenciales en su diario.

La gran tormenta estalló justo antes de la medianoche del 8 de agosto. Por todas partes de la ciudad cayeron varios rayos. Se llegó a informar de dos notables llamaradas que fueron avistadas. La lluvia era torrencial, mientras que una salva constante de truenos privó de sueño a miles de ciudadanos. Blake estaba poseído por un frenético horror a causa del suministro eléctrico. Intentó llamar a la compañía de la luz hacia la una de la madrugada, aunque por motivos de seguridad el servicio telefónico había sido interrumpido de manera temporal. Blake registró todo esto en su diario con grandes, nerviosos y a veces indescifrables jeroglíficos que hablaban de una histeria y una desesperación crecientes en entradas garabateadas a ciegas en la oscuridad.

Para poder ver bien por la ventana, Blake tuvo que apagar las luces de casa. Parece que pasó la mayor parte del tiempo sentado frente a su escritorio mientras contemplaba ansioso la lluvia a través de los resplandecientes kilómetros de tejados del centro y la constelación de luces lejanas que marcaban el contorno de Federal Hill. De vez en cuando tanteaba hasta dar con el diario y escribía una nueva entrada; a lo largo de dos páginas completas se encuentran frases inconexas como: «Las luces no deben apagarse», «Sabe dónde estoy», «Debo destruirlo», «Me llama, pero quizás esta vez no quiera hacerme daño».

Entonces las luces se apagaron en toda la ciudad. Sucedió a las 2:12 de la madrugada, según los registros de la central eléctrica. En cualquier caso, en el diario de Blake no aparece reflejada la hora. La entrada apenas dice: «Se ha ido la luz. Que Dios me ayude». Sobre Federal Hill había gente igual de atenta y ansiosa que el propio Blake. Hileras de personas empapadas por la lluvia procesionaban por la plaza y los callejones alrededor de la maligna iglesia con velas protegidas con paraguas, linternas eléctricas, lámparas de aceite, crucifijos y oscuros amuletos de todos los tipos conocidos y comunes en el sur de Italia. Bendecían cada haz de luz y realizaban crípticos signos con la mano derecha alentados por el temor cada vez que la tormenta se intensificaba y las luces menguaban, hasta que en un punto todas se apagaron a la vez. El viento se intensificó y apagó la mayoría de las velas, de modo que la escena quedó sumida en una negrura amenazadora. Alguien despertó al padre Merluzzo de la Chiesa dello Spirito Santo. El sacerdote fue a toda prisa a la funesta plaza para pronunciar las palabras de ayuda que fuese capaz. No cabía la menor duda de a qué se debían los incansables y curiosos sonidos que reverberaban en el interior de la renegrida torre.

Sobre lo sucedido a las 2:35, contamos con el testimonio de un sacerdote, joven, inteligente y de sólida educación; así como del agente William J. Monahan de la Estación Central, un policía de la mayor confianza que se había detenido en aquel punto de su patrulla para inspeccionar la multitud de la plaza. También tenemos a la mayor parte de las setenta y ocho personas que se reunieron alrededor de la plataforma sobre la que se alza la iglesia, en especial aquellos situados en el lugar de la plaza desde el que se veía la fachada orientada al este. Por supuesto, no puede probarse que sucediese nada fuera de los márgenes de la naturaleza. Muchas pueden ser las causas de lo sucedido. Nadie puede explicar con certeza los oscuros procesos químicos que se dan en un edificio tan grande, antiguo, lleno de aire malsano y abandonado desde hace tanto tiempo con sus heterogéneos contenidos. Vapores mefíticos, combustión espontánea, la presión de los gases causados por largos procesos de descomposición... existe un número incontable de fenómenos que podrían ser los causantes. Y, por supuesto, tampoco puede obviarse el hecho de que quizá todo se deba a la charlatanería más consciente. Lo que ocurrió es en sí muy simple; un acontecimiento que duró unos tres minutos de tiempo real. El padre Merluzzo, hombre de gran rigor, controló el tiempo en todo momento con su reloj.

Empezó con un palpable aumento de aquellos sonidos tanteantes aunque amortiguados dentro de la torre negra. Hacía un rato que del interior de la iglesia surgía una pestilencia extraña y maligna, pestilencias que ahora habían aumentado hasta extremos ofensivos. Después se oyó un chasquido de madera rota. Un objeto grande y pesado se estrelló en el patio frente a la fachada orientada al este. Ahora que las velas se habían apagado, la torre era casi invisible, pero cuando el objeto se acercó al suelo, la gente lo reconoció como lo que era: la contraventana ennegrecida de la ventana este de la torre.

Justo a continuación, una fetidez insoportable descendió de las invisibles alturas ahogando y provocando mareos a muchos de los temblorosos testigos. Aquellos que se encontraban en la plaza casi se desplomaron al suelo. Al mismo tiempo, el aire tembló con una vibración de alas en movimiento. Un repentino viento que soplaba hacia el este, mucho más violento que la racha que había apagado las velas, arrancó los sombreros de las cabezas y los paraguas de las manos de la multitud. No pudo verse nada definido en medio de la noche sin velas, aunque algunos espectadores que alzaron la mirada creyeron atisbar un enorme borrón de oscuridad más densa contra el cielo negro…, algo parecido a una nube informe que salió disparada a velocidad de meteoro hacia el este.

Eso fue todo. El miedo, el asombro y la inquietud paralizaban a los espectadores, que apenas sabían qué hacer o si debían hacer algo en absoluto. Puesto que nadie sabía a ciencia cierta qué había pasado, ninguno quiso relajar su atenta vigilia. Un instante después alzaron una plegaria cuando un brusco rayo tardío partía en dos el cielo anegado, seguido por el ensordecedor restallido del trueno. La lluvia se detuvo media hora después, y quince minutos más tarde las farolas volvieron a encenderse. Los cansados y empapados vigilantes regresaron aliviados a sus casas.

Los periódicos del día siguiente mencionaron de forma muy sucinta aquel asunto en medio de las noticias generales concernientes a la

tormenta. Parece ser que aquel enorme rayo y la ensordecedora explosión del trueno que siguió a los hechos ocurridos en Federal Hill tuvieron efectos mucho mayores algo más al este, donde también se percibió una ráfaga de aquella misma singular fetidez. El fenómeno fue muy acentuado en College Hill, donde el trueno despertó a la mayoría de los habitantes y provocó todo tipo de especulaciones a cual más demencial. De entre aquellos que ya estaban despiertos, solo unos pocos alcanzaron a ver aquella anómala llamarada de luz cerca de lo alto de la colina, o llegaron a percatarse de la inexplicable racha ascendente de aire que casi arrancó las hojas de los árboles y marchitó muchas de las plantas de los jardines. Se convino en que aquel rayo repentino y solitario debía de haber impactado en algún edificio del barrio, aunque no llegó a encontrarse huella alguna de dicho impacto. Un joven de la fraternidad Tau Omega creyó ver una grotesca y horrenda masa de humo en el aire justo antes de que golpease aquel desproporcionado rayo, aunque no ha podido verificarse qué vio realmente. Sin embargo, los demás espectadores concuerdan en la violenta racha de aire del oeste y en la intolerable fetidez que inundó el barrio antes del tardío impacto del rayo. Del mismo modo, concuerdan en el momentáneo olor a quemado que imperó en el aire justo después de que el rayo cayese.

Todos estos pormenores fueron comentados con todo detalle debido a su probable conexión con la muerte de Robert Blake. Varios estudiantes de la hermandad Psi Delta, cuyas ventanas traseras del piso de arriba daban directamente al estudio de Blake, se percataron del borrón blanco de la cara asomada a la ventana que daba al oeste durante la mañana del 9 de agosto, y les extrañó su expresión. Cuando aquella noche se dieron cuenta de que el rostro no se había movido, empezaron a preocuparse, y aguardaron a que se encendiesen las luces del apartamento. Algo más tarde llamaron al timbre del apartamento aún a oscuras. Por último, un agente forzó la puerta.

El cuerpo ya rígido estaba sentado muy tieso en el escritorio junto a la ventana. Cuando los recién llegados vieron aquellos ojos vidriosos y protuberantes, y las marcas de absoluto y convulso miedo que retorcían aquellas facciones, no pudieron sino darse la vuelta consternados. El forense examinó el cadáver poco después. A pesar de que la ventana seguía intacta, declaró que la causa de la muerte había sido o bien una descarga eléctrica, o bien la tensión producida por dicha descarga. Prefirió hacer caso omiso de la repulsiva expresión, pues la consideró un posible resultado de la profunda conmoción que experimentaría cualquier persona con una imaginación exacerbada y unas emociones tan desequilibradas como Blake. Estas últimas cualidades las dedujo de los libros, cuadros y manuscritos que fueron encontrados en el apartamento, así como por las páginas garabateadas a ciegas en el diario que descansaba sobre el escritorio. Blake había seguido garabateando hasta el final; aún aferraba el lápiz con la punta rota en su mano derecha, contraída por un espasmo.

Las entradas anotadas tras el apagón eran del todo erráticas y legibles solo en parte. A partir de ellas, ciertos investigadores han llegado a conclusiones que difieren en gran medida del materialismo del veredicto oficial, aunque dichas especulaciones no tienen la menor oportunidad de ser creídas por oídos más conservadores. No ha sido de gran ayuda a la causa de estos imaginativos teóricos el hecho de que el supersticioso doctor Dexter lanzase la curiosa caja que contenía la piedra, un objeto a ciencia cierta dotado de luminosidad propia, tal y como se comprobó en el negro campanario sin ventanas en el que fue encontrado, al canal más profundo de la bahía de Narragansett. La interpretación predominante de las últimas y frenéticas anotaciones de Blake responde a su excesiva imaginación y a su desequilibrio neurótico, ambos agravados por su conocimiento de un culto extinto cuyas preocupantes huellas encontró durante sus investigaciones. Estas son las últimas entradas, o lo que se puede leer de ellas:

Las luces siguen apagadas. Deben de haber pasado cinco minutos. Todo depende de los relámpagos. ¡Quiera Yaddith que prosigan! [...] Algún tipo de influencia parece latir desde [...] La lluvia y los truenos y el viento son ensordecedores. [...] La criatura se apodera de mi mente.

Me cuesta recordar. Veo cosas que desconozco. Otros mundos y otras galaxias [...] Oscuridad [...] Los relámpagos son oscuros y la oscuridad es luz. [...]

Eso que veo en la negrura no puede ser la colina y la iglesia de verdad. Debe de ser impresión retinal causada por los rayos. Si los relámpagos cesan... ¡Quiera el cielo que los italianos hayan salido con sus velas!

¿De qué tengo miedo? ¿Acaso no se trata de un avatar de Nyarlathotep, que adoptó forma humana en la antigua y sombría Khem? Recuerdo Yuggoth, la lejana Shaggai, y el vacío definitivo de los planetas negros. [...]

El largo vuelo alado a través del vacío [...] imposible cruzar el universo de la luz [...] recreado a partir de los pensamientos capturados en el interior del Trapezoedro Resplandeciente [...] enviados a través de los horribles abismos radiantes. [...]

Me llamo Blake. Robert Harrison Blake, 620 Knapp Street este, Milwaukee, Wisconsin. [...] Me encuentro en este planeta. [...]

¡Azathoth, ten piedad! Ya no caen los rayos... horribles... Lo veo todo con un sentido monstruoso que no es la vista... La luz es oscuridad y la oscuridad es luz... Esa gente en la colina [...] guardan [...] velas y amuletos [...] sus sacerdotes. [...]

Perdida la noción de distancia; lejos es cerca y cerca es lejos. No hay luces, no hay cristales. Veo el campanario. La torre. Ventana. Oigo. Roderick Usher. Estoy loco o me estoy volviendo loco. La criatura se agita y tantea en la torre. Yo soy ella y ella es yo. Quiero salir [...] debo salir y unir las fuerzas. [...] Sabe dónde estoy. [...]

Soy Robert Blake, pero veo la torre en la oscuridad. Hay una pestilencia monstruosa [...] sentidos transfigurados [...] Los tablones de la ventana se rompen, ceden. [...] Iä [...] ngai [...] ygg. [...]

Lo veo. Ya viene. Viento infernal. Borrón titánico. Alas negras. Yog-Sothoth, sálvame. El ojo llameante de tres lóbulos. [...]

LAS RATAS EN LAS PAREDES

E l 16 de julio de 1923 me mudé al priorato de Exham justo después de que el último albañil hubiese dado por concluidas las tareas de restauración. El proceso había sido arduo, pues de toda la construcción abandonada apenas quedaba una estructura ruinosa. Sin embargo, puesto que se trataba de la morada de mis ancestros, no reparé en gastos para recuperarla en todo su esplendor. Nadie había vivido en aquel lugar desde los tiempos del rey Jacobo I. Por aquel entonces, una tragedia de naturaleza intensamente repulsiva, aunque del todo inexplicada, se abatió sobre el dueño, cinco de sus hijos y varios sirvientes, al tiempo que envolvía en una sombra de sospecha y terror al tercer hijo, a la sazón ancestro directo mío y único superviviente del detestable linaje. Después de que este único heredero fuese denunciado por asesinato, la hacienda entera revirtió a la Corona, sin que el acusado tratara en ningún momento de exculparse ni de recuperar su propiedad. Sacudido por algún tipo de terror mucho más poderoso que el peso de la conciencia o las consecuencias de la ley, el heredero mostró un deseo rabioso de apartar aquel antiguo edificio tanto de su vista como de su memoria. Su nombre era Walter de la Poer, undécimo barón de Exham. Acabó por escapar a Virginia, donde fundó la familia que un siglo después sería conocida como los Delapore.

El priorato de Exham quedó desocupado, aunque más tarde se anexionó a las propiedades de la familia Norrys. Llegó a ser muy estudiado debido a las peculiaridades de su composición arquitectónica, que incluía torres góticas que descansaban sobre una subestructura de estilo sajón o romanesco, y cuyos cimientos a su vez pertenecían a clasificaciones muy anteriores, o a una mezcla de las mismas: romanas, druídicas y hasta de orígenes cámbricos, si ha de darse algún crédito a las leyendas. Aquellos cimientos eran de lo más singular, pues en uno de los laterales se habían prácticamente fusionado con la sólida caliza del precipicio a cuyo borde se asomaba el priorato y desde el que se dominaba un valle desolado sito a tres millas al oeste del pueblo de Anchester. Arquitectos y anticuarios adoraban examinar aquella extraña reliquia de siglos olvidados, aunque los aldeanos la detestaban. Le profesaban un odio arraigado en el pasado, desde la época en que mis ancestros vivieron en ella, un odio que seguía vivo incluso hoy día, cuando el musgo y el moho del abandono se habían hecho dueños del lugar. No me hizo falta pasar ni un día entero en Anchester para enterarme de que la casa de la que procedía mi familia se consideraba maldita. Esta semana, los obreros han volado el priorato de Exham; ahora mismo se ocupan de erradicar hasta el último rastro de sus cimientos.

Siempre he estado al tanto de los datos básicos de mi linaje, así como del hecho de que mi primer ancestro americano llegó a las colonias envuelto en una suerte de extraño nubarrón. Sin embargo, siempre me había mantenido ignorante de los detalles de su caso, debido a la férrea política de reticencia activa que mantienen los Delapore. A diferencia de nuestros vecinos con sus plantaciones, los Delapore no nos jactamos de tener ningún ancestro que haya participado en las cruzadas, ni de ningún héroe medieval o renacentista de nuestra misma sangre. Tampoco abundan entre nosotros tradiciones que se hayan legado de generación en generación, con la excepción de lo que podría contener el sobre sellado que, hasta la Guerra Civil, cada uno de los hacendados Delapore fue legando a su primogénito para ser abierto tras la muerte del padre. Toda la gloria de la que pudiésemos presumir había sido obtenida después de haber emigrado al Nuevo Mundo; la gloria de un linaje establecido en Virginia, orgulloso y honorable, si bien algo reservado y asocial.

La guerra acabó con nuestras fortunas y toda nuestra existencia se vio alterada tras el incendio que consumió Carfax, nuestra mansión en la ribera del río James. Mi abuelo, ya de edad avanzada, pereció en aquella hecatombe flamígera, y con él se perdió también ese sobre que nos vinculaba a todos al pasado. Aún hoy recuerdo ese fuego como si lo estuviese contemplando entonces, con siete años de edad, entre soldados federales que gritaban, mujeres que chillaban y negros que aullaban y rezaban. Mi padre, que estuvo en el ejército, llegó a defender Richmond, y tras algunas formalidades consiguió que tanto mi madre como yo pudiésemos cruzar las líneas y reunirnos con él. Cuando la guerra terminó, todos nos mudamos al norte, donde se había criado mi madre. Allí alcancé la edad adulta y luego la madurez, así como la considerable riqueza que se suele atribuir a los estólidos yanquis del norte. Ni mi padre ni yo llegamos jamás a saber qué era lo que contenía aquel sobre hereditario, y a medida que yo me dejaba arrastrar por lo anodino de la vida mercantil de Massachusetts fui perdiendo cualquier interés en los misterios que a todas luces anidaban en las ramas más alejadas de mi árbol familiar. De haber sospechado la naturaleza de esos misterios, ¡de buena gana habría dejado el priorato de Exham al imperio del polvo, los murciélagos y las telarañas!

Mi padre murió en 1904, sin misiva alguna que dejarme a mí o a mi único hijo, Alfred, un chico de diez años cuya madre ya había pasado a mejor vida. Fue este chico quien invirtió el orden en la información familiar, pues, aunque yo solo pude darle algunas conjeturas jocosas sobre el pasado, él me escribió cartas en las que mencionaba varias leyendas ancestrales de lo más interesante, de las que tuvo conocimiento cuando los últimos compases de la guerra lo enviaron a Inglaterra en 1917 en calidad de oficial de aviación. Al parecer, los Delapore tenían una historia muy colorida, si bien algo siniestra. Un amigo de mi hijo, el capitán Edward Norrys, de la Real Fuerza Aérea, que había vivido cerca de la antigua casa familiar en Anchester, le contó ciertas supersticiones pueblerinas que pocos novelistas podrían siquiera soñar, dado su carácter demencial e increíble. Por supuesto, Norrys no les daba el menor crédito, aunque a mi hijo le resultaron de lo más divertidas, y le suplieron de buen material para ocupar las cartas que me enviaba. Todas estas leyendas me hicieron prestar más atención a mis raíces al otro lado del océano, y de hecho sirvieron para que tomase la determinación de comprar y restaurar la morada familiar que Norrys enseñó a Alfred en todo su pintoresco estado de abandono. Asimismo, Norrys se ofreció a arreglar la compraventa de la casa por un buen precio, pues su propio tío era el propietario actual.

Compré el priorato de Exham en 1918, aunque mis planes de restauración se vieron interrumpidos cuando mi hijo regresó de la guerra tullido e inválido. Durante los dos años que aún siguió con vida no me dediqué a nada que no fuera cuidarlo. Llegué incluso a ceder la dirección de mis negocios a mis socios. En 1921, al morir mi hijo, me encontré tan afligido como desnortado. Era un hombre de negocios retirado y cuyos días de juventud eran cosas del pasado. Así pues, tomé la decisión de dedicar los años que me quedaban a mi nueva posesión. Visité Anchester en diciembre y me reuní con el capitán Norrys, un joven rollizo y afable que tenía a mi hijo en gran consideración, y que se ofreció para reunir toda la información necesaria para la restauración que pretendía llevar a cabo, desde planos hasta anécdotas. El priorato de Exham no me despertaba gran emoción, pues en aquel momento se podía considerar apenas un batiburrillo tambaleante de ruinas medievales cubiertas de líquenes y repletas de nidos de grajos, encaramadas peligrosamente sobre un precipicio y desprovistas de suelos o cualquier otro rasgo interior excepto los muros de piedra de las torres anexas.

Poco a poco recuperé la imagen mental del edificio tal como había sido cuando mi ancestro lo abandonó hacía tres siglos. Entonces contraté obreros que habrían de encargarse de la reconstrucción. Me vi obligado a buscar fuera de la localidad más cercana, pues los aldeanos de Anchester profesaban un miedo y una animadversión hacia aquella construcción que rayaba en lo increíble. Aquellos sentimientos eran tan profundos que a veces se contagiaban a los trabajadores externos, con lo cual sufrimos numerosas deserciones. Ambos, miedo y odio, parecían tener como destinatario no solo el priorato en sí, sino la antigua familia que en su día lo habitó.

Mi hijo ya me había contado que durante sus visitas había sentido que lo evitaban en cierta manera por el hecho de ser un De la Poer. Por razones similares me vi yo ahora sutilmente condenado al ostracismo, al menos hasta que pude convencer a los aldeanos de que conocía muy poco de mi propio linaje. Incluso entonces muchos se mostraron esquivos y antipáticos, así que acabé por enterarme de la mayor parte de las tradiciones del pueblo gracias a Norrys. Lo que aquella gente no era capaz de perdonar, supongo, era que yo había venido a restaurar un símbolo que para ellos resultaba del todo aberrante. Ya fuese de modo racional o todo lo contrario, todos ellos veían el priorato de Exham como poco menos que un lugar encantado pasto de demonios y hombres lobo.

De las historias que Norrys me llevaba del pueblo, amén de las crónicas de varios eruditos que habían estudiado aquellas ruinas, deduje que el priorato de Exham se alzaba en el emplazamiento de un templo prehistórico, una construcción druídica o predruídica que debía de haber sido coetánea de Stonehenge. Pocos ponían en duda que aquí se hubieran celebrado ritos indescriptibles; existían relatos desagradables que mencionaban la transferencia de dichos ritos al culto de Cibeles popularizado por los romanos. En el subsótano aún se leían ciertas inscripciones que tenían letras inconfundibles, como por ejemplo: «DIV... OPS... MAGNA. MAT...», signo de la *Magna Mater* cuyo oscuro culto fue en su día prohibido a los ciudadanos romanos, si bien en vano. En Anchester se había alzado el campamento de la tercera legión Augusta, tal como evidencian muchos restos arqueológicos. Se dice que el templo de Cibeles era espléndido y antaño estaba atestado de adoradores que llevaban a cabo inefables ceremonias orquestadas por un sacerdote frigio. Otras historias añaden que la caída de aquella vieja religión no detuvo las orgías en el templo, sino que los sacerdotes siguieron llevando a cabo sus tradiciones dentro de la nueva fe sin cambio real alguno. Del mismo modo, se dice que los ritos no desaparecieron cuando lo hizo la influencia del poder de Roma, y que los sajones ampliaron lo que quedaba del templo y le otorgaron así la forma esencial que conservó a partir de entonces. Se convirtió en el centro de un culto temido durante la mitad de la heptarquía anglosajona. El lugar aparece mencionado en una crónica del año 1000, que la describe como un considerable priorato de piedra que sirve de morada a una extraña y poderosa orden monástica, rodeado por extensos jardines que no necesitaban muros para excluir al populacho amedrentado. Los daneses no llegaron a destruirlo, aunque debió de experimentar una tremenda decadencia tras la conquista normanda, pues nadie puso la menor objeción cuando Enrique III le concedió el terreno a mi ancestro, Gilbert de la Poer, primer barón de Exham, en 1261.

No hay crónica anterior a aquella época que asocie mal alguno con mi familia, aunque por aquel entonces debió de suceder algún acontecimiento extraño. Una crónica en particular se refiere a un De la Poer como «maldecido por el mismo Dios» en 1307, mientras que las leyendas locales no hablan más que de maldad y miedos delirantes cuando se refieren al castillo que se alzaba sobre los cimientos del antiguo templo y priorato. Aquellos cuentos a la luz de la hoguera abundaban en todo tipo de detalles horripilantes, tanto más espectrales debido a la atemorizada reticencia y el nebuloso tono evasivo con que se contaban. En ellos mis ancestros aparecían como una raza de herederos de demonios a cuyo lado Gilles de Retz y el marqués de Sade parecerían meros aficionados. Se solía insinuar entre cuchicheos que eran responsables de las ocasionales desapariciones de aldeanos que sucedían desde hacía generaciones.

Los peores personajes, al parecer, eran los barones y sus herederos directos, o al menos corrían muchos rumores sobre ellos. Se contaba que, si nacía algún heredero cuya naturaleza fuese algo más sana, este solía morir de forma temprana y misteriosa para dejar su espacio a otro vástago más acorde con la familia. Al parecer todo el clan componía una suerte de secta presidida por el cabeza de familia y a veces exclusiva, con excepción de unos pocos miembros. La base de esta secta tenía más que ver con el carácter que con la antigüedad, pues se llegó a admitir a varias personas externas que se habían casado con miembros de la familia. Lady Margaret Trevor, de Cornualles, esposa de Godfrey, hijo segundo del quinto barón, se convirtió en el terror de los niños de toda la campiña circundante, así como en la heroína demoníaca de una vieja y horrible balada que aún se sigue cantando cerca de la frontera con Gales. También cuenta con su balada, si bien con otro sentido, la repulsiva historia de lady Mary de la Poer, quien, poco después de casarse con el conde de Shrewsfield, murió a manos de su esposo y su suegra. Ambos asesinos fueron absueltos y bendecidos por el sacerdote a quien le confesaron un pecado que no se atrevieron a repetir en voz alta ante el mundo.

Por típicos que fueran aquellos mitos y baladas de basta superstición, a mí me resultaban repugnantes en extremo. Su persistencia, así como el hecho de que su objetivo siempre fueran miembros de mi propio linaje, me molestaba sobremanera. Del mismo modo, todas aquellas acusaciones sobre hábitos monstruosos me recordaban de un modo inquietante al único escándalo conocido de mis parientes más inmediatos: el caso de mi primo, el joven Randolph Delapore de Carfax, quien se unió a los negros y se convirtió en un sacerdote vudú poco después de regresar de la guerra contra México.

Mucho menos perturbadoras me resultaban las historias bastante más imprecisas sobre lamentos y aullidos que al parecer se oían en aquel estéril valle barrido por el viento justo bajo el precipicio de caliza; o las que se referían a la pestilencia que solía brotar de la tierra del cementerio tras las lluvias de primavera; o esa que hablaba de la criatura blanca, escurridiza y chillona que el caballo de sir John Clave había aplastado una noche en medio de un campo solitario; por no mencionar la del sirviente que había perdido la razón ante lo que vio en pleno priorato a plena luz del día. Todos esos cuentos banalizaban en grado sumo aquel conocimiento espectral, y por aquel entonces yo era un notable escéptico. Por otro lado, no era tan fácil desacreditar del todo los relatos sobre campesinos desaparecidos, aunque bien es cierto que, en vista de las costumbres medievales, tampoco se les podía otorgar una significancia especial. La curiosidad más inquisitiva suponía la muerte para muchos, y es verdad que los bastiones ahora derruidos del priorato de Exham se habían engalanado con más de una cabeza decapitada.

Algunas de aquellas historias eran extremamente pintorescas, hasta el punto de que me hicieron desear haber aprendido más nociones de mitología comparada en mi juventud. Por ejemplo, existía la creencia de que una legión de demonios con alas de murciélago celebraba un aquelarre de brujas cada noche en el priorato; una legión cuyo sustento explicaría la desproporcionada abundancia de ásperas hortalizas que crecían en los enormes jardines. Y, por supuesto, estaba la historia más vívida y épica de entre todas las demás: la de las ratas. El ejército correteante de obscenas alimañas que había surgido del castillo tres meses después de la tragedia que lo condenó al abandono. Ese escuálido, mugriento y famélico ejército que había arramblado con todo y devorado gatos, perros, gorrinos, ovejas e incluso a dos malhadados seres humanos antes de que su furia se viese agotada. Ese inolvidable ejército de roedores cuenta con su propio círculo exclusivo de mitos, pues se cuenta que se desplegó por todas las casas del pueblo y llevó la maldición y el horror allá por donde pasó.

Estas eran las historias con las que me topé en el esfuerzo completista que me llevó, con la obstinación propia de un viejo, a la tarea de restaurar mi hogar ancestral. Empero, no ha de pensarse ni por un momento que dichas historias formaban mi principal entorno psicológico. Por otro lado, el capitán Norrys y los anticuarios de los que me rodeaba y que me prestaban su ayuda no dejaban de alentarme y elogiar mi tarea. Una vez concluida la restauración, más de dos años después de su inicio, contemplé las grandes salas, las paredes con revestimiento de madera, los techos abovedados, las ventanas con parteluz y las anchas escaleras con un orgullo que compensó por completo todos los ingentes gastos que había acarreado la restauración. Cada uno de los atributos de la Edad Media había quedado ingeniosamente reproducido, y las partes nuevas se fusionaban a la perfección con los muros y cimientos originales. La morada de mis ancestros estaba completa, y yo ardía en deseos de redimir por fin la fama local de aquel linaje que finalizaba en mí. Tomé la decisión de hacer de aquel lugar mi residencia permanente y demostrar así que un De la Poer, pues también resolví adoptar la escritura original de mi apellido, no tenía por qué ser enemigo de nadie. Mi comodidad se veía quizás incrementada por el hecho de que, aunque el exterior del priorato de Exham se ajustaba al estilo medieval, su interior era del todo nuevo y, por lo tanto, libre de alimañas y de fantasmas.

Tal como ya he dicho, me mudé el 16 de julio de 1923. Mi hacienda consistía de siete sirvientes y nueve gatos, pues su especie me es particularmente querida. Mi gato más viejo, Negrito, tenía ya siete años y me había acompañado desde mi casa en Bolton (Massachusetts), mientras que los otros los había ido acumulando mientras vivía con la familia del capitán Norrys durante la restauración del priorato. Durante cinco días, la rutina transcurrió con la más absoluta placidez. Pasé la mayor parte del tiempo clasificando toda la vieja información relativa a la familia. Me había hecho con ciertas crónicas bastante circunstanciales que relataban la tragedia final y la huida de Walter de la Poer, lo cual me figuré que sería el contenido de aquel sobre hereditario perdido en el incendio de Carfax. Al parecer mi ancestro había sido acusado con razón de haber asesinado mientras dormían a todos los demás miembros de su casa, con la excepción de cuatro sirvientes confabulados, unas dos semanas después de un impresionante descubrimiento que alteró por completo su actitud. Sobre ese descubrimiento, exceptuando sus implicaciones, Walter de la Poer no le dijo nada a nadie, salvo quizás a los sirvientes que lo ayudaron y acabaron por huir hasta paradero desconocido.

Aquella matanza deliberada que incluía al padre, tres hermanos y dos hermanas, fue ampliamente tolerada por los lugareños. La ley la trató con tal laxitud que el perpetrador consiguió huir a Virginia con honor, ileso y sin la menor necesidad de hacerlo de tapadillo. El consenso general, si bien solo comentado en voz baja, era que Walter de la Poer había purgado la tierra de una maldición inmemorial. No me atrevo a conjeturar cuál sería aquel descubrimiento que desembocó en un acto tan terrible. Walter de la Poer debió de conocer durante años las siniestras historias que corrían sobre su familia, así que supongo que aquella nueva información recién descubierta no debió de suponer para él un enorme empujón. ¿Podría ser, pues, que presenciara algún pasmoso rito antiguo? ¿Quizá se topó con algún escalofriante y revelador símbolo dentro del priorato o de sus inmediaciones? En Inglaterra se lo tenía por un joven tímido y amable. En Virginia no había dado en absoluto la impresión de ser duro o amargado, sino más bien aprensivo y hasta cierto punto atormentado. El diario de otro caballero aventurero, Francis Harley de Bellview, se refería a él como un hombre de justicia, honor y delicadeza sin parangón.

El 22 de julio se produjo el primer incidente que, aunque en su momento descarté con displicencia, adquirió una significancia preternatural en relación con eventos posteriores. Era algo tan simple que cualquiera podría haberlo pasado por alto, cosa que bajo aquellas circunstancias habría sido de lo más normal, pues ha de recordarse que, en vista de que me encontraba en un edificio prácticamente nuevo con excepción de los muros, y que me rodeaba una servidumbre del todo equilibrada, la aprensión era una reacción absurda a pesar del entorno. Lo que recordé más tarde de todo el asunto fue esto: mi viejo gato negro, cuyas costumbres conozco tan bien, se mostró sin la menor duda alerta y ansioso hasta extremos del todo ajenos a su carácter natural. Empezó a deambular por la habitación, inquieto y perturbado, y a husmear una y otra vez junto a los muros pertenecientes a la vieja estructura gótica. Soy consciente de hasta qué punto algo así suena manido, casi como el perro que aparece indefectiblemente en las historias de fantasmas y que siempre gruñe antes de que su amo vea la figura cubierta por sábanas. Sin embargo, no soy capaz de desechar aquel recuerdo.

Al día siguiente, un criado se quejó de que los gatos de la casa parecían inquietos. Acudió a verme a mi estudio, una amplia sala en el segundo piso del ala oeste con arcos rematados por lunetos, paneles de roble negro y una triple ventana gótica desde la que se veía el precipicio de caliza y el desolado valle. Mientras me hacía partícipe de su preocupación, vi la negra silueta de Negrito. Mi gato estaba encorvado junto al muro occidental y se dedicaba a arañar los paneles nuevos que recubrían la vieja piedra. Le dije al criado que debía de haber algún olor singular o alguna emanación de la vieja mampostería de piedra, imperceptible a los sentidos humanos, pero que los delicados sentidos de los gatos podían captar incluso a través del revestimiento de madera. Estaba convencido de que así era, y cuando el criado sugirió que podría haber ratones o ratas, mencioné que no había habido ratas por aquellos lares desde hacía trescientos años, y que entre aquellos muros altos ni siquiera se podía encontrar un solo ratón de campo de los alrededores, pues era bien sabido que por allí no solían colarse. Aquella tarde llamé al capitán Norrys, quien me aseguró que sería increíble que los ratones de campo hubiesen infestado el priorato de un modo tan súbito y sin precedentes.

Aquella noche, tras excusar como siempre a mi ayuda de cámara, me retiré a las habitaciones que había elegido como dormitorio en la torre oeste, a las que se llegaba desde el estudio a través de una escalera de piedra y una galería no muy alargada; la primera, antigua en parte; la segunda, restaurada por completo. La estancia era circular, muy alta y sin revestimiento de madera, con tapices de Arrás que yo mismo había elegido en Londres. Al ver que Negrito había acudido conmigo, cerré la pesada puerta gótica y me retiré bajo la luz de las bombillas eléctricas que de forma tan ingeniosa simulaban velas. Por fin, apagué la luz y me acomodé en la cama con dosel cubierta de grabados. Mi venerable gato ocupó su acostumbrada posición a mis pies. No corrí las cortinas, preferí contemplar el exterior a través de la estrecha ventana orientada al norte que se abría frente a mí. Había una insinuación de aurora en el cielo, y las delicadas tracerías de la ventana silueteaban el cielo de un modo agradable.

En algún momento debí de quedarme plácidamente dormido, pues recuerdo una marcada sensación de abandonar extraños sueños en el momento en que el gato dio un violento respingo en su tranquila postura. Lo contemplé bajo el débil resplandor de la aurora, con la cabeza estirada hacia adelante, las patas delanteras sobre mis tobillos y las traseras completamente extendidas. Miraba con intensidad un punto en la pared, un poco al oeste de la ventana, un punto que a mis ojos carecía de nada destacable, pero al que ahora dirigí toda mi atención. Y al fijarme, me di cuenta de que Negrito no estaba tan agitado sin motivo. No sabría decir si el tapiz de Arrás se movió de verdad o no. Creo que sí, de forma muy leve. Lo que sí puedo jurar es que detrás del tapiz oí un marcado repiqueteo, como el que emiten las patas de las ratas o de los ratones. Un momento después, en un alarde de valor, el gato saltó sobre el tapiz que se interponía entre él y su objetivo. Al instante su peso lo hizo caer, para revelar un húmedo y antiguo muro de piedra que los restauradores habían parcheado por acá y por allá hasta bloquear cualquier rastro de roedores furtivos. Negrito empezó a correr arriba y abajo por aquella sección del muro, sin dejar de arañar el tapiz caído. A veces parecía como si tratase de meter una de las patas en la intersección de la pared y el suelo de roble. No obtuvo resultado alguno, y al rato regresó cansado a su posición inicial entre mis pies. Yo no me había movido del sitio, pero no volví a conciliar el sueño aquella noche.

Por la mañana interrogué a todos los sirvientes, mas comprobé que ninguno de ellos se había percatado de nada inusual, con excepción de la cocinera, que recordaba el comportamiento de uno de los gatos, que había elegido el alféizar de su ventana como lugar de descanso. El maullido de ese gato a las tantas de la madrugada había despertado a la cocinera a tiempo de verlo echar a correr con toda intención por la puerta abierta y luego escaleras abajo. A mediodía me eché una siesta y por la tarde volví a llamar al capitán Norrys, cuyo interés ante mi relato de los acontecimientos fue casi exagerado. Aquellos estrambóticos incidentes, tan leves y sin embargo tan curiosos, estimularon su sentido de lo pintoresco y despertaron en él un número de reminiscencias venidas del saber local en el campo de los fantasmas. La presencia de ratas nos dejó del todo perplejos. Norrys me prestó algunas trampas y un bote de Verde-París, que los criados colocaron en lugares estratégicos a mi regreso.

Me fui pronto a la cama, pues tenía sueño, pero las más terribles pesadillas asolaron mis sueños. En ellas, parecía estar asomado a una gruta crepuscular que se abría a una inmensa altura. La mugre me llegaba a las rodillas, y junto a mí había un demonio porquero de barba blanca que guiaba con un cayado una manada de bestias gruesas y fungosas cuya apariencia me llenó de una repugnancia suprema. A continuación, el porquero se detuvo e hizo un gesto hacia sus animales, y al instante un enjambre de ratas se derramó desde las apestosas profundidades y cayó sobre bestias y porquero hasta devorarlos por completo.

El movimiento de Negrito entre mis pies me sacó con brusquedad de aquella terrorífica visión. Esta vez no tuve que preguntarme la causa de sus siseos y gruñidos, ni el miedo que lo llevó a clavarme las garras en el tobillo, sin darse cuenta del efecto que tendría en mí. Los muros a cada lado de la cámara vibraban con sonidos nauseabundos: el verminoso culebreo de ratas gigantes y famélicas. Ahora no había aurora que ayudase a ver en qué estado se hallaba el tapiz de Arrás, cuya sección caída ya había sido recompuesta. Sin embargo, el miedo no me impidió encender la luz.

Al encenderse las bombillas vi una agitación de lo más repulsivo tras el tapiz, tan pronunciada que los peculiares diseños de su superficie ejecutaron una suerte de singular danza de la muerte. Dicha agitación se extinguió casi al instante, así como el sonido que la acompañaba. Salté de la cama y le di un golpecito al tapiz de Arrás con el largo mango de un calentador de cama que descansaba no muy lejos. Alcé una esquina para ver qué es lo que había debajo. No encontré nada más que el muro de piedra parcheado. Para entonces hasta el gato había descartado aquella tensa certeza de presencias anormales cercanas. Cuando examiné la trampa circular que habían colocado en la habitación, vi que todos los resortes habían saltado, aunque no quedaba rastro alguno de lo que había sido capturado para escapar luego.

Volver a dormir quedaba fuera de toda discusión. Así pues, encendí una linterna, abrí la puerta y salí a la galería en dirección a la escalera que llevaba a mi estudio, con Negrito pisándome los talones. Sin embargo, antes de llegar a los escalones de piedra, el gato echó a correr por delante de mí y se esfumó por las antiguas escaleras. Lo seguí y de pronto me di cuenta de que en la habitación del piso de abajo se oían ruidos inconfundibles. Los muros de paneles de roble estaban plagados de ratas apelotonadas que corrían de aquí para allá. Negrito corría arriba y abajo con la furia de un cazador burlado. Al llegar al fondo, encendí la luz, cosa que en esta ocasión no cortó de cuajo los ruidos. Las ratas prosiguieron con su caos rampante. La estampida era tan potente e inequívoca que por fin pude asignar una dirección definida a sus movimientos. Aquellas criaturas, cuyo número era al parecer inagotable, estaban embarcadas en una portentosa migración desde alturas inconcebibles hasta algún tipo de sótano en las profundidades, ya fuese concebible o inconcebible.

Entonces oí pasos en el pasillo, y un instante después dos sirvientes abrieron la puerta maciza. Registraban la casa en busca de algún tipo de agitación causante del ataque de pánico que había poseído a los gatos hasta el punto de que se habían lanzado a toda prisa escaleras abajo hasta acurrucarse entre maullidos junto a la puerta cerrada del subsótano. Les pregunté si habían oído las ratas, pero me contestaron con una negativa. Cuando quise llamar su atención sobre los sonidos en las paredes, me di cuenta de que estos habían cesado. Acompañado de los sirvientes, descendí hasta la puerta del subsótano, aunque comprobé que los gatos ya habían huido. Más tarde decidí explorar la cripta allí abajo, aunque de momento me conformé con repasar todas las trampas. Todas ellas habían saltado, aunque no tenían inquilino alguno. Satisfecho de ser el único que había oído a las ratas, junto con los gatos, me quedé sentado en mi estudio hasta el alba, entre profundos pensamientos. Intenté rescatar hasta el último rescoldo de leyenda acerca del edificio que ahora era mi hogar.

Por la tarde conseguí dormir un poco, recostado en el único sillón cómodo de la biblioteca que mi plan de renovación medieval no consiguió tirar. Luego llamé al capitán Norrys, quien se acercó a la mansión y me acompañó en mi exploración del subsótano. No encontramos absolutamente nada impropio, aunque ninguno de los dos pudo reprimir la emoción al darnos cuenta de que aquella cripta había sido construida por manos romanas. Cada arco y cada columna maciza eran de factura romana, no esa ridiculez romanesca de los chapuceros sajones, sino el clasicismo severo y armonioso de la era de los césares. De hecho, abundaban los muros con inscripciones bien conocidas por los anticuarios que en repetidas ocasiones habían explorado aquel lugar; inscripciones tales como: «P. GETAE. PROP... TEMP... DONA...» y «L. PRAEC... VS... PONTIFI... ATYS...».

La referencia a Atis me arrancó un estremecimiento, pues conocía la obra de Catulo y algo sabía de los repulsivos ritos de aquel dios oriental cuyo culto se había llegado a confundir con el de Cibeles. Bajo la luz de nuestros candiles, Norrys y yo intentamos interpretar los extraños símbolos, casi borrados, que aún se adivinaban en ciertos bloques de piedra de irregular forma rectangular. La creencia común era que dichos bloques eran altares. En cualquier caso, ninguno de los dos consiguió interpretar nada en ellos. Recordamos que algunos estudiosos atribuían a un patrón en concreto, una especie de sol con rayos, un origen anterior a Roma, lo cual sugería que los sacerdotes romanos se habían limitado a adoptar aquellos altares desde algún templo mucho más antiguo y aborigen situado en aquel mismo lugar. Sobre uno de esos bloques había manchas marrones cuyo origen yo desconocía. El mayor de aquellos bloques, en el centro de la estancia, tenía ciertos restos en su parte superior que indicaban algún tipo de conexión con el fuego. Es harto probable que allí se quemaran ofrendas.

Ese era el contenido de la cripta ante cuya puerta habían maullado los gatos. Norrys y yo resolvimos pasar allí la noche, y un par de criados nos bajaron sendos sofás. Les dijimos que no habían de prestar atención a nada que hicieran los gatos durante la noche. Permitimos que Negrito se quedase con nosotros, tanto por su compañía como por la ayuda que podía prestarnos. Decidimos también que íbamos a mantener la gran puerta de roble, una réplica moderna con rejillas para la ventilación, cerrada a cal y canto. Una vez organizado todo, nos retiramos con los quinqués aún encendidos a esperar a lo que pudiera pasar.

La cripta era muy profunda, inserta entre los cimientos del priorato. Sin duda se internaba en las entrañas de caliza del precipicio que daba al valle desolado. Yo no tenía la menor duda de que aquel lugar había sido el objetivo del inexplicable aluvión de ratas estruendosas, aunque ignoraba el motivo. Mientras ambos reposábamos expectantes en los sofás, mi vigilia se fue mezclando de vez en cuando con sueños a medio formar de los que me despertaban los inquietos movimientos del gato, que descansaba a mis pies. Aquellos sueños no eran en absoluto coherentes, sino que se asemejaban de forma horrible a la pesadilla que había sufrido la noche anterior. Una vez más, vi aquella gruta crepuscular, así como al porquero con sus bestias fungosas e inenarrables que se revolcaban entre la mugre. Mientras las contemplaba, su contorno pareció acercarse y definirse aún más, hasta que casi podía distinguir las facciones de aquellas bestias. Acto seguido vi la fofa expresión de una de ellas... y me desperté con tamaño grito que hasta Negrito se sobresaltó, mientras que el capitán Norrys, que no había llegado a dormir, soltaba una considerable risotada. Más se habría reído, o quizá menos, de haber sabido qué provocó mi grito. Sin embargo, un momento después hasta yo mismo lo olvidé. El horror definitivo a veces paraliza la memoria de la más misericordiosa de las maneras.

Norrys me despertó de nuevo cuando los fenómenos volvieron a comenzar. Sus suaves sacudidas me sacaron del mismo sueño escalofriante. Me instó a que escuchase el ruido que hacían ahora los gatos. Y mucho había que escuchar, pues al otro lado de la puerta cerrada, al pie de las escaleras de piedra, se oía una auténtica pesadilla de maullidos y arañazos gatunos.

Negrito no prestaba la menor atención a sus congéneres del exterior, sino que se dedicaba a corretear presa de la agitación por entre los muros desnudos de piedra. De ellos llegaba el mismo pandemonio de frenéticas ratas que tanto me había perturbado la noche anterior.

Un agudo terror empezó a crecer en mi interior, pues allí se daban cita anomalías que ningún enfoque normal conseguiría explicar del todo. Aquellas ratas, si no eran criaturas salidas de una locura que solo los gatos y yo compartíamos, debían de haber hollado aquellos muros romanos que yo había tomado por sólidos bloques de caliza..., a no ser que la acción del agua a lo largo de más de diecisiete siglos hubiese erosionado la roca hasta crear túneles que aquellos roedores se habían encargado de ensanchar y despejar. Mas, incluso si eso era cierto, el horror no era para menos, pues si aquellas alimañas eran seres vivos y normales, ¿por qué motivo Norrys no oía el repugnante estrépito que causaban? ¿Por qué me instó a contemplar a Negrito y a escuchar a los gatos del exterior? ¿Por qué lanzó todo tipo de conjeturas tan vagas como aventuradas sobre la causa de su agitación?

Para cuando conseguí contarle, de forma tan racional como me fue posible, lo que yo creía estar oyendo, mis oídos me transmitieron la última impresión de aquel frenesí, que ahora se retiraba hasta abismos inferiores, más bajos que el más profundo de los subsótanos. Me dio la sensación de que todo el precipicio estaba atestado de ratas merodeadoras. Norrys no se mostró tan escéptico como yo anticipé en un principio, sino que pareció profundamente conmovido. Me hizo un gesto para advertirme que el clamor de los gatos tras la puerta había cesado, como si hubiesen dado por perdidas a las ratas. Al mismo tiempo, Negrito parecía experimentar ahora una ráfaga de inquietud renovada: se dedicaba a arañar frenético el suelo alrededor del gran altar de piedra en el centro de la estancia, más cercano al sofá de Norrys que al mío.

A esas alturas, mi miedo a lo desconocido había ido a más. Había sucedido algo asombroso. Vi que el capitán Norrys, un hombre más joven, robusto y presumiblemente de naturaleza más materialista que yo, estaba tan afectado como yo mismo; quizás a causa de la familiaridad íntima que lo había vinculado toda su vida con las leyendas locales. De momento, lo único que pudimos hacer fue contemplar al viejo gato negro mientras arañaba con fervor menguante el suelo junto a la base del altar. De vez en cuando, Negrito alzaba la cabeza y me soltaba uno de aquellos persuasivos maullidos que lanzaba cuando quería algo de mí.

Norrys acercó un candil al altar y examinó el lugar en el que Negrito arañaba el suelo. Se arrodilló en silencio y rascó los líquenes acumulados durante siglos que soldaban el macizo bloque prerromano al suelo teselado. No encontró nada, y a punto estaba de cejar en su intento cuando me percaté de una circunstancia trivial que sin embargo despertó en mí un escalofrío, aunque no tenía mayores implicaciones de las que ya había imaginado por mí mismo. Se la comenté a Norrys, y ambos contemplamos aquella manifestación casi imperceptible con la fijeza de quien hace un descubrimiento fascinante y reconocible. En realidad, no era más que esto: la llama del candil que Norrys había dejado sobre el altar temblaba de forma leve pero inconfundible a causa de una corriente de aire que hasta aquel momento no llegaba hasta ella, y que sin la menor duda procedía de la grieta entre el suelo y el altar que Norrys acababa de abrir mientras rascaba el liquen.

Pasamos el resto de la noche en el estudio, mucho mejor iluminado. Nos dedicamos a discutir, nerviosos, cuál sería nuestro siguiente paso. El descubrimiento de que había alguna cripta más profunda que la mampostería inferior de los romanos bajo toda aquella condenada construcción, alguna cripta cuya existencia ni siquiera los anticuarios que habían pululado por aquí a lo largo de tres siglos llegaron a sospechar, habría bastado para alterarnos por completo, sin necesidad de trasfondo siniestro alguno. En el caso que nos ocupaba, la fascinación fue doble, y nos debatimos entre ceder en nuestra búsqueda y abandonar el priorato para siempre por una precaución supersticiosa; o bien responder a nuestro sentido de la aventura y enfrentarnos a los horrores que pudieran aguardarnos en aquellas profundidades desconocidas. Al alba, nos decidimos por un punto intermedio: decidimos viajar a Londres y reunir un grupo de arqueólogos y científicos que nos ayudasen a abordar aquel misterio. Huelga decir que antes de abandonar el subsótano intentamos en vano apartar el altar central, que ahora reconocíamos como la puerta a un nuevo abismo de miedos innominados.

Tendríamos que dejar que hombres más sabios que nosotros encontrasen el secreto capaz de abrir dicha puerta.

Durante nuestra larga estancia en Londres, el capitán Norrys y yo presentamos nuestros hechos, conjeturas y anécdotas legendarias a cinco autoridades eminentes, todos ellos hombres a quienes se podía confiar cualquier relevación familiar que pudiese ser hallada en futuras exploraciones. Comprobamos que casi ninguno respondía con burla a nuestro caso, sino más bien con intenso interés y sincera solidaridad. Poca falta hace nombrarlos a todos, aunque diré que entre ellos estaba sir William Brinton, cuyas excavaciones en la Tróade habían conmocionado al mundo entero en su día. Cuando nos subimos al tren de camino a Anchester, sentí que me hallaba a punto de descubrir ciertas revelaciones escalofriantes, una sensación representada en cierta medida por el aire lúgubre que compartían varios de los americanos que se encontraban entre nosotros a causa de la inesperada muerte de su presidente, al otro extremo del mundo.

La noche del 7 de agosto llegamos al priorato de Exham. Una vez allí, los criados me aseguraron que no había sucedido nada fuera de lo usual. Los gatos, incluido el viejo Negrito, habían estado de lo más tranquilos. No había saltado una sola trampa en la casa. Al día siguiente íbamos a comenzar a explorar. En el ínterin, asigné las habitaciones más distinguidas a mis invitados. Me retiré a mis aposentos en la torre, con Negrito a mis pies. No tardé en dormirme, aunque me vi asaltado por sueños repulsivos. Tuve una visión de un festín romano parecido al banquete de Trimalción, con un horror en una fuente cubierta. Luego volví a presenciar aquel momento maldito y recurrente del porquero y su mugriento rebaño en la gruta crepuscular. Sin embargo, cuando desperté esa vez ya brillaba el sol, y en los niveles inferiores del caserón se oían solo los ruidos normales. Las ratas, vivas o espectrales, no me habían molestado. Negrito dormía a pierna suelta. Al bajar, encontré que la misma tranquilidad imperaba en toda la casa, cosa que uno de los sabios reunidos, un tipo llamado Thornton, a la sazón entregado a la labor de psíquico, atribuyó de forma absurda al hecho de que yo ya hubiese presenciado aquello que ciertas fuerzas querían que presenciase.

Todo estaba ya listo. A las once de la mañana, nuestro equipo de once integrantes, dotado de focos eléctricos y material de excavación, descendió al subsótano y cerró la puerta tras de sí. Negrito nos acompañaba, pues no dio razón alguna a los investigadores para despreciar ningún estado de agitación por su parte. Casi al contrario, se los veía ansiosos por que nos acompañase por si se diera el caso de que encontrásemos algún oscuro roedor. Tomamos nota sucinta de las inscripciones romanas y los dibujos desconocidos de los altares menores, pues tres de los criados ya los habían visto y todos los presentes conocían sus características. El foco de atención fue el crucial altar del centro. Al cabo de menos de una hora, sir William Brinton consiguió tumbarlo hacia atrás, equilibrado con algún tipo desconocido de contrapeso.

Ante nosotros apareció un horror que nos habría abrumado de no haber estado preparados. A través de una abertura casi cuadrada en el suelo teselado, desparramados sobre unos escalones descendentes de piedra desgastados hasta extremos tan prodigiosos que casi parecían una rampa, descansaban unos espectrales huesos humanos o semihumanos. Aquellos huesos que aún estaban unidos en un esqueleto mostraban poses de miedo y pánico. Todos ellos estaban cubiertos de marcas de dientes de roedores. Los cráneos evidenciaban poco menos que una idiotez total, cretinismo o un primitivo parentesco lejano con los simios. Sobre aquellos escalones y los infernales restos que los cubrían se arqueaba un pasadizo descendente que parecía excavado en la sólida roca y por el que soplaba una corriente de aire. Dicha corriente no era la ráfaga súbita y nociva que soplaría de una cripta cerrada, sino una brisa helada con incluso una pizca de frescor. No nos detuvimos durante mucho tiempo; empezamos a despejar las escaleras de restos para poder descender por ellas. Fue entonces cuando sir William, tras examinar los muros labrados, hizo el extraño comentario de que, a juzgar por la dirección de los golpes de cincel, aquel pasadizo debía de haber sido excavado desde abajo.

Ahora habré de elegir mis palabras con sumo cuidado.

Tras descender por unos cuantos escalones entre huesos roídos, vimos que había una luz más abajo. No se trataba de ninguna fosforescencia mística, sino de luz diurna que no podía sino filtrarse desde grietas en el precipicio que dominaba el valle yermo. No era ninguna sorpresa que nadie se hubiese percatado de dichas grietas desde el exterior, pues no solo aquel valle estaba completamente deshabitado, sino que el precipicio era tan alto que solo un aeronauta podría estudiarlo en detalle. Tras unos cuantos escalones más, nos quedamos literalmente sin aliento ante lo que vimos; tan literalmente, de hecho, que Thornton, el investigador psíquico, se desmayó y tuvo que ser sujetado por el aturdido explorador que avanzaba tras él. Norrys, con el rostro rechoncho del todo blanco y fláccido, se limitó a soltar un grito inarticulado. Al mismo tiempo, creo que lo único que alcancé a hacer yo fue a soltar todo el aire de los pulmones en un siseo y taparme los ojos. El hombre que tenía a mi espalda, el único mayor que yo en todo el equipo, soltó un trillado «¡Dios mío!» con la voz más rota que he oído jamás. De los siete hombres cultivados que allí nos encontrábamos, solo sir William Brinton consiguió mantener la compostura, lo cual le honra todavía más, pues era quien abría la marcha y por consiguiente el primero en contemplar aquello.

Se trataba de una gruta crepuscular de enorme altura que se extendía hasta más allá de lo que abarcaba la vista, un mundo subterráneo de misterio ilimitado y cargado de horribles sugestiones. Había edificios y otros restos arquitectónicos; de un aterrorizado vistazo llegué a ver un patrón de túmulos, un brusco círculo de monolitos, una ruina romana de cúpula baja, una columna sajona desplomada y un primitivo edificio inglés de madera..., aunque todo lo anterior palidecía ante el espectáculo que presentaba la superficie general del terreno. Desde los escalones se extendían leguas y más leguas de lo que parecía ser una demencial maraña de huesos humanos, o al menos tan humanos como los que habíamos encontrado en los escalones. Se extendían cual mar espumoso, algunos desmenuzados, aunque otros completos o en parte articulados en formas esqueléticas. Estos últimos aparecían de forma invariable en violentas posturas demoníacas, ya fuese luchando contra algún tipo de amenaza o aferrados a otras formas con intenciones caníbales.

Cuando el doctor Trask, nuestro antropólogo, se inclinó para analizar los cráneos, encontró una mezcla de diferentes estados de degradación que lo dejó perplejo. En su mayoría eran inferiores al hombre de Piltdown en la escala evolutiva, aunque en cualquier caso eran definitivamente humanos. Muchos pertenecían a especies superiores, mientras que unos pocos cráneos correspondían a tipos cuya evolución era patente y muy superior. Todos los huesos estaban roídos, en su mayor parte por las ratas, pero en algunos también se apreciaban marcas de la manada semihumana. En medio de toda la mezcla también había huesecillos de rata, a todas luces miembros caídos del ejército que había participado en aquella épica batalla de antaño.

Me maravilla el hecho de que cualquiera de nosotros sobreviviese con la cordura intacta tras el repulsivo descubrimiento de aquel día. Ni Hoffmann ni Huysmans habrían sido capaces de concebir una escena más increíble que aquella, más repelente hasta extremos delirantes, más grotesca y gótica que aquella gruta crepuscular a través de la cual los siete avanzamos a trompicones, mientras nos tropezábamos con una revelación tras otra. De momento, tratábamos de no aventurar qué acontecimientos habían tenido lugar allí abajo hacía trescientos años, o mil, o dos mil, o quizás incluso diez mil años. Aquello era la antecámara del infierno, y el pobre Thornton se volvió a desmayar cuando Trask le dijo que algunos de los esqueletos debían de haberse degenerado hasta convertirse en cuadrúpedos durante las últimas veinte generaciones o más.

Más horror se sumó al intenso horror que ya sentíamos cuando empezamos a interpretar aquellos restos arquitectónicos. Los seres cuadrúpedos, con sus ocasionales reclutas de la clase bípeda, se mantenían en cuadras de piedra, de las cuales debían de haber escapado en un último arrebato de hambre o de pavor ante las ratas. Se repartían en grandes rebaños, y a todas luces los alimentaban con esas ásperas hortalizas cuyos restos aún encontramos almacenados en una suerte de silos bajo enormes depósitos de piedra más antiguos que la propia Roma. Ahora sé por qué mis ancestros habían mantenido unos jardines tan exuberantes. ¡Quién podría olvidarlo ahora! No me hizo falta preguntarme cuál sería el propósito de dichos rebaños.

Sir William, de pie entre las ruinas romanas, foco en mano, tradujo en voz alta el ritual más impactante del que yo jamás haya oído hablar. Nos habló de los hábitos alimenticios de aquel culto antediluviano que encontraron los sacerdotes de Cibeles y cuyas tradiciones acabaron por mezclar con las suyas propias. Norrys, acostumbrado como estaba a las trincheras, no se tenía en pie después de salir del edificio inglés. Era una suerte de carnicería o cocina, algo que el capitán ya había esperado, pero fue un impacto demasiado grande ver los enseres familiares de cualquier casa inglesa en aquel lugar, así como leer allí dentro inscripciones inglesas conocidas, algunas de tiempos tan recientes como 1610. Yo no me atreví a entrar en aquel edificio, un lugar cuyas actividades solo llegaron a su fin bajo la acción del cuchillo de mi ancestro, Walter de la Poer.

Donde sí me atreví a entrar fue en el bajo edificio sajón, cuya puerta de roble se había desplomado. Allí encontré una terrible hilera de celdas de piedra con barrotes herrumbrosos. Tres de ellas tenían ocupantes, todos esqueletos de avanzado estado evolutivo. En el huesudo dedo de uno de ellos aprecié un anillo de sello engalanado con el escudo de armas de mi familia. Sir William encontró una cámara con celdas aún más antiguas bajo la capilla romana, todas vacías. Debajo de ellas había otra cripta baja en la que encontró contenedores llenos de huesos dispuestos formalmente. En algunos de ellos se veían terribles inscripciones paralelas escritas en latín, griego o en la lengua de los frigios. Mientras tanto, el doctor Trask había abierto uno de los túmulos prehistóricos y sacó a la luz cráneos apenas más humanos que el de un gorila, cubiertos con unos grabados ideográficos indescriptibles. A través de todo aquel horror, mi gato permaneció imperturbable. En una ocasión lo vi agazapado de forma monstruosa sobre una montaña de huesos. Me pregunté qué secretos ocultarían sus ojos amarillos.

Una vez asimiladas hasta cierto punto las escalofriantes revelaciones de aquella área crepuscular, un lugar que mis repulsivos sueños ya habían anticipado de alguna manera, centramos nuestra atención en el resto de aquella caverna anochecida aparentemente sin fin en la que no penetraba luz alguna proveniente del precipicio. Jamás sabremos qué ciegos mundos estigios se abren más allá de los pocos metros que llegamos a avanzar, pues decidimos que los secretos que allí habría no estaban hechos para los seres humanos. Ya teníamos bastante de lo que ocuparnos allí mismo, pues no habíamos avanzado mucho cuando los focos eléctricos nos mostraron una maldita infinidad de pozos en los que las ratas habían morado y se habían alimentado, y cuya falta de reabastecimiento a buen seguro había sido la razón de que el famélico ejército de roedores se lanzase sobre los rebaños de seres hambrientos para después surgir por la superficie del priorato en la histórica orgía de devastación que los aldeanos jamás podrán olvidar.

¡Dios! ¡Aquellos pozos de podredumbre repletos de huesos aserrados y rotos, de cráneos abiertos a golpes! ¡Aquellos abismos ahogados de huesos pitecántropos, celtas, romanos e ingleses a lo largo de impíos siglos! Algunos de aquellos pozos estaban llenos a rebosar, así que nadie podía asegurar a ciencia cierta cómo eran de hondos. En otros, más vacíos, ni siquiera nuestros focos alcanzaban a iluminar el fondo, así que las más innombrables fantasías los poblaban. ¿Qué había pasado con las desgraciadas ratas que habían caído en aquellas trampas y se habían precipitado a la negrura en su búsqueda del horripilante Tártaro?

En un momento, mi pie resbaló en el borde de uno de aquellos pozos. Por un instante me dominó un miedo estático. Debí de quedarme murmurando yo solo durante un largo rato, pues no alcanzaba a ver a ninguno de los miembros del equipo aparte del rollizo capitán Norrys. Acto seguido se oyó un sonido proveniente de aquellas distancias negras, ilimitadas y lejanas que tan familiares me resultaban. Vi que mi viejo gato negro pasaba a la carrera como un dios egipcio alado, directo hacia aquellos infinitos abismos desconocidos. Yo lo seguí al instante, pues un segundo después no me cupo la menor duda de qué era aquel sonido. Se trataba de la ancestral carrera de aquellas ratas demoníacas, siempre en busca de nuevos horrores, dispuestas a guiarme hasta las sonrientes cavernas del centro de la tierra en las que Nyarlathotep, el dios loco carente de rostro, aúlla ciego ante el sonido de dos flautistas idiotas y amorfos.

Mi linterna se apagó, pero seguí corriendo. Oí voces, gritos y ecos, pero todo quedaba ahogado por aquel impío e insidioso frenesí de patas de rata, que crecía, crecía y crecía como un cadáver hinchado asciende por las aguas de un río oleaginoso que fluye bajo infinitos puentes de ónice hasta un mar negro y pútrido. Algo tropezó conmigo, un cuerpo rollizo y suave. Debían de ser las ratas, ese viscoso, gelatinoso y famélico ejército que se alimentaba tanto de los muertos como de los vivos... ¿Por qué no iban aquellas ratas a devorar a un De la Poer igual que un De la Poer devora toda suerte de cosas prohibidas?... La guerra devoró a mi hijo... y los yanquis devoraron Carfax con llamas y quemaron a Grandsire Delapore junto con su secreto... ¡No, no, os juro que no, yo no soy ese porquero demoníaco de la gruta crepuscular! ¡La cara que vi en aquel cerdo fungoso y rollizo no era la del capitán Norrys! ¿Quién dice que yo sea un De la Poer? ¡Norrys sobrevivió, pero mi hijo murió!... ¿Por qué iba un Norrys a poseer las tierras de un De la Poer?... Es vudú, os lo juro... Esa serpiente tintada... Maldito seas, Thornton... ¡Ya te enseñaré yo a desmayarte ante las costumbres de mi familia! ¡Vive Dios, asqueroso, que te habré de enseñar a respirar! ¿Te atreves a resistirte?... ¡Magna Mater! ¡Magna Mater! Atis... *Dia ad aghaidh's ad aodann... ¡agus bas dunach ort! ¡Dhonas 's dholas ort, agus leat-sa!... Ungl... ungl... rrrlh... chchch...*

Eso dicen que decía yo cuando me encontraron en la oscuridad tres horas después. Me hallaron encorvado sobre el cuerpo medio devorado del rollizo capitán Norrys, mientras mi propio gato me atacaba e intentaba desgarrarme la garganta. Han hecho saltar por los aires todo el priorato de Exham, han apartado a Negrito de mí y me han confinado en esta celda con barrotes en Hanwell, mientras se deshacen en cuchicheos sobre mis males hereditarios y mis experiencias. Thornton está en la celda de al lado, aunque no me dejan hablar con él. Creo que intentan ocultar la mayor parte de los hechos acaecidos en el priorato. Cuando menciono al pobre Norrys, me acusan de haber hecho algo del todo repulsivo, mas han de saber que no he sido yo. Han de saber que fueron las ratas, las rastreras y frenéticas ratas cuyos correteos me impiden dormir. Esas ratas demoníacas que corren detrás de las paredes acolchadas de esta habitación y que me invitan a descender con ellas hasta horrores más grandes de los que alcanzo a imaginar. Esas ratas que ellos no son capaces de oír, las ratas, las ratas de las paredes.